软肋

扁平竹 著

时代出版传媒股份有限公司
安徽文艺出版社

图书在版编目（CIP）数据

软肋 / 扁平竹著. — 合肥 : 安徽文艺出版社,
2022.7
ISBN 978-7-5396-7421-6

Ⅰ. ①软… Ⅱ. ①扁… Ⅲ. ①长篇小说—中国—当代
Ⅳ. ①I247.5

中国版本图书馆CIP数据核字(2022)第006508号

RUANLEI

软肋

扁平竹 著

出 版 人：姚 巍
责任编辑：王婧婧 李 芳
装帧设计：周艳芳 佘彦潼

出版发行：安徽文艺出版社 www.awpub.com
地　　址：合肥市翡翠路1118号 邮政编码：230071
营 销 部：(0551)63533889
印　　制：湖南天闻新华印务有限公司 电话：(0731)88387856

开本：150mm × 210mm 1/32 印张：10.5 字数：310千字
版次：2022年7月第1版
印次：2022年7月第1次印刷
定价：42.00元

目 CONTENTS 录

第一章
他是她的光

乔阮住的地方是老小区，楼与楼之间挨得很近，天空都被挤压成了一条细细的线，抬头就能感受到压抑。已经连续下了一个月的雨，没出太阳，阳台上的衣服都是自然风干的，有一股很奇怪的味道。

学校六点半有早操，因此乔阮六点就得起床。早餐是从楼下早点铺买的一个水煮蛋，只要一块钱。上一次考试得的奖学金还剩八百，她仔细算了算，这个学期过完了应该还有富余。

六点的天色还没有大亮，像是被稀释的蓝墨水，整个城市沉浸在安静的休眠之中。能这么早就出来活动的，除了晨跑的人，大概只有学生了。乔阮插上MP3，一边吃早餐一边跟着耳机里熟悉的女声默背英语单词。临到校门口，喧闹声甚至盖过了她耳机里的声音，那颗水煮蛋早就被吃完了。

清早的沛城还是带着些许凉爽的，一阵接着一阵的微风，吹得人手脚都发冷。乔阮把双手捧在嘴边，哈了哈气，又轻轻搓热掌心。有学生从家长的车上下来，和正好碰到的同学打招呼，然后说说笑笑地一起进校门。

“你作业写了没？”

“数学写了，语文实在是写不完了，三课都得抄写，我写到十一点都没写完，我妈都心疼我了，让我先睡。”

“你们班老赵可真是心狠手辣啊！”

乔阮重新戴上耳机，将音量调到最大。她到学校时是六点十二分，教室里没几个人，炽白的灯光都显出几分黯淡。她的座位在第三排中间，教室里的核心位置。因为成绩好且听话，所以她是所有老师心目中的三好学生。

把早餐带来教室吃的学生不在少数，乔阮闻到了芝麻酱和甜面酱的香味。今天早读是语文课，昨天布置的作业是背诵课文。乔阮想，今天老师可能会抽查，希望不要抽到自己。

乔阮正在默默地祈祷，有同学走到她旁边，拿了一张试卷，虚心向她请教问题："班主任说这个题有两种解法，可我想了很久都没找出第二种解法。"

这是上次综合考的试卷，乔阮考了满分。她大致看了一眼，然后从笔筒里拿出一支铅笔，在草稿本上写下演算的过程："先设余数是a……"她演算得很仔细，甚至还专门圈出了容易出错的步骤，声音轻轻柔柔的，"其实不用往太复杂的方向去想，老师讲过类似的题型。"

乔阮刚转到一班没多久，插班其实比中考考进来的难度更大。同学听说她之前是她老家那个省的状元，但学生时期，并不是成绩越好越受同学的欢迎。她太孤僻了，内向又安静，不管上课下课，她都在学习。李月明这次也是鼓起了很大的勇气才敢和她说话的。不合群的人，好像更容易被排挤。班上那些女生背地里没少讨论她。

李月明第一次和她讲话，却意外地发现，她其实挺不错的，和其他女生口中的不太一样。但能看得出来，她很自卑。李月明不明白她为什么要自卑，她明明是个很优秀的女孩子。

黑板旁挂了个钟，学校是想用它来督促学生珍惜时间，却不知道它被学生用来计算还有几分钟下课。随着上面分针缓缓走动，教室里的人陆陆续续多了起来，室内也逐渐暖和了一点。有人趁老师没来，在后面嬉笑打闹。一大团纸被扔在了乔阮的课桌上，刚好盖住她算到一半的题目。

"喂！江演，你怎么扔到书呆子那儿了？"后排的起哄声盖过了教室里其他声音，"哈哈江演，自己作的孽自己去拿。"

"真倒霉！"江演不爽地骂了句脏话，在全班看热闹的眼神中走到第三排。乔阮不是第一次被他们这么对待了，刚开始她也会难过，觉得自己明明什么也没做，却被他们厌恶成这样。日子长了，她也就习惯了。

江演走过来。他个子高，乔阮感觉自己整个人都被笼罩在他的影子里。

那张桀骜好看的脸上满是厌恶的神情，他居高临下地看着她，说：“把东西扔过来。”

乔阮没动。江演因为不耐烦，声音显得烦躁：“我让你扔过来，你听到没有？”乔阮指尖颤抖了一下，但这反应微不可察，没人看出来。她只能听见突然响起的笑声。很多人都在笑，在笑她。他们应该是觉得她被欺负是一件很有趣的事情吧。

乔阮最后把那团不知道做什么用的纸递给了他。后者没接，让她放在旁边的桌上，他自己拿，应该是怕不小心碰到她的手吧。

这场令人难堪的起哄因为早操而终止。随着广播里的音乐响起，教室里的人在班长的动员下拖拖拉拉地下楼。

乔阮身高一米六八，在一班的女生中偏高。站位是按照身高排的，体育老师把她排在倒数第三个，后来被她偷偷换成了最后一个。这或许是循规蹈矩的她目前做过的最叛逆的事了。

乔阮有自己的私心。站在他们班隔壁的，是二班，和他们一班一样，都是重点班。她跟随音乐做早操，眼神悄悄地往旁边看，原本属于沈负的位置，此时空着。她从昨天早操结束就满是期待的心，瞬间一落千丈。

早操结束，操场上的学生都各自离开。有的回教室，有的去超市买吃的，有的去厕所。乔阮准备回教室，李月明从前排过来，动作自然地挽着她的胳膊，说：“我去买喝的，你去不去？”

乔阮因为李月明此刻的举动微怔了片刻。见她发愣，李月明伸手在她面前抓了抓。乔阮回过神来，看向李月明，她那双清澈的大眼睛里带了点疑惑。李月明笑道：“我刚刚那个叫‘抓魂’，你看你刚刚还在发呆，我这一抓，魂不就回来了吗？”

乔阮微抿了唇，罕见地露出几分笑。李月明盯着她看了一会儿，羡慕道：“你们北方人的眼睛都这么好看吗？”乔阮还是第一次被夸眼睛好看，耳朵微微发烫，说：“你的也好看。”

李月明得意地笑道：“对吧，我也觉得好看。”她带乔阮去了超市，动作自然地拿了两瓶饮料。乔阮拿出钱包准备结账的时候被李月明拦下了，

“今天就先我请，谢谢你刚才教我做题”。

李月明性格开朗，和乔阮完全是两种类型的人。此刻她离得近，闻到乔阮身上那一点淡淡的怪味儿了，问道：“你家没烘干机吗？”

乔阮摇头：“没有，叔叔说买这种东西不值得。”

“那你家的衣服都是谁洗？”

走完最后一级台阶，进了教室，乔阮说：“我洗。”然后李月明就没说话了，她不知道该说什么。

那天放学，乔阮从钱包里抽出一张红色的纸币，去跳蚤市场买了一台破旧的带烘干功能的洗衣机。为了省钱，早餐只吃一个水煮蛋的乔阮，因为害怕新交的朋友会因为她衣服上的味儿远离自己，眼也没眨地就花了三个月的早餐钱，终于不用担心衣服上会有那种阴干的味道了。

因为答应了给李月明补课，乔阮吃完饭就出去了。

妈妈夏依然正在收拾碗筷。她见乔阮刚刚吃饭就急匆匆的，现在又要出门，于是问她：“去哪儿？”

乔阮换上鞋子，站起身，把书包背好：“我给同学补课。”

乔阮来沛城已经有三个月了，听到她有朋友，夏依然很高兴。夏依然叫住了她，替她把衣领整理好，动作温柔地摸了摸她的头：“玩得开心点。”

乔阮点头：“嗯！”

李月明告诉乔阮，从流水巷到她家要先坐5路车，到吉安路转454路车，坐三站就到了。乔阮看着那块巨大的石雕上写着的“深水公馆”四个字，有些局促地握紧了书包背带。

这里和流水巷仿佛是两个不同的世界，这里的房子间隔很远，抬头可以看见很大一片天空。不用担心脚下的积水太深，随时都会踩到死老鼠，空气中也不会有那种难闻的气味。乔阮想：生活在这种地方的人，家里应该没有那么严重的重男轻女的思想，不会有家庭暴力，也不用担心交不起学费吧？

乔阮没有手机，李月明无法联系到她，担心她迷路，只能早早地就在门口等着了。看到她来了，李月明跑过去：“我还以为我要等你很久呢，想不到你来得这么早。”

乔阮笑了笑：“我吃完饭就来了。”

李月明牵着她进去：“我家在最里面，有点远，可能得走一会儿了。”

这里的房子都是独栋，自带院子和花园。乔阮不敢多看，她总觉得，自己与这个地方格格不入。李月明的家确实有点远，走了十几分钟才到。李月明过去按门铃，搞怪地把脸凑到摄像头那儿：“小乖，快给姐姐开门。”

没过多久门打开了，从里面踉踉跄跄走出来一个穿着纸尿裤的小孩子。乔阮有点惊讶：“他还这么小，就会开门？”

李月明把他抱起来：“我们小乖很聪明的。”她见小乖一直盯着乔阮看，托着他小屁股的那只手往上颠了颠，“小乖，叫姐姐，乔阮姐姐。”

他刚学会说话，说得还不太利索，在李月明“复读机”式的教导下，他终于张开粉嫩嫩的小嘴，磕磕巴巴地喊出：“姐……姐。”

乔阮笑着和他打招呼：“你好呀。”李月明告诉乔阮，她爸妈今天不在，去公司了，家里没人。

她把小乖放下来，让他自己去玩，然后从鞋柜里拿出了一双新的女式拖鞋，递给乔阮：“乔老师请穿鞋。”乔阮的拘束被她这句玩笑话彻底打消。

李月明还要看着小乖，所以她们直接在客厅补课。乔阮看了眼她的错题集，挑选了几道比较典型的给她讲。其他题目多多少少都是这几道题演变来的。她讲到最关键的一步，旁边传来开门声。李月明扭头往后看了一眼，惊讶地说：“沈负？你怎么在我家？”

这带点疑惑的语句，一字不落地进了乔阮的耳中，连同沈负这个名字。她因为太用力，笔芯断掉，好在声音小到连乔阮自己都没听到。

清冽透彻的少年音，语调温柔，还夹杂点淡淡笑意：“借你家浴室洗了个澡。”

李月明趴在椅背上：“你家没人吗？”

“没有，瑶瑶去找朋友了。”

听到“瑶瑶”这两个字，李月明不屑地“嘁”了一声。此刻的乔阮动也不敢动一下，生怕吸引了他们的注意力，将话题引到自己身上。安静了片刻，乔阮察觉到那道看向自己的视线。

果然，下一秒，少年的声音再次响起："是你最近认识的朋友吗？我好像没见过。"

李月明揽着乔阮的肩膀："她是我同班同学，叫乔阮。"见乔阮没动，她又喊了一声，"乔阮，这是我朋友，也是咱们学校的，就隔壁班的，你打个招呼。"

乔阮看了一眼自己被洗得发白的牛仔裤，又看了一眼自己身上穿的夏季校服。她缓慢地站起来，转过身。沈负就站在距离她不过两米的地方，穿着简单的白色短袖和黑裤子，黑发还在往下滴水。她看到他的肩膀被淋湿了，甚至显出了肩胛骨的轮廓。乔阮一动不动，像在发呆。沈负看向李月明，笑得有点无奈："你朋友怎么了？"

李月明说："没事，老毛病了，爱发呆。"她用肩膀轻轻撞了乔阮一下，"醒醒。"然后乔阮就醒了。乔阮控制住自己发抖的左手，怯生生地和沈负打招呼："你好，我叫……乔阮。"

她想，如果能换一身衣服就好了。沈负肯定已经不记得了，一个月前，他在学校公园旁的人工湖救起了她。"乔阮。"沈负念了一遍她的名字，垂眸看着她，那双好看的桃花眼里带着温柔笑意，"名字和人一样可爱。"乔阮知道他在说客套话，但她还是很开心，自己终于和沈负说上话了。

沈负后来接了个电话，挂断以后走过来，和李月明打了声招呼："瑶瑶放学了，我就先走了。"乔阮盯着他的背影，看了很久，直到门关上，她什么也看不见了。

那天回到家，她打开日记本，在上面写下日期，却一个字也没写。她觉得，重要的日子是没办法用言语形容的。空白才能让人遐想，等到很多很多年以后，她把日记本拿出来，翻看到这一页的时候，会因为好奇而努力地回想。然后想起，这一天的自己，终于和感激的人说上了话。

妈妈夏依然在外面敲门，让她抓紧时间上个厕所："你马叔叔快回来了。"马越霖并不喜欢乔阮，他觉得乔阮是个"赔钱货"，养着她只会浪费钱。夏依然把她从小翘山接过来的第二天马越霖就要赶她走，他说自己的钱不养闲人。后来他看到乔阮长得好看，成绩也好，以后就算考不上好大学，也能嫁给一个有钱人，所以就把她当成一件商品投资。但这丝毫不影响他对待乔阮的态度。

乔阮在家里都尽量避免和他碰面，不然他心情不好，又会拿夏依然出气。乔阮收拾好东西的时候，马越霖回来了，他今天应该赌赢了，心情不错。乔阮听到他在笑。她把日记本合上，放进抽屉里，然后脱了袜子上床。

即使雨停了，这个城市仍旧是潮湿闷热的，更别说是这种窄小到见不到阳光的老小区。乔阮躺在床上，感觉被褥都是湿的。

客厅里的动静有点大，哪怕她的房间隔音效果很好，还是隐隐约约听到了。她翻了个身，把脑袋埋进被子里。她想，明天把被子拿到天台晒晒吧，希望还有位置。

第二天早上，乔阮起得晚，她来例假了，昨天晚上肚子疼了一晚。

马越霖还没起床，乔阮动作小心地换上鞋子，提着垃圾袋下楼。楼下士多店的阿姨和她打招呼：“阿妹，早啊。”

乔阮笑了笑：“阿姨早。”

垃圾桶就在前面，几步路的距离。乔阮扔掉垃圾袋后，拿出一张湿巾擦手。她每次生理期肚子都会疼，夏依然特地给她买了一个保温水壶，里面装的是红糖水。

今天的早餐也没时间买了，她一路跑去学校，最后伴着上课铃声进了班。

早读是数学课，数学老师已经在教室里了。若是平时有人踩着上课铃进教室，肯定会被他训斥一顿。但看到是乔阮，他什么话也没说，只让她先进来。因为知道她听话守时，入学这几个月，她从来没有迟到过，更加不可能无缘无故迟到。知道她迟到肯定是有原因的，所以可以理解。

班上顿时涌起了一阵不小的动静，也听不出来具体的内容。每个人都只敢很小声地埋怨，似乎在抗议这种不公平的对待。乔阮没力气说话，连拿笔都很费力。那一节课数学老师把之前考的那张卷子讲完了，还拖了三分钟的堂。他刚走，教室里就怨声载道的。

乔阮趴在桌子上睡觉。有人踢了一下她的凳子：“臭‘乡巴佬’，装什么装，怕被老白骂所以装生病？”

乔阮坐起身，没什么力气地回头看了一眼。原本坐在她后排的男生不知道去哪了，换成了一个女生。

她很困，又疼又困，连开口说话都显得吃力。所以她转回了身子，重新趴下。身后传来突然起身的声音，然后“砰”的一声，很快，空气中弥漫着一股红糖水的味道。

那个女生先是愣了一会儿，她没想到乔阮的保温水壶里装的是滚烫的红糖水，看到乔阮满头的红糖水，她也没有道歉，而是嘲讽一句：“真不知道这个‘乡巴佬’在傲慢什么。”

乔阮的头冒着热气。可无论女生怎么说，趴在桌上的乔阮毫无反应。过了很久，有人发现异样：“乔阮她……她是不是死了？”

乔阮醒的时候已经躺在医务室了。被红糖水浇过的头发结成了块，手腕上吊着针，在输液。刚才疼到意识模糊，想不到睡了一觉反而不疼了。

医务室的医生拿了两盒药出来：“现在这些学生啊，说话真的越来越冲了。”乔阮没说话。

医生问她：“跟老师讲了没有？”她动作缓慢地摇了摇头。说了又有什么用，只会换来变本加厉的欺负。

她额头被红糖水烫伤了一块，刚才已经做过简单的处理了。医生把药拿给她：“这个一天三次，一次两颗，这个一天两次，一次一颗，饭后半个小时吃，记住了吗？”

她声音虚弱地应道：“记住了。”从医务室离开之前，乔阮问了医生是谁送她来的。医生翻了翻记录本：“江演，也是你们班的。”乔阮点头：“谢谢医生。”她从医务室离开，想和江演道谢。

这节是体育课，难得没有被其他科目的老师占掉。同学们简单地跑了两圈就解散了。旁边的树荫处，坐了几个他们班的人，乔阮看到江演了，但没过去。沛城四季如夏，空气仿佛都被这暑气给扭曲了。她听见了树上的虫鸣以及他们的调笑声：“阿演，你该不会看上那个‘书呆子’了吧？”

江演踹了说话的人一脚：“少恶心人。”

那人嬉笑道："那你刚还抱人家去医务室？"

少年声音低沉，又带了点厌恶："不提还好，一提我就觉得恶心，手都洗破皮了，还是一股她身上的味。"

"什么味啊？我觉得她应该挺好闻的——书卷气，哈哈哈哈。"……看来不用道谢了。乔阮莫名地松了一口气，便转身离开。有人看到她了："那不是那'书呆子'吗，她怎么在这儿？阿演，她该不会是来找你的吧？"

"肯定是，英雄救美，想要以身相许了。"

江演皱着眉："滚！"视线却看向乔阮离开的方向。

估计是乔阮晕倒这事过于严重了，那个不慎将红糖水泼到乔阮身上的女生被请了家长和记大过。女生跑来找乔阮，问她能不能去和老师求个情，让这件事就这么过去。

乔阮看到她眼里的泪水了，哭得可真可怜。如果她口出恶言的时候能有现在的顾虑……应该是不会有的。乔阮想，他们这样的人，连句道歉都没有，从始至终只关注自己的未来和利益，甚至连现在的泪水都是假的。

李月明上午请了假，下午才来学校，她来的时候没看到乔阮，就问同桌。同桌把事情一五一十地讲了一遍。

李月明气得直接走到最后一排，质问江演："你们还是男人吗，欺负一个小女孩上瘾了是吧？她做了什么伤天害理的事要被你们这么对待？"

江演勾了下唇，笑得嚣张："怎么，想为她打抱不平？"李月明气笑了："我居然希望你们这些渣滓能有点人性。"旁边有人替江演鸣不平："这次不是江演，而且他还把乔阮送去医务室了。"

李月明冲那人骂道："这儿有你什么事啊，围观看戏的还有资格替人打抱不平？"那人见李月明真生气了，也没再开口。

她刚回到座位，乔阮就进来了。头发应该刚洗过，已经扎起来了。乔阮的发质很好，头发长度刚过肩，平时因为自卑害怕别人的目光，所以总是低着头，头发挡住了大半张脸。

这还是乔阮第一次把头发扎起来，圆圆小小的脸，还没有完全褪去婴儿肥。这下能罕见地很清楚地看见她的五官，大家看到的和班上那些欺负她的同学猜想的不一样。没有什么见不得人的伤疤，也没有缺一只眼睛，少一张嘴巴。她眼睛很大，黑而清澈，但此时半垂着，眼里的光少了一半。她蹲下身，把地上的保温水壶捡起来，拧上盖子放好，像什么也没发生过一样，翻开课本等待上课。张城发自内心感慨：“她这生命力也太顽强了吧，竟和没事人一样。”江演没说话，坐在那儿看书。张城凑过去看了一眼：“嗬，好家伙，还开始看语文书了。”

放学前乔阮被班主任单独叫出去，他从其他学生口中了解到这些天她一直在受欺负，说：“你家长有空吗？有空的话让他们明天来趟学校。”

乔阮急忙开口：“老师我没事，不用叫家长的。”

班主任眉头微皱，看着她额头上的烫伤：“都受伤了还没事？”

“真的没事！”

僵持了一会儿，见她坚持，班主任也不好再说什么，让她以后再发生这样的情况就告诉他。乔阮点了点头：“谢谢老师。”直到班主任走后，乔阮才将头抬起来。她妈妈一直觉得，她在学校就安全了，这样就不用担心她会像自己一样。可妈妈不知道的是，自己的女儿在学校也不怎么讨人喜欢。乔阮深呼了一口气，刚要回教室，有人从她身后过来，稍微加快了步伐，赶在她回教室之前站在了她面前。

沈负手里提着一个纸袋，笑眼温柔：“我还以为我认错人了。”乔阮看到他，所有的情绪都被窘迫取代。她下意识地往后退了一步。沈负看出了她的局促，也没有为难她。他大概是觉得好笑，脸上笑意便漾得更盛：“犯什么错了，怎么被老师拉出来训话？”

乔阮紧张到攥着自己的衣角，一开口，说出的话零零碎碎：“我……我没犯错。”

“我说呢，你这么乖，怎么可能犯错？”他笑了笑，把手里的纸袋递给乔阮，温声询问道，“可以帮我把这个拿给月明吗？”是用一种类似于哄小孩的语气。

乔阮伸手接过，生硬地点了点头。她站在那儿等沈负先离开，结果他却往她手里塞了一瓶水：“头发扎起来更适合你，很可爱。”然后他就走了。

乔阮看着他挺拔如松的身影消失在二班门口，突然觉得自己的眼圈发热。原来她不是不觉得委屈，只不过是没有被如此温柔地对待过。

她怕被人看见，于是急忙用袖口擦掉眼泪，擦完以后她又开始难过——她用袖子擦眼泪，脏死了。沈负那样干净的人，肯定也会嫌弃她脏。乔阮回到教室的时候神情已经恢复正常了，她把那个纸袋拿给李月明："这是沈负让我给你的。"

李月明放下笔，一愣："沈负？你碰到他了？"

乔阮点头："刚刚他来过。"李月明看了眼纸袋里的东西，是她的外套。今天下午突然降温，估计是她妈怕她冷，所以就让李慎送过来。李慎肯定是嫌麻烦，所以才拿给沈负的。

乔阮刚回到自己的座位，上课铃就响了，语文老师抱着一堆批改完的作业本进来，拿给乔阮，让她发下去。她甚至能听到自己站起身的那一瞬间，教室后排传来强忍的笑意。语文老师脾气不好，所以他们不敢太放肆。乔阮眼观鼻鼻观心，把作业本按照名字发下去。当看到"江演"这两个字时，她的动作稍顿，最后还是走到后排，把他的作业本放在他的课桌上。然后他当着她的面，把被她碰过的地方撕掉了。乔阮能看见他眼底的厌恶，仿佛她是什么恶心的怪物，被她碰过的地方都会沾染上病毒。语文老师象征性地批评了他一句，让乔阮不要管他。

那天放学，李月明气愤地骂了一路："江演真气人！"乔阮仿佛并不在意他，从包里拿出两瓶牛奶，给了李月明一瓶："回礼。"

李月明愣了一下，回什么礼？好一会儿她才想起来，前天自己请乔阮喝了一瓶饮料。

"这有什么好回礼的。"李月明接过牛奶，玻璃瓶的，"好喝吗？"

乔阮点头："好喝。"

"还好，脑子没被红糖水烫坏，还知道什么好喝什么不好喝。"李月明拉开瓶盖，喝了一口，眉头紧皱，"好甜。"

"会很甜吗？"乔阮自己也喝了一口，说，"我觉得还好。"

李月明从包里拿出一瓶矿泉水，猛灌了一口，把刚刚那股甜味压下去：

“应该是你爱吃甜的，所以才觉得还好。”乔阮确实爱吃甜的。大概是因为生活已经够苦了，吃点甜的能让人心情变好。

乔阮陪李月明走到公交车站，然后又换了方向，走回家。前几天有人疏通了下水道，积水已经退了。这里巷子多，弯弯绕绕的，巷子连着巷子，像迷宫一样。

乔阮为了节省时间走近路回来。士多店阿姨看她回来了，笑道：“阿妹，放学啦？”

乔阮点了点头：“阿姨下午好。”她走进楼，里面黑漆漆的，声控灯早就坏了。她家住在六楼，没有电梯，只能爬楼梯。

她刚走到门口，就感觉气氛不太对劲。开门的是马越霖，他看了眼她的书包：“买新书包了？”

乔阮点头：“之前那个肩带断了，没办法用了。”他不关心是哪里断了，他只关心用的是谁的钱：“你妈给你买的？”

乔阮急忙摇头：“我自己用奖学金买的。”马越霖似乎不信，皱着眉：“你那点奖学金用了这么久？”

“才一个月。”

马越霖懒得再理她，只要用的不是家里的钱就行。他把衣服一掀，露出肚子，拍了拍，躺在沙发上继续看电视。

乔阮稍微松了一口气。那天晚上，她洗了很久的澡。她很讨厌烟味，马越霖的身上烟味很重。她一边洗一边想，应该去找个兼职了——她下学期的学费还没着落呢。

听到她说要找兼职，李月明忙说要给她介绍：“我一个读初中的表弟，他妈正好想给他找一个家教，我待会儿给我舅妈打个电话。”乔阮对于别人的好意第一反应总是退缩：“不用麻烦你的，我可以自己去找。”

“没事儿，不麻烦，我还觉得是我表弟赚了呢，以后你都不能给我补课了。”她抱着乔阮，似乎很喜欢闻她身上的味道——甜甜的奶香味，“你怎么这么香啊，是不是因为你每天都喝牛奶？”乔阮被她抱着，动弹不得。

“啧啧啧，我说怎么从来没听说过你对哪个男生感兴趣，原来取向不同。”声音是从后面传来的。

李月明松开手，神色不满地看着李慎：“不说话能憋死你？”乔阮也抬眸看过去，玄关处站着两个身高相同的男生。她只认出了沈负。

李月明给她介绍：“那个欠揍的是我弟，李慎。”说完以后她就停住了。李慎自然而然地就把目光放在了乔阮身上。

乔阮有些紧张地收回视线。李慎微抬下巴：“新同学不做个自我介绍？”李月明握住她的手，轻轻捏了捏，像是在给她勇气。她不知道乔阮为什么会自卑，她这样的女孩子，本该是明艳向阳的。她总要慢慢学会适应这个社会。所以李月明希望她能自信一点，哪怕只是先说出自己的名字。

乔阮深呼一口气，结结巴巴地开口：“你……你好，我是李月明的同学，乔……乔阮。”

沈负意味深长地笑了笑：“还以为你只是和我说话结巴，原来对谁都结巴啊。”

李月明过来推他：“你行了啊，她本来就容易害羞。”沈负笑着点头，上身往前微倾，靠近乔阮了一点，视线和她平齐，然后道歉：“是我不好，别生气啊。”太近了，乔阮有点紧张，她甚至能闻到沈负身上的气味。他家用的洗衣液是什么牌子，怎么这么好闻？

李慎问李月明：“你这个同学多大？”李月明也不知道，看向乔阮。她声音不大：“我十五了。”

“才十五啊，十五就读高二？”

她点头：“我跳了一级。”

“嗬！”李慎一惊一乍，“还是学霸啊！”李月明得意得像是在夸她一样：“那是，我们小阮可是刚来就把沈负的第一给抢走了。”

李慎刚要调侃沈负，突然想起来：“你今天也要去接苏瑶月放学吗？”

沈负看了眼腕表：“要接的。”李月明似乎对这个苏瑶月很没好感，每次提到她，都满脸嫌弃：“她自己不会回来？”

沈负的表情相比刚才柔和了许多，笑容无奈，但又带了点宠溺：“我要是不去接她的话，她就使性子不肯回来。”

李月明白眼都快翻上天了。

李慎嫌弃地看了她一眼："行了，再翻白眼人都要昏过去了。"

李月明很无聊："反正她八点半才下晚自习，我们可以玩一圈。"

沈负为难地用食指指节蹭了蹭额头："我不太会。"

李月明恨铁不成钢："学习那么好，怎么连这个都不会，上次不是教过你吗？"乔阮疑惑地看向她，不知道他们说的是什么。李月明问她："你会玩飞行棋吗？"她愣了愣，懵懂地摇头："飞行棋？"

李月明："……"得，一个不会玩，一个直接不知道飞行棋是什么。李月明直接现场教学，考虑到乔阮和沈负不会，所以她首先将规则讲了一遍。

"扔骰子扔到几，就代表你的飞机可以走几步。不过首先得让飞机从家里出来，只有扔到六或者五才能出一架飞机。扔到六可以再扔一次。如果你刚好走到其他颜色的飞机所在的格子上，那么你就能直接送它回家了。"

她示范了一下，骰子扔出了一个三："三，出不去，只能继续扔。"

扔到六的时候终于能出一架飞机了，她继续扔："还有这些道具也是可以用的……"

等她讲完早就口干舌燥了。李慎说她："你这么想玩直接去电脑上玩飞行棋啊。"

"这种游戏就是要和朋友一起玩才有意思，和那些不认识的人玩，又枯燥又无聊。"她问乔阮听明白了没，乔阮不太肯定地点了点头："应该听明白了。"坐在她对面的沈负轻笑出声，等她抬头看过去的时候，他的目光早就移开了，不知道是在笑她，还是在笑别的。

乔阮玩得很认真，但她的飞机一直在家门口转悠，一直被别人的飞机给"撞"回来，甚至连沈负都多多少少赢了几把，可她这边还是毫无动静。李月明叹了口气："你这个运气实在差得可以，我玩这么久飞行棋，实在是没碰到过比你运气还差的了。"

沈负大概是在笑，头低着，肩膀轻轻地颤抖。少年的肩膀没有成人那般宽厚，但也到了可以给人安全感的程度了，瘦削却不羸弱。乔阮突然想起了马越霖。他胖胖的，有些油腻，穿衣服也不像沈负这样规整。

沈负是清爽干净的，周身像有光似的，总能吸引住乔阮的视线。她想，是不是一旦开始关注一个人，就会不自觉地拿他去和其他人做比较？沈负笑好了，坐直了身子，那双狭长的桃花眼满含笑意望向她：“你再这样的话，会让我质疑我的智商的，居然把第一名输给了这么笨的小姑娘。”

乔阮有些紧张地攥着桌布，不敢看他。他的笑容过于明媚灿烂了些，好似能将她灼伤。自卑的小情绪总是不合时宜，在最关键的时候偷偷跑出来。其实她很想认真地看清楚沈负的笑容到底是怎样的，肯定很好看吧。

飞行棋没有玩多久，八点半，艺校该下晚自习了。中途沈负就频频低头看手表，担心会迟到，离开之前还顾及李月明的心情，笑着应允她：“下次一定好好陪你玩。”

他穿上衣服走了以后，乔阮差不多也要走了。李月明站起身：“我送你。”她们刚换好鞋子，有人在外面按门铃。乔阮看见屏幕上的那个人了，是沈负。李月明伸手把门打开：“怎么了？”

他递过来两杯奶茶：“给你们买的。”他看着乔阮，“不知道你喜欢喝什么，所以就买了和月明一样的。”乔阮向他道谢。他极轻地歪了下头，那双桃花眼因为惊讶而微微睁大，看着乔阮：“不脸红了。”

他的话音落下，乔阮只觉得自己的脸烫得吓人。她不确定红了没有，但看到沈负满意的笑容，她知道，大概是红了吧。

在李月明护崽子般的骂声中，他笑着离开了。李月明说的是：“沈负，你少‘调戏’我家小阮。”“调戏”，是个很奇怪的词，成功让乔阮的脸更红了。乔阮看到他手里提的另外一杯奶茶了，应该是给那个叫苏瑶月的女孩子买的吧。

乔阮回到家，马越霖也在。他的工作都是那种临时工，工资日结，一天换一个地，长期的他待不住。他坐在沙发上看电视，夏依然在旁边剥蚕豆，乔阮看到了，换了鞋子过来帮忙。夏依然心疼地用干净的手背碰了碰她的脸：“妈妈马上就剥完了，你快回房间写作业。”

“没事，我的作业在同学家写完了。”乔阮从小就做这些家务活，很熟练了。有了她的帮忙，夏依然很快就剥完了。

马越霖今天看上去心情不错，也没有赶她回房，乔阮就在厨房多帮了会儿忙。她把土豆切成小块放在碗里装好："妈，你待会儿给奶奶打个电话，下个月的贫困补助申请要村主任开证明。"

夏依然惊讶地看向她："奶奶家安了电话？"乔阮想起来了："给村主任家打。"夏依然笑了笑，摸摸她的头："好，妈妈待会儿就打，我们可爱的小阮同学可以去忙自己的啦。"

她侧头往外看了看，客厅里马越霖已经躺在沙发上睡着了，手里还捏着遥控器。夏依然悄悄掀开围裙，从牛仔裤兜里拿出一张五十块的纸币塞给她，小声说："乖宝去楼下买点吃的。"

乔阮不要，要还给她。夏依然眼眶顿红，眼泪在眼眶里打转："妈妈没用，让我们乖宝受委屈了。"乔阮抱着她，说不委屈。

乔阮最后还是下了楼。她知道，如果她执意要把钱还给妈妈的话，妈妈肯定会更难过。乔阮摊开掌心，看着那张被汗浸湿的纸币，突然有点难过。

士多店的阿姨看到她了，和她打招呼："阿妹，吃饭了吗？"

乔阮摇头，笑了笑："我妈还在做饭。"

附近有个篮球场，她想去那里坐一下。太早回去的话，夏依然肯定会怀疑她并没有花掉那些钱。篮球场很大，路灯已经开了，人也多，大多都是在旁边围观的。

"中锋好帅啊，哪个学校的？"

"好像是一中的。"

"还是一中的学霸啊，太帅了，我去要联系方式。"

乔阮觉得有点吵，就拿出MP3开始听英语单词，听完一课差不多就可以回去了。她在心里默读，由于过于专心，所以没有注意到滚到自己脚边的篮球。肩膀被人戳了戳，乔阮取下耳机疑惑地抬眸。

面前不知道什么时候站了个人，这人抱了个篮球，和她打招呼："你住在这附近吗？"她点了点头，没开口。

"真巧，我也是。"这人在她身旁坐下来，"你是哪所高中的？"她不太想说，但不回答又显得很没礼貌，于是只说："一中。"他笑道："那真巧，我有个朋友也是一中的。”

乔阮的手扯紧耳机线，手指被勒出很深一道痕迹。说曹操曹操到。他说：“我朋友来了，说不定你们还认识呢。”

说着，他问乔阮：“江演，你认识吗？”

熟悉的声音在乔阮耳畔炸开，带点烦躁和不耐烦：“还打不打了？”

“打啊，我这不是看到她长得好看，想认识一下嘛。她说她是一中的，你们认识吗？”

江演反问：“我为什么要和她认识？”他们应该是走了，声音越来越远：“这么好看的女生你不认识？”江演冷笑一声，没有接他的话。耳机线都快被扯断了，乔阮急忙起身离开，生怕再在这里多待哪怕一秒。

回到家里，饭菜已经做好。夏依然看到她，起身给她盛了一碗饭：“我刚刚已经给村主任打过电话了，他说明天给你寄过来。”

马越霖点了根烟，问夏依然：“什么证明？”夏依然声音稍微小了点：“阿阮的贫困补助申请证明。”

他问：“多少钱？”夏依然看向乔阮。乔阮说：“五千。”

“五千？这当学生就是好，政府还给补助。”马越霖捏着烟头，使劲地在桌上按压，“钱到账以后你给我转两千。”

夏依然急忙开口：“这是阿阮下学期的学费。”

马越霖瞪着她：“她在我家白吃白住，我还不能收她点生活费了？”

乔阮大口大口地吞着饭，只想赶紧吃完：“我会给的。”她想，如果给了这个钱，妈妈的日子应该会稍微好过一些吧。

台风要来了，这些天突然降温。最近新闻都在报道这件事，听说这次的台风很凶，其他国家有些房子都被吹倒了。视频在班级群里传来传去，那些从小生活在沿海城市的人都觉得这次台风可怕，在内陆城市长大的乔阮却不觉得有什么，可能是因为没有亲眼见过它的可怕吧。

笔没墨水了，她趁下课去了一趟超市，选了几支，把收银员找给她的零钱放在校服口袋里。她刚从超市出去，就被几个女生堵住了。

有人问：“你就是乔阮？”

乔阮不认识她们，却下意识地握紧了手里的笔。她太熟悉这种说话的语气和眼神了。来这里的三个月里，她经历了无数次。

“过来一下。”

乔阮没动，那个说话的女生恼火了：“我让你过来你没听到啊？”

因为快上课了，超市附近没什么人。僵持的时间里，说话的女生开始不耐烦，拽着乔阮往女厕所走。

她们说她“狠毒”，说夏红苑成绩那么好，好不容易争取到的保送机会就这么被乔阮给弄没了，“装什么可怜，最烦你这种人”。

“她被学校记过和我有什么关系？”乔阮甚至能听见自己说话的声音在抖，不光声音抖，她的全身都在抖。可她仍旧不觉得是自己错了，所以罕见地出声反抗。那个女生不满道：“不是因为你她能被记过？”

因为她什么？明明她什么都没做。乔阮的眼睛红了，不是因为难过，而是委屈。她明明什么也没做，只想好好读完高中顺利毕业，然后考上一所好的大学而已。

乔阮也不知道该怎么办，那一瞬间她的大脑放空了，只觉得脸突然一痛。再然后，女厕所的门被人两下给踢开了。沈负还喘着气，应该是一路跑过来的，然后就看到乔阮站在那里，靠着墙，眼睛红红的。

他稍微稳了一下呼吸，然后说：“乔阮，过来。”难得听到他的语气是没有带着笑意的。乔阮的手抖得越发厉害，缓慢地朝他走去。

沈负看着乔阮凌乱的头发和歪斜的衣领，动作温柔地替她理好。

沈负先把乔阮送回班里，安慰她：“我会和学校说明情况的，你别怕。”乔阮眼神涣散，点了点头：“谢谢。”她觉得沈负应该是想再和她说些什么的，可他没说。于是乔阮回了教室。

已经上了十几分钟的课了，乔阮旷课，连老师都觉得不可思议，却也没有深究。这似乎是好学生的特权。课讲到一半，乔阮顶着红肿的眼出现在教室门口，喊了一声：“报告。”生物老师听到声音了，点了点头，让她进来。乔阮走进教室，看了夏红苑一眼，后者迎着她的目光冲她猛翻白眼。

乔阮似乎并没有受到刚才那件事的影响，仍旧很认真地在听课。这是唯一能帮助她和妈妈摆脱困境的出路了。身后递过来的纸条她也没看，而是被压在了文具盒下。下课铃刚响，李月明就过来了：“你怎么了，谁欺负你了吗？”乔阮把课本收好：“我没事的。”李月明只关心一个问题：“是谁？”问完以后似乎想到了什么，李月明走过去把夏红苑的课桌掀了：“乔阮怎么得罪你了？你犯得着这么针对她吗？”

课桌上放的茶杯也掉在地上摔碎了，这巨大的动静让夏红苑过了很久才反应过来。她应该也很生气：“李月明，你现在是要为了乔阮得罪我吗？”

李月明笑出了声：“你算个什么东西，我还怕得罪你？”夏红苑气得咬牙切齿：“我看你真是疯了，乔阮给你灌了什么迷魂汤？”

“都烦不烦？”倦怠且夹杂着些许烦躁的声音打断了她们的争吵。是江演。他被吵醒了，脸上还有睡痕。他的视线落在乔阮脸上，很快就挪开了。他靠在椅背上，笑得痞里痞气：“夏红苑，可以啊，最近比我还霸道。”

夏红苑不敢和江演对着来。他家有钱，加上他人也浑，得罪他没什么好处。所以她狠狠地瞪了乔阮一眼，只敢将所有情绪都发泄在乔阮的身上。而乔阮根本连一个眼神都懒得分给她，只是走过去把李月明劝走了：“没事的，我没事。”李月明的眼睛一下子就红了：“脸都肿了还没事啊。”

她是第一次在乔阮面前哭，等她趴在自己肩膀上，乔阮才逐渐回过神来。肩膀被她给哭湿了。

上课铃响后，来的是体育老师，他说周五数学老师想搞个测试，所以把课换了。班上响起一阵欢呼声。体育老师让体育委员把人带去操场。乔阮刚起身，李月明就跟过来了。她说为了防止乔阮以后再被人欺负，她得寸步不离地保护她。乔阮无奈地笑了笑，胸口却是暖的。跑完操后，李月明牵着乔阮的手去买了两杯奶茶，加冰加糖，说：“知道你喜欢吃甜的。”

她们坐在操场旁边的椅子上，李月明用冰奶茶给乔阮的脸去肿：“疼吗？”乔阮说：“一点点。”李月明安慰她：“没事，明天就不疼了。”

坐在后面观众椅上的江演把外套脱了，又将鞋带解开重新系紧。旁边的张城突然开口，说：“我最近突然发现书呆子长得还挺好看，比八班那个姜甜甜还好看，不是都说姜甜甜是一中校花嘛，我觉得和书呆子比起来她也不怎么样啊。”江演回头看了他一眼，眼神带着警告，然后张城就会意地点头：“行，我不说了。”

他也不大清楚江演为什么会讨厌乔阮，她也没做什么得罪他的事，甚至可以说是没有交集。江演这个人虽然浑，但还没有浑到去欺负一个女生。乔阮似乎是个例外。江演拿着篮球去了球场，已经有几个人等在那儿了。

因为他的出现，一些女生都围过去了，给他加油。李月明又开始翻白眼：“我跟你讲，我和江演初中就是同学，他以前就这样。”

乔阮：“以前就……？”李月明讲得有点心虚：“反正他这个人不太行。”乔阮点了点头。她对于江演的事其实不感兴趣，但还是出声回应：“这样啊。”

“虽然他脾气臭，但还挺受女生欢迎的。”

球场上，刘辉把球传给江演：“书呆子怎么一直看你。”正越过防守投篮的江演听到他的话停了下来，皱眉往回看了一眼。李月明不知道在和乔阮说什么，后者偶尔会抬眸往他这边看一眼。距离有点远，江演看不清她脸上的表情。刘辉调侃他：“不会是想了解你吧？”江演皱眉，一脸不耐烦地把球扔过去：“闭嘴。”

乔阮听李月明讲江演的事，听得不是很认真。她不想了解他。她唯一好奇的只是：“那你知道他之前有特别讨厌过哪个女生吗？”李月明心直口快：“他要是真讨厌哪个女生我才觉得奇怪呢。”

乔阮微抿了唇，低下头。李月明后知后觉地反应过来自己说错话了，又去安慰乔阮：“他讨厌你是他有病，你一点问题都没有，这么可爱的女孩子都有人讨厌，那简直没有天理了。”

乔阮的注意力被她最后那句话给吸引了：“我……我很可爱吗？”她的脸有点红，可能是觉得自己问出这种问题有点害臊吧。

李月明说：“很可爱，非常可爱。”然后乔阮就有点庆幸地想，那么沈负关注到她的概率是不是多了零点零几。

体育课没有上完，因为下雨了。班主任去开了个会回来，手上拿着教育局发下来的通知：“台风要来了，明天大家都在家里好好待着，不要出门。”教室里突然爆发一阵雀跃的欢呼，大家对不是周末还放假这件事感到很高兴。收拾东西准备回家时，乔阮看了眼窗外的大雨，有点懊恼自己为什么没有带伞。李月明背上书包过来问她带伞了没。乔阮摇头：“忘了。”然后李月明就把自己书包里的伞拿出来给了她：“我就知道你肯定忘记了，这个给你。”乔阮没接：“那你呢？”

“我去我弟那里挤一挤，这把伞太小了，打不了两个人。”

乔阮这才犹豫地接过伞。李月明挽着她的胳膊：“你先陪我去找李慎。”

原来李慎也是他们学校的，乔阮却完全没有印象。乔阮点了点头，问李月明：“他是几班的？”李月明说：“二班的，就在我们隔壁。”

听到“二班”这两个字，乔阮愣了片刻。她也不知道自己在期待些什么。关注一个人的确是种很奇妙的体验，会不由自主地去关注他在哪儿，甚至连偶尔走到他的班级门口，都会想到或许会被偶然抬头的他看到。那种感觉就像是开盲盒，你永远也猜不出下一个开出来的是什么，但你永远有所期待。

她下意识地整了整自己的头发，又低头去看自己的衣服，觉得没有出错后才放下心。到了二班门口，教室里的人已经走得差不多了。乔阮下意识地在教室里搜索沈负的身影，然后听到了李月明问李慎：“沈负呢？”

李慎不带课本回去，只把作业装进书包里：“他担心苏瑶月被雨淋着，早走了。”乔阮的心里突然空落落的。

和李月明在街口分开，乔阮撑着伞回家。士多店的阿姨送给她一盒喜糖，笑得灿烂，看上去很高兴：“我儿子下个月结婚，这是喜糖，阿妹拿回去吃。”乔阮接过糖，笑容乖巧：“祝哥哥和嫂子百年好合。”阿姨很高兴，说乔阮妈妈好福气，生了个这么可爱的女儿。

乔阮收伞上楼，马越霖今天不在家。夏依然切好了黄瓜，看到乔阮回来了，从厨房出来给她拿书包：“今天你马叔叔不回来，想吃什么和妈妈讲，妈妈给你做。”乔阮挽着她的胳膊撒娇：“妈妈做的我都爱吃。”夏依然捏她的鼻子：“怎么这么乖啊，我的宝贝女儿。”

乔阮吃完饭后，夏依然让她坐着等一会儿，然后她回了一趟房间，再出来的时候神神秘秘的，双手也背在身后。乔阮疑惑：“怎么了？”

夏依然走过来，把藏在身后的盒子递给她：“虽然不贵，但总比没有好，你先用着，等妈妈以后赚了钱再给你买一个更好的。”是一个手机。哪怕马越霖不在家，可乔阮还是下意识地想要把它挡住：“要是让马叔叔知道了又要打你了，你拿去退掉，我不需要这个的。”

“没事。”夏依然摸了摸她的头，“是我用攒了很久的私房钱买的，你马叔叔不会知道。你要是不收的话，妈妈会难过的。”她的确很难过，当年把乔阮一个人丢下自己走了。这么多年了，乔阮没有妈妈活了这么多年，现在夏依然只想拼尽全力地爱她，给她最好的。可她还是太没用了，什么也做不了。那个手机乔阮最后还是收下了，因为夏依然哭了。

这是她人生中的第一个手机。她先存了李月明的号码，在新建那栏里停了很久很久。其实她和沈负毫无交集，如果不是因为李月明，可能他们这辈子都不会说上话，毕竟是完全不同的两个世界里的人。他那么温暖的人，一定是被好多好多的爱呵护长大的吧？在乔阮很小的时候，她的梦想是成为水星，因为它是离太阳最近的行星。她很怕冷，讨厌阴暗潮湿的地方。所以看到沈负的第一眼，她就把他当成了自己的光。她迫切地渴望他身上的温暖，想要努力追赶上他。

那天夜晚，她做了一个梦。她梦到了沈负。哪怕是做梦，她也是一个自卑怯懦的胆小鬼。

第二天她起得早，因为是台风天，她没出门，就在家写作业。昨天晚上给李月明发的那条短信有回复了，估计是她终于睡醒了。

李月明：“我刚刚还在想该怎么联系你。下午台风就过去了，晚上我们去滑冰啊！”

乔阮沉吟了片刻，然后拿起手机，还不太熟练地打着字：“滑冰？”

李月明：“沈负得了美术大赛一等奖，给他庆祝庆祝。”

乔阮：“沈负还会画画？”

李月明：“当然会，他从小就跟着他外公学习国画。”

乔阮：“这样啊。”

李月明：“你不知道也正常，除了我们这几个从小和他一起玩到大的，其他人也都不知道。”

他好像总是很低调，从来不宣扬自己到底有多厉害。他总是安安静静地做自己的事，对待别人，总是温温柔柔的。可能只有上辈子拯救了世界的人，才能追赶上他吧。乔阮突然有点难过，难过上辈子的自己为什么不争点气，去拯救世界。

乔阮最后还是去了。李月明说来她家接她，让她把地址发给她。乔阮说不用，李月明却坚持：“刚刮过台风，路不好走，我们开车去接你，再说了，我和你认识这么久，还没去过你家呢。”

乔阮推开窗，对面就是隔壁楼住户的厨房，那一整面墙被厨房里的油烟熏得发黑，距离不过一米，甚至可以从那边翻墙过来。没关系的，李月明应该不会介意，她是很好很好的人，她不会因为朋友穷而嫌弃的。

乔阮这样想着，像是在安慰自己，又像是在说服自己。乔阮点头，笑着应允：“好啊。”

李月明他们来得很快，按照乔阮说的那个地址来到她家。夏依然过去开门，她原先以为是马越霖的那些酒肉朋友，还有些不高兴，当门打开，看到那几张带着少年气息的面孔时，她微怔了片刻。乔阮和她长得很像，所以李月明一眼就认出了她是乔阮的妈妈。李月明笑容甜，嘴巴也甜：“阿姨，我们是乔阮的朋友，请问她在家吗？”

“在的在的。”她急忙侧身，让他们进屋，“阿阮，你同学来了，你还没上完厕所吗？”为了确保洗手间里的乔阮能听到，她喊的声音有点大。一旁的李月明在努力憋笑。夏依然倒了几杯热水端出来，笑容温柔：“喝点水。”乔阮从洗手间出来，洗了手。原本以为来的人只有李月明，却在出来的那一瞬间看到了客厅里的沈负。她下意识把睡衣的袖口往里卷——睡衣很旧了，是她从老家带来的，因为穿了太久，袖口都脱线了。夏依然说，等过几天去街上，买些彩色的线回来帮她缝好。

乔阮有些局促地走出来：“你们稍微等我一下，我去换件衣服。”听到声音，正礼貌专心地听夏依然讲话的沈负，将视线移到乔阮身上。后者却并没有看他，急忙回了房间。她换衣服很快，几分钟就出来了，怕让他们等太久。大概是李月明的声音大了一点，把在房间里睡觉的马越霖给吵醒了。他骂骂咧咧地从房间里出来："这个赔钱货，发癫了吗？"他脸上的戾气重，也没穿上衣，光着膀子。正好乔阮从房间里出来，看到他的那一瞬间吓得往后退了几步。她下意识地看向夏依然，眼里满是惊恐，都已经成为条件反射了。沈负无声地看了乔阮一眼，聪明如他，不可能看不出乔阮脸上的情绪代表着什么。他站起身，看向夏依然："阿姨，那我们就先走了。"

夏依然回过神来，笑容有些勉强地冲他点了点头："你们去吧，好好玩。"乔阮突然不想去了，怕他们走了以后夏依然会被打。

马越霖看到放在桌上的东西时，脸色变了。这是沈负和李月明提来的一些药酒和补品，都不便宜。乔阮暗暗松了一口气，只要他心情好，应该就不会有事。她是被夏依然牵出去的："玩得开心点，妈妈今天给你留门，多晚都没关系。"

从这栋楼里出来，李月明终于呼出了那股压抑的气息："那是你爸？长得不像。"乔阮说："是我继父。"李月明道："难怪。"

士多店的阿姨看到乔阮了："阿妹，和朋友出去玩啊？"乔阮点头："阿姨下午好。"阿姨笑了笑，眼神在沈负和一直等在楼下的李慎身上徘徊，看得乔阮脸红。

沈负的笑声来得晚了一些，等到他们走出巷子，他才开始垂眸低笑。他笑得厉害时，肩膀会轻轻颤抖，头低着，乔阮看不清他的样子，

乔阮不知道他为什么笑，他却垂眸看她，一边看一边笑。于是乔阮便明白了，他应该是在笑她。沈负大概是想碰碰她的脸，手都抬起来了，想到不是很礼貌，又放下了。他有点好奇："你的脸部构造是不是和我们的不一样，怎么可以红这么久？"她的脸更红了。

李月明冲过来捶他："她本来就容易脸红，你还故意逗她。"

巷子太窄了，车开不进来，于是司机就等在外面。他们还没考驾照，开车这种事都是家里的司机代劳的。车是沈负家的，司机也是沈负家里的。

沈负看了眼后排的座位，现在后排要坐三个人："可能会有点挤。"

李月明说：“没事，凑合着坐。”沈负想了想，还是关上了副驾驶座的门：“我去后排坐吧。”李月明不解：“为什么？”

沈负看向乔阮，似乎想到了什么，一直掩饰着笑意：“她和阿慎不熟，和他坐一起又脸红了怎么办？”

乔阮急忙用手指掐自己的掌心，想要用疼痛来转移注意力。她也很讨厌自己动不动就脸红的毛病。

李月明不想挨着沈负坐：“他每次一上车就睡觉，没劲透了。”于是乔阮就坐在了最中间。李慎连了手机蓝牙说要放歌，问他们想听什么。李月明把自己的手机拿过去：“听我的。”李慎接过手机。

乔阮其实没心情听歌。离得太近了，她甚至能听到沈负的呼吸声，很轻，虽然在重金属音乐的冲击下，几乎可以忽略不计，但乔阮还是听得一清二楚。这是他们至今为止，离得最近的一次。

前面大概是在修路，那些牌子被台风吹走了，路面也不好走。任凭这车的减震效果再好，还是颠得不行。

李月明问乔阮：“你们这路修了多久了？”乔阮也不知道：“我从来不走这边。”李月明又问了她几个问题，但乔阮没听清，她甚至好像听不清周遭所有的声音了。沈负的手不知道是什么时候滑下来的，正好碰到乔阮的手。他身上很凉，和他外在的温暖不一样。睡梦中的他大概是察觉到手背上触碰的那点温度了，努力想要留住，于是紧紧握住了她的手。

那种感觉很奇怪，乔阮不知道应该怎么去形容。她不敢动，怕惊醒他。车子颠了很久，终于开出了这个路段。她听到李月明在她身旁说的那句：“终于要到了。”她小心翼翼地把手抽出来。

沈负没多久也醒了，他按了按有些酸痛的肩膀：“快到了吗？”

乔阮一边在心里庆幸及时把手抽出来，一边点头：“快了。”

沈负又重新靠回去：“好困。”他的确满是疲态。

乔阮疑惑地问他：“你昨天没睡觉吗？”

“睡了。”他的笑容有些无奈，“但没睡着。”

她问：“失眠了吗？”

沈负盯着她看了一会儿，轻笑着坐直了身子：“看你这么紧张，我还以为失眠的是你。”乔阮愣在那里，担心被看穿心思，又紧张得结巴起来：“我……我紧张吗？不紧张啊。”

沈负顺从地点头附和：“是不紧张，刚刚是我眼花看错了。”司机询问沈负：“把车停在北门吗？”沈负看了眼窗外的建筑：“就停这里吧。”

下车以后，乔阮看着这里的高楼大厦，突然有一种难以融入的感觉。她来沛城的这三个月，每天都从流水巷到学校，又从学校到流水巷，还没有去过其他地方。李月明挽着她的手走在前面：“你看过海吗？”

“海？”乔阮摇头，“没有。”李月明吃惊地道：“沛城可是沿海城市，你来这儿这么久了，都没去过吗？”

乔阮微抿了唇：“我回去了要做家务，没有时间。”李月明一直都觉得乔阮可怜，但是又怕表现得很明显，会伤害她的自尊心，所以就没有继续这个话题了，只是承诺乔阮：“我下次带你去。”

乔阮点头：“嗯。”他们先去吃饭。李月明想吃日本料理：“这里有一家店，他们家拉面特别好吃。”李慎调侃她：“是谁今天出来，说要狠宰沈负一顿的？”沈负听完后也只是笑了笑：“还好今天带卡了。”李月明说今天就先放过沈负，下次再宰。

服务员问他们有几位，沈负温声答道：“四位。”“好的。”服务员带着他们走到一张空桌面前。

在沛城生活的大多数人似乎都吃不了辣，他们三个人都点了清淡的食物，只有乔阮点的是稍微辣点的食物。

东西点好以后，服务员刚离开，李月明就好奇地问沈负：“你那幅得奖的画作可以给我们看看吗？”沈负倒了杯热水，在询问过乔阮的意见后给她也倒了一杯：“那幅画还在展出，展出结束应该就会送回来了。”

乔阮不知道说什么，只能小口小口地喝着水。一杯喝完了，沈负又给她倒了一杯。拉面端上来，李月明觉得乔阮那碗应该很好吃，就尝了一口，立马被辣椒呛到。

她猛喝了三杯水才把辣味压下去，一边用手扇风一边说：“太辣了。”

乔阮有些困惑地吃了一口："辣吗？"李月明感慨："这还不辣？我已经算是我们三个人中间最能吃辣的一个了。"

她或许是觉得自己现在有点丢脸，所以强行拉了沈负下水："沈负以前吃过他爸给他煮的面，放了几个红辣椒，他吃完以后就上吐下泻，然后进了医院。"乔阮疑惑道："叔叔知道你不能吃辣椒，为什么还要在面里放辣椒？"沈负的笑容仍旧温和："我也不太清楚，或许是想要锻炼我。"锻炼？好奇怪的锻炼。

拉面店隔壁就是滑冰场，乔阮被李月明带进去换鞋子，她看到玻璃护栏里的冰面，她一开始还以为是老家滑冰场里的那种旱冰。

她不会滑，换上鞋子走路也歪歪扭扭的，李月明牵着她的手走进冰场。脚下更滑，她更站不稳了，扶着栏杆不敢滑。

沈负滑过来，虽然是询问的语气，但心底已经有了答案："不会？"

乔阮点头，脚下太滑了，她怕摔倒，手一刻也不敢离开栏杆。沈负让李月明先去玩："我来教她。"李月明的心早飞了："我滑一圈就过来。"

见乔阮不肯松开手，沈负轻声哄道："乔阮，把手给我。"

乔阮此刻压根就没心情去想其他的了，她将护栏抱得更紧了一点："我……我怕。"

"没事。"他像是在和她承诺，"有我在，不会让你摔倒的。"

乔阮看了眼沈负的眼睛，觉得还算真诚，应该不是在骗她，于是小心翼翼地松开手，伸过去。沈负顺势握住她的手，一大一小，对比明显。乔阮总觉得，他的体温甚至比冰场里的温度还要低。

沈负忽然说："腿打开。"乔阮疑惑："啊？"沈负笑得有些无奈："并得太拢容易重心不稳，会摔倒的。"

"哦哦。"乔阮小心翼翼地把腿打开。沈负慢慢教她，他说得细致，她不懂也没关系，他不介意再说第二遍、第三遍，甚至第四遍，没有一点不耐烦。

直到最后，连乔阮自己都有些过意不去："我……好像有点蠢。"

他点头："是有点。"乔阮抬眸，他又笑，"不过蠢一点也没事，我觉得蠢一点也很可爱。”正在努力尝试往前滑的乔阮，因为他的这句话，突然脚底打滑往前摔。

好在沈负就站在她前面，面对着她站着。她只是摔在了他身上。

大脑空白了一会儿，她急忙从他身上离开：“对……对不起。”

沈负表现得非常大度：“没关系。”正当乔阮庆幸这部分终于过去的时候，他又突然问她，“我是不是还挺好抱的？”

乔阮愣住，没有开口。

沈负疑惑地垂眸：“怎么不回答，抱起来不舒服吗？”直到看见乔阮的耳朵以肉眼可见的速度变红，他又一秒恢复了正经，浅笑着点头，“好了，不逗你了。”乔阮抿了抿唇。

沈负突然把牵着她的手松了，并往后退了一段距离：“现在自己试试。”乔阮深呼了一口气，往前滑出第一步，然后啪唧一声，摔倒了。

他们是七点离开的，比预计的时间提前了一个小时。乔阮去了趟洗手间，等她出来的时候沈负已经不在了。

李月明说他去舞蹈室接苏瑶月了：“下周市里有一场舞蹈比赛，她为了能得第一，台风天都在练习。”

苏瑶月，乔阮听说过很多次这个名字了，她终于没有按捺住好奇心，问李月明：“苏瑶月是沈负的亲戚吗？”

“不是。”李月明告诉她，“苏瑶月的妈妈是沈负妈妈的朋友，他们俩从小就认识，后来苏瑶月爸妈出国做生意，把苏瑶月留在了沈家。”

乔阮愣了好一会儿：“那他们的关系……”

“应该是最好的朋友吧。”

最好的朋友啊。乔阮突然觉得好像有什么破碎了。

第二章 他的秘密

此刻，乔阮的喜怒哀乐好像全部来自于沈负。

她像是做了一场荒诞大梦。可是梦醒了，她又觉得自己走不出来。

她知道，沈负对她并不是例外。他对谁都是这样，只是她很少被这样温柔地对待。一旦得到，才会觉得离不开。

车开到巷子口进不去，李月明说要下车送她，被乔阮拒绝了：“没事，就几步路，你们先回去吧。”她不想再和他们待在一起了，怕被他们看出端倪，情绪忍得太难受。

她其实很想哭，可是又哭不出来。乔阮觉得自己像是一个小丑。

士多店的阿姨和她打招呼，乔阮没听见，眼神空洞地上了楼。

乔阮第二天去学校，发现李月明又请假了。她告诉过乔阮，她千奇百怪的请假理由都是因为她早上起不来瞎编的。乔阮想，她今天大概也没能起来。刚到教室，学校的广播就通知今天的早操取消了，改成开会。教室里一阵怨声载道，每次开会都要开很久，站得人都要累死。

乔阮合上课本，看了眼被人群堵塞的教室门口，就稍微坐了一会儿。等人稍微少了点，她才起身。刚过去，就听到身旁传来一道不耐烦的骂声，她抬眸看过去，江演就站在她身旁，大概是觉得和她离得近而感到晦气。

乔阮看了眼他右边那么大一块空地，最后还是自己往后退了退。他讨厌她，不想靠近她。她也是。直到下了楼以后，乔阮才知道，那是一场批评大会。上次欺负她的那几个女生，一人劝退，两人留校察看，剩下的统统请了家长。学校针对此事重点讲了：“这不光是学校事件，也是社会事件，从今天开始，发现一个重罚一个！”

班里的女生频频往回看，嘴里的议论声音不算太小，乔阮都听见了。

“该不会是乔阮去告的状吧？也太过分了，只是拽了她几下，哪有这么严重？居然还劝退。”

“行了，小点声，别被她听见了。”

“听见就听见。”她们回头看了一眼，发现当事人无动于衷，丝毫反应都没有。

第一节课是班主任的课，回到教室以后，他拿出一张花名册。他们班是一个月换一次位置，现在正好一个月。

“今天换下位置啊。”他把花名册递给班长，“按照上面的名字调整一下座位顺序。”这次换座位就是为了把那些不爱学习的学生分散。能进一班的学生，成绩都不差，可有的学生就是不肯学。所以班主任希望那些好学生的学习习惯能够带动感化他们。乔阮看到上面的名字了，她坐在江演旁边。

看到座位表以后，好多人都在笑。班主任不知道他们在笑什么，让他们安静点把座位换好。从江演坐在她身旁开始，乔阮甚至能感觉到自己的手一直在抖。于是一下课，她就去了班主任的办公室，希望能给她换一个位置。

班主任语重心长地劝她：“我知道江演是差生，但老师不想放弃任何一个学生，你这么用功，久而久之他肯定会被你带动的。行了，马上就要上课了，回教室吧。”

乔阮的左手死死地掐着自己的胳膊，从办公室里出来后，她看了眼阴沉的天空。不好的事情接二连三地发生，她突然觉得，人生好像也就这样了。

回到教室，她低着头走到自己的座位上坐下。明明坐在最后一排每天都在睡觉的江演，现在却罕见地在看书。乔阮抽出一本数学练习册，只能拼命做题来转移自己的注意力。写到一半，凳子被踢了一下。

“喂。”听到声音，她下意识地抖了一下，抬眸看过去。江演吊儿郎当地坐在那儿：“笔借我。”乔阮从笔袋里拿出一支笔，递给他。

他旋开笔盖，问她：“全校第一，可以请教你一个问题吗？”她点了点头，眼睛始终不敢看他。江演在她外套上写下一个单词：idiot。

他问："这个能帮我翻译一下吗？"

乔阮看了一眼，伸手按住那个地方，把头埋得更低，都快贴到桌面了。江演靠近她的耳边："知道我有多讨厌你吗？"

乔阮紧咬下唇，嘴唇都被咬破了，鲜血的铁锈味在她整个口腔里弥漫。江演垂眸，看到唇上的那块血迹，笑意收敛了点，坐直了身子，从她耳旁离开。

那支笔被扔了回来，他拿上书包走了。没关系的，乔阮在心里安慰自己，还有一年就高考了，考完以后她就能离开这个城市了。

李月明下午来学校的时候看到位子都换了，她的座位在靠窗的第三排。她坐在乔阮身旁的那个没人的空座位上，递给乔阮一张门票："这是下周苏瑶月比赛的门票，沈负让我给你的。"

乔阮伸手接过，然后夹在课本里："下周几？"李月明说："周四。"

乔阮抬眸："周四放假吗？"

"到时候我们请假不就得了。"李月明好奇地看了眼自己坐的位置，课桌里什么也没有，"你旁边这个位置没人坐吗？"

"有的。"乔阮说。

"怎么课本都没有，人也不在？"

迟疑半晌，乔阮才开口："是江演。"李月明眉头瞬间就皱起来了："谁安排的位置，让你和江演这个浑蛋坐在一起？"

刚刚做的题目结果错了，乔阮又重新检查了一遍，发现是其中一个步骤漏了一个数字。她用橡皮擦掉，想要重新再写一遍："班主任排的，我已经找过班主任了，他没同意换。"

"他为什么不同意啊，他难道不知道江演是什么样的人？"

"知道的，所以想让我带动他学习。"虽然这是一件完全不可能的事。

李月明快气死了："老刘这是在想什么呢，江演那种人怎么可能会好好学习？"

"没事的。"乔阮说，"一个月以后就可以换位置了，很快的。"

明明受委屈的那个人是她，安慰人的，却也是她。李月明想，乔阮不应该这样的，她越这样，自己就越难过，替她感到难过。

直到放学，江演都没来。乔阮松了一口气，今天终于平安度过了。她背上书包从教室离开，正好碰到站在门口的沈负。

她微愣了一瞬，和他打过招呼，然后准备离开。沈负看到她外套袖口上的英语单词了，眼底的笑意收敛，嘴唇也抿成一条直线：“谁写的？”

乔阮第一次看到他露出这样的表情，不适合他，却又适合他。她也不知道自己在想些什么。如果她说出是江演，那么沈负肯定不会坐视不管，可乔阮不想那样。还剩最关键的一年，他那么优秀的一个人，人生履历里不应该有一丁点的污渍。而且，他们没有任何关系，沈负没有这个义务去帮她。所以她摇了摇头：“我自己写的。”

沈负盯着她的眼睛，她将视线移开。他那么聪明，只需要一个眼神就能看出她是不是在撒谎。她听到他的笑声了，但是和平时不一样，现在的笑一点温度也没有：“你自己在自己的外套上写这种话？”

李月明听到外面的动静追出来，就看到他们俩之间的氛围有些怪怪的。她走过去挡在乔阮面前，看着沈负：“你有话好好说，凶什么？”

沈负点了点头：“是我多管闲事了。”然后他就走了。

李月明觉得他今天有点奇怪，就去问乔阮：“你们刚刚说什么了，他怎么那么生气？”乔阮摇头：“没什么。”她见李月明没背包，于是问她，“你书包呢？”

李月明说在教室呢：“今天要去外婆家吃饭，李慎想把作业写完了再去，我等他。”乔阮说：“这样啊，那我就先走了。明天见。”

乔阮出了校门，走到一半发现自己的保温壶没拿，担心学校关门，她特地走近路。安静的巷子，她刚过去，就看到那里站着一道熟悉的身影。

乔阮下意识地往后退了一步。沈负靠墙站着，微微抬头，看着天空，脖颈线条拉伸到仿佛紧绷，喉结上下滚动。

乔阮回到家，看到一地狼藉，那些锅碗瓢盆全都被摔在了地上，电视机也被砸破了。夏依然蹲在地上发呆，脸上全是伤口。

看到乔阮了，她急忙从地上站起身，脸上仍旧是那副温柔笑容：“今天怎么回来得这么早，妈妈还没来得及去买菜。”

乔阮眼睛瞪大，跑过去：“是不是他又打你了？”

夏依然笑道：“没有，这是我自己摔的。”

乔阮的眼泪一下子就涌出来了：“他在哪儿，我去找他。”

夏依然拉住她：“阿阮，你去找他又能有什么用呢？你不用管妈妈，这点伤算不了什么的。你现在的首要任务就是好好学习，知道吗？”

对啊，她去了又能干吗呢？她不是第一次这么无力了，但是这一次她似乎比之前的任何一次都要难过。

屋子是乔阮收拾好的，她让夏依然先好好休息，她来买菜做饭。夏依然欣慰地看着她，说她的乖宝懂事。可夏依然看不到平静的皮囊里，那颗已经因负荷过重而坏掉的心脏。在梦里，乔阮梦到自己成了水星，太阳在她面前变得很大很温暖。然后她就醒了，是被开门声吵醒的。

乔阮开门出去，看到马越霖手上提了一个盒子。看到乔阮了，他的神色有些不自在：“你怎么起这么早？”

想到妈妈脸上的伤，她看他的眼神还带着恨：“去学校。”

马越霖没看她，所以没看到那恨恨的眼神：“这是给你妈妈买的蛋糕，你要是没吃饭的话，就吃点再去学校。”

他昨天喝醉了，回家发了一通酒疯。今天酒醒以后才记起来那些事，这一次他是过分了点，所以想要和夏依然道歉。乔阮说不用了，进洗手间刷牙。乔阮到学校的时候还没多少人，等她专心做完一套题以后，大家差不多都到了。今天下雨，早操被取消，改成了自习。

江演是最后一个来的，乔阮写得认真，没有注意到。这张试卷是高三上次的期中考试卷，数学老师让乔阮做的。最后一道大题有点难，她换了很多种公式都解不出来，草稿纸都写满了三张。

江演把书包放下，看了她一眼。末排的张城跑过来：“阿演，晚上的篮球赛你去吗？”他皱眉：“滚远点。”他将声音刻意压低。

张城悻悻地走了。

“呀。”乔阮似乎终于解开了，激动地发出了一声极小的奶音，笑容都漾进眼底了，她拿着笔在试卷上面写下解题步骤。江演不屑地转着笔：“书呆子。”嘴上这么说，视线却往她的试卷上看。

安静了很久的乔阮突然开口：“我知道你很讨厌我，那你知不知道，其实我也很讨厌你。”

江演面无表情：“哦，是吗？”她不再说话。

江演冷笑，也没开口。乔阮没有再理会他，继续写自己的试卷。她名字里的“阮”不是“软”，她其实一点也不软弱，她反抗过，但是反抗也没用。于是她变得逆来顺受，但这并不代表她是软弱的。她的爱恨太分明了，分明到毫无回转的余地。江演擅自把位置换了，又到了最后一排，乔阮的同桌换成了一个很内向但是聪明的男生。他羞怯地和乔阮打招呼，乔阮也和他打了招呼。她终于逃离了江演。

中午放学，李月明没去吃饭，她没胃口。乔阮就也没去，陪她在教室里啃面包。李月明问：“江演怎么回事，自己把位置换了，良心发现？”

面包有点噎，乔阮喝了好多水才终于顺下去，她不太想在讨论江演这件事上浪费时间，点了点头：“大概吧。”

下午的课用来测试，三节课做两张卷子。数学老师拿着茶杯，透明的玻璃茶杯，能看见漂浮在里面的茶叶。他走到乔阮边上，轻声问她：“试卷做完了吗？”

正给自动铅笔换笔芯的乔阮打开课本，拿出那张夹在里面的试卷：“做完了。”她把试卷递给数学老师。后者批阅了一遍，高三的试卷乔阮也只扣了五分。他拿上茶杯和试卷，让乔阮出来一下。乔阮放下笔起身跟过去。他们走后，刚刚还安静的教室顿时热闹起来。一个看乔阮不顺眼的女生阴阳怪气道：“我看她挺讨数学老师的喜欢嘛，该不会还去家里补过课吧？”不是所有人都附和她，大多数都觉得她这番话无聊，但没人愿意多管闲事。

那个女生又要开口，突然一个篮球从后面直接砸过来。力道大，扔得又准，她疼得眼泪都出来了，捂着后脑勺骂道：“谁啊，谁这么不长眼睛？”

江演在最后一排坐着，坐姿吊儿郎当的：“听这个说话口气，还以为是什么天仙呢。长成这样的也说别人坏话？”他站起身，慢悠悠地走过来，拿

江北大学 沈随便x齐阮

真厉害啊
我们阿阮

如果你同意的话
我才会没有顾虑地开心
那我同意

我这么乖
你是不是更爱我了

我们可以有关系的
只要你点头

你陪着我的话
我都可以

刚才，我没有
凶你的意思

阿阮
你可以像我那天抱你那样
也抱抱我吗

阿阮，我会永远保护你
不让你受到一分一毫的伤害

不好好睡觉的小朋友
是会被圣诞老人抓走的

如果我说我想要月亮
你也能帮我摘下来吗
可以，只要你想

我的阿阮为什么
总是长不大呢

我们沈随便
同学真可爱啊

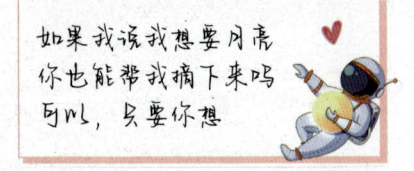

那……今天就让你做一回小梨花吧

以后，有我在的地方都是你的家

他就是她的软肋
最软的那一根

他有些自私
希望她永远不要谈恋爱

祝他的爱人
长命百岁
无痛无灾

你这样死缠烂打
对我的生活造成了很大的影响

这些年，你过得还好吗

沈负
我不等了

ruanlei

她的阿阮啊
从始至终头一次也没回过

以后也不要对我太好

沈负，胆小鬼

shenfu danxiaogui

沈负没有错过她的成长

请你以后不要再来了

沈负，你放过我好吗

我的病，大概是复发了

我好像没那么喜欢他了

走她手里的球，善意地劝诫她：“长得丑就好好学习。”

李月明快笑死了：“江演，你总算是说了一句人话。”

当着全班的面被说丑，那个女生有些难堪，却又不敢反驳。他不会打女生，但那个女生还是怕他。

数学老师把乔阮丢的那五分给她讲了一遍，是怎么丢的，应该怎么避免。乔阮在学习这方面很聪明，一点就通，所以并没有花费多长时间。等乔阮从办公室出来的时候，正好碰见拿着篮球从教室出来的江演。她没有看他，直接进了教室。放学的时候，李月明把她走了以后发生的事讲了一遍：“陶小莲还真当自己是混社会的了，不过江演还算是说了一句人话。”

乔阮不太想讨论江演这个人，也不太想听到这个名字，于是她不动声色地转移话题：“门口新开的那家奶茶店，听说那里的芋泥奶茶很好喝，要去吗？”李月明的注意力果然转移了：“好啊，我都好久没喝奶茶了。”

二班的老师拖堂，还没下课，李月明牵着乔阮的手，说：“等一会儿。等沈负和李慎放学，我们一起去。”乔阮沉默了会儿，没有开口，但还是在那里陪她等。二班的班主任正在愤慨地讲着大道理，应该是讲到了兴头上，要不是过来巡视的教导主任提醒放学，恐怕他还要继续讲。

李慎和沈负前后脚出来，李月明牵着乔阮过去：“你们老师可真能拖堂。”她把书包扔给李慎，“学校门口新开了一家奶茶店，姐姐请你们。”

沈负看到乔阮了，后者正在努力躲避他的视线，他微不可察地皱了下眉，脸上没有什么多余的表情，淡声道：“我还有点事，先走了。”

李月明困惑地看一眼沈负离开的背影，又看一眼李慎。后者耸了耸肩，说：“和我可没关系。”

她又看乔阮。乔阮低头抿唇，没有答话。于是李月明就懂了。她以小姐妹之间有些私房话要讲为由，把李慎赶走。

最后在李月明的再三追问下，乔阮才把事情的经过一五一十地全讲了一遍。李月明沉默了很久。她最后说了一句：“苏瑶月和沈负只是从小一起长大而已。”

乔阮不知道她为什么要和自己说这些，但她觉得，不重要。这些对她来说，都不重要。

原生家庭似乎很容易改变一个人的性格。乔阮总是喜欢自我否定，在任何事情上。

李月明不希望她这么想，她很优秀，是李月明努力想追上的那种优秀。她说："乔阮，你是一个很好、很优秀的女孩子，我希望你能够大大方方地表达自己的情绪，去做最真实的自己，而不是把自己封闭起来。你要相信我，我说的这些话都是发自真心的，绝对不是为了安慰你。"

李月明一脸认真严肃。乔阮被她的表情逗笑了，她点了点头："我相信你。"

那天她们说了很多话，李月明和她讲了很多沈负小时候的事情。乔阮和李月明在奶茶店多说了一会儿话，回家的时候已经很晚了。士多店今天生意似乎不错，门口的椅子上坐了好几个人，他们都穿着球服。阿姨刚扫完地，拎着垃圾袋出来，看到乔阮了，和她打招呼："阿妹今天回来得这么晚啊。"

乔阮和她打招呼："阿姨晚上好。"阿姨把垃圾袋扔在垃圾桶里，让她等一会儿："阿姨新买了梨，你拿点回家吃。"

乔阮说："不用了，阿姨。"

"用的、用的。"阿姨态度强硬，根本不给她拒绝的机会。等阿姨进了士多店，乔阮的眼前没了遮挡，她这才看清楚面前的景象。其中一个坐在士多店门口的，正是江演。他正喝着功能饮料，眼神淡淡地落在乔阮身上。乔阮似乎听到他冷笑了一声，然后他挪开了视线。

阿姨拿着梨出来："阿妹，吃完了再来，阿姨买了好多。"乔阮一刻也不想在这里多待了，接过东西道过谢就走。她回到家，夏依然刚把饭做好，见她提了一袋梨："什么时候喜欢吃这个了？"

乔阮把东西放在一旁，换了鞋子进来："楼下士多店的阿姨送的。"

夏依然笑道："下次送点什么回礼。"乔阮点了点头，回房间了。

这里位置很偏，江演打篮球的地方离这儿有很长一段距离。如果不是刻意找，是不可能这么巧的。

晚上乔阮没吃饭，她没什么胃口。月底的数学竞赛，数学老师给她报了名。她洗完澡以后躺在床上，一直盯着天花板看。她一点也不喜欢沛城，她讨厌这里的天气。刚到沛城的时候，她就因为水土不服吐了很久。

不分季节，每天三十多度的高温，空气潮湿。她有时候甚至觉得，自己住在一个巨大的蒸笼里。班级微信群一直有人在发消息，乔阮没有设置静音，出于好奇，她还是解锁看了一眼。是几张很模糊的照片，看着像偷拍：劲爆劲爆，老刘疑似出轨。

群里掀起滔天的热浪，众人纷纷开始八卦起来。乔阮不大感兴趣，将手机调了静音以后，锁屏放回床头。她想，明天要不要主动和沈负讲话，毕竟那件事，好像是她太冷淡了些。

第二天去学校，她依旧到得挺早，班上没多少人。水煮蛋有点烫，她在路上没吃，到了学校才稍微凉了一些。她将鸡蛋在掌心滚了几圈，壳碎了以后才开始剥。她一边小口吃着鸡蛋，一边翻阅着英语习题册，笔在右手指间转着圈。选择题，三选一，选出最适合原句的单词。乔阮只扫了一眼就看出了答案，刚要在题目后面的括号里写下答案。

身侧多出了一道阴影，把头顶的日光灯给挡住了一半。她疑惑地抬眸，还剩半口鸡蛋忘了咽。那道阴影的来源是沈负，他手里拿着一杯豆浆和一份三明治。那口忘了咽的鸡蛋卡在喉咙口，她呛得脸都憋红了，用手捶了捶自己的胸口，但于事无补。沈负把吸管插进杯里，递给她："喝点豆浆顺顺。"乔阮第一次没有和他太客气，豆浆是温的，不烫，香味浓郁。那口哽在喉咙里的鸡蛋咽下去，她才察觉到自己刚才的举动好像有些丢脸，微抿下唇，和他道谢。沈负轻笑着摇头，把三明治放在她桌上："你还小，还在长个子，早餐要吃得有营养。"

乔阮迟疑地看向他。她不太清楚他昨天是不是在生气，让乔阮疑惑的是他突然的情绪转变。沈负见乔阮似乎没有想和他说话的念头，也没有继续打扰她了，只是让她记得全部吃完。

临近上课，教室里的人陆续多了起来，似乎都对沈负出现在这个班很惊讶。虽然两个教室挨着，但这一年多以来，沈负从没有来过。所以大家看乔阮的眼神，就多了几分探究。后者并没有注意到这些注视，她看着桌上的三明治，犹豫了一会儿，还是伸手拿过来了。还是温热的。乔阮的思绪开始乱了起来：是特地给她买的吗，或者只是买多了？他是在关心她，怕她早餐吃太少营养不良？他为什么要对她这么好？少女的想象似乎总是天马行空的。她最后还是没吃那份三明治，小心翼翼地将它放进课桌里，因为怕课本挤压到它，她甚至还把里面的课本全都拿了出来，堆放在桌面。

还有一个月就是期末考了，体育课被各科老师瓜分，甚至连自习课也得靠抢。每天都能看到老师们拿着课本站在教室门口，客客气气地商量："这节自习先给我，我让他们写张试卷。"

"周老师，您上周也是这么说的，我们班的物理平均分每年都比二班低，再不多复习真的又得垫底了。"

"咱们班不是来了个乔阮吗？二班有沈负抬高平均分，咱们一班有乔阮啊。"周老师说。

"就算来十个乔阮也得花时间复习，这样才能巩固啊。"

他们在外面争，教室里的人也没闲着，一个个都在抱怨："这是把我们当劳工压榨啊，连自习课都不肯放过。"

课桌里的手机振动了几下，乔阮还没看，就能猜到大概是李月明发来的。至于内容是什么，乔阮还没看。她很清楚自己的目标是什么，一分一秒也不想耽误。最后的胜利者是物理老师，物理老师抱着一摞试卷让物理课代表发下去："今天自习课把这张试卷写完。"

教室里闹哄哄的，物理老师皱着眉拍桌子："都安静点，自己写自己的！"

一节课只有四十五分钟，做完一张试卷的确有点勉强。但乔阮只用了半个小时就写完了，她重新在草稿纸上验证了一遍结果。

物理老师见乔阮写得差不多了，放下环胸的胳膊，走过来轻声问她："写完了？"乔阮点头，沉默了一会儿："还没检查完。"

她出声："我看看。"乔阮放下笔，把试卷递给她。物理老师就直接在讲台上批改起来了，大概十分钟，她把分数算出来，满分一百二，乔阮一百一十六。丢的分也是小问题，没注意细节而已。

她对今年的平均分稍微放心些了，但还是不忘嘱咐乔阮：“你每次考试丢的分数差不多都在这些细节上，写完以后记得多检查几遍。”乔阮点头：“嗯。”

放学后，乔阮刚把东西收拾好，李月明就提着一兜车厘子过来：“刚刚给你发的消息你看了没？”

乔阮把笔袋和课本依次放进书包里：“还没来得及看，发了什么？”

“还记得我上次和你说的那个兼职吗？晚上和我一起走，我舅妈说要先见见你。”似乎是怕乔阮多想，她又解释了一句，“我表弟才上初中，正是叛逆的时候，我舅妈担心找到一个脾气不好的，两三天就不干了。”

乔阮笑了笑：“你不用解释这么多的，我能够理解。”

人最真实的一面似乎只有在逐渐熟悉以后才能看清。李月明觉得乔阮其实并不像她平时看上去的那么自卑，她只是在面对新的人际关系时，感到胆怯，怕对方会嫌弃自己。李月明想，应该是原生家庭带给她这种伤害。

乔阮和李月明一起去了她舅妈家。她舅妈家和她家住在同一个小区。她舅妈是杭市人，人温温柔柔，说话也温温柔柔。她把茶端出来，放在乔阮面前：“听月明说，你是她同学，她平时没少给你添麻烦吧？”

乔阮有些拘束，甚至连手放哪儿都觉得为难：“没……没有添麻烦，她在学校很听话。”她的拘束在那些年长者看来，是青涩和可爱。她长得乖巧可爱，成绩又好，看性子应该也是个内向的。林澜悬着的心放了下来，这些天也有几个应聘者上门来，她没有一个能看顺眼的。她那个浑蛋儿子正好在叛逆期，不大好管，还是得找脾气好的。

于是事情就这么定下来了，假期开始补课，补课时间定在下午三点到六点，薪资是一个月三千五。乔阮按捺住自己那颗有些激动的心，和她道过谢，然后在李月明的陪伴下出了小区。三千五，加上贫困补助以及她手上攒的钱，足够交下学期的学费了。

出去时路过楼下的便利店，李月明从冰箱里拿了根棒棒冰，荔枝味的。她把棒棒冰掰成两半，把长的那半给了乔阮：“明天可就是星期四了。”星期四？乔阮疑惑了一会儿，然后想起来，星期四是苏瑶月的比赛日期。

沈负的确是一个很温柔的人，他对每一个人都很温柔。而他对乔阮的那点好，不过是出于他良好的教养和礼貌。可对苏瑶月，他好像格外偏心，这是每一个女孩子都希望得到的。

乔阮有时候会很羡慕那个女孩子，下雨天不用担心忘了带伞会淋雨回家，台风天也不用担心，就算学校下课太晚，回家的路很黑，这些都不是她需要操心的事。她唯一要做的，就是坐在教室里等待那个不顾风雨都会来接她的人。沈负对她的那些关心，是乔阮至今为止都不曾拥有过的。

那天晚上，乔阮把自己衣柜里的所有衣服都翻出来了，她一件一件地试，想着哪件衣服穿起来可以让自己看上去更漂亮。光是听李月明的形容，她就能知道，苏瑶月是一个很漂亮的女孩子。试完所有的衣服后，她又有些难过地躺在床上。那种仿佛全身力气被卸掉的无力感让她难过。她比不上苏瑶月，就算穿自己最好看的衣服，站在苏瑶月面前，她也只是一个钨丝断掉的灯泡。而苏瑶月，她是自然发光的夜明珠。乔阮比不上她。她觉得自己大概是病了，喜怒哀乐全都捆绑在另外一个人身上。她不想这样，但又没办法。

之前马越霖嫌油烟机太吵，早晨不让那么早做饭，所以乔阮只能每天去楼下买一块钱一个的水煮蛋。但夏依然最近开始做早饭了，每天五点半就起床——或许是马越霖对那天喝醉酒后把她打成那样心生愧疚。马越霖和夏依然之间是有感情在的，不然夏依然也不会这么死守着他不肯离开了。

乔阮没睡好，黑眼圈有点重，李月明看到后，一惊一乍地问她昨天晚上是不是去做贼了。她难得没有利用早自习之前那点零碎时间学习，而是趴在课桌上小睡。李月明夸张地把头探到窗外，想看下今天的太阳是不是从西边升起来的。乔阮也没睡多久，就被广播里的音乐吵醒了。她揉了揉眼睛，挽着李月明的胳膊往操场走。二班的教室在一班前面，所以就算是下楼做操，他们也在前面。李月明踮脚在前面找了找，终于看到了沈负。他个子高，站在人群里很显眼。

“你觉不觉得他其实还挺帅的？”

突如其来的一句话，乔阮有些困惑地抬眸：“什么？”

李月明笑看着她：“沈负啊，这种外在内在俱佳的人，恐怕这个世界上都没几个。”

乔阮瞌睡也醒了，沉吟片刻，缓慢地点了点头，表示认同：“嗯。”

难得听到她夸别人，李月明还挺意外，话音刚落，她又使坏地向前喊了一句：“沈负！”沈负听到声音了，回头看了眼，乌泱乌泱的人群，他没看到李月明，于是就站在靠墙的地方等。下楼的人就跟管道里的水一样，下面的人流到了头，上面的人就下来了。走着走着，沈负就看到了乔阮。

最近天气开始变凉，校服也从夏季的换成了秋季的，红白条的运动服，舒适度满分，颜值零分。乔阮是转校生，校服不是测了尺寸定制的，而是从剩余的库存里挑的相对比较小的一套。可穿在她身上还是宽宽大大的，沈负见她袖子还往上卷了一截。

“回去的时候把外套脱给我。”

听到沈负的话，乔阮愣在那儿：“什么？”知道她是误会自己的话了，他轻笑着解释：“你的衣服，我帮你改一下。”

乔阮问：“你还会做这个啊？”

他说：“嗯，瑶月的校服都是我改的，她和你一样，太瘦，个子又高，小码的有点短，中码的又宽松了些。”乔阮点头：“这样啊。”

“水管”似乎堵塞了，每走一步都艰难得要命，大家好不容易在音乐结束之前下了楼。找到自己班级的所在场地后，乔阮跟着广播做完了一整套广播体操。休息的那些时间乔阮拒绝了李月明的超市邀约：“我太困了，先回教室补补觉。”李月明跟过来，问她昨晚几点睡的。她摇摇头：“我也不知道，没看时间，但应该是过了两点。”

“那你才睡四个小时啊。”李月明就差没直接给她开道，生怕浪费她补觉的一分一秒。

因为临近考试，上午的课全部都用在做各种试卷上了。下午李月明和乔阮一起拿着请假条去办公室找班主任。或许是看到乔阮也在，班主任也没有问太多，只是嘱咐她们不要耽误学习，然后就批了条子。李月明感慨：“还是好学生好啊。”乔阮没说话，看着楼道里那块占满了整面墙的镜子，那是正容镜，它存在的用意是学校让学生时刻注意自己的仪表。乔阮看了眼镜子里的自己，因为昨天晚上熬夜，脸上带着疲态，黑眼圈明显，有些憔悴。她不会化妆，也没有化妆品。

“月明。”她突然扭头，看着自己身旁的人。

李月明正给李慎发消息，问他在哪儿，听到乔阮的声音后抬眸：“怎么了？”乔阮沉默片刻，问她：“你说，化妆可以把黑眼圈遮住吗？”

李月明笑道：“当然可以，有的遮瑕膏还能把你脸上的痣都给遮住。”

乔阮有颗泪痣，很小很小，小到不注意看压根就看不出来。乔阮的美没有太大的攻击性，是那种不张扬，但是极耐看的美。李月明觉得她有点像林黛玉，尤其是难过不说话的时候。

李慎说了一个地址，她们过去的时候就他一个人在那里。李月明左看右看，问他：“沈负呢？”李慎一副被抛弃的小媳妇样：“早自习刚上完，接到苏瑶月的电话他就走了，她说她紧张，一直在哭。”

李月明下意识地看了眼一旁的乔阮。不知道乔阮在想什么，愣愣的，但还好，脸上没有其他异样神色。

李月明对苏瑶月其实没什么太多的感觉，李月明讨厌她只是因为苏瑶月的公主病。沈负就跟她的奴隶一样，整天被她使唤，还是随叫随到的那种。

她冷哼：“平时看她那个劲儿也不像是会紧张的人啊。”

李慎看不下去了：“好歹这也是她目前参加的最大的比赛了，会紧张也是人之常情。”乔阮听进去了。中途路过一个便利店的时候，她和李月明说她想进去买瓶水。李月明就和她一起进去了，她们一人拿了一瓶，临出去前，乔阮犹豫了一会儿，最后又拿了一瓶牛奶。

她不知道这能不能适用于每一个人，但她每次都是这样，紧张时喝一瓶牛奶，整个人会放松很多。她也不知道自己为什么会关心一个素未谋面的人。大概是沈负身上的光芒太刺眼，连带着他身边的人也染上了光。乔阮想，他这么在意的人，肯定也是一个很好很好的人。

从这儿去剧院，不算太远，走十几分钟的路程就到了。李慎中途突然肚子疼，去附近上厕所了。乔阮和李月明先拿着票进去。来的人很多，前排坐的应该都是参赛选手的家属之类的。李月明告诉了乔阮沈负的位置，第三排从左边数第五个。乔阮将视线移过去，看了一眼。那个位置现在是空的，没有坐人。乔阮想，他应该在后台陪苏瑶月吧。

随着主持人报幕，比赛开始，观众席的灯光暗了。所有人的目光都落在舞台上。“来自沛高艺校，二年级八班的参赛选手，苏瑶月。”乔阮听到这个名字，放在腿上的手稍微收紧，又松开。舞台也陷入短暂的黑暗，再亮起时，上面多了一个人。苏瑶月穿着芭蕾舞服，她表演的曲目是《黑天鹅》。乔阮想，她可真像一只天鹅啊，漂亮、高贵，拥有一眼就可以看出来的自信。乔阮好像突然释怀了一点点，如果她是沈负，她也会更在意这样的女孩子。这不怪他。整场比赛下来，差不多两个小时。苏瑶月没有得第一，甚至连前三都没进。散场的时候，李月明耸了耸肩：“以她那个自尊心，肯定受不了。”

虽然看不惯苏瑶月那个公主做派，但好歹也是从小一起长大的，李月明也不忍心放着她不管，就和乔阮说了一声：“我去看看她。”

乔阮的手碰到包里的牛奶了，迟疑片刻，说：“我和你一起去。”她们去了后台，人已经走得差不多了，后台也不剩几个人，所以就更显得安静。乔阮没有再往前走，她停在那儿，站在墙后。她不敢出去，怕被他们看到。苏瑶月哭得很伤心，身上的舞蹈服都没来得及换，大概是怕她冻着，沈负把自己的外套脱下来给她穿上了。

“在我心里，瑶瑶永远都是第一。”他拉着她，轻声安慰，“不哭。”

其实也没什么的，这个场景乔阮预想过无数次。那个女孩子长得好看，处处都比自己优秀。沈负把她当作最好的朋友很正常。

可是……可是啊……乔阮想不明白，为什么自己还是会难过，心脏像是被人用利刃一刀一刀地剥开。

她走了，回了家。夏依然和马越霖在客厅里坐着，乔阮开门后和他们打过招呼，然后眼神空洞地回了房间。

夏依然看出了不对劲，去敲她的房门：“阿阮，是哪里不舒服吗？”

乔阮听出她话里的担忧了。她把埋进被子里的脑袋伸出来，努力让自己的声音听上去正常一点，可颤抖的哭腔还是出卖了她：“我没事。”

夏依然急了：“怎么回事，是不是学校有人欺负你了？”

乔阮终于再也忍不住，哭出声来。她不想待在这个地方了，她想回家，回小翘山去。奶奶重男轻女无所谓，不能读书也无所谓，就算是要早早地嫁人她也无所谓了。她后悔来到沛城。

这几天下雨了，将沛城仅剩的那点暑气全部送走了，气温也一下子降低。乔阮把体温计从腋窝取出来，看到上面的刻度，三十八点六。难怪会觉得浑身无力，她冲了一包感冒冲剂喝了。

哪怕是发烧，她依旧按时去了学校。语文老师让她把作业发下去，她放下笔，在教室里走来走去。手里的作业本越来越少，她看到那本崭新到几乎没怎么用过的本子，上面的名字龙飞凤舞，写着“江演”两个字。她走过去，把本子放在他桌上。她眼睛肿了，因为感冒，脸色也苍白得没有一点血色。她看上去病恹恹的，仿佛风一吹就会倒。江演看了她一眼，任凭他的作业本以一种诡异的方式掉到地上。乔阮离得远，没靠近他，所以本子只有一半在桌面，剩下的那一半逐渐往下滑，最后还是全部掉下去了。

张城专注地玩着游戏，听到动静，抽空往这边看了一眼：“书呆子怎么好像不怕你了？”江演没理他，弯下腰把作业本捡起来。

乔阮一整节课都晕乎乎的，她提不起劲来，像被人揍过一样，全身都疼。到了上数学课的时候，昨天上午的试卷，最后那道大题全校只有乔阮一个人写对了。至于沈负，他那节课不在学校，测试他自然也没参加。数学老师让乔阮到黑板上把那道题的解题过程写一遍。她连抬手都觉得费力，字迹歪歪扭扭的，不如从前那般工整。数学老师看出了不对劲，走过去问她：“哪里不舒服吗？”她摇了摇头：“没事。”

不开口还好，一开口，声音嘶哑到像是用砂纸在声带摩擦了很久。她写下最后一个步骤，数学老师不放心，让她去医务室看看。

“不用了老师，我早上吃过药了。”见说不动，数学老师也没办法，总不能强迫她吧，只能继续上课了。乔阮听得并不专心，她很努力地想让自己集中注意力，可眼神总是飘忽的。

她也不知道自己是什么时候睡着的，也没人喊醒她。等睁开眼睛的时候已经下课了，她看到自己手边有一袋子药，还有一杯红糖水。她迟疑片刻，把袋子打开。“痛经宝颗粒”五个字特别明显。乔阮愣了愣，然后问同桌：“这是哪来的？”他眼神闪躲，摇头说不知道。乔阮迟疑了一会儿，回头看了眼。最后排的江演正和张城讲着话，偶尔往乔阮这边看一眼，像是不经意扫过。乔阮大概猜出来了，她拿着药和水杯起身走到垃圾桶旁，将药和水杯都扔进了垃圾桶。江演靠着椅背，看着她的举动，唇角带着笑。

下午放学后，乔阮把东西一一放进书包里。刚出去，她就碰到了等在教室门口的沈负。

他应该在这儿等了有一会儿了，笑着递给她一个盒子：“昨天去书店，在隔壁商场看到的，觉得你应该会喜欢。”乔阮看了眼他手里的盒子，很精致。她视线上移，又看到他衬衣上的袖扣了。

前几天李月明看杂志的时候她无意间也看了一眼，上面就有这种袖扣，价格是她好几个学期的学费。

乔阮从来没有做过灰姑娘的梦，她一直都坚信，自己的人生只有自己才能改变。她从未想过将这种希望寄托于他人身上，她也不是这种人。她从来没有被沈负的家庭背景吸引，只不过这些东西都拉开了他们之间的距离。

“不用了。”她下意识地往后退了一步，“我还有事，先走了。”她走得很快，甚至有点像落荒而逃。

她不想和沈负待在一起，这种感觉很奇怪。

回到家，夏依然一直欲言又止地看着她。乔阮走到饮水机旁接了一杯水，喝了一口，察觉到身边的视线了。她放下杯子：“有话要和我说吗？”夏依然笑了笑：“我的乖宝，今天上课累不累？”

她拿着杯子，又喝了一小口：“不累。”

夏依然稍顿了一会儿，然后轻笑着问她：“阿阮想要弟弟或者妹妹吗？”

台灯好像快坏了，总是发着嗞啦的声音，偶尔还会闪几下。

乔阮调整了一下台灯的角度，在日记本上写下：

十月二十日，天气多云。

妈妈今天突然问我想不想要一个弟弟或者妹妹，她说她想给马叔叔生个孩子。我说想，其实我不想。我很自私，我怕妈妈的爱被别人分走，但我不能这么做。妈妈首先是她自己，然后才是我的妈妈，我不能干涉她的自由。还是有点难过，这个家也快不属于我了，妈妈也要变成别人的妈妈了。

因为要参加数学竞赛，乔阮这些天都很忙，李月明也深知这点，所以这些天都没敢去打扰她。班主任说了，这次的竞赛结果和高三的保送名额有关，让乔阮好好发挥。他相信乔阮的实力，但害怕她紧张。

那场考试两个小时，沈负也在。他原本不打算参加，奈何数学老师每天都会拉着他做很久的思想工作。大概是觉得太烦了，所以他最后还是松口同意了。这次的竞赛是省级的，每所学校选出了三人参加。沈负没想到在这里碰到了乔阮，她拿着草稿本和笔袋，按照提前分好的座位坐下。他能感觉到，乔阮最近不太想理他。竞赛时长两个小时，题目难度系数很大，和学校的考试不是一个级别的。最后一道大题很难，乔阮花了很长时间才解出来，不过她不知道做对了没。

考完以后她收拾好东西从考场出来，数学老师已经等在门口了，他似乎对这次的竞赛结果很在意。看见乔阮出来，他立马过去，问她：“考得怎么样？”乔阮沉默了一会儿，摇头：“有点难。”

数学老师拍了拍她的肩膀：“这次是省级竞赛，肯定比平时要难一些。你别给自己太大压力，顺其自然就行。”

乔阮点了点头，然后她看到沈负从考场里出来。他们今天穿的都是校服，一中看重的是成绩，最忌讳的就是早恋，大概也是出于这个原因，才会把校服设计得这么丑。但再丑的校服，只要是穿在沈负的身上都会变得好看，他个子高，尤其是在这些尚未发育完全的高中生里，他一米八六的身高很显眼。肩骨宽阔，腰细腿长。

乔阮第一次见到他，是被他从人工湖里捞出来的时候。那会儿气温还很低，她身上的衣服都湿透了，身体一直在抖。害怕占据了一部分，冷占据了另外一部分。她奄奄一息之时，看到了岸边看热闹的学生以及毫不犹豫跳下来的沈负。那个时候她就觉得，沈负身上很温暖，和阳光一样，仿佛能够让万物生长。所以在乔阮看来，他和别人不一样。

沈负并没有立刻离开，而是站在那里等了一会儿。大概是在等乔阮和数学老师的谈话结束。他安安静静的，也不插话，眼里带着淡淡笑意，他那双眼睛，好像一直都是带着笑的。乔阮很难想象他不笑时，会是什么样。她又想起那天在学校附近看到的场景了：沈负没什么表情地望着天。

在乔阮的印象里，沈负一直都是笑着的，所以她才好奇。

数学老师又简单地叮嘱了几句，然后离开。沈负刚要过来，乔阮急急忙忙地跟在数学老师身后一起上了校车。她暂时还不想和沈负讲话。他太泰然自若了，乔阮觉得不公平，凭什么只有她一个人这么难过。可她又想起，这件事本身就与沈负没有关系。没有什么公不公平的。天平的砝码在沈负手里，乔阮没有资格说不公平。

坐着颠簸的大巴车回学校，乔阮正好赶上下课。篮球场有人在打篮球，操场边也热热闹闹地坐满了人。听说下周有篮球赛。

乔阮听到铺天盖地的呼喊声："江演加油！"加油的人大多是女生。乔阮握紧了书包背带，绕远路从旁边进去。她不想看见江演。

沈负从她身后跟过来："考试还顺利吗？"她摇了摇头，没说话。沈负声音温柔："不用担心，肯定能考第一的，我相信你。"

乔阮稍微停顿了一会儿，然后加快步伐往前走。乔阮不喜欢现在的自己，太自卑了，她不希望自己成为这样的人。可只要听到沈负用这种温柔的语气和她讲话，再大的火气似乎都能瞬间消失。到最后，她几乎是一路小跑着冲进教室的，怕会忍不住和沈负说话。好在，沈负并没有跟过来。

她刚进教室，李月明就过来了，问了和沈负差不多的话："考得怎么样？"乔阮把书包里的东西一一拿出来，放回课桌。她没有太大的把握："有几道题有点难度。"

李月明安慰她："放宽心，我相信你。"乔阮冲她笑了笑，悬着的心突然放下了，她点头："嗯。"

下节课是语文课，语文老师不像其他老师那么严厉。只要不在课堂上大喊大叫，她一般是不会管的。

所以李月明和乔阮的同桌商量："下节课你去我那儿坐着，可以吗？"那个男生身子一僵，脸红了。他把头越埋越低，凳子脚滑了一下，险些摔倒。李月明皱着眉，扯着他的衣领子把他捞了起来："没必要吧，就是换个位置而已，怎么还土遁了？"

他的脸更红了，简单收拾了一下东西就走到前排坐下。李月明沉默了一会儿："我的位置在后面。"他也沉默了，然后才慢吞吞地换到后面。

李月明坐下以后问乔阮："他一直都这么奇怪？"乔阮摇了摇头，她也不知道，他们两个甚至都没讲过几句话。

这次竞赛的结果三天后出来，乔阮算不上多紧张，她的确是那种喜欢自我否定的人。她不认为自己能拿第一，没有希望，就不会失望。

夏依然怀孕了，已经两个月了，前几天才查出来。意思就是，在问乔阮之前，她就知道自己怀孕了。乔阮放学以后回到家，家里没人。他们去医院做产检了，夏依然做好了饭，放在锅里温着。乔阮没什么胃口，就随便吃了点。收拾好碗筷以后，她穿上外套下了楼。

屋里太闷，有种窒息感，她想出去透透气。附近的公园这个点人很多，乔阮在士多店买了一盒牛奶，慢悠悠地走着。牛奶很甜，一股劣质的香精味。但是乔阮很喜欢，她喜欢这种甜到齁人的感觉。

附近的广场有人唱歌，乔阮咬着吸管过去。吉他声悠悠地传过来，是一首很老的歌了。乔阮过去的时候那里已经站满了人。她看不见里面，只能往后面的台阶上走，走了一阶又一阶。她在试探能不能看见里面，全然没有注意到身后。脑袋仿佛撞上了谁的胸口，她急忙转身道歉。

天很黑，所有灯光似乎都聚集在广场那儿。她没看清那人的长相，只是声音让她僵愣在那儿。"走路怎么不看路，摔倒了怎么办？"是熟悉的温柔语气。乔阮抬头，正好对上沈负的眼睛。他的眼睛很亮，很清澈，乔阮突然想到了小翘山的河。他肯定不近视。

乔阮不知道他为什么会出现在这里，但她也不准备问，下意识地就要转身离开，不过手腕被沈负抓住。

“你最近好像在生我的气。”他的语气平和，没有半分扭捏与遮拦，很坦然地开口，“如果我哪里做得不对让你不开心的话，你可以告诉我。”

怎么说呢？难道直接告诉他，自己每次看到他，那诡异的自卑心理总是无端跑出来？乔阮沉默片刻：“我没有生你的气。”她不太会撒谎，很容易露出破绽。所以她不敢看沈负，怕被看出来。安静持续了一会儿，只能听到那个音响里的伴奏换了一首又一首。估计那个歌手都不会唱吧，乔阮乱七八糟地想着。沈负终于开口：“没生气就好。”乔阮不知道他是信了还是没信，总之这个话题算是告一段落。

乔阮不太想待在这里了，更加不想再和沈负待在一起。看到他，她总会难过，会控制不住地想起那天的场景。他的温柔，给了很多很多人。于是乔阮以时间太晚为由离开了。

这句话似乎正好给了沈负一个借口：“的确有点晚了，我送你吧。”

乔阮拒绝了：“我家很近的，不用你送。”

“你别想骗我。”他说，“明明很远。”乔阮这才后知后觉地想起来，他去过她家。这下所有话都被堵死了，乔阮不知道该怎么说，只能默许。她不太想说话，一直闷头往前走，沈负也不勉强她。他是一个很善解人意的人，不会强迫别人去做不喜欢的事情。

转弯进了巷子，乔阮却突然停住不动了。士多店的楼下，她看到马越霖动作还算温柔地搀扶着夏依然，后者脸上也带着笑，不时摸摸肚子。他们似乎在说着什么，都笑得很开心。乔阮不知道该怎么去形容自己此刻的感受。她有点难过，可是又不敢难过。因为她觉得，自己是个自私的小孩。因为害怕妈妈的爱被分走，所以她一点也不期待这个弟弟或妹妹的到来。世界上，唯一爱她的妈妈，也要去爱别人了。

她紧抿着唇，不想哭，沈负还在旁边。可眼泪就是不争气地掉了下来。沈负拿出纸巾，大概是想替她擦眼泪，在快碰到她脸的时候，又突然想起什么。动作稍顿，他又把手收回来。他那么聪明，不可能不知道乔阮在难过些什么。他安静地站在那里陪她，等她哭完。直到乔阮的情绪逐渐平稳，他才把那张纸巾递给她。乔阮抽泣了几声："我妈妈怀孕了，可是我一点都不高兴。你是不是也觉得，我很自私？"

她也不知道自己为什么要和沈负说这些，她好像总是下意识地依赖他。沈负走过去，动作温柔地擦掉她脸上的泪水。

"我也告诉你一个我的秘密吧。"他不太会安慰人，但潜意识里却觉得，人们在看到比自己活得更不容易的人时，难过会减少。乔阮抬眸，眼睛还肿着："什么？"

沈负把纸巾扔进旁边的垃圾桶里，他大概是觉得乔阮这副样子有点好笑，便真的笑出声来。他走到前面的士多店里买了一瓶冰牛奶，让她敷一下眼睛，消消肿。乔阮照做。说要给她讲一个秘密的沈负突然问她："我的名字是不是很奇怪？"不知道他为什么突然问自己这个，乔阮犹豫地摇头，最后又点头。

"沈fù"，她一开始听到这个名字并没有往"负"上去想，或许他叫沈复，或者，沈傅。"沈负"的确是一个很奇怪的名字。

"我不是我爸亲生的。"他笑了笑，语气轻松地说出这些话，"我妈在和我爸结婚之前，私生活很乱。后来她怀孕了，我爸也知道，但他很爱我妈，最后还是选择了原谅。不过他应该挺讨厌我的，所以给我取了这个名字。他说，我妈犯的错，应该由我来承担。"他笑的时候，眼角下弯，那双桃花眼带上些许弧度，"我从五岁就开始替我妈赎罪了。"

乔阮看着他脸上的笑，努力想要分辨出是不是强颜欢笑。可是她什么也看不出来，沈负现在的笑，和他平时的笑没什么区别。如果不听声音，只看他的脸，乔阮甚至以为他在说一件很高兴的事情。

这本身就很奇怪，或者说，沈负这个人本身就是奇怪的。乔阮偶尔会觉得，他就像是一个事先设置好程序的机器人。他很少有除了笑以外的其他表情，并且他的笑，很单一。苦笑、窃笑，诸如此类的，他都没有。

犹豫了很久，乔阮才试探地问出那句："那你妈妈……"

“她在我还不记事的时候就走了，去了其他国家。我五岁那年，我爸把这一切告诉了我。我不是他亲生的，他随时都可以扔了我，如果我不听话的话。”他说得风轻云淡，仿佛真的无所谓。

乔阮的心却揪在一块：“你爸爸太过分了。”沈负垂目轻笑：“我觉得他对我已经很好了，最起码没有真的把我扔了。”这是乔阮第一次听到他的身世，而且还是从他自己口中说出来的。她替他感到难过。他却好像没什么，仍旧是那副温柔的笑脸，连声音都带着温柔笑意：“嘘，不要告诉别人，这是我跟你的秘密。”

那天晚上，乔阮又失眠了。她满脑子都是沈负最后说的那句：“虽然我有很多秘密，但其他的有些难以启齿，就先不告诉你了。”

竞赛成绩出来了，数学老师风风火火地跑过来，正翻开教案准备上课的物理老师被他打断：“这节课先让给我。”

物理老师见他脸上是掩饰不住的笑，忍不住打趣道：“中彩票了？这么高兴。”

“这次竞赛咱们班可算出了个第一，能不高兴吗？”随着他的这句话，班上所有人的目光都移向了乔阮。当事人却没有太大的反应。这是好事，所以物理老师也没有说太多，同意换课了。她离开以后，数学老师两只手撑着讲台，春风满面：“这次省级数学竞赛的冠军呢，是我们班的乔阮同学，大家先鼓掌恭喜。”

班上稀稀拉拉地响起鼓掌声，其中李月明拍得最激动：“啊太牛了！”她这么大吼大叫，数学老师罕见地没有发脾气，只是让她稍微淡定点：“我们的第一名都没激动，你激动什么呢。”

李月明说：“我这不是替她激动嘛。”

数学老师让他们先自己学习一下，然后把乔阮喊出去。去办公室的路上，他告诉乔阮：“这次的考试是可以给高考加分的，你去和我登记一下资料。”乔阮点了点头，跟在他身后进了办公室。

沈负也在。看他班主任的那个表情，估计他是在挨训。他的班主任声音很大，整个办公室都能听见：“你那几道错题我看了，步骤全是对的，那些数字你是用脚指头算的吗？二十加十五等于四十五？三十乘三十等于六十？”

沈负认错的态度很诚恳：“下次会好好检查的。”老师头疼，伸手揉了几下太阳穴，叹气道：“我怎么也想不到你会在这种地方丢分，不然这次的第一就是你了。”

乔阮的数学老师听到后不乐意了：“我们班乔阮这次的分数可是整整比他高出了六分。”

那边也不甘示弱，一张卷子就差没砸到他脸上了：“你看看你看看，他丢的那些分加起来都有二十分了！”

“你这话说的，他要是所有分数都不丢是不是就满分了？”

“你一肚子歪理，我不和你吵。”

“到底是谁一肚子歪理？”

他们也没吵多久，大概是顾虑还有学生在场。

乔阮和沈负一起从办公室出来，沈负笑着祝贺她：“恭喜。”

乔阮抿唇：“谢谢。”

办公室在教学楼最角落，得把这条走廊全部走完才能到教室。沈负没再开口，乔阮也不知道该说什么，两个人就这么无言地走了很久。

临近二班门口了，沈负脚步停下。乔阮疑惑抬眸，看向他。

“站在这里等我一下。”

乔阮眨了眨眼：“什么？”

沈负轻笑着警告她：“在我出来之前不许偷偷溜走。”

乔阮不知道他要干吗，他进去以后，乔阮沉默了一会儿，想离开了。她为什么要听他的话？心里是这么想的，可是脚怎么都动不了，像是被人定住了一样。

不过乔阮自己也清楚，被定住的不是脚，而是她的心。

第三章

错过

沈负很快就出来了，手里多出了两个盒子，一个大的，一个小的。小的那个乔阮还记得，上次沈负给她，她没要。

“礼物。”他说。乔阮摇头：“我不要。”

他的语气似乎有点无奈：“倔脾气。这个是为了祝贺你得了第一，特地去买的。”他把那个大点的盒子递给她，态度算不上特别强硬，但相比他从前那个温润的性子，也显出几分强硬，“一定得要。”

竞赛结果今天才出，他一直在学校，礼物只能是提前买的。乔阮不解：“你怎么知道我一定会是第一？”

他唇角扬起淡笑：“刚来一中就把我的第一给抢走了，你要是考不了第一，那不就证明我比那群人还要蠢了。”可数学明明一直都是他第一。正好下课，走廊人多了起来。乔阮担心被别人看到她这样和沈负站在一起，到时候又会议论她，于是急急忙忙进了教室，手上拿着那个盒子。李月明看到了，好奇地问她这是什么。乔阮摇头，她也不知道。

李月明上看下看：“这个牌子很贵的，你买的？”

乔阮沉默了一会儿：“沈负给我的，说是祝贺我考第一。”

听到李月明说很贵，她更加不想收了，拿出手机想给沈负发消息，却发现没有他的号码，于是想放学以后再还给他。李月明看穿了她的想法，劝她：“你要是还给他的话，就显得太刻意了。”

乔阮问：“刻意？”李月明分析道：“你想想看，如果他只是出于朋友的关系祝贺你呢？你要是还给他，就说明你心里有鬼。”

也对。在李月明的分析下，乔阮没有再坚持把东西还给沈负。

这些天回去，家里都没人。马越霖最近每天都陪她妈妈去散步。乔阮自己把剩饭加了一个蛋，重新炒了一遍。吃完以后她就去洗澡了。气温开始转凉，昼夜温差变得有点大。白天热得躁人，晚上还得穿外套。乔阮的睡衣是长袖，但还是挺薄，她洗完澡出来，感受到一阵凉意。

或许是临近考试的缘故，学校布置的作业一天比一天多。乔阮刚写完语文作业，视线落在一旁的盒子上。她还不知道里面是什么。迟疑了很久，她把盒子拿过来打开。是一套睡衣，叠得周正，放在里面。她垂眸看了眼自己有些破的袖口，原来那天他看到了。她努力想要掩饰的窘迫，他应该也看到了吧。乔阮觉得他不应该这样的，不应该对每一个人都这么温柔。

她觉得自己仿佛置身于沼泽地里，而沈负，则是那个不断把她往下拉的罪魁祸首。明明可以逃出来的，虽然艰难，但是沈负的温柔似乎缠住了她的脚踝，于是她陷得更深。

这些天一直下雨，路面也到处都是积水。乔阮每次出去都会把鞋子脱了，光脚蹚水过去。水很脏，甚至能看到漂浮在水面的垃圾。乔阮强忍着恶心出去，用了很多张湿巾反复擦拭脚，然后重新穿上袜子和鞋子。

临近考试，班主任弄了一个学习小组。四个人为一组，互相带动，互相学习。他将班上学生的成绩分为四个档次，上中下和无可救药。四个档次各抽一人为一组。自习室里，乔阮看了眼坐在她对面的二人，指甲都快掐进掌心了。

无可救药的江演懒散地转着笔，翻完了一整本练习册，也没看到哪道题是他会做的。李月明把他手里的笔抽走，语气嫌弃："哪个学生上学不带笔的？"他耸了耸肩，笑容坦荡："我啊。"

李月明白眼都快翻上天了，真不知道班主任为什么要把他分到他们这组来。乔阮在草稿纸上写下解题过程，又推演了一遍，确认无误以后才往试卷上誊写。这道题李月明都死磕两周了，还是一点头绪也没有，见乔阮这么轻松就解出来，忙让乔阮教教她。

李月明不算特别聪明，很多题目得讲好几遍她才懂。乔阮也不厌其烦，讲了一遍又一遍，李月明还是似懂非懂。

乔阮无奈地笑了笑，刚要再给她讲一遍的时候，江演冷笑，问李月明：“你没带脑子出门吗？”李月明皱眉：“你才没脑子！”

雨停了，出了太阳。有坐在窗户旁边的同学说看到彩虹了，于是大家纷纷往走廊走。乔阮也被李月明拉出去看热闹。

蔚蓝色的天空，学校位置有点偏，附近没有高楼林立，所以视野就更开阔。那道彩虹像是横跨了整个天空一样，这是乔阮第一次看到彩虹，原来不像书上写的那样有七种颜色，但还是很美。都说看到彩虹会有好运，乔阮想，她也会有好运吧。

乔阮微抿了唇，轻轻地笑了一下，收回视线时，不经意地扫过一旁的江演。不知道他什么时候出来的，有那么一秒钟，他们的视线撞上。

按照学校的惯例，之前都是一帮一的学习模式。但班主任觉得没什么用处，两个人互相起不到监督作用，四个人似乎正好。他也是第一次这样尝试，如果效果好的话，应该会一直延续到高考。

放学回家，乔阮在附近的菜市场买了点蔬菜。

前些天马越霖生怕夏依然累着磕着，饭也不许她做了。夏依然自然是不肯的：“我不做饭阿阮吃什么？”

马越霖让她别操心这个：“嫁出去的女儿泼出去的水，她迟早是别人家的，你管这么多干吗？”夏依然罕见地反驳：“阿阮是我女儿，就算嫁出去了，也依旧是我女儿。”

马越霖不和她吵，怕吓着她肚子里的宝宝。为了让她安心养胎，不被那个“赔钱货”拖累，他强行把她送回了自己乡下的老家，让他妈妈照顾她。至于乔阮，他留了点钱在家，说这么大的人，饿不死的。

乔阮放下书包后进了厨房。煤气怎么打也打不开，应该是用完了。她给送煤气的打电话，他说他们下班了，只能明天送过去。

乔阮看了眼墙上钟表的时间，算了，出去随便吃点吧。夜晚气温更低，她穿上外套，拿了钥匙出门，正巧收到李月明给她发的消息。

李月明：“我现在在张仓健去过的音乐餐吧里！就在你家附近！”

乔阮点的木桶饭上来了，服务员还贴心地给她盛了一碗汤。清到只有汤水的西红柿鸡蛋汤，上面浮着一层薄薄的油花。乔阮和那人道过谢，敲下一行字发送：“张仓健是谁，你朋友吗？”

李月明：“要是我朋友就好了。不过你不认识张仓健？”

乔阮：“不认识。”

过了一会儿，李月明发过来一大段在百度百科复制的资料。乔阮仔细地看了一遍，恍然大悟，原来是个艺人。乔阮不追星，也难怪她不认识。

李月明问乔阮：“你来不来，沈负也在哦！”

隔着屏幕乔阮似乎都能看见她说这句话时坏笑的神情。

乔阮：“沈负也去吗？”

李月明：“我让他带我出来的，不然我爸妈肯定不会同意我晚上出来玩。”

乔阮笑了笑：“你们玩吧，我就不去了。”

她饭量不大，木桶饭只吃了三分之一就饱了。台灯坏了，她想去买个新的，前面正好有一家卖电器的店。这个季节天黑得很快，刚刚还有一点落日的红光，在她吃饭的时候，已经完全黑下来了。路灯下有几只飞蛾，在地上落下点点阴影。乔阮把手缩进袖子里，太冷了。她戴上MP3，一边听英语单词一边往前走。

高考是她唯一的出路了，穷人家的孩子似乎只有读书这一条路。她想要摆脱这样的生活只能靠自己的努力。昏暗的街景，人们来来往往。路不太好走，路面有的石头松动了，一脚踩上去，下面的积水被重量压上来，乔阮的鞋子湿了。她却像没有感知一样，站在那里，一动不动的。

沈负手里提着装有各种饮料的塑料袋，从前面的便利店里出来，他贴心地拉着玻璃门，等身后的女孩子出来以后才松手。那个女孩子两手空空，出来以后在袋子里挑挑拣拣，最后拿了一瓶没有任何热量的矿泉水。

乔阮记得她，是苏瑶月。沈负贴心地替她把瓶盖拧开。乔阮的耳机只摘了一边，另外一边正好念到“surplus”——多余的。乔阮觉得现在的自己一定很落魄，连离开都显出几分慌乱。怕被看见，但还是被看见了。

就在沈负把拧开瓶盖的水递给苏瑶月的时候，他像是有感应一般，视线越过身侧来来往往的行人，看向乔阮。乔阮突然觉得自己有些不自量力。明明是什么都没有的人，却想要追逐那么耀眼的沈负。沈负和苏瑶月似乎说了些什么，然后朝这边走过来。乔阮的第一反应就是离开，她转身想走。

沈负叫住她："乔阮。"他走过来，笑着和她打招呼，"好巧。"

乔阮点头："嗯。"沈负递给她一瓶牛奶："月明说你喜欢喝这个。"

乔阮不想在这里过多地停留，也没多说什么，很快就接过牛奶。"你朋友吗？"女声清冷，带着询问。

乔阮看着面前的女孩子，和自己相差无几的身高，穿了一件稍短的上衣，裤子是高腰的，但仍旧能看见小半截细腰。长发被随意扎了个高马尾，那张巴掌大的脸精致好看。也只有她这样的人，才配站在沈负身旁吧。乔阮的自卑心又开始作祟，她很想离开这里。

"嗯，这是月明经常和你提起的乔阮。"四周人来人往的，喧闹杂乱，似乎怕乔阮听不见，沈负往前走了一步，离她更近，"她是苏瑶月，你们应该是第一次见。"乔阮点了点头，没说话。

苏瑶月看了眼乔阮，问沈负："她去吗？"并没有询问过乔阮意见的沈负摇头，替她回答了："她不去。"乔阮的手死死攥着牛奶盒，她尽量控制住情绪，为了不让自己看上去显得异样："我先回去了。"

沈负似乎不太放心："我送你吧。"苏瑶月在一旁提醒他："已经八点了，我八点半就要回去，玩不了多久的。"

不想让沈负为难，乔阮说："没事，这条路我走了无数遍了，不会有事的。"不等沈负再开口，她就离开了。她想赶紧离开这里，和沈负离得越近，她就越难过。她也不知道自己到底在期待着什么，她唯一知道的，就是这份期待已经落空了。

那盒牛奶被她攥得温热，纸盒都皱了，她低头看了一眼，走到垃圾桶旁想扔进去。手悬在上方停顿很久，最终还是不争气地将它放回外套口袋。

哪怕已经难过到这个地步了，乔阮仍旧不忘买个台灯。电器店里的老板给她推荐了几款，有可以调节亮度的，还有带护眼模式的。

“晚上写作业的时候就把护眼模式打开，这样不会伤害眼睛，你们这些高中生是最容易近视的。”乔阮伸手按了几下开关：“就这个吧。”

老板从里面拿了一个新的出来，原价八十八，或许是看乔阮年纪小，就给她打了个折，五十卖给她了。

乔阮提着盒子出来，街上仍旧热热闹闹的。大多都是饭后散步的人，三三两两的家人一起。乔阮看着看着，突然有一种很陌生的感觉，这种其乐融融的感觉，她从来没有体会过。她在书上看到过，有一种鸟叫无足鸟，它们这一辈子都活在天空。听起来很累，乔阮却很羡慕。

她回到小区，士多店的阿姨和她打招呼：“阿妹，这么晚去哪儿了？”

乔阮走进店内：“家里煤气用完了，刚刚出去吃了点东西。”

乔阮打开双门冰箱，拿了一瓶水，刚走到柜台准备结账，货架旁传出一道熟悉的声音：“这都过期了还放这儿卖，不厚道吧。”

乔阮身子微僵，抬眼看去，江演拿着一瓶功能饮料走过来。看到乔阮他也没有太大的反应，像不认识她一样，简单地看了一眼，视线就挪开了。

士多店的阿姨和他道歉，笑道：“忘了忘了。”乔阮结完账就急急忙忙走了，老小区没有门禁卡，她掏出钥匙开门，手抖得厉害，几次都错开了锁孔。江演不知道是什么时候跟过来的，站在乔阮身后问她，语气仍旧带着点他惯有的玩世不恭：“喂，你看到我跑什么？”

乔阮其实对他没有什么太大的感觉，她和江演本来是没有任何交集的。虽然在同一个班，但埋头苦学的好学生和坐在最后一排的他好像完全处在两个不同的世界里。

乔阮不知道他为什么这么讨厌自己，这种感觉很奇怪，明明她什么也没做。乔阮和他没什么好说的，钥匙也终于在她努力了很多次后成功地找到了锁孔。她往左边扭了扭，锁开了。她进去，江演也跟了进去。

黑漆漆的楼道，声控灯坏了还没修。老小区是没有物业管理的，设施坏了只能一拖再拖，灯都坏了半个多月了。乔阮看不到人，但能听到身后的脚步声。于是乔阮便站在那里不动了：“你进来干吗？”

江演靠着墙，反问道：“这栋楼都是你家的？”

乔阮右眼有点散光，比起普通人，她在夜晚看得更不清晰。所以江演可以看到她，但她看不到江演。

听到江演的问话，她沉默了很久，最后才缓缓摇头："不是。"

"那我进来干吗和你有关系？"

乔阮不再开口，闷头上了楼。她在前面走，江演就跟在后面，直到她走到家门口了，江演仍旧跟在她后面，始终保持着那一段距离。乔阮没有立刻开门，而是停下来看了他一眼。江演靠着墙，也没有继续过去。

他冷笑："怕我对你做什么？"乔阮不语。江演让她趁早打消了这份心思："我可不是什么都来者不拒的人。"

乔阮没有再理他，开门进去。门外没有动静了，乔阮回到房间开始做练习册。一直写到十点半，她又把家里打扫了一遍，提着垃圾袋准备去楼下扔垃圾。刚出去，她就看到放在门口的盒子，上面贴了一张便签："给乔阮。"

她四处看了看，没有看到人，犹豫了一会儿，蹲下去打开盒子。是一个蛋糕。她把蛋糕拿起来，将它和垃圾袋一起扔进了垃圾桶。

每天放学以后，互助小组都要一起学习三十分钟。这是不算太硬性的规定，全靠学生自觉。乔阮对待学习认真，所以她能做到。小组里其他三个人，除了江演都还算热爱学习。乔阮没有指望江演能留下来。他连平时上课都不学习，更别说是放学后了。

放学铃响起，乔阮收拾完东西去自习室，李月明和她一起去，讲起昨天在音乐餐吧里的经历："听说老板是张仓健的朋友，我还拿到他的签名照了。"乔阮笑了笑："恭喜你。"

李月明问她："我听沈负说，他昨天看到你了，你怎么没一起过来？"乔阮稍顿了一下，面上并没有显出半分异样，她笑道："我不喜欢去太吵闹的地方。"李月明点头，也对，像她这种好学生，肯定对那里不感兴趣。

高中的自习室基本没什么人，也不用特意去占位置。李月明的同桌孙玟已经坐在那里了，看到她们过来，抬手打招呼："这里。"

李月明挽着乔阮的胳膊过去："你怎么到得这么早？"

孙玟拿出试卷摊开："还说呢，我担心没位置一放学就冲过来了，结果压根就没人。"

李月明拖出椅子坐下："那些好学生都回自己家学习了，谁还留在学校啊。"孙玟眼睛四处乱瞟，眼神期待："江演呢，他不来吗？"

李月明白眼一翻："你这是来学习的还是来看男生的？"孙玟丝毫没有难为情，笑道："看男生和学习两不误嘛。"

每一个学校都有校草，江演和沈负就是这样的人。两个人的外在都属于帅到挑不出一丝毛病，不过内在却大相径庭——一个学渣，一个学霸。孙玟显然对前者更青睐一点："一个本来不花心的人对你死心塌地，和一个花心的人对你死心塌地，你觉得哪种更浪漫？"

李月明对这些都不感兴趣，所以她说："都不浪漫。"

孙玟觉得她没趣，又去问乔阮。突然被点名的乔阮愣了一会儿，然后遵从自己的本心回答她："前者吧。"

孙玟顿时觉得她们两个都很没趣："征服一个浪子可比征服老实人有成就感多了。"乔阮不大理解她的观点，但也没有再开口。每个人都有自己的喜好，这是一件很正常的事情。

李月明懒得和她多说："就半个小时，我还要抓紧时间学习呢。"

她早就把自己看不明白的那些题目全部都记录下来，准备让乔阮给她讲一遍。乔阮粗略地扫了一遍，刚拿起笔，门开了。

江演的书包被随意地挂在左肩上，校服外套拉链没拉，大敞着，露出里面的卫衣。他走到乔阮对面的空位坐下，书包一扔，开始睡觉。

李月明无语，她伸手推江演："你回家睡不行吗？自习室的课桌难道比你家的床还软？"

江演将脑袋从胳膊上抬起来，厚颜无耻地开口："在知识的熏陶下我睡得更踏实。"

李月明觉得自己今天翻白眼的频率已经很高了，于是在心里默念：别翻白眼别翻白眼。

乔阮尽量让自己不受江演的影响，继续给李月明讲题。突然，脚被人踢了一下，力道不重，也不疼。乔阮将脚往后移，过了会儿，脚又被人踢了一下。她抬头看向对面，江演不知道什么时候醒的，脸还枕在胳膊上，只露出一双眼睛，正看着她。乔阮没有理会他，继续给李月明讲题。

自习结束后，乔阮写了几道类似的题目，让李月明回去做完，明天她检查。乔阮把笔袋和草稿本放进书包里，然后离开。

已经降温了，尤其是下午和晚上，冷风都带着刺骨的寒意。宽宽大大的校服不怎么御寒，风沿着袖口和下摆往里钻。

乔阮提前给送煤气的叔叔打过电话，她白天要上学，不在家，让他下午再来。她一边想着他能不能按时送到，一边想着待会儿应该吃什么。

她什么都会做，炒菜煲汤这些，在小翘山的时候，奶奶要下地干活，家里的饭都是她做的。

她想了很久，最后还是决定随便吃点。马越霖说他们差不多半个月才会回来，他留了点钱给乔阮。省吃俭用的话，应该可以支持一周。

和李月明在学校分开后，她一个人往外走。错过了放学时间，这会儿学校附近已经没几个人了，安安静静的，听不到一点声音。

乔阮最近觉得，她无论去哪里，总是摆脱不了江演，包括此刻。她很少仔细看他，以前是不敢，现在是不想。

他和沈负其实是有相似之处的，他们的身形很像，肩膀都很宽，腿也长，消瘦却不羸弱，有一眼便能看出的少年气。

江演的眼睛是那种张扬的开扇形，很符合他桀骜难驯的本性。乔阮却很讨厌他。她并不觉得他们是那种偶然见面了要打招呼的关系。

她低着头，绕过他就要离开。江演叫她的名字："乔阮。"她没反应，仍旧低头自顾自地往前走。他又喊了一声："乔阮！"

她有了反应，速度比刚才快了许多，似乎想要尽快远离他。江演应该跟过来了，她听到了脚步声。她甚至想要用跑步来远离他，可她还来不及跑，就被江演握住手腕生生拽了回去："耳朵聋了吗？"

乔阮的手又开始抖了，她甚至不敢动，怕惹恼他。江演最烦她这样，也烦现在的自己。习惯了掌控别人的情绪，却接受不了被别人掌控。江演就是这样一个人，自负，好面子，全身上下都是缺点。

乔阮努力平复了一下自己的心情，可颤抖的声音还是出卖了她的情绪：“你……松开我。”

江演看着她的眼睛，琥珀色的，盛满了恐惧。那句嘲弄的话到了嘴边，他却没有说出口，反而听话地松开她：“我有话要和你说。”

乔阮转身就走：“我不想听。”她不听，江演就一直跟着她。她上公交车，他也上。没位置了，她扶着扶手站着，江演也站着。

又过了几个站，人陆陆续续多了起来，江演被挤到她身旁，乔阮抬眸看了他一眼。他迎着她的目光和她对视：“别人挤的，又不是我自己要过来的。”那种眼神和语气都坦荡得要命。

乔阮看了眼自己的右手边，已经没地方再让她退了。没关系，她在心里安慰自己，只剩最后两站了。

好不容易下了车，她闷头往前走，江演腿长，两步就走到她跟前了：“你属乌龟的吗，头埋得这么低，不怕撞到人？”

乔阮微抿了唇，像是要故意和他对着干，头垂得更低。江演骂了一句：“傻子。”然后走在她前面，两人始终保持着一定的距离，也不用担心乔阮会再撞到人。

一路上，乔阮一句话都没讲。回到家正好碰到送煤气的叔叔，停在旁边的摩托车上绑着几罐煤气。

看到乔阮了，他上前把绳子解开：“等了你十多分钟了，打电话也没人接。”乔阮和他道歉，手机她忘记带了。叔叔大度地摆了摆手，也没真想和她计较。他扛着煤气罐上楼，替她安好，然后才离开。

昨天买的蔬菜还在冰箱里放着，乔阮淘好米，放进电饭煲里，又随便炒了一碗青菜。吃饱饭以后，她照常把屋子收拾了一遍，然后提着垃圾下楼。

江演坐在士多店里啃干脆面，士多店阿姨正和他说话，江演却无动于衷，像没有听到一样。乔阮把垃圾扔了，犹豫了一会儿，还是走进去。阿姨看到她，脸上堆满了笑：“阿妹吃饭了吗？”

乔阮点头：“嗯嗯，吃了。”阿姨问：“妈妈回来了？”乔阮说：“还没有，我自己做的。”阿姨夸她：“阿妹真乖。”

乔阮拿了瓶水，过去结账。江演终于后知后觉地看到她了，把耳朵里的降噪耳机取下来，站起身：“乔阮，我们谈谈。”她没理他，走下台阶。江演跟过去：“我又不会吃了你。”这诡异的气氛把阿姨吓着了，她急忙过去拉开江演：“别欺负小姑娘啊。”江演不耐烦地把手抽出来，懒得理她，视线仍旧在乔阮身上：“你如果不过来，那我就一直烦你。”

他似乎很明白乔阮的软肋，果然，听到他这句话，她立刻就抬起了头。

乔阮最后还是过去了，她不想一直看到江演，所以只能暂时先恶心这一会儿。她说：“要说什么，你说吧。”

乔阮很直接地就进入主题，刚好江演也不是什么扭捏的人，所以他也很直接地告诉她了：“其实我不讨厌你。”

乔阮无法去形容那一瞬间自己的感受，直白一点，就是恶心。

李月明加了餐吧老板的微信，老板告诉李月明，今天张仓健会过来。李月明立马给沈负打电话，求他带自己出来。沈负很好说话，任何时刻，只要别人提要求，他都不会拒绝。再加上他是很典型的“别人家的孩子”，所以李月明的爸妈很放心他。

从家里出来以后，李月明没有忘了自己的好姐妹，她觉得没有追过星的人生是不完美的。她给乔阮打电话没人接，于是准备去她家找她。结果刚走进巷子，就看到了面前的一幕。还有江演说的那句话她也听到了，她和沈负都听到了。

相比李月明震惊的反应，沈负却显得很平静。李月明下巴都快惊掉了，过了好久才从震惊中醒过来，她看到沈负一脸无动于衷，犹豫地问道：“你有什么想法？”

听到声音，他将视线移向李月明：“什么？”

“就……”她也不知道怎么说，于是叙述了一遍自己刚才看到的，“江演去找乔阮了。”沈负轻笑：“我能有什么想法，又不是来找我。”李月明突然很难过，替乔阮感到难过。

江演说完这句话就走了，他也没想过要乔阮给他回应，他就是想告诉她有这么件事。不说出来的话，他会忍得很难受。

乔阮并没有受到什么影响，恶心完以后照常写作业。她把日历撕掉一张，十一点上床睡觉，身上穿的，仍旧是那件袖子破掉的睡衣。还有一年半，最后的一年半。高考完以后，她就会离开这个城市。

高中的生活似乎就是在各种试卷中度过的。数学试卷最后一道大题全班只有两个人写对了——乔阮和数学课代表周颂。

他们的解法不同，周颂的结果虽然是对的，但步骤太复杂。数学老师和周颂说，让他看看乔阮的解法。于是下课以后，周颂找到江演："我和你换，我去你们小组吧。"

江演刚睡醒，脸上还有睡觉留下的压痕："什么小组？"

周颂说："学习小组啊，反正你也不学习。"江演看了眼坐在第三排认真写作业的乔阮，又看向周颂，冷笑一声："谁说我不学习？"周颂看着他空无一物的课桌："学习的人连课本都不带？"江演微抬下巴："我自学，不行？"周颂被他的反问问住了，气得转身就走。

下节课是英语，乔阮拿出课本翻了翻，她给自己规定了每天需要背诵的单词量。背到哪里，她都做了记号。

李月明犹豫了一整节课，想问江演那天的事情后来进展到什么地步了。可是他一直在睡觉，好不容易等他醒了，结果人走了。可是问乔阮的话，她又不知道应该怎么开口。难道直接告诉她：昨天我和沈负撞见了江演去找你，但是沈负一点反应都没有？

她要是真这么说，乔阮应该会难过死吧。以她对乔阮的了解，乔阮应该是没有回应江演的。李月明纠结了一上午，最终还是没有问出口。最后一节课的时候乔阮被叫走了。

语文老师下午有点事，让乔阮帮忙改一下试卷。一班的语文老师和二班的语文老师是同一个。她改的这份试卷，是二班的。

她拿出红色的水性笔，对照着上面那张试卷，一张一张地批改。改到最后，她看到沈负的试卷了，姓名栏上沈负两个字格外显眼。他字写得好看，遒劲有力，力透纸背。和他这个人一样，都是认真而规矩的。

乔阮非常认真地看了一遍又一遍，几乎没有任何问题。语文老师只让她批改有标准答案的，譬如作文就留着不改。但乔阮还是出于私心地看了一眼他的作文。作文名是《我的家人》。他竟一个字也没写，甚至连标题都没写，空在那里。

沈负的确是一个很奇怪的人，可是具体奇怪在哪里，她又说不上来。他好像完全没有缺点，但人无完人，没有人是毫无缺点的。

李月明最终还是放弃问那个问题了，因为根据她一整天的观察，乔阮和江演的关系并没有升温，他们连一句话都没有讲过。所以李月明可以断定，乔阮没有给江演回应。这点倒是在她的意料之中。唯一让她疑惑的就是，江演居然并不讨厌乔阮，那么……难不成他之前所做的一切都是幼稚地为了引起乔阮的注意？如果真是这样的话，那李月明觉得江演简直就是一个大蠢货！

学校在期末考之前还有一次摸底考。考试的座位是按照全校的名次排的，全校第一的乔阮考场还是在一班，第一排第一个。考试那天李月明告诉乔阮："昨天我特地去拜了拜，祈祷今天考个好成绩。"

沛城的寺庙都在山上，而且很远，听到她的话，乔阮有点惊讶："你坐那么久的车去山上了？"李月明说："我拜的我奶奶。"乔阮一时竟无言以对。

进考场前，李月明让她好好考："加油！"乔阮冲她笑："你也加油。"

乔阮推开门进去，课桌都分开了，为了防止抄袭，离得很远。乔阮看到坐在自己后排的沈负，他正用湿巾擦拭着桌子。看到乔阮了，他也没有丝毫意外，而是笑了笑："桌子有点脏，所以简单擦一下。"

他像是在和她解释自己的行为。但乔阮看了眼他手里的湿巾，一整包都快用完了，还只是简单地清理一下？

沈负最后把那些用过的湿巾拿去扔了，随着上课铃响起，监考老师拿着一大摞试卷进来，让坐在第一排的人依次递下去。

第一门考的是数学。乔阮先粗略看了一遍题目，没什么太难的题，甚至很多题型都是她和李月明讲过很多遍的，李月明这次应该不会考差。想到这里，乔阮稍微放了心。她没用多久就写完了，又从头到尾仔细检查了一遍。

李月明应该提前交了卷，站在一班的教室外面等着。乔阮最后又检查了一遍，也提前交卷了。她刚出去，李月明就去挽她的胳膊：“这次的卷子好简单，我感觉我应该能考得不错。”

沈负也提前交卷出来了，听到李月明的话，他垂眸轻笑：“这么有信心？”李月明自信地抬高下巴：“当然了。”那些题目其实也不算特别简单，不过是因为很多类似的题型都是乔阮和她讲过无数遍的。

听到沈负的声音，乔阮下意识地想逃。她已经在努力尝试不要关注他了，可每次只要看见他，这种努力就会功亏一篑。于是她匆忙留下一句：“我去下洗手间。”然后就撇开李月明走了。

再等等吧，她总有一天会完完全全忘了沈负的。

一天只考两门，其他时间同学们可以自习。没有老师，大家肯定不会那么听话，几乎都去校外玩了。乔阮在洗手间里等了一会儿，觉得沈负应该离开了以后才出去。结果她刚过去，就看到了正在安静地倾听李月明抱怨的沈负。

乔阮远远地看着，她突然很难过。他不应该这样的，他不应该对每一个人都这么好。乔阮很想哭，眼眶开始发热，于是她真的哭了。

正好铃声响了，考试结束，走道瞬间变得热闹起来。乔阮努力想要把眼泪憋回去，怕被别人看到。可无论她怎么努力，眼泪还是越流越多，像是负压过重，突然坏掉的水管。

沈负仿佛察觉到什么，在他看向这边之前，乔阮被外套盖住脸，她能闻到淡淡的洗衣液香。

有了遮挡，乔阮的眼泪流得更凶。她太难过了，难过到忘了挣扎，任凭那个人将自己拉走。也不知道走了多久，终于停下了，盖住她脑袋的外套被拿走。江演嫌弃地看了眼衣服：“脏死了。”

乔阮罕见地没有在看到他以后立刻离开，她蹲在地上，脸埋进臂弯，哭得更凶。江演眉头微皱，在旁边的椅子上坐下，等她哭完。

被他欺负她都没哭得这么凶过。他看了眼面无表情看向这边的沈负，眉头皱得更深。她把多余的情绪浪费在这种“垃圾”身上，还不如给他。

乔阮哭够了，和他说了“谢谢”，然后把他的外套拿过来，说洗干净了再还给他。她不想和江演有一点牵扯。哪怕是这种小恩小惠，她也要立刻还清。江演也没拒绝，看她一言不发，闷头往前走，他不放心地跟过去：“外面就是马路，你别被车给撞死了。”

李月明不过回教室拿了个书包，等她出来的时候，正好看到沈负站在护栏旁，面无表情地看着某处。她疑惑地走过去：“看什么呢？”

沈负一秒恢复温柔笑脸：“没什么。”他动作自然地接过李月明手里的书包：“现在要回家吗？”她点头：“本来准备和乔阮一起去喝奶茶的，不过她刚刚给我发消息说她有事要先走了。”

沈负给家里的司机打了电话，让他送李月明回去。她问沈负：“你不回去吗？”他笑了下：“家里来客人了。”

李月明恍然大悟地点头。每次家里来客人她都不想回去，那些亲戚看到她第一句就是考了多少分。她都快烦死了，自然是能不见就不见。想不到沈负这种天才也有这种困扰，李月明瞬间平衡了。

乔阮回到家，把江演的外套洗了。因为上面的标签写着不能用洗衣机洗，所以她手洗的。她搓了很久，想洗干净一些。

妈妈在生下她以后就离开了小翘山。奶奶总说，她应该是个男孩的。都是因为她，他们家才断了香火。所以乔阮这漫长的十五年人生里，是没有感受到多少爱的。

她一直以为，人只有在偏心另一个人的情况下，才会对对方这么好。但沈负不是，他对任何人都这样。乔阮其实很讨厌这样的人，但她没办法讨厌沈负。

那天考试结束，李月明得知乔阮爸妈不在家，说要去她家和她一起睡。

下午回到家，路过菜市场，乔阮问李月明想吃什么，她做给她吃。李月明惊道：“你还会做饭？”

乔阮笑着点头：“只要不是我没见过的，我差不多都会做。”

既然这样，李月明也没和她客气，报了几道她爱吃的家常菜。她故作凶狠地威胁乔阮："要是不好吃的话就打差评。"

乔阮配合她，笑道："好的，保证让您满意。"

她家虽然简陋，但被乔阮打扫得很干净，有股淡淡的花香味。李月明看到花盆里的山茶花了，问乔阮："你妈妈还喜欢种花啊？"

乔阮围上围裙，将头发用鲨鱼夹夹好："是我种的。"她唯一的爱好就是种花了。

以前在小翘山想种多少就种多少，但来了沛城以后，家里有点小，连阳台都没有，这盆山茶花还是楼下阿姨送给她的。好在马越霖并没有说什么。

李月明几次进厨房帮忙，但每次都会把厨房弄得一团乱。乔阮收拾她的烂摊子反而更花时间，便让她去外面看会儿电视。

李月明委屈巴巴："可是人家也想帮忙嘛。"乔阮笑容宠溺地点了点头："你待会儿多吃一点就是帮我最大的忙了。"

饭做好以后，李月明果然吃了很多。她自告奋勇把碗洗了，乔阮在客厅收拾。把垃圾扔下楼，乔阮带她去附近转了转。李月明还在兴致勃勃地给她讲着那天在餐吧里遇到了张仓健本人："比电视里还要帅！"

乔阮不追星，所以没办法共情她的喜悦，但她还是很认真地听着。李月明讲到一半就停在那儿了，她疑惑地看着从便利店里出来的沈负："你怎么在这儿？"或许是没想过会在这里遇到李月明，所以他也有短暂的停顿，而后晃了晃手里那个加热过的三明治："肚子饿了，过来买点吃的。"

李月明走过去："你怎么会在这里买吃的？"沈负看了一眼乔阮，大概是想和她打招呼，后者却已经把视线移开了。他也并不在意，仍旧是那副温柔的笑脸："家里有客人，不能回去，所以就在附近酒店开了间房。"

李月明的重点并不在他为什么会跑这么大老远开房，道："沈负，想不到你还挺叛逆啊，干了我一直不敢干的事。"

她家每次来客人，她都想干脆在外面开个房算了，但是苦于她爸妈的威严而不敢付诸行动。沈负也只是笑了笑，并没答话。

李月明说要去他住的地方看看，心里想着给乔阮制造一下机会。李月明并不知道乔阮已经决定要放弃继续关注沈负了。所以在她拒绝时，李月明只当她是在矜持，还是把她带去了。

沈负住的是套房，客厅、厨房、洗手间都有。他打开鞋柜，从里面拿出两双拖鞋。他声音温温柔柔的，问道："想喝什么？"

乔阮觉得自己很不争气，只要一听到他说话，就会很没骨气地心软。她低着头，不敢看他，怕看了以后好不容易硬起来的心又会在瞬间缴械："随便。"沈负说："牛奶可以吗？"她点头。

李月明举着手，说要喝果汁。沈负打开冰箱门，把喝的拿给她们。

乔阮看到桌上的三明治，不算大，她这么小的饭量吃完都不见得饱，更别说是沈负这种一米八几的男生了。她终于主动和他说了这几天的第一句话："你吃得饱吗？"

沈负深深地看了她一眼，然后笑着摇头："可能吃不饱，但外面的饭菜我吃不习惯。"李月明抱着抱枕在客厅看电视，音量开得有点大，沈负大概是嫌吵，于是站起身，说要出去透透气。

乔阮盯着他的背影看了一会儿，在门关上的那一瞬间又收回来。她妈妈的电话是在几分钟后打来的，她拿着手机去外面接电话。夏依然担心她一个人在家照顾不了自己。

"你马叔叔不让我走，我昨天和他说了一定要回去，他也答应我了，乖宝先委屈几天，妈妈下个星期就回去了。"

前面有个环形露台，乔阮走过去："你不用担心我的，在那边好好休养，我可以自己照顾自己。"

马越霖在那边喊夏依然，她让乔阮早点休息，别熬到太晚，然后就把电话挂了。乔阮还保持着打电话的动作，手没有放下来。

或许是听到动静，站在露台的沈负往这边看了一眼。看到乔阮了，他问道："怎么了吗？"是很关切的语气。

乔阮摇了摇头。沈负笑道："外面有点冷，你先进去。"乔阮想进去，但是腿像灌了铅一样，她挪不动。她站在那里，一动不动的。

沈负见她穿得单薄，想脱掉自己的外套给她搭上，可怕她嫌弃自己，于是只得作罢："有什么话要和我说？"

乔阮想，他太聪明了，聪明得一下子就能看出她在想什么。她点了点头，犹豫地问出口："你不回家，是因为……你爸爸不让你回家吗？"

沈负似乎并没有因为她问出这个问题感到诧异，他好像对任何事情都不会感到诧异，仿佛很难有东西能够撼动他的情绪。

他也没有丝毫的遮掩，很坦然地承认了："嗯，今天来的是爷爷奶奶，他们很讨厌我。"看到他脸上的笑容，乔阮觉得自己的心脏又开始痛了。她问他："你难道不难过吗？"

"难过？"他垂眸，笑着问她，"难过应该是怎样的？"他不知道。他不懂快乐，也不懂难过，他是一个很奇怪的人。

乔阮没想到沈负会问自己这种问题，她以为他是因为性格乐观，并不在意，也就没有再说些什么。

小的时候上语文课，老师讲述那些词语的意思，譬如难过、嫉妒、委屈。老师让大家自己去代入一下，让他们去讲述自己的感受。每个人的形容老师都很满意，唯独到沈负这里，他什么也说不出来。听着老师讲的那些故事，悲剧或是喜剧，他的内心都很平静。时间久了，老师发现了不对劲，给沈负的爸爸打电话，让他带沈负去医院看看。父亲只是嘴上应下，却并没有带他去。还是进初中前的心理健康检查，医生说他得病了，已经到了很严重的程度。但是他没治，他父亲不许他治。

沈负觉得治不治都无所谓，他甚至不觉得自己有病。从来没有体会过七情六欲的人，不会觉得缺了这些是一件无法忍受的事情。

乔阮和李月明并没有在这里待很久，在天彻底黑下来之前回去了。

是沈负送她们回去的。一路上乔阮并没有和沈负说话，沈负也不勉强她，安安静静地一言不发。直到到了她家门口，他才和她说了一句："晚安，睡个好觉。"乔阮点头，开了门进去。李月明见沈负还站在那里没动，就让他快回去："不早了，你也早点回去休息，明天还要上课呢。"

他点头，冲她笑了笑："嗯，晚安。"沈负回到酒店，洗完澡以后也并没有立刻睡着。他失眠严重，已经到了需要药物辅助才能睡着的程度了。电视里放着夜间新闻，他坐在沙发上看了一整夜。

李月明睡相不太好，乔阮半夜醒了很多次，给她盖被子，以至于第二天去学校，她的黑眼圈有点重。李月明陪她一起吃楼下早餐店的水煮蛋，还笑话她："昨天晚上趁我睡着以后去做贼了吗？"

乔阮点头，调侃道："那某人应该是在梦里捉贼了。"

李月明捏她的腰："怎么着，嫌弃我是吗？"乔阮怕痒，笑着求饶。李月明这才放过她。去一班的路上会经过二班，这个点还早，来的人并不多。

乔阮鬼使神差地往里面看了一眼。靠窗的位置，沈负正看着书。他应该已经来很久了。在她将目光收回之前，他抬起了头，准确无误地看向她的方向。抿唇轻笑，眉梢眼角都透着温柔缱绻。

乔阮没有给回应，慌乱地牵着李月明的手走了。不知道为什么，她总觉得自己每次偷看他，都会被抓个现行。

下午奶奶打来了电话，她患有高血压，医院暂时没有她一直吃的药，想让乔阮在沛城买一些寄过去。

"沛城是大城市，这点药总归是有的。"奶奶的年纪很大了，连说话都开始喘气。在乔阮的印象里，她不是这样的。早上下地，晚上回来，她依旧精神抖擞。乔阮让奶奶把药名告诉她，放学以后她去医院看看。奶奶说完以后又问她："在那边过得还好吗，吃得还习惯吗？"

乔阮握着手机，稍微停顿了一会儿。或许是距离产生美，这好像是奶奶第一次关心她。她说："还好，吃得都习惯。"

奶奶听后，放心地点了点头："习惯就好，习惯就好。"

电话挂断了，乔阮看向窗外，天空有着大片大片的云。很奇怪，小时候一直渴望得到的爱，现在得到了，好像也不怎么开心。

那天放学，她和李月明说了一声就先走了。那些药开起来有点麻烦，花费了些时间。去寄快递的时候，她担心奶奶不会取，于是把寄往小翘山的地址改了。她字迹工整地在收件人那一栏上写下：江北省烨河市榕镇江北体育学院榕水附高二年级一班纪丞。

纪丞和岑鸢都是很好的人，也是她在榕镇的好朋友。

临近高考，学校对乔阮格外重视，把她当成了下一届高考的王牌。班主任甚至还特地和她做过思想工作，问她想考哪所学校。

乔阮的目标一直都是江北大学。班主任也很高兴，为她的争气感到高兴：“江北大学也算是顶尖的高校了，那你想好要学什么专业了吗？”

“物理。”乔阮没有一点犹豫地说出自己的想法。她的目标非常明确，未来想做什么，想成为什么样的人，她很早以前就想好了。

既然选择了自己想走的路，她就不会停下来，在达成目标之前，任何人任何事都不会影响到她。

摸底考的成绩出来了，没有任何意外，乔阮又是全校第一。沈负和她只有几分的距离。乔阮看过他的试卷，是班主任拿给她的：“乔阮，你还需要努力啊，千万不能因为这次考了第一就松懈，沈负之所以成绩在你之下那是因为语文作文他一直丢分比较多。”乔阮盯着那张试卷看。这次的命题作文的题目是：“情感，感动。”她像是想到了什么，沉吟片刻，点了点头：“嗯，我会的。”

乔阮他们学习小组内只有江演没有及格，他总分才八十分。李月明说英语试卷她闭着眼睛都能写出八十分来。

江演无所谓地耸了耸肩：“看来是我运气不太好。”乔阮是他们小组的组长，哪怕再讨厌江演，她还是得完成自己的职责。她粗略看了眼江演的试卷，完形填空全部填“ABCD”，压根就没有看题目。她没法教，也无从教起。于是她把试卷还给他，开始给李月明讲解她的错题。

江演在桌下踢她的凳子：“喂，我呢？”

乔阮不理他，他就继续踢，被踢烦了，乔阮把自己的英语书扔给他，说：“你先把书后面的单词背熟再说。”

江演坐直了身子：“知道我不讨厌你以后就开始摆谱了？”

孙玟下巴都快惊掉了：“啥？”乔阮握着笔没说话。

江演把她的书拿在手上，笑得痞里痞气：“仗势欺人的‘小土狗’。”然后就开始乖乖地记单词了。乔阮不想和他多说一句话，把视线移开。

家里的东西都老旧到一定的程度了，水管也坏了，开始漏水。乔阮还是接到隔壁邻居打来的电话才知道的，听说水都流到邻居家了。乔阮才十五岁，还不足以泰然自若地处理这件事。

“我家里的冰箱泡了水没法用了，还有那些家具也是，你尽快联系家里的大人处理这件事吧。”

乔阮一直和她道歉，对方也没有太为难一个小孩子。乔阮挂了电话以后又给夏依然打电话，一直没人接。过了会儿提示她关机了。她大概能想到，应该是马越霖把她的手机拿走了。

乔阮请了假，收拾东西回家前，李月明问她去哪。她简单地和她说明了一下情况，然后坐公交车回家。家里也全淹了，她看着一地的狼藉，突然有种深深的无力感。她打了电话叫维修工，在他过来之前她先处理了一下。她把破掉的水管用东西堵住，水流得稍微小了点。她又把地漏塞子拔了，让水流得更快。她蹲在那里，盯着那个旋涡发呆。人的一生都会遇到很多很多的事情，这些都是在给未来做铺垫。不必感到难过，也不必泄气。这很正常，每个人都会遇到挫折，可以解决的问题都算不上问题。乔阮拼命忍住难过，安慰自己：没关系的，没关系的。

维修工很快就来了，他检查了一番后说是水管太老旧的缘故：“我先给你修好，你家大人什么时候在家再让他联系我们，这水管还是得换，不然以后总出问题。”乔阮点头，礼貌地道过谢：“谢谢叔叔。”

水管修理好后，乔阮敲开了邻居的门：“姐姐对不起，刚刚水管已经找人修好了，请问您损毁的物品的价格大概是多少呢，我赔给您。”

开门的是个年轻的妇人，她笑道：“已经赔过了，就不用再赔了。”

乔阮愣住：“什么？”

她指了指楼下：“刚刚有个男孩子过来赔了钱，他说是你朋友。”

朋友？乔阮愣了好一会儿，才跑去楼道窗口那里往下看，并没有看到她觉得熟悉的身影。邻居告诉她：“已经走很久了，应该看不到了。”

乔阮问她：“那您知道他长什么样子吗？”

邻居笑笑：“很帅，个子也高，看他身上的校服应该和你一个学校。”

乔阮和她道过谢，然后开门进去。乔阮最后还是问了邻居大概赔了多少钱。听到那个数字后，她回去数了一下自己剩余的钱——不够。

她写了一张欠条，在第二天上早自习之前偷偷放进了江演的课本里。她不想欠他任何人情。

李月明到校的第一件事就是问她昨天那事处理好了吗。她点头："处理好了。"李月明松了一口气："那就好。"

最后那几个星期很忙，学生们每天都在各种试卷中度过。李月明联系了她舅妈，说乔阮一周后就可以开始给她表弟补课了。

李月明还特地找她表弟谈了话，让他少为难乔阮："要是让我发现你敢欺负她，我就把你在学校淘气的事情全部告诉你爸妈。"

小表弟瞬间就怕了："再给我十个胆子我也不敢欺负你朋友啊，表姐的朋友那就是我亲姐姐，我疼她还来不及呢。"李月明这才满意，夸他懂事。

下雨了，乔阮和李月明在路口分开。乔阮撑着伞，站在公交车站牌下等车。雨不算大，但也不小。乔阮将手伸出伞沿，看着雨滴掉在自己的掌心，触感很凉。是从什么时候开始喜欢上下雨的，她也不太记得了。她明明之前很讨厌下雨的。泛黄的叶子被风一吹，就开始往下掉，落在马路上来来往往的车辆上。

然后乔阮看到了沈负。他应该是没有带伞，站在一旁等雨停，神色淡漠，甚至可以说是面无表情。伞柄靠在肩上，她抬眸看向他。几乎是下一秒，他的眼神下移，准确无误地和她对上，惯有的温柔笑意没有丝毫缓冲地挂上他的眉梢。乔阮下意识地往后退了一步。她想走，想离他远一点。既然想早点忘掉他，最好的方法就是不要见到他。时间长了总会忘记的。

乔阮是这么想的，可是身体还是违背了她的意愿。她撑着伞走过去，问道："你要去哪儿？我送你过去吧。"她在心里说服自己，是因为沈负没带伞，所以她才过来的。换了她认识的任何一个人，她都会这么做。

沈负笑道："应该和你顺路。"乔阮愣住："去酒店？"他点头。

"你爷爷奶奶还没回去吗？"

沈负说："没有，他们可能会住一段时间。"

“啊，那你岂不是要一直住在酒店？”

相比乔阮的反应，他却显得很平静，唇角微挑：“我也更喜欢住在外面。”然后乔阮就不知道应该说些什么好了。因为顺路，所以他们上了同一辆公交车。这个站点离起点站很远，所以每次车上都有很多人。

乔阮走到车厢最后面，那里也站满了人。每次停车，都会上来很多人。乔阮被挤来挤去。这时，她身侧多出一只手，扶着她身侧的扶手，白皙修长，骨节分明，甚至还能看见因微微用力显出的血管。

手的主人稍微往前，乔阮的后背便贴靠在他胸口。车厢内难闻的气味被他身上那股清新的洗衣液香取代。他的声音仿佛在她头顶，温润好听：“站稳些，别摔倒了。”乔阮突然感觉自己的心脏跳得很快，脸也燥热到像是发烧。她是第一次觉得原来从学校到家里的路程这么短。

下车时雨已经停了，乔阮全程一言不发，闷声往前走。沈负倒也不打扰她，他的确不是一个话多的人，乔阮甚至可以感觉到，他不太喜欢讲话。走到后半段路，已经过了沈负的酒店了，乔阮停下，提醒他：“你走过了。”他笑了笑：“我知道，我先送你回去。”

“这么一段路，我自己可以走的，不用麻烦你。”

“没关系，不麻烦。”见他坚持，乔阮也就没有继续说。到了她家楼下，沈负和她说了再见以后转身离开。乔阮拿出钥匙开锁，想起前几天沈负说的那些话。他吃不惯外面的饭菜。可他不能一直只吃三明治，吃不饱的，也没营养。于是她稍微鼓起勇气，叫住他：“沈负。”

他停下，回头看她：“怎么了？”仍旧是轻轻柔柔的语气，像夏夜的风一样，吹得她心痒。乔阮的手指蜷缩了一下：“我……我做饭给你吃吧。”

他停顿片刻，然后笑了：“好啊。”乔阮在前面走，他跟在后面。楼道的灯依旧没修，乔阮把手机的手电筒打开，到家后开门。她让沈负先等等，她把垃圾拿下楼扔了，沈负笑道：“我来吧。”

乔阮抬眸看他。沈负便轻轻歪了下头：“怎么，担心我扔个垃圾会被人贩子拐走吗？”乔阮匆忙移开视线，脸红了。沈负没有继续逗她，拿着垃圾下了楼。刚出去，对门的女人和他打了声招呼，脸上带着打趣的笑：“又来找阿阮啊？”明明昨天刚来过。

他稍顿，礼貌地冲她笑了笑，并未开口。

身后的声音越来越远：“隔壁那个小妹妹这才多大啊，就带男生回家了。啧啧啧，现在的学生真是早熟。”

乔阮正在思考沈负喜欢吃什么，待会儿问问他有没有忌口，然后手机就响了，是一个陌生号码发来的信息：“饭改天再吃吧，我先走了。”

过了一会儿又有一条信息：“对不起啊，好像给你添麻烦了。”

乔阮疑惑地看着最后那几个字。他为什么要和自己道歉？

那顿饭是乔阮一个人吃的，她还是不太能摸透沈负。她觉得他是一个很复杂的人，他心里好像藏了很多事情，或许是不太好的事情。夏依然从马越霖的老家回来了，肚子已经有点显怀了。

她问乔阮：“想要弟弟还是妹妹？”

“都可以。”乔阮小心翼翼地摸了摸她的肚子，“为什么他不踢我？”

夏依然笑容温柔：“六个月才有胎动，现在还太小了。”

那天晚上，乔阮在空间里发了一条说说：“新生命很可爱，突然好像不怎么难过了。”她的QQ没有好友，所以她平时是当成日记来发的。

李月明的舅妈林澜联系了乔阮，问她可不可以先帮她儿子补一周的课：“这次期末考的成绩影响到下学期的分班，他要是考得不好的话，肯定会被分到落后班，你看你有没有空，先给他补一周课。”

乔阮看了眼日历，离期末考还剩最后一个月的时间。她最后还是同意了。去林澜家那天正好是周末，李月明有事，乔阮一个人去的。林澜给她倒了杯茶，让她先坐坐。没过多久，赵烨从楼上下来，眼睛都还没睁太开。看到乔阮了，嘴上抱怨着：“怎么来这么早。”

林澜指着手表骂他：“你看看现在都几点了，全世界恐怕只有你这个懒鬼刚起床。”

赵烨很有眼力见儿，知道他妈要发脾气了，老老实实地不吭声。林澜因为还要工作，没有留太久，简单交代了一下就走了。乔阮放下书包，问赵烨：“在哪里补课？”赵烨时刻记着李月明的话，也不敢对她太怠慢，手指了指里面："我房间。"

乔阮点头，跟在他身后进去。她让赵烨先写了一张试卷，要看看他的基础。乔阮检查的时候发现他和江演的水平不相上下，连题目都看不懂的那种，只能从最基本的地方教起。

冬天黑得快，临近六点天就已经黑透了。赵烨说送她，被乔阮拒绝了。赵烨也没坚持，他纯粹就是出于礼貌说了一嘴。他背靠着墙，看着正安静收拾东西的乔阮，好心提醒了一句："我们这儿路不太好走，跟迷宫似的，你可别迷路了。"

乔阮并没有太将他的话放进心里，她来的时候就是一个人来的。可走了十多分钟，她才发现赵烨的那句提醒很重要。夜晚的天很黑，仅剩的那点路灯光亮还不足以让她看清楚全部的路。她绕了一圈又一圈，不知道自己走到哪里了，又或者，压根只是在原地打转。这儿的建筑太像了，花园里的树都长得一样高，没法当成参照物。在她不知道该怎么办的时候，好像听到前面有声音。

"是检查结果出来了吗？"声音和语气都很熟悉，温温柔柔的，乔阮下意识地往那边靠近。

"嗯，我明天过去取，谢谢医生。"院子里，乔阮只能看见一个逆着光的背影。沈负穿着浅灰色的家居服，头发半干。他把电话挂了，准备进屋，却突然停了下来，转身往回看，然后他就看到了乔阮。对于乔阮出现在这里他没有任何疑惑和惊讶。沈负走过去把门打开，眼底是他惯有的淡淡笑意："是来找我的吗？"没想到真的是他，乔阮抿了抿唇，像是终于在海面找到了灯塔："我来给人补课，结果不小心迷路了。"

沈负笑了笑，是她能做出来的事。"这里是不太好走出去，我送你吧。"乔阮没拒绝，也没法拒绝。要是拒绝他了，自己今天都别想从这儿出去了。她跟在沈负身后，一言不发地走着。大概是觉得太安静了，于是沈负先开了口："是给赵烨补课吗？"

乔阮点头："你认识他？"

"他是月明的表弟，见过几面。"

乔阮若有所思地沉吟了一会儿："我刚刚听到你说检查结果，你生病了吗？"沈负笑了笑："嗯，很久以前就生病了。"乔阮问："严重吗？"

"应该还算严重，拖得太久了。"他说。

乔阮的心揪了起来："那为什么不早点治疗呢？"

为什么不早点治疗？他以前没想过要治，是最近才开始动这个念头的。他也不清楚是为什么，就是突然开始对一些东西感到好奇，突然很想亲身去体验和感受一下。沈负没有回答，乔阮也就没继续问了。

他不光把她送出了小区，甚至还送她回了家，即使乔阮说了不用。到她家楼下，乔阮和他说了再见，他笑容温柔："晚安，睡个好觉。"

乔阮上了楼，走到窗户边往下看。沈负的身影孤零零的，走在路灯之下。在那一刻，乔阮突然有点难过，莫名地替他感到难过。

班上的女生最近开始议论起校外的混混，听说最近有人被抢了钱，还差点被占便宜。提起那些人，她们就一脸厌恶："他们现在流行欺负好学生，所以整天在学校附近晃悠。一个个油嘴滑舌的，居然还真有人被骗了。"

有人问："艺高那边呢？"

"艺高也有，那边更多。"

数学老师和物理老师给乔阮印了好几张之前各省的高考试卷。她的进度比班上任何人都快，高三的知识点完全自学完了。她戴上耳塞，两耳不闻窗外事，专心地写着试卷。

除了那些混混的事迹，能够震撼到一中学生的大概就是沛城下雪了。在这种连雪是什么都不知道的城市，这种持续半个小时，指尖就能擦拭掉的降雪量，已经足够让沛城人民激动了，那阵子到处都是雪的照片。

乔阮坐在教室里，看着窗外的树被风吹得枝干碰撞，冬日的萧索在此时表现得淋漓尽致。放学的时候天色已经擦黑了，乔阮戴着耳机往公交车站走，耳机里是很标准的英式播音腔。

天气冷，她在校服外面又加了一件蜜桃粉的呢子大衣，头发简单绾了个丸子头，耳边两缕碎发垂下来。她个子高，皮肤也白，站在人群里格外显眼。和她在一个车站等车的人总是下意识地往她这边看，她听得太认真，并没有注意到。

车到站了，她却没上去。因为她看到了沈负，他刚从学校出来，也往这边走。他又开始住酒店了吗？沈负也看到她了，那张面无表情的脸瞬间挂上笑容，他稍微加快步伐过来："刚刚怎么没上车？"她不太会撒谎，眼神闪躲："人太多了，挤不上去。"那辆车是从沈负的面前开过去的，里面人到底多不多，他肯定看得清楚。但他没有戳穿她："现在正好是下班放学的高峰期，下一班车应该人就不那么多了。"他温温柔柔地替她圆好这个谎。

乔阮其实很想问他：你爷爷奶奶又来了吗？为什么你要去住酒店？但想了想，乔阮最后还是没问，她觉得这样不太礼貌。于是抱着这样的疑惑，她满怀心事地坐上车。直到下了公交，沈负似乎看穿了她的内心所想，主动替她解惑："奶奶上次过来是为了我爸相亲的事。那个阿姨现在去了家里，所以我暂时还不能回去。"乔阮觉得，他们并没有把沈负当成家人看待。好像他是个可有可无的物品，并且属于看到会碍眼的那种。

乔阮突然想起来，关心地问他："你上次检查的结果怎么样？"

"医生说治起来可能会有些麻烦。"他笑道，"不过也没关系，能治就已经很好了。"

乔阮的胸口像哽着什么，不上不下，难受得要命。她轻"嗯"了一声，低头往前走。沈负不紧不慢地跟在她身后。

乔阮终于忍不住，停下来，犹豫地问出口："你……你可以告诉我你生的是什么病吗？"

那天晚上，乔阮做了一个梦。梦里她亲眼看着沈负撕开自己的脸，然后以血淋淋的样貌看向她。他在冲她笑，乔阮却被吓醒了。

沈负白天的话言犹在耳："医生说，我应该是患上了无情型人格障碍症。"他好像很快就接受了，甚至不需要任何缓冲。

乔阮被噩梦惊醒以后就睡不着了，她打开窗帘，想看月亮，可抬头只看见两栋楼房之间狭小的一条线。她突然不觉得自己可怜了，她觉得沈负可怜。

第四章 再见，沈负

元旦要到了，班主任拿了张表格进来，让想参加表演的去文艺委员那里报名。没多少人愿意把时间花在这种事情上，文艺委员只能挨个做思想工作。走到乔阮这儿了，她沉默地抬起头，左手还握着笔。她是个左撇子，小时候被奶奶纠正过，现在左右手都可以用，但左手更熟练一点。

大概是觉得乔阮更好说话，所以文艺委员在劝说乔阮时特地多花费了些时间。乔阮很容易就心软了，犹豫地点了点头："可是我什么都不会。"

"没事，就班上自己搞，都是同学。"她在本子上写下乔阮的名字，笔悬在舞蹈那一栏上面犹豫了会儿，最后还是给她选了个唱歌——唱歌简单。

乔阮利用课余时间把那些试卷全部做完了，午休的时候老师给她开小灶，将那些错题重点给她讲了一遍："你最大的问题在于你不够仔细，考试的时候千万要多检查几遍，知道吗？"

乔阮点头，接过试卷："嗯嗯，我知道了。"她回到教室，看到李月明正坐在她的椅子上。看到她来了，李月明特地嘱咐她晚上早点回去。

乔阮把试卷放进桌肚里："怎么了？"李月明告诉她："苏瑶月昨天回家的时候被校外的混混抢了钱包，她居然冲过去和别人打架，现在在医院呢。"乔阮惊住："很严重吗？"

"不严重，被抽了两个耳光而已，脸肿了，她担心毁容，就去医院住着了。"听到她说没事，乔阮松了一口气："没事就好。"

苏瑶月最近没去上学，请假在家待着。她暂时不想去学校，怕再碰到那群恶心的人。沈负替她收拾房间："你要是怕的话，我以后送你。马上就要考试了，不去学校不行的。”苏瑶月躺在床上玩手机：“不要你陪，就算去了学校他们也会议论我。”

沈负并没有继续强求她，只是问她想吃什么，他放学回家给她做。不用吃家里阿姨做的饭，苏瑶月瞬间来了精神：“什么都可以吗？”沈负替她把被子盖好：“太油腻的不行。”上次体检，医生说她肠胃有些问题，这些天只能吃点清淡的。只要是沈负做的，苏瑶月都觉得好吃，哪怕是清淡的她也没异议，很快就点头同意了。

周颂最近总是会找乔阮请教问题。她聪明，又有耐心，就算周颂再倔，她都不和他争论。时间长了，周颂开始对她刮目相看，难怪各科老师那么喜欢她。日渐熟悉起来，周颂的话也稍微多了点：“你打算考哪所大学？”她把试卷用订书机装订好：“江北大学。”

“江北？”周颂似在感慨，“那儿的录取线可高得吓人，你有把握吗？”

订书机卡住了，她往下倒了倒：“我预估了一下我的分数，应该是可以过的。”周颂直到这一刻才明白了他们之间实力的悬殊。如果把考试当成游戏，那么乔阮就是天赋努力双重叠加的天选之子玩家。

周颂的课桌不见了，他还是上课以后才知道的。他从乔阮那边过来，看到原先放着自己课桌的地方空了。

他四处环顾了一遍，没找到，于是问同桌：“我课桌呢？”他同桌欲言又止地往后排看了眼，不敢吭声。江演坦然地和他对视，唇角笑容挑衅。

周颂皱眉走过去：“你弄的？”江演没承认，也没否认：“我看你好像挺乐意黏着乔阮的，一下课就往她那儿跑，这不是在给你制造机会吗？”周颂觉得他这个人简直不可理喻：“制造什么机会需要把我课桌给弄走？”

江演靠着椅背，大马金刀地跷着二郎腿，非常贴心地提醒他：“课桌没了，你不就可以光明正大地和她坐在一起了？”班上起了一阵哄笑，正忙着整理试卷的乔阮稍微顿了顿。

周颂的课桌被江演扔出去了，他弄回来花费了点时间，回到教室的时候已经迟到十多分钟了。老师看了眼他的课桌，问他怎么回事。周颂没说话。老师又问了一遍：“课桌怎么回事？”周颂不太敢得罪江演，班上的人也同样不敢得罪他。没人说话。安静持续了片刻，乔阮犹豫地举起手：“老师，是江演把周颂的课桌扔出去的。”最后的结果是，江演被赶出了教室。

一下课李月明就冲过来了：“乔阮，最近胆量变大了啊。”乔阮抿了下唇，其实她也很害怕，但她觉得江演做错了事就应该受罚，他那样的人，就应该受到应有的惩罚。

下节课是语文课，老师提前过来，把语文作业拿给乔阮，让她发下去。乔阮突然肚子疼，让李月明帮忙代发一下，她去上个厕所。结果刚出去，她就在门口碰到了江演。他的校服总是不好好穿，拉链开着衣服就这么敞着，里面是一件灰色的毛衣。乔阮绕开他准备过去，江演偏偏就挡在她面前。她往哪边走，他也往哪边走：“得罪我就没想过后果？”

乔阮捏紧了袖子，默不作声。过了好一会儿，她还是走了，江演没有再拦她，而是慢悠悠地跟在她身后：“‘小土狗’，你要是对周颂有意思，我可以帮你的。”乔阮不想理他。

江演腿长，两步就到她身旁了：“不信我啊？”

二班教室里，班长把作业递给沈负，喊了他好几声，都没有反应。于是他稍微加大了些音量：“沈负！”后者将视线从窗外收回来，面带歉意地笑了笑：“不好意思。”班长好奇地问他：“你刚刚看什么呢，那么入神？”

他摇头笑笑：“没什么。”

这些天的上课内容几乎都是做试卷讲试卷。乔阮又买了一个笔记本，把那些关键点记下来，每天放学回家都会再复习一遍。

班上有人在学校里的超市买了大包的棒棒糖，每个人都有。乔阮看着自己桌上的那一把，她拆了一颗草莓味的，放进嘴里。黑板上写着今天的课程表，乔阮含着糖，将铅笔削好放进文具盒里，在想放学以后要不要去逛逛书店，上次买的习题集已经做完了。

李月明家里有事，最后一节课没上就走了。下课铃打响以后，物理老师才开始布置今天的作业，乔阮在草稿上记下来：两张卷子，习题册第五十八页最后三道大题。最近气温低，乔阮刚出教室门就能感受到冷气流。她的袜子不厚，脚像踩在冰水里一样，冷得要命。

夏依然最近开始害喜了，吃什么吐什么，乔阮想给她买点水果回去。学校附近就有水果店，隔壁就是书店。她进去称了点苹果和梨，水果店老板往里面装了点刚到货的智利车厘子，说是送的。这个点书店没有多少人，只有小说和漫画区站着几个看书的。

乔阮走到教材区，在那一堆教辅书之中找出了几本她需要的。正要去结账，她看到前面那排货架上的育儿胎教手册。犹豫了一会儿，她还是过去了。她对这些也不懂，不知道哪种更好，看了下标价，她选了一本最贵的。贵点的，应该更好吧，她是这样想的。身侧那道身影出现，她突然觉得灯光暗了些。她抬眼去看，然后就对上了沈负那双清澈好看的笑眼。

“在看什么？”玉石碰撞一般干净的声音，乔阮想，李月明经常挂在嘴边的少年感，应该就是沈负这样的吧。她把书递给他：“这个。”

沈负看到书的封面了，微怔片刻：“胎教百科？”乔阮把那几本书放在一起，走到柜台结账：“我妈妈怀孕了，我听说胎教很重要。”

沈负笑道：“这样啊，恭喜，要当姐姐了。”她从书店出来，沈负也跟着一起出来了。乔阮问他：“你不是来书店买书的吗？”

沈负说：“没有找到我要的。”乔阮点头：“这样啊。”一路无话。乔阮不喜欢这样的沉默，觉得很尴尬。沈负大概没这种感觉，他与平时也没什么区别。乔阮犹豫了一会儿，从外套口袋里摸出一颗棒棒糖，递给他。

沈负垂眸，有些讶异：“给我的？”乔阮点头。

那颗糖在他掌心，被轻轻攥住。

一直走到公交车站，沈负和她说了再见。乔阮看着他离开的背影，挺拔如松柏，仿佛大雪也压不断枝干。

马越霖的妈妈过来了，来照顾夏依然。乔阮用钥匙开门，还没进去，就看见客厅里堆放着各种农产品。一位奶奶正和夏依然讲着话：“鸡是我特地从老家带来的，自家养的老母鸡，这种煮汤最鲜了。”夏依然用手撑着桌子，她现在站一会儿就会累。听到声音了，她往门口看去。

乔阮换了鞋子进来，面带疑惑地看着那位老奶奶，不知道她是谁，也不知道应该喊她什么。夏依然见到乔阮了，脸上带着笑："这是我女儿，乔阮。"她看向乔阮，"阿阮，这位是你马叔叔的妈妈，喊奶奶。"

乔阮乖巧地喊了声"奶奶"，张巧凤和蔼地笑道："长得真乖，像你。"夏依然也笑："比我乖。"

那天的饭是张巧凤做的，乔阮把碗筷摆好，盛了饭出来。张巧凤并没有因为乔阮是自己儿子的继女而对她不好，她把她当亲孙女一样看待。

张巧凤给乔阮盛了一碗汤："尝尝奶奶炖的鸡汤。"

乔阮道过谢以后喝了一口，在奶奶的注视下说了好喝。

奶奶开心了，笑着开玩笑："就小霖那个基因，我还担心他生的孩子没有我们阿阮这么乖呢。"乔阮低着头，脸有点红。

夏依然要去医院做产检，马越霖不在家，奶奶年纪又大了，所以乔阮请了半天的假，陪她去医院。公交车人太多，她们坐出租车去的。

乔阮手上拿着文件袋，里面是病历本和孕期大大小小的检查结果："肚子疼不疼，有没有哪里难受？"

"不疼，也不难受。"她摸了摸乔阮的脸，"就是辛苦我们阿阮了。"夏依然是叉开腿坐的，肚子太重了，这样会舒服一些。

乔阮摇头："不辛苦，一点也不辛苦。"夏依然抱着她，突然有点难过："这些天妈妈好像有点冷落我们阿阮了，是妈妈不好。"

乔阮仍旧只是摇头。她能理解，面对新生命的降临，大家的注意力肯定会在那上面。乔阮从未想过去争这些。只要妈妈过得幸福，她就开心。

产科在三楼，乔阮挂了号过去，医生让夏依然先去复查一下血糖："我看你上次的检查结果血糖就有点偏高，这次如果还是超了的话，基本上可以确诊为妊娠期糖尿病，到时候就得打胰岛素了。"

夏依然被"糖尿病"三个字吓到了："那严重吗？"

医生说："严不严重得看最后的检查结果。"她用电脑打了张单子出来，环顾了一圈以后递给乔阮："去一楼交钱，然后再去三楼抽血。"夏依然大着肚子不好走，乔阮让她先坐着等一会儿，她下去交了钱再上来。医疗卡夹在病历本里，她站上自动扶梯下楼。

然后乔阮看到旁边上去的扶梯上，苏瑶月正眉飞色舞地说着什么。站在一旁的沈负则贴心地替她拿着外套。如果是以前，乔阮或许会很难过。可是现在她发现自己好像习惯了，习惯了沈负对别人好。或许她早就断了一开始的念头。这是很早以前就有的打算，等高考结束，她就离开这个城市，只要见不到，乔阮就可以忘掉。

检查结果要一个小时后出来，乔阮陪夏依然坐了一会儿。她不说话，夏依然看出她心情不好，握着她的手，放在自己掌心轻抚："最近学习上有压力吗？"乔阮回过神来，摇头："还好。"

既然不是学习上的事情，夏依然大概猜出了一点。夏依然并没有继续问下去，也没有责怪她，只是有点担心，怕她的心肝宝贝受伤害。她当年就是被乔阮的父亲用几句花言巧语骗到山里的，然后吃了很多年的苦。她不希望乔阮也走一遍她走过的路。但她也知道，乔阮是有分寸的，是个理性的姑娘，理性到一旦决定了某件事，就不会动摇。

检查结果出来了，没什么事，医生嘱咐夏依然少吃甜食。从医院出来，夏依然给马越霖打了个电话，让他来接自己。乔阮说要陪她一起等，夏依然摇摇头，拒绝了："你马上就要考试了，已经浪费了两节课，不能再浪费了。"夏依然坚持，乔阮拗不过她。

乔阮赶到学校，正好在上课，经过二班时，她看到沈负的座位是空的。她已经没有太大的触动了，没有难过或是遗憾。不是所有的事情都会得到回应的，她不强求。

教室里，李月明和另外三个同学正站在黑板旁，拿着粉笔犹豫不决。数学老师手撑着讲台，脸黑了一半："这道题我昨天才讲过，今天换了下题干又不会做了？"声音有点大，站在教室门口的乔阮吓了一跳，过了好久才喊出那声"报告"。

老师越过那几个人看到她了，脸色稍微缓和了些："进来吧。"乔阮从讲台前走过，经过李月明身旁时，后者冲她做了个疲惫的表情。乔阮刚坐下，老师就让他们先回自己的座位。

乔阮拿出数学课本和笔袋，凳子还没坐热，老师喊她的名字："乔阮，你上来把这道题算一遍。”突然被点名，乔阮愣了好一会儿才站起身。她简单地看了下题目，然后从盒子里拿出一根粉笔，很快就写出来了。

她的解题步骤很简单，数学老师仿佛看到了希望之光，刚刚他甚至开始怀疑自己这个老师当得是不是很失败，才过了一天，他们全给忘了。

还没等他开始讲就下课了，刚才李月明心脏都快要被吓得停止跳动了。李月明过来找乔阮：“还好你来得及时，不然我都不知道该怎么办。”她在上面都站了快二十分钟了。

乔阮笑了笑，从书包里拿出笔记本，递给她：“这是我整理的，里面有这学期考过的所有题型，还有一部分是竞赛题。”

数学是短板的李月明都快被她感动哭了：“呜呜呜，还是我的小阮阮好。”

乔阮被她抱着，视线却正好看到站在一班门口的沈负。他叫住了一个同学，似乎和她说了句话，那个同学红着脸进来，喊乔阮：“沈负让你出去一下。”

乔阮抬眸，沈负也正看着她，脸上带着他惯有的笑容。乔阮低下头，躲避那道视线：“麻烦你和他说一下，我很忙，没有时间。”

可以和沈负多说一句话，那个女生自然不嫌麻烦，她又出去了。沈负没说什么，仍旧只是笑笑，并和那个人道谢：“麻烦你了。”乔阮却无动于衷，专注于自己面前的题目。李月明简直对她刮目相看：“你居然把沈负给拒绝了，你很讨厌他吗？”写错了一个步骤，乔阮用橡皮擦掉，听到李月明的话，她摇了摇头：“不讨厌。”

今天轮到乔阮做值日了，她怕李月明等太久，就让她先走。扫完地以后，她用拖把又拖了一遍地，然后才提着垃圾桶出去。

和她一起做值日的同学先走了，所以才会弄到这么晚。乔阮在黑板上写下她的名字，值日缺席。

学校已经没什么人了，冷风萧瑟，她背着书包出了校门。冬天路灯开得早，这会儿已经亮着了。乔阮沿着人行道往前走，在拐角处被一群人拦住。看打扮就知道是校外那些混混，估计是专门守在这里，等那些晚归的学生。

乔阮的钱包被抢走了，书包也被人扔在地上踩了几脚。钱包里的钱是林澜刚给她的补习费。

张训打开她的钱包，看到里面的身份证，边走边调侃："刚才天黑没看清，想不到长得居然还挺好看。"他看了一会儿，把身份证扔了。再好看有什么用，一看就是好学生，这些好学生最不好骗了。

沈负是回学校拿病历的，明天要去复查，他把病历本和课本放在一起了。他看到脚下的身份证，是乔阮的。

张训一群人吃完烧烤后约了明天包夜上网，然后就各回各家了。

夜黑风高，张训戴上耳机，哼着歌回家。DJ音乐炸得人耳朵疼。他家住在城中村，安静又偏僻。他拿出钥匙准备开门，下一秒被人捂住嘴，硬生生被拖拽进巷子。

乔阮回到房间，把被扯断的书包背带缝好。她忍住了，没哭。这种事情也没法告诉老师，毕竟不是第一次发生了。之前就有同学去告状，但最后都不了了之。校外的，学校也管不了。乔阮紧咬下唇，眼眶热热的，到底是没忍住。本来加上那些刚够学费的。她一边哭一边缝书包，眼泪糊了眼，针把手给扎了。然后她哭得更凶。

早读课的时候，教室里弥漫着一股芝麻酱的气味。乔阮把书包放进课桌里，却先看到那个熟悉的钱包。她愣了好一会儿，直到确认这的确是自己昨天被抢走的那个以后，才把钱包拿起来。她犹豫地打开，分文未少，就是身份证的位置变了。她疑惑地看向窗外，什么也没有。于是她问同桌："刚刚有人来找过我吗？"

同桌摇头："我今天是班上第一个到的，没看到有人来你这儿。"

乔阮收回视线，若有所思："这样啊。"

下午放学回家，李月明不知道怎么就讲起沈负今天一天都没来学校的事。说这话时，她观察着乔阮的表情变化。见她似乎真的不介意了，她才松了一口气："我觉得沈负这人当朋友可以，关系想进一步就不太行了，他对谁都太好了。"

乔阮笑了笑，没说话，而是递给她一颗糖："待会儿一起去吃饭吧。"

李月明立马就点头了："好啊。"她没告诉李月明，今天是自己的生日。这些天马越霖在家，乔阮不希望夏依然在给她过生日这件事上为难，所以干脆和她讲了，自己在外面和朋友一起过。

沈正烨用了一些人脉和时间，终于让那家人松口答应和解。他带沈负去医院和人道歉，司机在前面开车，一路沉默，生怕打扰了这对父子。沈正烨松了松领带，没有问沈负为什么打架，只是冷声道："和你亲爸倒是一个德行。"沈负不为所动，脸上仍旧挂着淡笑。

伤者躺在病床上，腿上打了支架，目前是动不了了。沈负推门进来，怀里抱着一束花。张训看到他脸上熟悉的笑容以后，吓得浑身颤抖。想逃，但是又动不了。张训昨天晚上就是被这个人拖拽进巷内的。当时这人脸上也是带着这样的笑打了他一顿。他痛苦地趴在地上，只剩出的气，没有进的气。这人微笑着蹲下身，和他道歉："不好意思，刚刚可能有点生气，下手稍微重了点。"

他拿出手机，礼貌且温柔地询问："请问需要给您叫救护车吗？费用我来出。"变态，张训的手一直在抖，这个人就是个变态。

乔阮回到家，客厅的桌子上放着一个蛋糕。这个点夏依然已经睡下了，奶奶在客厅看电视。乔阮疑惑地看着那个蛋糕。

奶奶调小了电视声音，告诉她："刚刚蛋糕店的人送过来的。"

乔阮抽出夹在丝带上的卡片，上面写着："祝乔阮生日快乐，天天开心。"

她没有认出是谁的字迹，大概是蛋糕店的人写的。她问奶奶："没有说是谁订的吗？"奶奶摇头："没说。"她小心翼翼地把盒子打开，蛋糕正中间有个笑脸，旁边甚至还写着她的名字。她手指轻轻摩挲着蛋糕托垫，这是乔阮十五年以来收到的第一个蛋糕。

期末考很快就到了，考场的位置是随机的，乔阮和沈负被分到了同一个考场。他有半个多月没来学校了，直到考试这天才出现。他看到乔阮后，脸上露出惯有的温柔笑容。

乔阮在他过来之前先进了考场。写完以后只检查了一遍她就提前交卷走了，因为她不想和沈负有任何多余的交集。但沈负显然不这么想，他们几乎是前后脚出了考场。沈负的声音温和，像是在关心她："都会做吗？"

乔阮含糊地应了一声："还好。"然后加快步伐往前走。

沈负腿长，立刻跟上她："最近是心情不好吗？"

乔阮握紧了笔袋，没说话。他又问："还是被欺负了？"

乔阮终于停下："沈负。"

他垂眸："嗯？"

"你以后可不可以不要和我讲话。"

沈负半天没说话，脸上的笑容也跟着停滞。沉默持续了很久，他带着歉意开口："是我惹你不开心了吗？"乔阮摇头，努力让自己不去看他。她太容易可怜他了。在她看来，沈负就像活在一根浮木之上，其实没有安全感的那个人，反而是他。乔阮走了，并没有回答他的问题。身后没有声音，他应该没跟上来，乔阮松了一口气。

期末考持续了两天半。李月明抱怨题目太难了，乔阮却没什么感觉，那些题目老师多数都讲过。两个人坐在校外的奶茶店，点了两杯芋泥奶茶。冬天喝奶茶再合适不过。知道乔阮对沈负已经免疫了，李月明就没什么顾虑了。大概因为是和乔阮站在了同一阵线，李月明提起沈负时语气带点不屑："你知道沈负之前为什么没来学校吗？"

奶茶有点烫，乔阮放在掌心暖手："为什么？"

"你还记得之前拦苏瑶月的混混吗？他把这人揍了一顿，这人伤得还挺严重的，在医院躺了半个月。"

她也是听她爸爸讲的，具体的细节不太清楚。但想到沈负为那个苏瑶月做了这么多，她就替乔阮感到别扭。乔阮握着吸管的手顿了顿，然后她把外面那层塑料撕开，戳进封口，没有再开口。疑惑或是关心，这些她都统统忍下去了。反正这也与她无关。

沛城的年味很重，这里的人对这些节日很看重。年过完了就是走亲戚，乔阮在这边没有亲戚，所以省去了这个步骤。乔阮给奶奶打了一通电话，给她拜年。奶奶不再像之前那样尖酸刻薄了，甚至开始关心起乔阮的身体状况。乔阮小时候一直很羡慕同学，他们过年的时候有新衣服穿，还有压岁钱。在别人眼里看上去很正常的一件事，对于乔阮来说，却是一种奢望。可是现在，她也不觉得自己得到了多少爱。奶奶总是话里话外地提醒她，记得回来尽孝。乔阮好像开始变得喜欢把人往坏处去想。

哪怕是过年，夏依然也得去产检。医生说她的预产期在六月份。马越霖陪她一起去了。李月明是下午三点给乔阮发的信息，说去河堤看烟花。沛城是禁止燃放烟花的城市，不过春节例外。乔阮看过最多的烟花还是在别人的婚礼上。她们约在最常去的那个书店。李月明拿着两杯奶茶坐在里面等她，看到乔阮了，她从里面出来，跺了跺脚："今天太冷了。"

乔阮半张脸都被围巾遮住了，她接过李月明递给她的奶茶，讲话时，鼻音有点重："是很冷。"李月明问她："感冒了？"

"应该是昨天着凉了，刚刚吃过药，已经好多了。"

李月明松了一口气："那就行。"然后她就开始抱怨李慎，"我让他送我出来，结果他说他有约。"乔阮安静地听着。

到了河堤，那边人很多，还有很多摆摊卖小玩意儿的。李月明买了两个会发光的兔子耳朵。她给乔阮戴上一个。烟花在头顶的天空炸开，嘈杂到根本听不见对方讲了什么。这边还有套圈的摊子，李月明买了二十块钱的圈，她让乔阮套。乔阮摇头："天太黑了，我散光，看不太清楚。"

李月明笑她："玩玩而已，又不是非要套中，你好胜心太强了。"乔阮也笑。李月明最后没有再勉强她，自己站在那儿套。人太多了，乔阮往后退了退，到了视野空旷处她才稍微松了一口气。沈负便是在这个时候出现的，戴着和她一样的兔子耳朵。不过他的没发光，可能对于他来说，戴这种东西已经算是最大的让步了。对于在这里遇见，沈负并不觉得意外："你一个人吗，月明呢？"乔阮神色闪躲："在里面套圈。"

沈负笑了笑："这样啊。"他毫不遮掩地看着乔阮。在这暗淡的夜色中，他唇角的笑与他惯有的好像一样，又好像不太一样。乔阮分辨不出来，连句结束语都没有，她就走了。沈负既然会出现在这里，苏瑶月一定在附近。

李月明套完了十个，什么也没中，又买了三十个，仍旧一无所获。可能老板见她实在是可怜，就送了她一个鱼缸。她叹着气，说以后再也不套圈了，说完这句话后，她的情绪一秒恢复，拉着乔阮去看烟花。乔阮看着天上的烟花，又看看李月明，她突然觉得，其实没有什么是过不去的。她现在已经比之前幸福太多了。

寒假过得很快，返校的第一天，教室格外热闹。一个多月没见，大家似乎都很兴奋，在教室里追赶打闹。乔阮把课表抄写在黑板上，有人从讲台经过时撞了她一下。乔阮下意识地回头，然后看到了江演。

一个月没见，他头发稍微长了点，甚至还染了色。见乔阮盯着自己看，他微抬下颌，吊儿郎当地笑道："不好意思啊。"听不出半分道歉的意思。乔阮没有理他，写完最后一个字后回到座位。

上午不上课，要去教务处领书，李月明挽着乔阮的胳膊出去，唉声叹气的："又要开始地狱般的学习模式了。"

一中是沛城的重点高中，这里的升学率每年都是沛城第一，所以平时管得也严。乔阮走下楼，看到了沈负，他穿着校服，脸色有些苍白，应该是生病了。可面对别人时，他仍旧是那副温柔的笑脸。

乔阮对他的情绪仿佛变了质，只剩下心疼。沈负其实也很可怜。或许，或许他的温柔是在下意识地讨好别人。这些应该是原生家庭带来的伤害，说明他的病情比较严重。

拿了做家教的工资以后，乔阮第一时间去找了江演，把钱还给他，还不忘补上一句"谢谢"。后者皱着眉，伸手去探她额头的体温："没发烧啊。"像是不理解她的所作所为。

乔阮讨厌被他触碰，往后退了一步，把钱放在他的课桌上，然后转身就走。江演跟过来："什么意思，想买我？"乔阮总算有了点反应，抬眸看他，眼里满是厌恶。江演被她看得烦了，把她外套的帽子扯过来，盖住她的脑袋："不想买那你给钱干吗？"

乔阮走了，不想再和这种讨厌的人有任何交集。

半年过得很快，就是在各种考试中度过的，根本就没有让人喘息的时间。夏依然生了个男孩，取名叫马未希，未来的希望。他是妈妈和马叔叔未来的希望。为了给这个弟弟更好的环境，他们搬了家，搬到一个抬头可以看见一大片天空，推开窗户不再是隔壁楼熏黑的墙，下雨时不用担心下水道堵塞的地方。

高三晚自习多加了一节，每天九点才放学。按照一中的传统，高三会重新分班。乔阮被分去了二班，沈负也在。她拿着书包进去，班主任特地给她留了个前排的位置，刚好就在沈负前面。他大概早就知道她会转来他们班，脸上并没有惊讶之色。应该说，沈负这个人本就如此，他总是波澜不惊，好像没有什么事可以撼动他的情绪。

乔阮最近放学回家，总感觉被谁跟着，这种直觉一直持续到第二周。乔阮走到拐角处躲着，等脚步声近了，她才偷偷看了一眼。沈负显然也看到她了，没有丝毫被察觉的窘迫，反而笑容平静地和她打招呼。乔阮迟疑片刻，走出去："这些天一直跟着我的人是你？"

沈负并没有否认："太晚了，你一个女孩子走夜路，我不放心。"

乔阮微抿了唇，拒绝了他的好意："也不远，而且这条路上一直都有人。"沈负笑道："那也要让我看到你平安到家。"

他一直都很好说话，可在这件事上，却一点退让的余地都没有。用最温柔的笑容和语气，做着最强硬的事情。

路不是她家的，乔阮也没资格不让他走，最后也就随他了。于是每天下了晚自习，她在前面走，沈负就跟在后面。这样的日子持续了很久，好像整个高三都是这样度过的。大多数的时候，他们都是沉默的。只是偶尔，沈负会主动和她讲话。

"我想改个名字，你能帮我取一个吗？"他温温柔柔地问出这个问题。乔阮指尖微屈，不敢看他。哪怕只是四目相对，她好不容易建起的城墙就会悉数倒塌。她不想取，随便敷衍过去："随便吧。"沈负却认真地垂眸："随便吗？"

乔阮觉得沈负可怜，可她自己也很可怜。乔阮不希望自己本就不怎么顺遂的人生因为这点小波折而变得更加坎坷。所以她先推开了沈负，避免了一切可能。

她的目标一直都很明确，那就是考上江北大学。这是她唯一可以改变人生的路了。

李月明和她家里人吵架了，在酒店住了几天，还是李慎来找乔阮，说漏了嘴她才知道的。她去找李月明，想去安慰她，却发现那里已经有了人。灰黑色的运动鞋整齐地摆在玄关，乔阮迟疑了一会儿，想走的。许是听到声音，里面的人都出来了，是沈负和李月明。乔阮顿时有一种窘迫感，她也不知道是因为什么。她其实不太想见到沈负，每次看到他，她好不容易下定的决心就会脆弱成玻璃糖，再小的力气都能击碎。

李月明看到她，立马委屈地过来抱她。乔阮的注意力从沈负身上离开，她的手在李月明的后背上轻抚了几下："怎么了？"李月明和她讲了事情的来龙去脉：她想去当兵，她爸妈不让，还凶了她一顿。

她觉得委屈："我自己的人生，我为什么不能自己决定？"

乔阮安慰她："叔叔阿姨应该也是一时生气，毕竟当兵很苦，他们也是担心你。"李月明牵着乔阮的手不肯放。她已经好几天没回家了，一直住在酒店里："你今天留下来陪我好不好？"

乔阮笑着点头，答应了："好。"沈负就站在一旁，并没有插入她们的话题。乔阮不经意间抬头，正好对上沈负那双蓄满笑意的眼。他的目光好像一直在她身上。乔阮沉默了一会儿，并没有和他打招呼，而是直接忽略了他。沈负打算走了，他这次过来，本来就是因为担心李月明。

李月明让他先别走："我还没吃饭呢，楼下那条小吃街的烧烤还不错，吃了再回去吧。"

沈负没有直接回答她，他将视线移向乔阮身上，似是在等待她的允许。他是能够看出来的，乔阮对自己抵触。他不希望让她为难，或是做出什么惹她不开心的事情。乔阮却没有看他，所以也就忽略了他的视线。

"走吧。"如此，沈负笑了笑。只是垂眼间，有些许不太明显的失落，连他自己都不知道。

这顿饭吃得并不安静，因为李慎也来了。他说李月明吃独食不叫他，亏他还担心她一个人待着害怕，专门过来陪她。李月明理直气壮地反驳：“我们三个人吃，怎么就是吃独食了？”

李慎咬牙切齿地又骂了几句，说要把她给吃穷，一下子点了好几份麻辣小龙虾。他们吃不了太辣的，所以点了微辣。乔阮不喜欢油污，她特别讨厌手上那种黏糊糊的油腻感，哪怕是戴着手套也没办法隔绝那种感觉。于是她专心吃着毛豆。李月明长篇大论地说她爸妈思想有多么迂腐。李慎一直在旁边拆台，她都快气死了，手套也没摘，直接去抓他的头发。吓得李慎站起身就往外跑，李月明怎么可能这么简单就放过他，马上就追出去了。

这个店生意不错，桌子都坐满了。很吵，四周都是劝酒的声音。沈负摘了手套，把碗推到乔阮面前，里面是他剥好的虾。乔阮迟疑片刻，然后抬眸。沈负脸上的笑容温温柔柔，与平时无异：“吃吧。”他像是看穿了她的内心一样。乔阮摇头，又推回去：“我不喜欢吃虾。”

“是不喜欢吃虾，还是不喜欢吃我剥的？”明明是问句，却没有半点疑惑。沈负脸上的笑并未改变分毫，他好像只是在陈述这个事实而已。那么明显的抵触，他怎么可能看不到？沈负却并不意外——也不是第一次了，被人厌恶，被人遗弃。

“我洗过手了，也戴了手套。”是很轻的一声呢喃，乔阮没有听见。他像是突然想明白了什么，脸上再次漾满了笑，他和乔阮道歉：“对不起啊。”

那天之后，乔阮有好长一段时间没有看到沈负。听老师说，他家的帮佣阿姨打来电话请过假，说他生病了，现在在医院接受治疗。这在班上那些关注他的女生中掀起了不小的波澜：“生病？什么病啊，严重吗老师？”

“我看他平时身体挺好的，怎么突然生病了？”

老师拍了拍课桌，让她们安静：“哪那么多问题，把试卷拿出来，上课！”乔阮拿出试卷，看着窗外，下雨了。

下午放学，李月明约了她去学校附近的日料店吃饭。她现在已经回家了，她在外面住的那几天，她爸妈担心得要命。哪怕再不愿意，最后还是同意了。先妥协的那方，总是爱得最深的。亲情是这样，爱情也是。

乔阮一路上都很沉默，这种诡异的沉默终于被李月明注意到了：“你怎么了，有心事？”

乔阮摇头，几次欲言又止。李月明勾住她的肩膀：“和我有什么不能说的。”乔阮迟疑了很久，关于沈负病情的事情她没有问出口：“沈叔叔，是个怎样的人？”

“沈叔叔？”李月明不知道她为什么会好奇这个问题，但没问，“沈叔叔人很好的，脾气好又宽容，我小时候就超羡慕沈负有个这么好的爸爸。”

很好的爸爸吗？或许对除了沈负以外的人，的确是很好吧。沈负的故事，好像除了他和他父亲之外，谁都不知道。温柔笑颜之下，藏着血淋淋的伤口。他从来不把这些露出来，是怕吓到别人，还是不相信任何人？可为什么，他要告诉自己呢？那天晚上，乔阮再次失眠了。

弟弟的到来，让她的睡眠质量变得一般。每天晚上乔阮都会被他的哭声吵醒。她一点才睡着，又被哭声吵醒，她看了眼手机上的时间，才四点半。很困，她却再也睡不着了。她打开上了锁的抽屉，拿出日记本，在上面写下日期和天气。写下“沈负”这两个字以后，她却突然停住了。以同学的关系来可怜他，应该不算犯规。她最后还是把日记本合上，重新锁回抽屉。

江演最近总是跟着乔阮，她去哪儿，他就去哪儿。乔阮起初还能忽略他的存在，可时间久了，学校里那些人看她的眼神似乎就变了味。乔阮终于没忍住：“你可以不要再跟着我了吗？”江演双手插在裤袋里，校服外套穿得松松垮垮，满脸写着桀骜。“当然不能。”回答得也是理直气壮。乔阮强忍着恶心：“为什么非要跟着我？”

他没有半分遮掩，大大方方地表达自己的想法：“这条路是你家的，别人走不了？”

沈负休完病假回学校了，刚到，就撞见这样的一幕。他安安静静地看着，眉梢眼角的笑，仍旧风轻云淡，平静到仿佛什么也没发生。沈负的确是一个很奇怪的人。这句话是在乔阮看到他的那一瞬间，突然有的感悟。

他应该已经来很久了，但也没说什么，只是安静地看着她，唇角的笑温温柔柔。他的温柔好像不分人，也不分场合。

乔阮已经没有太大的感触了，除了偶尔会松动一下情绪——在看到沈负的那一瞬间。听人说，情绪的最高境界是心疼。她不确定自己对沈负的情感是不是转变成了心疼，唯一知道的是，她这辈子都不可能告诉沈负这个秘密了。

乔阮走了，并没有和沈负打招呼，因为快上课了。沈负也没有受到任何影响，甚至连脸上的笑都丝毫未减。他上了台阶，江演没动，就站在那里，看着他。等两人站在一起，相等的身高让彼此都需要平视对方。

沈负笑着告诉他："她好像很烦你。"

江演冷笑："你很懂她？"

沈负点了点头："大概是懂一些的吧。"

江演靠近他，刻意压低声音，带着一些挑衅："难不成，你也和我一样？"沈负并没有回答他，这是他第一次这么没礼貌。等他回到教室的时候，已经快上课了。班主任拿着登记了成绩的花名册进来，这是上周月考的名次——万年不变的乔阮第一，沈负第二。

学校的传统是月考之后都会换位置。这次的座位是按照名次排的，乔阮和沈负成了同桌。历史像是重演了一般，从江演变成沈负。这一次她没有再傻到去找班主任。她已经接受了，也或许是，并不在意。

沈负每天都来得很早，比她还要早。乔阮的课桌上开始出现各种各样的食物。有时候是做工精致的草莓蛋糕，有时是浇满草莓味脆皮的甜甜圈。他好像知道她喜欢吃甜食一样。乔阮却一个都没吃，全还给他了。但沈负仍旧每天坚持不懈地给她带。仿佛他是一个机器人，这只是他的一种设定。

最近班主任经常会找班上的学生谈话，询问他们对未来的规划以及想考哪所学校，毕竟高考快到了。沈负单独问过乔阮，在某天下课的时候："你想考哪所大学？"

乔阮没有看他，拿着笔正专心地做题："沛大吧。"沈负若有所思地点了点头，笑道："沛大也挺好。"沛大是和江北大学齐名的高校。可在夏依然问起时，乔阮说的是江北大学。她想考的学校是江北大学。

马越霖最近总说"一孕傻三年"，因为夏依然自从生下马未希以后就开始对保健品情有独钟，甚至还给乔阮买了一大盒销售人员口中能够补脑的口服液。来学校之前夏依然给了乔阮一瓶，让她在学校记得喝。

马越霖抱着睡着的马未希出来，给他换尿布，听到夏依然的话，冷嘲道："浪费老子的钱，买这种破烂玩意儿。"

夏依然笑了笑，并未出口反驳。乔阮看了马越霖一眼，把东西接过来："我会喝的，谢谢妈妈。"

夏依然欣慰地摸了摸她的头："乖宝在学校好好学习。"

乔阮走了，马越霖问夏依然："她刚刚看我的那个眼神是什么意思？怎么着，对我不满？"

夏依然急忙把门关上，怕被乔阮听到，解释道："没有，阿阮没有那个意思。"

"怎么没有，我看她那个眼神是想把我生剥了。"马越霖嗓门拔高，怀里的婴儿被吵醒，大哭了起来。他这才停止，抱着马未希开始哄。

乔阮到的时候教室没几个人，沈负坐在那里看书，不是课堂相关的。乔阮把书包放好，拖出椅子坐下。她一边写着卷子，一边喝她妈妈给她的口服液，又涩又苦。

"乔阮，"沈负温声告诉她，"这种东西还是不要喝了，没什么用处，反而会对身体造成负担。"

乔阮含糊地点了点头，说了句"知道了"，依旧在喝。沈负沉默了一会儿，才笑着问她："是你妈妈给你买的吗？"乔阮再次点头。

"那就少喝一点，不用全部喝完的。"他像是在和她商量，轻轻慢慢的语气。乔阮道："不用你管。"

四个字就把他所有的话全给堵了回去。沈负摸了摸后脑勺，笑容带着歉意："我好像是有点烦人，对不起啊。"乔阮的心仿佛突然被扎了一下，但她没开口。只要不去看他，就不会心疼，她是这样想的。沈负没有再打扰她，书也收起来了。太安静了，安静得有些诡异。于是乔阮侧眸看了一眼，发现他正盯着黑板发呆，双眼没有焦距。

在察觉到乔阮正看着自己的那一瞬间，他的脸上毫无缓冲地再次挂上笑容："怎么了？"乔阮摇头："没事。"沈负就这样看着她，看着看着，脸上的笑容好像淡了点，浮于表面，却没变。

乔阮在他伪装的神色之下看到了一些暗淡的神色。他好像还是不太懂这些，但是身体的本能却先表现出来了，他大概在难过吧。

乔阮递给他一颗糖："沈负，你不用讨好别人的，这个世界上能随时扔下你的人，都是不在意你的，你不必为了挽留而去讨好他们。"

这像是一句很有哲理的话。沈负问她："那你呢，你也不在意我吗？"

乔阮不知道他这句话是不是开玩笑，好像配上他的笑容，任何话都不知道真假。乔阮并没有回答，因为不知道怎么回答。时间的流逝仿佛突然变得缓慢，好不容易熬到放学铃声打响。李月明在中午的时候就和乔阮约好了，在校外那间咖啡厅碰面。

李慎也在。这两年里，乔阮和他也算是熟悉了不少，偶尔也会说说话。李月明特地给她点了一份寿司："老板娘最近请了个做寿司的师傅，你最喜欢吃的。"

江演正好进来，要了一杯美式咖啡。李月明立马厌弃地皱起了眉，在他将眼神移向这边的时候，护犊子般把乔阮挡在身后。江演挑眉，哼笑了下。咖啡好了，他也就离开了，并没有过来打声招呼。那天下起了雨，乔阮到家的时候奶奶刚收完衣服，问她想吃什么，她去做。

家里只有她们两个在，马越霖和夏依然带着马未希去游泳了，所以奶奶才没有做饭。乔阮看了眼空无一物的厨房，说她不饿，然后就回了房间。她在自己的日历本上画了一道——还有最后一个月。

雨水横跨了整个沛城，从乔阮居住的清水区一直下到皋然区。江演坐在椅子上发呆，游戏界面也在他发呆的这段时间内变灰。他松开握着鼠标的手，开了房门出去。他妈正在一楼客厅挑衣服，那些店每次出了新款都会派人送过来。听到二楼传来的声音，宁如抬眸看过去："宝宝饿了吗？"

江演每次听到这个称呼都会感到不适，反抗过几次，没什么用，他就懒得再反抗了："你明天做点寿司，我要带去学校。"对于江演的要求，宁如都不会拒绝，她对这个儿子已经到了溺爱的程度，所以她也算是江演形成恶劣性格的源头之一。她说："宝宝想吃吗，那我让阿姨多做一点。"

“不要阿姨做，你做吧。”他妈做的好吃一点。

乔阮刚到学校，就看到桌肚里的寿司了。是一个粉色的便当盒，上面还有很可爱的卡通画。她疑惑地环顾了一圈教室，最后看向沈负：“你知道这是谁拿过来的吗？”

他来得早，所以他知道，是江演。于是乔阮想也没想就把东西扔进了垃圾桶里。其实江演知道她肯定会拿去扔了，但他还是送了。他以前做过那些荒唐事，她会讨厌他也正常。但江演没打算放弃。

一到下课时间，总有人跑到乔阮和沈负这里请教问题。乔阮在这种事情上很有耐心，沈负也从来不会拒绝别人的请求。

同学们原先还顾忌着全校第一名、第二名怕是不太近人情的性子，但接触久了也就放心了。比起第二名的沈负，他们似乎更愿意找乔阮。沈负每次都会先她一步把试卷拿过来，看完上面的题目，笑着抽出笔：“这道题我会。”

于是，每次找乔阮请教问题的人，都会自觉地坐到沈负那里。

乔阮翻开书，看到里面的字条。熟悉的字迹，遒劲有力：“好好学习，不要被别人影响到。”

哪怕只是下课时间，沈负都不希望她浪费掉。她有很明确的目标，他知道的。她的未来，也只有靠读书才能改变，这些沈负也知道，他什么都知道。人都会有失误的时候，他担心乔阮会出现这种失误。

下午，乔阮去李月明家给她补课，沈负也在。于是两个人变成了三个人。慢慢地，主题就被李月明给带偏了。从这道题的答案变成了未来想去哪所大学，她想当完兵回来再考大学，再到以后死了埋在哪里。

“我以后死了就魂归大海。”笑着说完这句话后，她又去问乔阮。

乔阮想了想：“我以后会埋在老家吧。”她是个很传统的人，生在哪儿，死后就埋在哪儿。问到沈负时，他却只是笑笑，并未说话。大概，他根本就没有考虑过这种问题吧。

那天回家，是沈负送的她。他们沿着街边小路一直走，路灯昏昏暗暗的，灯下的蚊虫将灯光折成几块。安静了一路，乔阮终于说出了第一句话。她说：“以后碰到自己不在意的女孩子，就不要对她太好。”

沈负看着她，脸上带着不解：“为什么？”乔阮想和他解释，却突然想起，他大概是不会懂的，最后只能摇头。她停止了这个话题，继续往前走，袖口却被人拉住。这是她第一次看到沈负露出这样的神情，他好像很迫切，迫切地想要知道些什么。

“阿阮，你可以教我吗？”他小心翼翼，又带着些许期待，“教会我这些。”乔阮拒绝了他：“你应该去看医生，而不是让我教。”沈负不勉强她。她不愿意，他就不强求了。顿了顿，乔阮又说：“以后也不要对我太好。”她把话说得狠了点，“我讨厌对谁都好的中央空调。”乔阮想，自己也是自私的，为了彻底绝了这份心，甚至不惜用言语重伤他。不过他应该不懂吧，不懂她话里的恶意。她是带着这样的侥幸的。

果然，沈负确实没有受到影响，他仍旧在笑。乔阮却愣住了，因为她看见了沈负眼里的眼泪。他一边笑，一边流眼泪。乔阮突然觉得，他真可怜，连喜怒哀乐都不知道该怎么表达，肉体难过到了极致，灵魂却对这种情绪感到冷漠。他就是这样一个人，矛盾，又窝囊。沈负好不容易鼓起勇气，终于敢往前踏出一步，却被毫不犹豫地拒绝掉。他目送乔阮回家，直到她房间的灯被打开，他才将视线收回。

沛城很少有可以看到这么多星星的时候，明天应该是个好天气。沈负就这么看着夜空，缓慢伸手，似乎想抓一颗下来。会有属于他的那颗星星吗？他笑着垂下手。还是算了，星星就应该好好待在天空上，而不是被他这种人拽入地狱。

等他回到家，时候已经不早了，沈父坐在沙发上看财经新闻，主持人纯正的播音腔正分析着最近股票的动荡。沈负礼貌地打过招呼，换了鞋子进来。

男人把电视声音调小，问沈负：“学校什么时候填志愿？”

他把校服脱了，抚平后挂在臂间：“应该快了。”沈父用命令的语气说道：“第一志愿填羊城大学。”沈负安静垂眸，没有接话。沈父告诉他：“这是你妈妈的母校，一定要考进去。”沈负摇头，很直接地拒绝了：“我会填沛大。”男人皱眉，似乎没想到沈负会反驳他的话：“你说什么？”

他站在那里，不卑不亢，少年身骨，挺直如松柏。他把之前的话重复了一遍："我说，我要去沛大。"

男人直接把手里的遥控器对着沈负的脸砸过来。他没躲，像是感觉不到疼痛一样，脸上再次扬起温柔的笑："没什么事的话，我先回房间了。"

这是他第一次反抗他父亲，不是为了自己。读哪所大学，他都无所谓，但他想和乔阮在一所学校。人是一种有着自我防御意识的高级生物。就算不太懂，但潜意识里沈负能感觉到，他没办法离开乔阮，离不开了。

虽然涂了药，但是他的脸第二天还是肿了，还有淤血。他戴了口罩去学校，甚至连上课都没摘。下课时间，李月明来找乔阮，看到沈负戴着口罩，皱眉："你戴这玩意儿干吗？"

沈负风轻云淡地笑了笑："今天有点丑，怕吓到你们。"

上课的时候乔阮不专心，注意力都在沈负身上。他刚才喝水的时候把口罩往下拉，乔阮看到了。不知道是磕的还是被砸的，很大一块淤青。她想起了沈负之前和自己说过的话，他不是他父亲亲生的。那他脸上的伤，是因为他父亲吗？还是，就是他父亲所为？那一节课她什么都没听进去。下课铃刚打响，班主任就把她叫走了。两人一前一后进了教师办公室。班主任走到水盆那里把手洗干净了才过来。他一边用纸擦手一边问乔阮："最近遇到了什么困扰的事情吗？"

乔阮想到了沈负脸上的伤。她摇头："没有。"

班主任若有所思地点了点头："今天看你一整节课都心不在焉，整个人都是一种游离的状态。你这个成绩的确不需要给自己施加太大的压力，但很多事情都不是绝对的，老师希望你能全力以赴地把心思放在学习上面。毕竟只剩下最后一个月了。"

他语重心长地和乔阮说了很久，直到上课铃打响，他才让她先去上课。乔阮走进教室那一瞬间，能感受到有一道视线一直追随着自己。直到她坐下，沈负欲言又止，最后还是算了。他知道乔阮不想和他讲话，他不烦她。

最后一个月的时间里，乔阮终于理解了老师口中经常说的那句"为高考冲刺"是什么意思。

为了让乔阮多点时间学习，夏依然甚至连中午放学的那点时间都不肯浪费，每天亲自送饭到她的学校。学校周围不止她一个送饭的家长，还有很多。大多数同学都是匆匆忙忙几口吃完，然后继续回学校学习。

夏依然每天夜晚都会偷偷地哭，尤其是在看到十二点还亮着灯的乔阮房间。她的宝贝这些天累瘦了。乔阮不是会诉苦的性子，外表看着小小的，却比谁都有韧性，再大的风浪都没办法把她吹倒。这些事情，夏依然再了解不过。

高考结束那天，大部分人都在群里欢呼“终于脱离苦海了”，少部分人在忧心自己没有发挥好。乔阮觉得自己的发挥中规中矩，不算发挥太好，也不算太差。高三的课本加上学习资料，以及复习时用到的高一、高二课本，东西有点多，她一个人弄不回去，夏依然特地和马越霖一起开车过来接她。

马越霖把那辆两万块买来的二手面包车停在路边，看到停在他前面的是辆迈巴赫。男人大多都懂车，哪怕买不起。这辆迈巴赫落地价两千万起。他拿出手机拍了张照片，发到车友群里：今天陪老婆来一中接她女儿，遍地都是迈巴赫。陆陆续续有人发言了。

车友一号：这车型牛啊！

车友二号：正常吧，一中本来就是沛城的重点高中，那些有钱人家的孩子也得上学。

马越霖简单地看了一眼，就把手机锁屏了，准备去抽根烟。结果烟还没点上呢，夏依然拎着一个水壶走过来。

乔阮的那些书是沈负帮忙搬过来的。夏依然把车门打开，后排的座椅被拆了，有很大的面积，书就放在那里。夏依然和他道谢：“真是麻烦你了。”

沈负摇头，笑道：“不麻烦。”

懂事有礼貌的孩子似乎总能讨长辈开心，夏依然甚至还热情地邀请他去家里吃饭。沈负以下午还有事为由拒绝了。兴许是看到沈负了，迈巴赫驾驶座的车门打开，下来一个穿着黑色西装的男人，手上戴着白色手套。他恭敬地询问沈负：“先生问，大概还有多长时间才能走。”

沈负脸上的笑稍微变了，但太过细微，无从察觉：“再等会儿吧。”司机也不好多说什么，站在一旁安静地等着。

乔阮来得有点晚，她和李月明还有班上其他一些关系比较好的女生说了会儿话。沈负看她，眉眼变得柔和。他伸手挡在她额前：“今天有点晒。”

乔阮不自在地往后退，是很明显的抵触。沈负的手就这么尴尬地停在半空，他不动声色地放下来。脸上仍旧是无懈可击的笑容，仿佛他并不在意。

夏依然却低声训斥乔阮：“怎么能这么没礼貌呢，刚刚可是多亏了沈同学替我们搬东西，不然我们还不知道得弄到什么时候。”

乔阮看了一眼沈负，和他道歉：“对不起。”

沈负摇头：“你又没做错，不用道歉的。”

乔阮坐上面包车，又开始胡思乱想了，沈负这样的人，以后如果当了爸爸，肯定是那种会无限溺爱孩子的家长。回家的路上，马越霖问乔阮：“刚刚那个人之前是不是来家里找过你？”

不知道他为什么要这么问，乔阮犹豫了一会儿，还是点了头。

“能耐挺大啊，居然还认识那么有钱的人。”是调侃的语气。乔阮没理他，头靠着车窗，看向窗外。生活了两年的地方，以前做梦都想要离开，现在却莫名开始有些不舍。短短两年的时间，留在这里的回忆好像太多了。

高考结束后，班主任组织了一次聚会。他喝醉了，拿着话筒讲了很多话，到后来就开始哭，边哭边说：“希望你们前程似锦，不负韶华。”难过的情绪像是会传染，身边有女生小声抽泣着。高中三年，朝夕相处的，这次一分开，很多人可能这辈子都遇不到了。乔阮有些难过，但她没哭。

那天班级聚会，只有沈负没去。班主任说，他的电话打不通。第二天一大早，有人在群里发消息。

同学一号：那张照片把我的脸都拍变形了，老师不地道啊！

同学二号：太丑了太丑了，还好你选择了当老师而不是摄影师，就这水平，赚的第一桶金应该是客人付的医药费。

同学三号：哈哈哈哈哈哈哈哈哈。

乔阮好奇地点进班级相册。整整几百张照片，她一张一张地看，然后看到了自己——咬着吸管，表情有些呆滞地听着别人讲话。第二张里的她觉得热，把外套脱了抱在手里，旁边的人不知道说了什么，她笑得很开心。

围绕照片的话题并没有持续多久，大家开始纷纷商量着去哪里玩。乔阮看着他们计划着从哪个城市飞到哪个城市，说不羡慕那是假的。她也只是一个十六岁的女孩子而已，和大多数的女孩子一样。但她没有加入他们的话题，她很清楚自己现在的处境，她目前的能力还不足以让她随心所欲。所以她在努力，很努力很努力地让自己以后活得更好。

高考分数出来以后，班主任专门给乔阮打了电话。

听声音都能感觉到老师的喜悦："这次考得非常不错，七百一十二分，这次全省理科第一、第二都在我们班。"

第一、第二都在吗？

乔阮犹豫片刻，然后才开口问道："沈负他考了多少？"

"七百二十分，想不到他这次发挥得这么好。"

乔阮其实早就有感觉了，沈负比她的成绩好太多。可他总是故意考差。厉害的不是他能考第一，而是他连自己的分数都能控制。他的总分永远只比乔阮差几分。

一些报刊想要采访省理科状元，却被沈负礼貌地回绝了。于是今年的报纸上，只写了一个名字，甚至连照片都没放。

沈负是从李月明的口中得知乔阮被江北大学录取的事情。他看着桌上被撕烂的录取通知书以及满地的狼藉。刚发过火的男人出去抽烟了。十分钟前，沈负的右手还在皮鞋底下被狠狠地踉踩，已经疼到没有太大的知觉了。他捂着右手回到房间，脸上的表情仍旧风轻云淡。

在帮佣阿姨担忧地推门进来，想要给他处理伤口时，他还能礼貌且温和地回绝："不用了，已经不疼了。"

阿姨走后，他拿出手机，给乔阮发了一条信息："江北气候多变，多备些厚衣服，当心感冒。"

他没怪乔阮骗了自己，甚至连一句质问都没有。他只担心她会感冒。乔阮没有回复。

夏依然倒是不担心乔阮会适应不了江北的气候，那到底是她的老家，她生活了十几年的地方。她唯一担心的是乔阮不知道好好照顾自己。乔阮看上去瘦瘦小小的，其实骨子里比谁都倔。就算真遇到什么困难了，她也不会和家里讲。夏依然这阵子一有空就上街，忙着给乔阮准备一些厚衣服。江北气温低，不比沛城。

第五章
他不会再来了

家里没人，奶奶回老家了，乔阮一个人在家带孩子。马未希在乔阮身边特别乖，不吵不闹也不哭，就是爱黏着她，没一会儿就要她抱。

他还不会说话，只知道伸着两只粗粗短短的胳膊看着她。乔阮抱着他，让他把脚踩在自己的腿上。

她一只手扶着马未希，另外一只手空出来，拿着手机。收到了李月明给她发的消息："八点不见不散啊。"

乔阮没有拒绝。她马上就要离开沛城了，也不知道两人什么时候才能见面。

马未希在她怀里睡着了，脑袋趴在她的肩膀上，像是怕她会走，小手紧紧地搂着她的脖子。乔阮把手机放下，无奈地笑了笑。夏依然正好回来，手里提着大袋小袋的。看见挂在乔阮身上的小家伙，小声问："睡着啦？"

乔阮点头，把他抱回房间。夏依然买了几件衣服，还有新的床上用品四件套，说："去了那边就得住宿舍了，和同学相处得融洽一些，有什么矛盾也别隔夜，尽早说开。"

乔阮点头："我知道的。"

夏依然欣慰地看着乔阮："一转眼啊，我的宝贝都长这么大了，明明以前还是个连'妈妈'都不会叫的小不点。"乔阮没接话，或许是不知道该怎么接话。在她很小的时候，夏依然就抛下她逃离了小翘山。乔阮不怪她，那里穷乡僻壤，风气差。夏依然从前好歹也是生活在小康之家，虽然不算大富大贵，但也衣食不愁。最后被别人几句花言巧语哄去领了证，一起回到穷得连电都没通的山区。前几年她因为爱，觉得可以忍受。可自从生了孩子，是个女儿，婆婆开始给她脸色看，甚至让她再生一个。然后夏依然就醒悟了，她想也没想就从那里离开，连夜走的，什么也没带，包括她那个还不会叫“妈妈”的女儿。

夏依然怕她买的衣服不合身，让乔阮试了一遍。李月明打电话过来催，问她出门了没。乔阮说还没有，她看了眼时间，居然这么快就八点了，连忙说：“我马上就过去。”

李月明在楼下按了两下喇叭，乔阮在楼上听到了。李月明在电话里的声音轻快：“出来看看。”

乔阮拿着手机走到窗边，身上的衣服还没换下来。李月明骑着一辆深灰色的机车，连头盔都是灰的。她冲乔阮招手：“酷吗？”

乔阮点头：“酷。”李月明有些得意，把后座的头盔拿过来：“给你也准备了一个，快下来！”

乔阮把衣服换了，和夏依然说了一声：“妈，那我先走了。”

夏依然替她把衣领正好：“玩得开心点。”

乔阮下了楼，李月明把粉色的头盔递给她，语气张扬：“这次考了五百八，我妈特地送给我的礼物。”乔阮没有戴过头盔，不知道怎么戴，一直戴不进去。李月明让她过来，乔阮听话地走到她跟前。

李月明把头盔扶正，往下按，乔阮的整个脑袋都被装进去了，只露出一双大眼睛，无辜地看着她。李月明问：“弄疼了？”

她点头。李月明被她的反应逗乐，趴在油箱上笑得直不起腰。

她们骑车去了河堤。河堤平时人不多，只有适龄的男女在那里相亲，聊着一些尴尬到不行的话题。李月明小声和乔阮讲：“你说我们以后长大了会不会也像他们这样？”乔阮摇头，看着夜空：“我也不知道。”

河堤的夜风很舒服，刚好送走夏日的暑气。李月明背靠着栏杆，像是在感慨：“我以前从来没有思考过长大以后的事情，因为我觉得这对我来说还很遥远，可是我的十八岁马上就要来了。”

乔阮期待长大，也害怕长大。成为大人以后，需要面对的事情好像也更多。她不喜欢马叔叔，也不喜欢奶奶。可他们两个是乔阮接触比较多的大人。他们有一个共同点，那就是为了生存到处奔波。马叔叔现在去工地了，因为想给小希一个更好的未来。

她害怕成为这样的大人，可她终将成为大人。

“那就再多努力一点。”乔阮握住李月明的手，“我们一起成为很优秀的大人。”她笑起来，眼角轻轻下弯，像月牙。李月明那点烦躁彻底被她的笑打散：“你去了江北可不能忘了我。”

乔阮点头：“不忘。”

她霸道得很：“也不能和其他女生关系处得比我还好。”

乔阮也点头：“好。”

乔阮离开的那天，下起了雨。夏依然把她送去机场，千叮咛万嘱咐：“水在包里，记得喝。待会托运行李的时候把外套拿出来，免得在飞机上冷。去了那边少吃口味重的食物，对胃不好。”她说了很久，如果不是怕误了登机的时间，恐怕还得讲很久。李月明的姑奶奶去世了，今天下葬，所以没能过来送她。

进去不能带水，乔阮喝完水以后才过去安检。

从这儿到江北，飞了两个小时。落地以后，乔阮将手机开机，收到李月明发过来的好几条信息，乔阮赶紧回复。

乔阮拿了行李箱后离开机场，这里位置偏，打车都得排队。司机很热情地帮她把行李箱放在后备厢：“大学新生？”

乔阮不太适应这种热情，犹豫地点了点头。司机双手把着方向盘，笑道：“我女儿也是今年的新生，和你同一届，只不过她没你聪明，没考上江北，去了江师大。”

乔阮的警惕心少了一半，人也稍微放松下来：“江师大也挺好的。”

司机听她这么说，也没谦虚：“我也觉得这大学不错，就是原本对她的期望是江北，但今年试卷难了点，她没发挥好。要按她平时的成绩啊，肯定能上。她原来的排名在他们学校一直都是前二十。”

乔阮坐在后排，安静地听着，没有接话。司机看着车内后视镜，笑吟吟地问她：“你也是学校前二十吗？”乔阮摇头，沉默片刻：“是第一。”

一路无话。到了目的地，司机替她把行李箱拿下来：“同学，要好好学习啊！”乔阮点头：“我会的，谢谢叔叔。”

新生入校要先去登记报到，有专门的学长、学姐负责带他们熟悉学校。乔阮刚登记完，把笔还回去，就看到有学长往她这边走过来。他热情地替她提着行李箱：“学妹宿舍在几楼？我先帮你把行李箱扛上去。”

乔阮和他道谢：“谢谢学长，我住五楼。”学校宿舍是没有电梯的，只能靠走楼梯，行李箱很重，乔阮一个人确实提不动。

宿舍里其他人都已经到了，她们的父母正替她们铺着床。有个中年妇女一边铺床一边埋怨：“江北大学好歹也算是数一数二的高校了，怎么宿舍这么破？”

“行了，你女儿是来学习的，不是来度假的。”

“没有我的监督你在学校可得好好吃饭啊，不许再挑食了，知道吗？”

女生敷衍道：“知道了。”

另外一个中年妇女对自己的女儿说：“在学校住得不开心就回家，我让你爸把车停在学校的停车场了，到时候你就开车回去，也方便。”

女孩不太耐烦地道：“你让爸开走吧，打个车十分钟就到了，不用这么麻烦的。”

宿舍里响起此起彼伏的议论声，来自不同的家庭。

虽然现在只是在搬行李，还没有正式入住，但学长还是不方便进去，就把行李箱放在门口了。他找乔阮要了微信，加了好友以后告诉她：“以后有什么事就找学长，学长随叫随到。”乔阮说：“谢谢学长。”

学长一脸满足地走了，一步三回头，不过乔阮没有注意到。她把行李箱推进去，许是突然多出一个人，喧闹的宿舍安静了一瞬，大家都好奇地将视线移过来。一下子面对这么多双眼睛，乔阮还是有些不太适应，握着行李箱拉杆的手稍稍收紧。安静只持续了一瞬，一个穿着真丝旗袍的妇人裹紧披肩走过来，和蔼地问道：“你也住这个宿舍吗？”

乔阮点头，礼貌地打招呼：“阿姨好，我叫乔阮。”

“乔阮？”她上下打量了她一眼，笑着点头，“一看就是好学生，你高考考了多少分呀？”

似乎没想到她会问这个问题，乔阮迟疑片刻，方才小心翼翼地开口：“七百一十二分。”

“呀！”妇人一脸惊讶，“比我们省今年理科状元的分还高。”

每个省的试卷不同，没有可比性。妇人显然也知道这个理，问清乔阮是哪所高中以后，她回头和她老公讲：“听说今年沛城的试卷可比江北的难多了。”这似乎是每个家长的通病，都希望自家的孩子和好学生在一起玩。于是各家的家长在走之前都吩咐了自己家的孩子：“少和那些不三不四的人混在一起，平时多和乔阮学习，晓得吗？”这些乔阮倒是不知道。

晚上乔阮被学姐带去浴室洗完澡回来，蒋安安递给她一根香米棒：“我妈今天太夸张了，你别往心里去，她人就这样，从小夸张到大。”

乔阮看了眼香米棒，又看了一眼蒋安安，最后还是伸手接了过来，说：“谢谢。”蒋安安又盯着她看了会儿，看得乔阮开始不自在，她才夸张地开口：“不过还别说，你这张脸长得可真带劲，我一女的看了都心动。”

李月明每天都会和乔阮打电话，和她讲一些最近发生的事情。譬如她快入伍了，到时候可能就没有这么多时间和她打电话了。有时候她们也会聊到沈负，听李月明说，他把他们所有人的联系方式都删了。

李月明已经两个多月没有见到沈负了，她说：“听说他没去学校报到。他现在一点都不像他了。”不，乔阮想，这才是最真实的沈负——不懂快乐，冷漠薄情。他害怕被遗弃，幼年时期最害怕的事变成一把利刃，刺进他的骨头里，成了他一辈子的阴影。他大概，这辈子都甩不开了。

蒋安安看上去不太好惹，但接触久了才知道她是一个脾气很好的人。或许是时刻谨记着她妈妈的嘱咐，也或许是觉得乔阮长得太“带劲”，她每天吃饭都会喊乔阮一起。

乔阮虽说老家在江北，但在去沛城之前，她一直都待在榕镇。同一个省市，说话的口音大不相同，乔阮仍旧有一种难以融入的陌生感。蒋安安的出现解决了她的窘迫。一来二去，两个人慢慢也就熟悉了。

蒋安安最近看上了一个漫画社的学长，拉着乔阮报了漫画社。她拿着刚得到的有关学长的第一手资料，高兴得要请乔阮吃饭："不是我夸张，长他那样的，肯定是我们学校的校草了。"乔阮觉得她的确蛮夸张的。那个学长她见过，长得干干净净。但谈好看的话，她莫名地想起了沈负。沈负长了一张极具欺骗性的脸，那张脸仿佛给他带来了不少便利，哪怕是犯了错，也没人能够对着那张脸发脾气。只要看一眼他的眼睛，生气的人应该会立马消气吧。

又想起他了。乔阮有些无力地摇了摇头，想把脑子里的想法驱逐出去。即使是离开了沛城，乔阮仍旧没办法无视沈负。李月明口中"把他们所有人的联系方式都删了"的沈负，却经常来江北找她。他说他是来这边处理一些事情，顺便来看看她的。沛城和江北距离那么远，他又没有认识的人在这边，乔阮不知道他需要处理的是什么事情。

每次，他的出现都能引起不小的轰动，学校的论坛贴吧到处都是偷拍他的照片。甚至连表白墙都出现了，问他是哪个系的。有情报说，他出现的日期不稳定，但每次都是在图书馆门口。那些人纷纷留言，要去图书馆蹲守他。这段时间图书馆的入座率创下了新高。甚至连蒋安安都激动地拿着手机说要移情别恋。乔阮想，看吧，沈负的确比那个学长要好看太多。

沈负来江北的次数越来越多，一个月来十几次。乔阮甚至不知道，这一个月内，他到底有没有回过沛城。

"你好好处理你自己的事情吧，不要再来找我了。"她抱着书，不近人情地看着他。

沈负迟疑了片刻，唇角牵扯出一丝歉疚的笑："我是不是打扰到你了？"乔阮点头："对。"然后他就不说话了，很久很久都没有说话。

他好像不太敢看她，眼神开始望向别处，深吸了一口气。视线再次移回来时，眉梢眼角又攀上了温柔的笑意："那我下次不打扰你，我就站在很远的地方看一眼，好吗？"

乔阮不明白他为什么要这样，他是不是在面对苏瑶月的时候也是这样？越想心就越乱，乔阮干脆不想了，一点退让的余地也没有："请你以后不要再来了，也不要再打扰我。”他几次欲言又止，手往前伸了伸，犹豫了好一会儿，决定不再为难她，也不再惹她烦了。他拿出一个盒子递给她：“这个是我来的时候顺便买的，你放心，以后我不来了。”

乔阮没要：“你拿回去吧，我不想要。”她是下定了决心要和他划清界限的，怎么可能会动摇？沈负走了，拿着那个她没有收的盒子。路灯应该是坏了，什么也看不清，他融入夜色中，只能看见他的一点点轮廓。他一个人来，又一个人走。来的时候带了什么，回去的时候又带回去了。因为害怕被抛弃，所以他养成了处处迎合讨好别人的性格。哪怕是不喜欢的事情，他也从未说出一个“不”字。对讨厌的人，他也能笑脸相迎。这个世界是公平的，唯独对他不公平，最后他什么也没得到。

乔阮看着他离开的背影，突然有点难过。他就像是一个失败的工艺品，只能努力证明自己存在的价值，才不会被人当成垃圾遗弃。乔阮大概这辈子都不会知道，十六岁那年，看到她与江演走在一起的沈负，在那个时候就做好孤独终老的准备了。

在他感受不到快乐，不清楚什么是喜欢的时候，思想的本能已经给出了答案。他也不清楚自己是从什么时候开始变得不一样。或许是因为，第一次见她的时候，她浑身湿漉漉的，抱着他不肯放。在他担心被遗弃的时候，出现了一个需要他的人。他很小的时候，父亲经常用“不要你”这三个字威胁他。不是吓他，而是真的不要他。父亲真的扔过他好几次，把他当成一只宠物遗弃。年仅六岁的沈负为了活下去，甚至吃过垃圾桶里的东西。他从未想过放弃自己，他每一天都活得很艰难。哪怕是被病痛折磨，被言语侮辱，整夜整夜睡不着，他都没有放弃过自己。他像是杂草，在见不到光的地方，努力把自己的根扎进泥土里。但是他的根茎，好像被乔阮的一句话给剪断了。他又回到了原点。

蒋安安回宿舍的时候正好看到了，乔阮和那个长得很帅的神秘人站在一起。等乔阮回来，她的好奇心终于得到释放：“你认识那个常驻告白墙的人？”

乔阮把外套脱了，只是觉得全身疲惫得很：“他是我在沛城的同学。”

然后蒋安安就非常夸张地睁大了眼睛：“所以说，他每次来学校都是来找你的？”

“算是吧。”

意料之外，却又在情理之中。好看的人肯定是互相吸引的，帅哥喜欢的居然是自己的好姐妹，这么一想，蒋安安的心情瞬间平复了一半：“他下次什么时候再过来，我请他吃饭。”

乔阮摇头：“他不会再来了。”蒋安安疑惑：“为什么？”

对啊，为什么？没有为什么。从那之后，沈负好像彻底消失在了乔阮的世界里。只是偶尔会听李慎讲起，他出国了，去了多伦多留学。还听说，他从那个家里搬出来了。

“我和他也好几年没了联系，这些都是听我妈讲的。”李慎说。

家里的那些长辈好像都很惊讶，觉得沈负那么乖，居然也有这么叛逆的时候。而且还叛逆得这么坚决，一走就是几年，杳无音讯。

李慎有些担忧：“他从家里离开的时候，一毛钱都没有带走，你说他一个人在国外，会不会……”

乔阮打断了他：“不会的。”她相信，像沈负那么优秀的人，不管在哪里，都能过得很好。李慎发挥失常，也考到了江北，不过不是江北大学。同在一个城市，乔阮和他的联系一来二去也就多了些。江演也在那个学校。他来找过乔阮很多次，赶都赶不走。

下了公开课，几个人边走边商量待会儿吃什么，乔阮包里的手机响了。她拿出来看了一眼，是陌生号码。犹豫了一会儿她还是按下“接通”。熟悉的轻佻语气传来：“我周围人的手机可被我借遍了，你也该把我从黑名单里拉出来了吧。”江演每次和她打电话都会被她拉黑号码，已经被拉黑了十几个了。

乔阮沉默片刻，问他：“你到底想干吗？”

“想看看你。”

她冷漠拒绝：“没什么好看的。”

江演：“我觉得好看。”

她皱眉："江演！"

他乖乖地应道："哎！"

乔阮忍无可忍，拉黑，关机。蒋安安见她脸色不太好看，问她："谁的电话？"她回："打电话诈骗的。"

蒋安安骂道："最近的诈骗电话真多，要是让我知道他们住在哪里，非得去端了他们的老巢。"

乔阮因为江演而变得不太好的心情在听到蒋安安的话以后，又稍微好了一点。她笑道："是谁前几天说以后不骂人了？"

蒋安安说："那不一样，那些诈骗的可不是人。"

她们是从北校门出去的，人不多，因为是秋天，枫树叶子都黄了。江北的气温比沛城低，人们这会儿已经开始裹得严严实实的了。

乔阮安静地听着蒋安安讲话，围巾一侧垂落下来。头抬起时，正好看到站在马路对面的江演，他应该来了有一会儿了。

他穿着和她同款不同色的衣服，下颌微抬，笑得痞里痞气。他真的一点也没变，还是那个让人讨厌的江演。

乔阮低头往前走，加快了速度，江演从马路对面走过来。哪怕她走得再快，还是不及腿长的江演。没多久他就追上了，眼里似乎只有乔阮，压根就看不见她身边的另外两个人："还说不喜欢我，情侣装都穿上了。"

乔阮假装没听到。江演也不介意："你现在要去吃饭吗，我请你呀，想吃什么？"乔阮戴上耳机。江演挑唇轻笑，她这臭脾气，都快赶上他了。

这不是蒋安安第一次见到江演了，他太没礼貌了。自己好歹也是个大活人吧，每次看到了不说打声招呼，竟然仿佛压根就看不到她。长得再帅也没用，性格太烂。

蒋安安不动声色地插入他们二人中间："她不想理你你看不出来啊？"

蒋安安在女生里算个子高的了，但还是矮江演一大截。他闻声垂眸，笑了："你又算个什么东西？"

乔阮挽着蒋安安的胳膊，没有看江演："我们走吧。"她并不想和江演有任何联系，也不希望蒋安安和他起冲突。他这样的人，好像什么事情都做得出来。似乎看出她在生气，江演跟上去，温顺地妥协：“我道歉还不行吗？”他没什么诚意地和蒋安安说了“对不起”。

乔阮没有再和他说一个字。

大学四年，于乔阮来说是充实忙碌的，她考上了本校的研究生。奶奶偶尔会来学校看她，提着家里土鸡下的蛋：“自家的土鸡蛋比外面的好吃，你多吃点，都快瘦成竹竿了。”大概是知道自家只有这么一个孙女，奶奶对她的态度也开始好转。最起码，像个奶奶了。

乔阮点头，应声说：“知道了。”

乔阮送奶奶上大巴，给了她几千块钱。上大学以后，她就开始勤工俭学，平时也会给教授当助教，加上奖学金，她也攒下了一笔积蓄。

送走奶奶后，乔阮回到宿舍，新舍友人还不错，但因为刚认识没多久，彼此之间有些许距离感。

除了乔阮一个人留在本校读研，原来宿舍的另外两个人都考去了外地。蒋安安则考了教师资格证，现在在江北某个初中实习，当物理老师。她每天都会给乔阮打电话抱怨那些学生有多叛逆。

乔阮安静地听着，末了会开导她：“他们现在这个年纪正好是叛逆期，是比较难管，不过蒋老师这么厉害，肯定会把他们引导回来的。”

一听乔阮这话，蒋安安瞬间就来了精神：“这话说得倒是有几分道理。”两人又东拉西扯了一会儿，蒋安安问乔阮：“江演最近应该没有再去骚扰你吧？”

乔阮以前对江演最大的感觉就是恐惧，随着时间的流逝，这两个字也很难再掀起她心中的波澜了：“这些天没来了。”

蒋安安松了口气：“估计是毕业回沛城了吧。”

乔阮下午还有实验要做，现在要去准备了，电话挂断后，乔阮就去实验室找教授了。

乔阮有时候也会怀念从前，哪怕那是一段不太好的经历。人们都说，如果你能心平气和地想起自己曾经不太好的经历，那么就说明你已经在心里和那段往事和解了。乔阮不知道，或许是吧。

她一有空闲时间便会回沛城，看看她妈妈和李月明。李月明退伍了，现在在沛城本地上大学，自己在外面租了房子住。乔阮有她家的钥匙，买菜做好了饭，等她下课。李月明早就累瘫了，一进来就倒在床上："太累了。"乔阮给她盛了一碗汤端出来："饭还有五分钟好，先喝点汤垫垫肚子。"李月明一边喝汤一边问她："你回家了没？"

"嗯，在我妈那边住了两天，明天的机票。"

李月明遗憾："这么快啊。"

"明天要帮教授打下手。"

"看来你比我也好不到哪里去，我干的是体力活，你干的是脑力活。"

晚上睡觉的时候，李月明和乔阮聊了很多，聊从前，聊现在，聊未来……然后聊到了沈负。这个名字好像成为他们所有人心中的一根刺。他彻底和他们失去了联系，生死不明。

李月明也是前段时间才知道的，沈负不是沈叔叔的亲生儿子。她问乔阮："你说，沈负以前那么爱笑，可他是真的开心吗？"

开心吗？他甚至连开心应该是怎样的都不太清楚。乔阮只是摇了摇头，并未回答。她以为自己已经彻底忘了沈负，可是再听到别人提起这个名字时，还是莫名地难过。她又何尝不是把他推进地狱的凶手之一呢？

时间过得无比缓慢，乔阮毕业后在教授的实验室上班，每天往返于实验室和宿舍。马未希都要上五年级了。夏依然每周都会给乔阮打电话，询问她的身体状况，最近有没有好好吃饭，末了，还不忘意有所指地说一句："楼下阿姨那个二十一岁的小女儿前几天结婚了，去喝喜酒的时候她还问起你了。"乔阮知道是什么意思。

可能是觉得她即将迈入三十岁，夏依然最近特别着急，一有空闲就给她发照片，说是谁谁谁的亲戚，或是谁谁谁的儿子。这些都被乔阮应付过去了。长期泡在实验室里，她觉得自己好像突然变成了一个无欲无求的人。连李月明和蒋安安都说她，白瞎了一张这么好看的脸。乔阮每次也只是笑笑，并不反驳。她对结婚没什么太大的兴趣，但也不至于反感，碰到合适的她也会考虑。

实验室来了个小学弟，名叫林盏，二十刚出头，很有天分。带他的导师就是乔阮之前的导师。教授让乔阮平时多带带他：“你做实验的时候可以让他帮你打打下手，让他学习一下。”

乔阮看了一眼有些局促地站在门外的小学弟，还太青涩，估计是对新环境不适应。她点了点头：“好。”教授走了，小学弟被单独留下。

他看到乔阮了，又很快移开视线，最后磕磕巴巴地喊出一声：“师……师姐。”虽然他看上去好像脑子不太灵光，但好在听话，乔阮在实验室里待多久，他也陪着一起待多久，从来没喊过累。

她熬夜熬习惯了，但小学弟刚从校园出来，肯定还不适应。乔阮见他一直打着哈欠，让他先去休息。他一秒打起精神：“不用，我不累的。”她眉头一皱：“不听师姐的话了？”

他抿了抿唇，委屈地点头：“听的。”他磨磨蹭蹭地脱下实验服，开了门出去。教授特地把他交给乔阮就是因为他年纪小，没经验，知道乔阮有耐心脾气也好，跟着她也能学到更多东西。

十多个小时的实验下来，乔阮早就累得没多少力气了。她喝着补充体力的葡萄糖，盯着腕表上的分针发呆。

其他几位师兄师姐说说笑笑地进来，看到累瘫的乔阮，纷纷打趣道：“看来今年的新生不太行啊。”

乔阮没有力气开玩笑，把口罩往上拉，挡住眼睛：“我眯一会儿，你们动静小点。”

“行，不打扰你。”他们笑嘻嘻地应着，音量果然降了下来。

乔阮说完话以后就睡着了，她也不知道自己到底睡了多久。醒来的时候身边静悄悄的，半点声音都没有。

室内没光，室外也黑了。洗衣机里还有一大堆衣服放着没洗，今天就不做饭了吧，去隔壁饭馆随便吃点。她把口罩摘了，扔进垃圾桶里，想着这些站起身，然后被站在一旁的林盏吓了一跳：“你还没回去啊？”

林盏点头：“刚选好了课题从教授那边过来。”

乔阮按了按有些酸痛的脖子，随口问了句：“吃了吗？”

他一愣，有些许紧张地摇头："还……还没。"看向乔阮的眼神带着期待。乔阮拍了拍他的肩膀，叹了口气："年轻就是好啊。"居然可以不吃晚饭。乔阮因为长期泡在实验室里，饥一顿饱一顿的，肠胃出了问题，不吃饭就容易胃疼。

她走了，留下小学弟在原地凌乱。所以……师姐不是想和他一起去吃饭？

实验室每年都会组织一次全身体检，今年的实习生到了，又到了体检的日子。乔阮很怕疼，也怕抽血。但没办法，不想检查也得检查，这是教授定下来的硬性规定，每个人都得遵守。

今年还多加了一项——心理健康。医院的护士看到乔阮手里的挂号单："周医生出差去了，不在医院。"

这样啊，乔阮问她："那我什么时候过来？"

护士让她等一下，跑去和另外一个护士讲了几句后，拿着登记本过来："您在上面写下自己的姓名、年龄，还有电话号码，我给您安排另外一个医生。"乔阮拿着笔，在上面写下自己的个人信息。

护士说："还是你运气好，沈医生的号很难挂的，平时都得提前好久预约才行，今天正好他有空。"见她一副提到自己心上人的娇羞模样，乔阮道完谢以后就拿着病历本进去了。很长的一条走廊，她走到尽头，看着门外显示器上的资料——主任医生：沈随便，江北医科大学毕业，博士生导师。

乔阮疑惑地微抬眼睫，沈随便？这名字取得确实挺随便的。她推开门进去，手里的病历本还没来得及放到桌面，视线就猝不及防地撞上一张熟悉的面孔。十年的时间，足以将一个尚带青涩稚气的少年蜕变成成熟稳重的男人。干净到不见一丝褶皱的白大褂，正整理病历的那双手，指骨分明，皮肤白得能清晰看见筋脉的走向。大抵是听到动静了，他抬眸看向这边。眼里的情绪被镜片过滤掉了大半，看上去仍旧是风轻云淡的。

他变了许多，身上有种成熟男性独特的魅力。乔阮突然想起了刚才那个护士提起他时的娇羞笑容。乔阮沉默片刻，似乎不太能承受这种重逢的冲击感。她走进去，不打招呼显得有几分刻意，打招呼的话，也不知道说什么。算了，静观其变吧。

她拖出椅子坐下，把病历本递给沈负。沈负接过时，手抖得厉害，他用右手轻轻地按住了自己的左手手腕，想先平复一下自己的情绪。但好在乔阮并没有注意到。他想过很多种重逢的场景，甚至还打算精心策划一场看上去不经意，其实预谋许久的重逢。可是没想到，他们是在这样的情况下再见。

心理健康的检查都是一些最基础的，用不了太多时间，沈负简单问了几个问题，然后就让她去隔壁做题。乔阮接过病历本准备离开，沈负叫住她："你……"他顿了顿，"不记得我了吗？"是试探的语气，同时又带着一些恐惧，怕她真的不记得自己了。毕竟是十年，不是十天，也不是十个月，是十年。

沉默持续了好一会儿，她点头："有点印象。"乔阮走了，连叙旧都没有。沈负却是满足的。至少她能够记得自己，他已经很满足了，哪怕只是有点印象而已。这些年，他从沛城到多伦多，最后又回到沛城，可他想去的地方一直只有一个——乔阮的身边。他出国留学，一个月不到就回国了。他没办法离开乔阮这么久。他每周都会去乔阮的学校偷偷看她，有时候是每天。后来他干脆留在她所在的城市读书。

她每年的生日，沈负都会买一个蛋糕，替她许愿。祝他爱的人，长命百岁，无痛无灾。如果可以的话，他希望她未来会遭受的所有苦难都降临到自己身上，他替她承担。他有一些自私，希望她永远不要谈恋爱。

那十年，是乔阮的十年，于沈负来说，却比一辈子还要漫长。他总是很自卑，觉得自己配不上她，小心翼翼的爱意还没说出口，她就已经开始拒绝了。沈负好像没办法鼓起第二次勇气。从她的学校离开，他自言自语："沈负，胆小鬼。"乔阮不想见到他，他就不让她见到。但他没办法不去见她，所以他只能偷偷地看她。看到她认识了新的朋友，身边开始有异性追求，也看到她谈过一段为期很短的恋爱。下雨了，他会在她教室前放一把伞。她身体不舒服，他会花钱请糖水店家去江北大学门口摆摊售卖。这样乔阮就不用走这么远来买了。

沈负没有错过她的所有成长。他亲眼看着他的阿阮，变成了一个很优秀的人。有欣慰，也有难过，因为这一切他只能躲在暗处偷偷地看，像是一个偷窥狂一样。他厌恶这样的自己。沈负也说不清自己这十年是怎么度过的，他过得很艰难，光是乔阮谈恋爱，仿佛就要了他半条命。

从病房出来后，乔阮的心里很乱，像是有一团麻线缠在一起，怎么解都解不开。她拿出手机给李月明发了条信息：我见到沈负了。

消息发完后，她把手机锁屏，跟着护士进去。里面放着几台台式电脑，有个眼神涣散的女孩子坐在那里答题。护士和乔阮最后确认了一次个人信息后，让她按照自己的真实想法去答题。题目很多，等乔阮全部答完都过了十来分钟了。她拿着打印好的结果重新回到那个诊室，站在门口犹豫了很久。伸出去的手收回来，她低下头，看自己的鞋子，看自己的裤子，又看自己的衣服，最后开始整理自己的头发。和第一次在李月明家碰到沈负时一样。那个时候的她也像今天这样，在意自己的形象。她觉得自己做这些只是条件反射而已。在说服完自己以后，她方才鼓起勇气把门推开。

“沈医生，结果出来了。”

她把检查结果递给他。沈负很仔细地看了一遍，他那双多情的桃花眼被金色的细边眼镜映衬出几分不近人情的清冷，但此时却被他的温柔中和：“你最近睡眠不好？”

乔阮点头：“不怎么好，偶尔还会失眠。我的工作不稳定因素太多了，我经常在实验室待很久，作息很乱。”

沈负听完后神色严肃。难怪他看她气色不太好。他失眠过很长一段时间，所以知道那种感觉有多难受。他不希望乔阮也去体会和他一般的感受。

他语重心长地劝她：“这样长期下去会对身体造成很大的负担，如果可以的话，还是尽快调整过来。”

他不知道乔阮听进去了没有，她点点头：“好的，谢谢医生。”然后拿着病历本就要离开。

沈负的指腹抵着钢笔一侧，力道有点大。喉结微动，他叫住她：“乔阮。”乔阮停下：“还有什么事吗？”

他笑着摇头：“想问你待会儿有没有时间，一起喝杯咖啡？”他故作从容地询问出这句话，手却抖得厉害。他的手被电脑挡住了，乔阮没看见。

她点头：“嗯。”

医院附近有一家咖啡店，这么多年过去了，沈负的口味似乎也开始改变。他学会在咖啡里加糖加奶。加很多糖，很多奶。

乔阮看见了，问他：“你们医生不是很注重健康吗，摄入这么多糖分不怕得糖尿病？”他只笑不语。直到现在，他其实依旧不太习惯喝这么甜的东西。但思念一个人，似乎总会睹物思人，哪怕是她喜欢喝的咖啡，他也想尝试。

沈负的话仍旧算不上多，但看到乔阮以后，他有太多太多的话想要和她讲。真到要开口的时候，他又觉得自己好像什么也说不出来了。

乔阮沉默持续了一段时间，他眼神温柔地看着乔阮：“我的病治好了，我现在是个正常人。”乔阮点头：“恭喜啊。”沈负仍旧在笑。

用银匙在黑森林蛋糕上挖了一小块下来，她却突然没了胃口：“你……”她终于主动开口和他讲话，沈负紧张到连呼吸都忘记了，安静地等着她的下半句。

“你怎么改名字了，而且改得还这么……”后面的话她应该是不知道怎么说。沈负知道她想说什么，想说他的名字改得过于随便。他笑了笑：“是你给我取的啊，忘了吗？”

“我怎么可能给你取这种……”讲到一半乔阮就停住了。

她突然想起很多年前，沈负说他想换个名字，让乔阮帮他取一个。她敷衍地说了句“随便吧”。难道他以为自己这是在给他取名叫随便？她有些难以置信：“所以你就直接改了？”怎么平时双商那么高的一个人，在这种事情上却像个未开智的小朋友？

沈负点头，笑道：“我觉得挺好听的。”明明是一件不可思议的事情，在沈负看来，仿佛再正常不过。

“那……那你那些同事和朋友都是这么叫你的？”

“他们大概是叫不习惯吧，还是像以前那样叫我沈负。”这个名字能叫习惯才是不正常吧。

“乔阮，”沈负笑容更盛，“原来这些事情，你都还记得。”他好像在因为乔阮记得与他经历过的点点滴滴而感到高兴。罪魁祸首乔阮却心虚地喝着咖啡，连头都不敢抬。

她有一个很小的发旋，很久以前沈负就知道。她比他矮一些，他低头就能看见她的头顶。她好像也没有太大的改变，仍旧是他所熟悉的那个乔阮。一杯咖啡都快喝完了，乔阮这才抬起头。两人的视线就这么撞上。沈负眼里好像一直都是带着笑的，那种温温柔柔、毫无攻击性的笑。

乔阮险些呛到，她不太自然地移开视线："那你这些年过得还好吗？"

他说："挺好的。"

乔阮点头："那就好。"不等沈负再开口，一道声音突然闯入："师姐？"林盏走过来，笑容欣喜："我去医院找你，没看到人，还以为你走了。"乔阮疑惑："找我干吗？"林盏脸一红："接……接你回去。"

乔阮来得晚，又正好赶上医院最忙的时候，光是挂个号都要排很久的队。其他人检查完后早就走了。她问林盏："你没和他们一起回去？"

林盏摇头，话说得磕巴："这个点不好打车，所以我……就多等了一会儿，其他师兄、师姐都先走了。"

乔阮看了眼腕表上的时间，差不多也要回实验室了。她看向沈负："那我先走了，下次再聚吧。"

男人点头，笑容从容："嗯。"没有过多的言语。从刚才到现在，他好像也没有太明显的异样，就是逐渐变得沉默。好像明白了有些东西正在发生变化，在他没有看到的地方。对啊，这十年里，他亲眼看着乔阮成长，看着她成为一个独当一面的大人。可在乔阮的世界里，这十年，他是缺席的。沈负于她，不过是一个十年未见的陌生朋友罢了。她的人生，也发生了天翻地覆的变化。那些变化里没有他。沈负目送着她离开，直到她上了车，再也看不见了，他还迟迟未将视线收回。好像还是不太甘心呢，不甘心就这样看着她和其他人站在一起。他无奈地笑笑。

李月明看到乔阮的消息以后立马就给她打了个电话。她关心的事情有很多，关心乔阮的感受，关心沈负这些年过得怎样，关心他们两个见面后发生了些什么。当这些问题没有缓冲地全部抛向乔阮时，她突然觉得有什么东西想通了。

“月明，我突然觉得我很奇怪。”她说，“我一直以为我还喜欢着他，我没有忘记他。可再次见面，我的心里好像没多少触动了。”

从小生活的环境和原生家庭的影响，让乔阮成了一个对感情非常极端的人。喜欢就是喜欢，不喜欢就是不喜欢，有点喜欢和比较喜欢都是不负责任的感情，她想要被坚定地选择。

像沈负这样的人，他的爱好像可以给任何人，可以给乔阮，也可以给其他人，所以她不要。就算明明察觉到了沈负的示好，她也可以义无反顾地掉头就走。乔阮就是这样的一个人，她缺爱，但也不是谁的爱都接受。她要的是那种非她不可的感情。因为不想被抛弃，不想某天突然被告知，她又不被爱了。

在江北换季的时候空气格外干燥，每到这种时候乔阮的嗓子都是疼的，干涩得仿佛几天几夜没喝过水。

乔阮裹着毯子打哈欠。陈绛看见了，问她：“没睡好？”

乔阮揉了揉有些发酸的鼻子：“好像有点儿感冒。”

他立马弹开三米远，仿佛乔阮是什么洪水猛兽：“别传染给我了。”乔阮把口罩重新拉上，靠着椅背发呆。她发呆就是什么也不想，完完全全地放空自我。就算在发呆中途睡着也是常有的事。

林盏帮教授打完下手，中途溜出来，专门给乔阮买了咖啡：“师姐，喝点这个就不困了。”

陈绛在旁边起哄：“眼里只有你师姐，师哥都看不到了？”

林盏脸又红了，挠了挠后脑勺：“我……我忘了，我现在就去买。”

话说完，他真的准备出去。陈绛叫住他：“还真去啊，我开玩笑呢。”

林盏笑了笑：“没关系，反正也不远，我开车去。”

他走了，陈绛这次没再叫他，反而看向乔阮，调侃般地问道：“我看这小师弟对你挺感兴趣的，你们这些熟女不都喜欢这种小弟弟吗？”乔阮没接话，盯着左起第三块地板砖发呆。今天大概是这些日子以来，最闲的时候了吧。难得可以空闲这么久。

医院的检查结果出来了一部分，实验室里部分人的心理或多或少是存在问题的。长期的日夜颠倒加上压力，会引发很多问题。院领导提前通知了他们，下午会有专业的心理医生过来。说是他的朋友，高才生，厉害得很："就是私下里不太好相处，对谁都冷冰冰的。"

主任医生，不到三十。除了最后那一条不太好相处不太符合以外，乔阮似乎可以肯定这个人是沈负。她不希望再次遇到他，换上实验服，说先进去了。她刚过去开门，就碰到了从外面进来的沈负还有院领导。

沈负穿着剪裁得体的深灰色西装，换下了宽松的白大褂，现在的他好像一点也不掩饰自己外露的锋芒。斯文儒雅少了几分，清冷淡漠更盛。他极其优越的外形让办公室瞬间安静下来。站在净身高一米八的领导旁边，他都明显高出一截。他哪怕不说话，只站在那里，仍旧给人一种极强的压迫感。陈绛想，这人果然不怎么好相处。

领导做了个介绍："这位就是江北医院的心理科主任医生，沈……沈负医生。"那个过于随便的名字他大概是说不出口。沈负只点了点头，算是打过招呼。下一秒，他寻找的视线在看到那张熟悉的脸时，停了下来。他看向乔阮，嘴角漾出温柔的笑："阿阮。"

沈负旁若无人地朝乔阮走过来，离得近了，看清她略显苍白的神色，笑意稍稍敛去："感冒了吗？"

乔阮下意识地往后退了一步："嗯，你别离我太近，会传染的。"她似乎以为这样就能把沈负吓跑。但他并不介意，把手伸过来，想要探她的体温。

乔阮躲开了："多谢关心，下班以后我会去看医生的。"

那只被嫌弃的手停在半空，他也不觉得尴尬，而是不动声色地放下，笑意温柔："我就是医生。"

"心理医生和内科医生还是不同。"

"我学过的，绝大部分的知识我也懂。"

"我还是去找更专业点的吧。"她的每一句话都在拒绝。沈负笑了笑，不再勉强她："那你记得去看，千万不要拖成重感冒了。"

乔阮点头：“嗯。”周围安静看戏的那几个人早就看出其中猫腻了，都忍着一颗八卦之心。直到沈负进去，他们才一窝蜂地聚过来，七嘴八舌地问着：“你跟那个帅哥是什么关系啊？”

“乔阮，你艳福不浅啊，这种大帅哥你都认识？”

“乔阮，你说句实话，你们俩是不是有猫腻？”

乔阮本来就感冒，身体不怎么舒服，这会儿又被这些环绕的立体声缠着，越发感觉头疼了。她叹了口气，试图解释：“我们没什么的。”

因为生病而显出的几分无力，在他们眼中却成了毫无底气。他们更不信了。

“怎么可能没什么？他刚才那个眼神分明就是看老婆的眼神。”

“对啊，我感觉他下一秒就要把你吃了。”

越说越离谱，为了防止他们衍生出更多的猜想，乔阮急忙找了个借口溜了。今天需要指导几个初级实验员完成实验工作，乔阮在实验室里泡了一整天。累，累得要命，腰都直不起来了。等到一切结束，外面天都黑了，她换回自己的衣服，在更衣室的椅子上睡了一觉。

睁开眼后，她第一时间去看手机，凌晨两点了。实验室的位置不太好打车，她平时回家都是打网约车。但现在这么晚，乔阮一般不太敢在这种时候打网约车。保安亭里保安见到乔阮出来，礼貌地和她打了声招呼：“今天怎么忙到这么晚啊？”

乔阮笑了笑：“不小心睡着了。”

“那你可得小心点，这个时间啊，你一个女孩子不安全。”

乔阮和他道过谢：“我会注意的。”但应该怎么注意，她又不太懂。环顾一圈，视线落在路边的共享单车上，乔阮拿出手机准备过去扫码。

由远及近的车灯把她面前的阴影驱散，深灰色的卡宴在她身侧停下。乔阮等眼睛适应了亮光，然后才将视线移向车内。驾驶座上的人，是沈负。

“上车吧，我送你回去。”

乔阮觉得时间真的足够改变一个人，沈负的声音好像没有高中时期那么清冽干净了，多了几分低沉与磁性。对啊，毕竟他也快三十了，不再是少年。“不用了。”乔阮拒绝道，“我骑这个回去就行。”

他点了点头，不勉强她。见她扫码开锁，他又突然开口：“你家住在开城区？”乔阮抬眸：“你怎么知道？”

沈负笑了笑：“病历本上面有写。”他解开安全带下车，亲自把后排的车门打开，“就当我是出租车司机吧，不以朋友的名义。”

乔阮最后还是坐进去了。沈负并不是在确认她是不是住在开城区，而是在间接地告诉她，她家有多远。骑自行车回去，没两个小时是到不了的。一路上都很安静，乔阮不讲话，沈负也不讲话。

她坐的是副驾驶位，毕竟坐后排不太礼貌，那样沈负就真成司机了。什么出租车司机，什么载人赚钱，他根本就不缺这点钱。许是安静持续得太久，又许是，乔阮自己也有疑惑。她将看向窗外的视线收回来，手无意识地拉着安全带，迟迟未松：“这些年，你过得还好吗？”

沈负像是没想到乔阮会问他这些，他有半分钟的失神，熟悉的笑容再次挂上眉梢：“是在关心我吗？”

乔阮没有继续问下去：“你不想说就算了。”

沈负笑着问她：“你想听真话还是假话？”

乔阮抬眼，车辆驶过一段很安静的路段，沈负的脸处在黑暗之中，远光灯的那点亮光还不足以让乔阮仔细看清他此刻的模样，只能瞧见一个大致的轮廓。他的眉眼、他的五官、他的脸部线条，都随着年龄的增长而多出了几分锋芒。难怪那些人说他不好相处。他不笑的时候，的确给人一种不近人情的距离感。“真话吧。”

路口正好遇到红灯，他踩了刹车停下。握着方向盘的那只手轻微收紧，又松开，他笑着摇了摇头：“不太好。”

至于为什么不好，他没说。他的人生纵有千般不如意，他也不会和人诉苦。乔阮再次看向窗外。她也没继续问。有些事情，其实她是知道的。他家庭的复杂程度，再加上他的病。无情型人格障碍还有另外一个名字，反社会型人格障碍。乔阮觉得，沈负真的太会把握人性的弱点了。明知道她最受不了这种，他却偏偏故意在她面前展示出这一面。他在这种事情上表现得越风轻云淡，乔阮就越做不到视而不见。

车停到她家小区楼下。这里地段不错，也安静。房子是她买的。江北的房价实在太贵了，光是首付就让她的经济状况出现赤字了，更别说是每个月的房贷。所以她目前还没买车。房贷和车贷，只能二选其一，她选了前者。

乔阮和他道了谢，解开安全带下车，沈负也没立刻离开，而是看着她的背影。目送她进了电梯，又将视线落在那栋楼上，直到看到某一处的房间亮起了灯，他才安心。因为知道乔阮讨厌烟味，他从不抽烟。他这十年的成长轨迹都是跟随着乔阮来的。她让他不要总强迫自己去对每一个人笑，所以他在工作以外的地方，很少笑；她不喜欢烟味，他就不抽烟；她喜欢喝生姜泡的茶，哪怕讨厌生姜的味道，他仍旧习惯了每天喝一杯姜茶。她喜欢的，他就强迫自己喜欢。她不喜欢的，他也慢慢做到不喜欢。沈负放慢了自己的步伐，等乔阮跟上了，然后才踩着她的脚印往前走。原本可以成为更优秀的人，但他心甘情愿地收敛自己的本性，留在这个地方。他的阿阮，他没办法离开她太久。时时刻刻，他都想看到她，所以只能选择待在她的城市。

可能是因为在实验室里睡了几个小时，也可能是因为沈负的那番话，乔阮又失眠了。她盯着天花板发呆，长时间无法入睡。即使她强迫自己赶紧睡着，可脑海里全是一些天马行空的东西。

她最终还是放弃，同时也放过了自己的大脑。客厅里她养的叫小梨花的猫醒了，正在它的猫窝里打滚。乔阮坐过去，把电视打开。小梨花特别黏她，以前乔阮睡眠质量好的时候，每天晚上都会和它一起睡。但现在不行了，稍微一点动静她就会被惊醒。小梨花似乎察觉到了，每天乖乖地睡在自己的猫窝里，也不去吵她。乔阮朝它招了招手，小梨花立马跳上沙发，主动躺到她怀里。小梨花是一只布偶猫，是李月明送给她的。她怕乔阮独居无聊，正好李慎养的猫生了崽，就给她抱了一只过来。

电视里正放着无数次重播的偶像剧。很多年前的剧了，但因为看的人多，直到现在还在播。乔阮也不知道自己是什么时候睡着的，醒的时候天已经亮了。她盯着墙上的挂钟看，七点半。好像还是得再去一趟医院，开点安眠药。长期这样下去，乔阮觉得自己迟早得猝死。

失眠的次数多了，她也开始心慌。她先挂了个心内科的号，做了几项检查，等结果的时候想顺便开点安眠药。医生说：“现在改了，我们没办法开安眠药，你去楼下再挂个心理科的号，然后去三楼就行。”

乔阮谢过医生以后拿着就诊卡下楼，她找出心理科那一栏，四个医生，只有沈医生的号挂不了。她突然想起来，上次护士说，沈医生的号很难挂，需要提前很久预约才行。看来确实很难挂。她也没想要挂他的号，随便选了一个专家号。来到诊室，医生简单地询问了她有没有情绪低落等状况。乔阮摇头：“情绪正常，可能是最近工作压力太大了，再加上长期的日夜颠倒，所以造成了入睡困难，我想先开点安眠药，至少这些天能好好睡一觉。”

医生在电脑上勾选了一样药品，打出单子以后递给她：“你交完钱以后去一楼拿药就可以了。”乔阮站起身：“谢谢医生。”

她刚出去，就碰见了接完电话回来的沈负。似乎没有想到会在这里再次遇见她，他愣了好一会儿，然后才走上前来，先扫了一眼她手里的药单，然后才看向乔阮：“是哪里不舒服吗？”

乔阮摇头：“睡眠质量不太好，所以来开了点药。”闻言，沈负稍微松了口气。有提前预约的病人过来，礼貌地和沈负打招呼：“沈医生。”他冲那人笑笑：“您先进去，我马上就过来。”

那人点头：“好的。”等病人进去，乔阮也没在这里留太久，她晃了晃手里的药单：“我先去拿药，就不打扰你了。”

他仍旧只是笑：“没有打扰。”

问完诊后，那个病人离开，沈负脱下白大褂，也成了病人。他并没有利用自己主任医师的职权，而是下楼挂了一个号。

医生看到上面的病人名字，还以为自己看错了，揉了揉眼睛。外面的广播念到沈负的名字，他推开门进来，手上还拿着病历本。医生笑道：“怎么，这是想测试下我是什么水平？”

沈负解开西装外套的第二颗纽扣，坐下。他并没有理会他的调侃，安静说出自己的问题：“我的病，大概是复发了。”

医生听到他的话，正了正神色：“说说看，什么症状。”

他沉默良久，终于开口：“我总是，想破坏别人的感情，当第三者。”他的笑容有几分无力，“哪怕违背道德也好，见不得光也好，被人唾弃辱骂也好，我都希望现在陪在她身边的那个人消失，至少是，从她身边消失。”

从前的沈负，总是会压抑自己的天性。他像是一个怪胎，会厌恶身边的每一个人。厌恶他们说话时音调的起伏，厌恶他们的笑声，厌恶那些永远都清理不完的情书，厌恶跑到他面前，满脸娇羞说喜欢他的女生。一边厌恶，他却一边对这些人笑脸相迎。他不想再回到那样的日子，他希望当个正常人。为了乔阮，他想永远当个正常人。

拿药的窗口需要排队，乔阮等了一会儿，听到手机在响。她拿出来看了一眼，是个陌生号码的来电。刚按下接通，熟悉的声音就传过来了：“乔阮，马上就要放假了，你不打算回沛城看看？”

不用问名字，她就知道是谁。她翻了个白眼，把电话挂了。这些年来，江演就像是一块狗皮膏药，她怎么甩都甩不开。她研一的时候谈过一个男朋友，对方是隔壁学校的体育生。蒋安安生日，他作为蒋安安男朋友的朋友，也一起去了。那次是乔阮和他的第一次见面。之后因为蒋安安，他们又见过好几次。差不多认识了半年吧，他和乔阮表白了。至于最后为什么分手，还多亏了江演。他一点也没变，还是那个让人厌恶的人。他把乔阮的男朋友揍了一顿，逼他和乔阮提分手。乔阮没拒绝，很坦然地接受了。就算他不提，她自己也会提。她不是那种可以容忍男朋友出轨的人。这还是在他挨揍的前一天，她亲眼看见的。她的男朋友，和其他女生同喝一瓶饮料。于是为期很短的一场初恋，就这么结束了。

乔阮挂了江演的电话，正好排到她，医生拿走她的药单，确认上面的药物名称以后，从传送带上的篮子里拿出那盒药，递给她。很小的一盒，里面一共有八片，足够她一周每天都睡个好觉了。她提前叫了网约车，刚走出医院大厅，就看到一个不应该出现在这里的人，是刚才给她打电话的江演。

他穿着一身黑色休闲装，手上拿着好几张传单，看见乔阮了，他走过来：“你要是再不出来，我都要以为你出医疗事故了。”乔阮没有理他，直接绕过，仿佛压根就不认识他。江演也不恼，不紧不慢地跟着。

他手里那些传单全是站在这被人硬塞的，他觉得自己最近脾气见好，要是搁以往，他早往人脸上砸了。兴许是觉得乔阮不喜欢从前的他，所以他正在努力改。改成乔阮喜欢的那样，譬如沈负那样。

“你吃饭了吗，晚上要不要一起？”

乔阮没有理他，站在路边等车来。江演也不恼，他发现自己最近对乔阮真的一点脾气都没有了：“还这么讨厌我啊，我最近都这么乖了。”

他把那几张还没来得及扔进垃圾桶的传单拿给她看：“我可没发脾气，全接过来了。”乔阮神色淡漠：“烦请以后不要再来打扰我了。”

江演笑道：“那换你来打扰我？”乔阮没有再理他，低头看手机。司机离她不远，还有差不多两分钟的时间。江演把传单扔进垃圾桶里：“我可是特地从沛城飞来看你的。”她没回应。

“我怎么做你才能不讨厌我？你说，我都照做。”

乔阮看着他：“以后别来找我，也别出现在我面前。”

江演耸肩：“这不行，你换一个。”

“不要让我看见你。”

“驳回。”他说，“乔阮，你别要无赖，这和前面那个要求有区别吗？”

刚好车到了，乔阮没有再和江演废话，打开车门进去。下一秒，江演拉开副驾驶的车门，理所当然地一块上车了。乔阮眉头皱着，和司机说：“我不认识他，麻烦您把他赶下车。”

江演泰然处之，系好安全带，和司机解释：“闹了点小矛盾，要小性子呢。”司机会意一笑：“我懂，小情侣之间吵架很正常，多哄哄就好了，没什么跨不过去的坎，误会说开就行了，没必要闹分手。”

这话像是讲给江演听的，又像是讲给乔阮听的。乔阮没再开口，戴上耳机，彻底隔绝了外界的任何嘈杂。算了，她也懒得在这件事上继续计较了。

车停在实验室门前，乔阮刚要下车，江演已经先她一步替她开了车门。乔阮没说话，开了另一边的车门下车。

她是去工作的，江演也就没继续跟进去打扰，而是看了眼时间，准备先回医院把车开来，停在附近的停车场里，然后站在外面等她。

他当初做尽了浑蛋事，乔阮讨厌他也正常。他从小被溺爱，不管在哪里他都是被追捧的那个，久而久之就长歪了，十分享受这种掌控别人情绪的感觉。等他的情绪完全被另外一个人牵着走时，他才觉得异常烦躁。现在想起来他是后悔的，特别后悔，如果他一开始就认清了自己的内心，并且坦诚地接受，说不定他和乔阮会是另外一种局面。他当然知道乔阮不会和他在一起。可她都和那种劈腿男在一起了，为什么就不肯多看他一眼？江演想不通，也不为难自己想通。她的大学四年，加上后来的读研，再到读博和工作，江演一直都在。哪怕他回沛城接手了家里的公司，没时间也挤出时间来。他向来不愿意做偷偷摸摸的事情，喜欢也喜欢得光明正大，对她的好也同样放在阳光底下。但乔阮并不接受。江演不强求，他减少了来的次数，开始很长一段时间才过来一次。他已经做出让步了，不能一退再退。人无完人，只有圣人才不自私。他又不是，所以他偏要自私。哪怕乔阮真的很讨厌他，很不想见到他，但江演没办法在这件事上让她如愿。

一整天的实验过去，夏茶拿着熬好的粥坐在办公室等，她是今年新来的技术人员，初级的。这些天看到师兄、师姐们为了带他们熟悉工作，累到连吃饭的时间都没有，所以她特地做了点粥。

陈绛换好衣服出来，夏茶给他盛了一碗。陈绛闻到香味了：“你还会熬粥啊？”夏茶笑了笑。正好乔阮从里面出来，陈绛喊她：“乔阮，小师妹煮的皮蛋瘦肉粥，快来尝尝。”

乔阮谢过了小师妹的好意：“你们吃吧，我不爱吃皮蛋。”她打开更衣室的门，进去。夏茶想着，下次做点有甜味的粥。她把餐具递给陈绛，里面装着两副筷子和两把勺子。

洗完澡后出来，乔阮盯着镜子里的自己看了一会儿，耳边长出了一根白发。都说人过了二十五就会开始变老，这话好像不假。乔阮觉得，自己的确在一点一点变老。最先变的，是她的心态。她吹干了头发，穿上外套出去。江演还没走，正靠着墙抽烟。乔阮下了台阶，江演看到她了，跟过来。他始终与她保持着一段距离，把烟掐灭了，经过垃圾桶时随手扔进去。身上仍旧有淡淡的烟味，他并不知道乔阮讨厌烟味，因为他根本没有机会去了解她，他只是怕烟味会熏到她。乔阮没有给他这个机会。乔阮走出了那条小路，车辆才多起来，她拿出手机等车。江演没过来，单手插着裤袋，歪头看她。

这个点打车的人多，迟迟没有人接单，乔阮刚点了取消，准备再往前面走一点，去拦出租车。深灰色的卡宴平缓地在她身侧停下。沈负开了车门下来，穿着米白色的毛衣，眉眼也是温温柔柔的。夕阳的余晖散落在他身上，柔和又温暖。很显然，医生的开导并没有在他身上起到任何作用。他也坦然地接受了自己不太正常的思想，随心而为。

“阿阮，我送你吧。”似乎是怕乔阮多想，沈负特意补充一句，“我刚刚去见过一个病人，他家正好住在这附近。”所以他出现在这里，只是巧合。江演看到沈负了，他懒得再保持那点安全距离，走过来。同样的，沈负也看到了他。那一瞬间，三人仿佛站进了同一个圈子里，周围没有其他人。

江演微抬下颌，笑容散漫：“中央空调又来散播温暖了？”

沈负只看了他一眼，便收回视线，他的眼里永远都只有乔阮一个人。见乔阮没说话，他便又喊了一声，声音轻柔，像是在对待一件易碎物品般，怕吓到她：“阿阮。”

乔阮叹了口气，她觉得自己最近大概是“水逆”，不然为什么烦人的事情一件接着一件，没完没了。她看了眼江演，又看了眼沈负，随口说一句：“你送江演回去吧，别缠着我了。”此时正好有一辆出租车出现，“解救”了身处怪异场合的乔阮。她走了，只留下江演和沈负。两个人都对彼此没有什么好印象，却还是因为乔阮的话而有了短暂的交流。

“我送你。”沈负说了简简单单的三个字，不见任何情绪的起伏。送江演只是因为乔阮的话。江演冷笑：“沈负，我有自知之明，我知道自己不配，但你觉得你配吗？”

沈负不说话，甚至连眉眼都没有半分变化，仍旧保持着清冷的弧度。在沈负这里，很难有事情可以撼动他的情绪。哪怕是有人死在他的面前，他也可以平静地报警。但此刻江演的话，却让他的左手开始颤抖。对啊，乔阮的性子远比他想的还要决绝。世人皆为凡人，凡人自有缺点。哪怕乔阮所有的缺点在沈负看来都是优点，可他还是会怕，怕乔阮骨子里的决绝。江演走了，没有让沈负送。沈负一个人在那里站了很久，然后才行动缓慢地回到车内。他一言不发地开车回家。

他很少有这种无力感，像是有心捡起一件掉在地上的物品，结果怎么都使不上力，到后来才发现，哦，那件被人遗弃的物品原来是他自己。

他是从什么时候开始发现自己有病的？大概是很小的时候看动物世界，看到里面动物厮杀的场景，他感觉自己血脉偾张。血肉越模糊，他的大脑就越亢奋。那是他第一次，最直观地感受到自己与别人的不同之处。

他的心理医生说过，他这样的高智商人群，一旦患上这样的病症，往往是最可怕的。可在他任由自己肆意生长之时，他遇见了乔阮。后者让他动了改变的念头。于是他成了正常人，虽然艰难，但终归是成功了。

所以在江演说出那句“你觉得你配吗”的时候，他才会开始动摇。

对啊，他配吗？

第六章 乔阮的日记

乔阮回到家的时候，小梨花已经蹲在门口等了很久了。它是一只很黏人的猫，一天二十四小时都想和乔阮黏在一起。

但它也是一只懂事的猫，知道乔阮睡眠质量不好，从来不在她睡觉的时候去吵她。也只有现在，它才会肆意地在她怀里撒欢。

乔阮抱着它进了房间。今天没有买菜，冰箱也空了，她就点了份外卖。

小梨花一直在她怀里蹭来蹭去。乔阮捏了捏它的脸，把电脑打开。

最近市里开始了捐书活动，呼吁广大市民把家里的旧书捐到贫困山区，给那里的孩子解决没有书读的困境。工作群里大家正因为这事聊儿得热火朝天。

同事一号：我每次一毕业就把我的书全拉去废品回收站给卖了，现在家里剩的都是一些漫画书，这些要是捐了的话，那些山区里的孩子估计要和我一样沉迷漫画，不务正业了。

同事二号：厉害啊，你妈当时没揍你？

同事一号：我妈也不知道啊，我卖完就拿着钱去网吧了。

同事三号：我家里倒是有一些书，不过都是些比较深奥的。

同事四号：乔阮呢，乔阮的书应该都保留着吧？

乔阮在键盘上敲下几行字发送过去：还在，不过小学、初中的课本应该被我奶奶拿去卖了，高中和大学的还在，明天正好放假，我回趟沛城。

她也该回去看看了，妈妈前几天给她打过电话，说马未希天天缠着要来找乔阮："他想姐姐呢，上次答应他了，这次期末考能考双百就带他去江北看你。"

乔阮在手机上订了第二天的机票，简单收拾了几件衣服，把小梨花寄养在宠物店里。店老板冲她笑笑："又要高强度工作了？"

乔阮摇头，笑道："回趟家，看看我妈和弟弟。"

"替我和伯母问声好。"

"嗯，小梨花就麻烦你们了。"

店老板抱着小梨花，摸了摸它全是肉的下巴："小梨花这么可爱，怎么会是麻烦呢？"说着，店老板低头凑近自己怀里的猫，像是在等待它的回答，"对吧？"小梨花非常合时宜地叫了一声，像是在回应她。

回家要乘坐两个小时的飞机，还要坐半个小时的地铁。乔阮没有提前告诉他们，而是先在附近的酒店住下，然后才去马未希的学校。

正好是放学的时间，学校门口停满了车子。家长们都站在外面翘首以待。乔阮走过去，眼神落在铁门内。学生放学也是按照广播里喊的一个班一个班地离开。她等了快二十分钟，广播里的女声才念到五年级二班。

这个年纪的孩子变化都很大，一眨演的工夫仿佛就能长高好几厘米。马未希自然也不例外。乔阮看着站在队伍最后排的他，个子比上次见时明显高了不少。他的长相随夏依然，乔阮也随夏依然，所以他们的眉眼很像。夏依然只有偶尔会来接他，平时都是他自己坐公交车回去。很显然，今天也是。他并没有打算和其他同学一样，站在这里等家长来接，出了校门就往前走。乔阮也没急着喊他，不紧不慢地跟在他身后。走了很长一段距离，他才后知后觉地察觉到身后一直都有人，回过身看了一眼。

乔阮眉眼含笑，和他对视。持续几秒的愣神后，马未希兴奋地跑过来，抱她的腰："姐姐，你怎么回来了！"

乔阮笑着摸了摸他的头："今天上课有没有认真听讲？"

他疯狂点头："老师今天还夸我了。"他一直牵着乔阮的手，一刻也不想松开，和乔阮讲了好多好多话，乔阮都安静地听着。

马越霖不在家，乔阮也没问他去哪儿了。她看到夏依然苍老了许多。养大一个孩子的确需要花费很大的精力和财力。唯一值得庆幸的，大概是马越霖不再像从前那般了，有了孩子似乎都会变得替孩子着想。

晚上马越霖没回来，乔阮是和夏依然睡的。她已经很久没有和妈妈一起睡觉了。她印象中的上一次，好像还是在她很小的时候。

怨恨吗？埋怨吗？她没有。乔阮只希望她的妈妈，能够幸福。

她并没有在沛城留太久，假期总共就几天，更何况她还有其他事情要处理。她的书被夏依然保存得很好，放在仓库里。

乔阮先寄了快递，然后才离开。

书籍是统一捐的，陈绛拿着笔，像模像样地清点了一番："这是谁的书啊，都长霉了。"

立马有人不爽地反驳："你懂什么，这叫'知识的霉菌'。"

陈绛点头，拿着笔走到乔阮跟前："乔大善人，看来你这是把自己所有的存货都拿出来了。"

乔阮正在电脑上整理这次的实验报告："反正以后也用不着了。"

陈绛把清点好的名单夹在上面："待会儿谁有空，去捐献点捐一下。"

大家纷纷离开，无人回应。陈绛看着乔阮。后者指了指自己的电脑屏幕："明天就要交了。"表示自己爱莫能助。

陈绛两眼一黑："我下午也有一场实验要做，等我做完估计都到晚上了，人家志愿者早回家了。"

那该怎么办呢？陈绛一个人犯起了难。这时，亲自上门给病人复诊的沈负成了陈绛的救世主："沈大善人，你帮帮我。"

沈负看了眼被他拉着的胳膊，瞳孔无意识地收缩了一下。他不动声色地把手抽出，将被陈绛碰过的袖口往上卷了两截。语气平静，但仍旧保持着应有的礼貌："你说。"

"你应该是开车来的吧？"陈绛指了一下自己身后的书，"最近政府不是鼓励市民给贫困儿童捐书嘛，这些是我们所有同事压箱底的一点心意，但你也知道，我们的工作实在太忙了。"似乎是为了让自己的话更有可信度一点，他指了指戴着降噪耳机写实验报告的乔阮，"你看看我们乔大善人，都写了多久报告了，手指头敲键盘都敲出火星了。"

沈负顺着陈绛手指的方向，找到了乔阮，却只能看到一个背影。她低着头，在纸上写写算算，然后才将那些数字写进文档里。她好像一点也没变，还是以前那个认真的乔阮。

乔阮不知道，以前每次她去李月明家补课，沈负的心就不在作业上了，而在她的身上。只要乔阮在，他便没办法静下心来。他同意了陈绛的请求，帮这个忙。书有些多，哪怕是他和陈绛两个人，仍旧花费了比较长的时间才全部放进后备厢里。

沈负搬的，都是乔阮的书。他往外走，手里拿着最后几本，下楼梯的时候有个小碎花书皮包着的本子掉在地上。他弯腰去捡，却看见本子的扉页上写着：乔阮的碎碎念。

沈负不是一个喜欢窥探别人秘密的人，此刻他却鬼使神差地留下了这本日记。坐进驾驶座，犹豫了很久，他终于还是把日记本翻开。字体清隽秀丽，因为太旧，书页微微有些泛黄。

六月三日，天气多云

上楼梯的时候，我碰到他了，他冲我笑了一下。好开心，比早餐吃饱还要开心。

六月四日，天气阴

马叔叔又发脾气了，我想离开这里，但是我应该去哪里呢，回小翘山吗？可奶奶也不喜欢我啊……

六月五日，天气小雨

数学考了满分，语文考得不太好，作文丢了八分，下次继续努力！

七月十二日，天气晴

今天梦到他了。我好羡慕那个女孩子，她轻而易举地拥有了我再怎么努力也没办法拥有的东西。沈负说，在他的心目中，苏瑶月永远是第一。

我好像，永远都一无所有。我羡慕她，嫉妒她，想成为她。人活着，是理想重要，还是两情相悦更重要？我不太懂。

七月二十日，天气多云

今天去学校，我看到沈负了，我在心里默念，如果我数三个数，他回头了，我就继续。可是我数到“三十”他都没有回头。数到“五十”的时候他终于回头了，因为苏瑶月来了。

电视上面说，这种情绪是一种正向的能量，当你想努力追赶上一个人的时候，你首先会感受到一股挫败的自卑感，你会觉得自己配不上他，也会因此而努力，努力靠近他。但如果你因为这份情绪感受到的全是负面的能量，那就代表，你必须要远离了。可是我想再等等。

接下来空白了很多页，只写了日期和天气，其他的什么也没写。他一直往后翻，才看到一条，很简短的内容：沈负，我不等了。

上面的泪痕还清晰可见。沈负的手颤抖得厉害，日记本因为手腕无力掉在地上。他死死按着自己的左手，想要控制住颤抖。但没办法，他的情绪起伏一旦变大就会这样。原来乔阮曾经和他一样。他现在满脑子都是这个念头。沈负吃了一片镇静的药物，这才让自己的情绪稍微平缓下来。他不知道应该怎么去形容此刻的心情，也没办法形容。

他只想和乔阮说清楚，他不喜欢苏瑶月，他从前的那些好是没有意义的。那个时候甚至不能用“正常人”这三个字来形容他。一直以来他喜欢的人只有一个。他要说清楚的，也应该说清楚。他好怕乔阮真的不喜欢他了。可等平复好自己的情绪下车时，他却看到乔阮和别的男人一起走出来。乔阮不知道说了什么，那个人低头轻笑，时不时抬眸偷看乔阮一眼。下一秒，乔阮看见了沈负以及他手上的日记本。她脸上的肌肉有片刻的僵硬，再然后，便恢复了寻常的模样。

沈负走过来，周身仿佛都灌满了铅，重得吓人。他说话的声音微微颤抖：“你明明是喜欢我的。”

乔阮并没有否认，她面色平静地承认这段被尘封的往事：“都过去了。”听到她这句话，沈负强撑着，努力不让自己的神色太难看：“阿阮，我们再试试，好吗？万一你重新喜欢上我了呢？”

乔阮摇了摇头，并未接话，而是直接离开了。

她走了很长一段路，林盏回头看了一眼，沈负仍旧失魂落魄地站在那里。犹豫了很久，他终于鼓起勇气开口问道：“师姐，你还好吧？”

乔阮点头：“嗯，挺好的。”

他面带担忧：“可你的脸色不是很好看。”

乔阮走着走着，就停下了。

她的话其实不算多，读书时期她属于那种埋头苦学的类型，工作以后，她又成了埋头苦干的人。可是现在，她突然有很多很多话想找人倾诉。她一直以为，自己已经放下沈负了。她也确实是这样的人，说放下，就真的会放下。喜欢沈负的秘密，被她藏得很深很深。可得知他知道以后，她又莫名松了一口气。直到现在，她才开始认清自己的内心，潜意识里，她是希望他知道的。在那段对她来说阴暗的人生经历里，她曾喜欢上一个给她光的人。她以为那道光是她的救赎，却发现他救赎了所有人。

乔阮看着林盏，薄唇微启，最终还是什么也没说出来。

林盏欲言又止了一路，临到教授家前，他终于停下：“师姐。”

拿出手机正准备给教授打电话的乔阮因为他的话而停住：“怎么了？”

林盏的声音有点小，在乔阮面前，他好像总是没什么底气。乔阮是很厉害的师姐，是他一直仰望追赶的人。

“我虽然不清楚事情的原委是什么，但我一直都觉得，两情相悦本身就是一件很不容易的事情。既然师姐和沈医生两情相悦，为什么你们不在一起呢？”

乔阮笑了笑：“我以前也是这么觉得的。”

“那现在呢？”

“现在吗？”她想了一会儿，“我好像没那么喜欢他了。”

教授有个研讨会让乔阮和林盏去参加，就在江北，下午去。

乔阮有点为难：“教授，这次我就不去了吧，我实验报告还没写完。”

教授的态度非常坚定：“上次你就没去，这次别再想找借口了。”其实乔阮不是在找借口，她是真的赶着交报告。但教授压根就不给她再开口的机会。

两个人一起被轰出去，林盏站在那里偷笑，乔阮看了他一眼。然后林盏就不笑了，就是憋得有点辛苦，肩膀一直在抖。两人出来时天色就不太好看，还好乔阮非常有先见之明地在包里放了一把折叠雨伞。她把伞撑开，和林盏一起往小区外走。

林盏的车拿去检修了，他走到路口想打车，但下雨实在是不太好打车。更别说是在教授住的这种僻静的养老小区了。

打不到车，乔阮就开始有种不太好的预感。她前几次和沈负碰到都是因为打不到车。如果这次也……这时林盏高兴地跑过来：“师姐，我打到车了。”乔阮看着那辆停在路边的绿色出租车，松了口气。她坐上车，不等她开口，司机就报出一个地名，问她：“是这里吗？”

乔阮以为是林盏提前说的，就没有太在意，点了点头：“麻烦您了。”司机乐呵一笑：“不麻烦。”

下雨天似乎是最适合睡觉的时候了，林盏在副驾驶和司机有一搭没一搭地聊着天。乔阮坐在后排睡着了。最后还是林盏把她叫醒的：“师姐，到了。”她睁开眼睛，往车窗外看了一眼，是熟悉的建筑物。乔阮打开车门下去，和林盏一起往里走。林盏说：“刚才那个司机居然知道我们要去哪里。”乔阮抬眸：“不是你说的？”

他摇头：“我什么也没说。”于是乔阮便沉默了，像是在思考着什么。

之后几天办公室总会收到外卖的咖啡和下午茶。没有署名。

起先大家还以为是领导为了犒劳他们这些日子的勤劳工作，特地奖励的。结果日子久了，大家似乎都不相信是领导点的。毕竟这个店里的下午茶可不便宜，每天这么点，谁也扛不住啊。

陈绛笑得意味深长，问夏茶：“是不是你哪个追求者送的？”

夏茶脸一红，急忙摇头解释：“不……不是的。”

陈绛笑道："肯定是你，你看我们实验室，女生本来就少，不是你还能是谁，乔阮吗？"

他看了眼盯着电脑屏幕分析数据的乔阮，摇了摇头，"肯定不是乔阮，就她这种没有情趣的工作狂，长得再好看也白搭。"

乔阮把表格打印出来，递给林盏，让他整理好。她一抬头就看见陈绛正看着自己，笑得不怀好意，于是皱了下眉："看我干吗？"

陈绛递给她一杯咖啡："夏荼的追求者送的。"

乔阮抬眼，看向夏荼。后者的脸更红了："不……不是的。"

乔阮接过咖啡，拍了拍她的肩膀安抚："没事，你师兄脑子有问题，你别搭理他。"陈绛听到不乐意了："我脑子哪里有问题了？"

看他吃瘪，乔阮突然心情大好，喝了口咖啡，笑道："这咖啡还挺好喝。"陈绛翻了个白眼，懒得继续理她。

"好喝的话，我以后天天都给你买。"这是一道不属于这里的声音。沈负提着一个保温桶进来，"饮食不规律的话，会对肠胃造成很大的负担，这个是我炖的猪肚鸡汤，暖胃的。"

他把保温桶第一层的米饭揭开，第二层是他做的一些口味比较清淡的菜，最后一层才是炖好的汤。

香味在整个办公室散开，乔阮闻到了一股胡椒粉的味道。她喜欢胡椒粉。其他人都怀揣着吃瓜和嫉妒的心，并且瞬间解开了这些天的下午茶之谜。陈绛感觉自己被打了脸。乔阮不为所动："我不饿。"

沈负笑了笑："我不碍你的眼，东西放在这里，等你吃完了我再过来。"说完他就走了，果然没有留下来碍眼。乔阮不知道他为什么要这样，明明她那天已经把话说得很清楚了。

沈负前脚走，其他人后脚就围了上来，七嘴八舌地问着问题。

"你们到底是什么关系？"

"沈医生在追你吗？"

"长得帅还会做饭，乔阮，你的好日子还在后头。"

"你这个态度不对，你们吵过架吗？"

“他做过对不起你的事情吗？”

“这汤你是不是不喝，你不喝的话我可以喝吗？”

乔阮感觉自己脑子都快被他们吵炸了。她只说了一句：“随便。”然后戴上降噪耳机，专心地投入到自己的工作中去了。

沈负回来的时候，保温桶已经空了。他微抿了唇，眼神温柔地看向乔阮：“好喝吗？”

陈绛立马接话：“好喝，太好喝了！真的，比饭馆里的都好喝，你当心理医生太亏了，你要是开饭店，那生意肯定倍儿好。”

哦，原来乔阮没喝。沈负敛了眉眼的弧度，仍旧在笑，只是笑容浮于表面：“是吗？”

陈绛莫名地打了个冷颤：“我……我下次不喝了。”

沈负没有理他，而是走过来，替乔阮整理办公桌：“今天几点下班？我送你。”

乔阮眉头皱着：“不用。”

沈负伸手勾勾她的袖口：“我不烦你。”

乔阮把袖子往上拉：“我说了，不用。”

“那你送我。”

乔阮抬眸，因为他的厚颜无耻而感到不可思议。沈负笑容无害，轻轻歪头，询问她的意见：“好吗？”

乔阮没理他。沈负也不继续烦她了，把保温桶收拾好。

这边有食堂，沈负跟打饭阿姨借用洗碗池，把碗筷洗干净。等他出来的时候，乔阮去开会了。

办公室里只有几个实习生在，包括林盏。沈负看向他的眼神没有任何温度。林盏微抿了唇，有些害怕地别开视线。沈负走过去，很直接地开口问他：“你们在一起多久了？”

林盏疑惑：“什么在一起多久？”

沈负微抬下颌，深邃的眸带着森森寒意：“你和乔阮。”

林盏愣了好一会儿，然后才回过神来，他大概是误会了。于是他急忙解释：“我和师姐不是你想的那种关系，我们只是普通的前后辈关系。”

沈负略微垂眸，沉吟许久：“是吗。”他原本已经准备好做一个道德败坏的“第三者”。

从这个角度正好可以看到太阳落山了，落地窗仿佛也被映上一层温暖的余晖。沈负就这么看着。他没有再和任何人讲话，安静地在外面等乔阮开会结束，等她下班。会议室里的人都出来了，沈负没有看到乔阮。陈绛告诉他：“乔阮被教授留下来了。”

沈负点头：“谢谢。”

陈绛耸了耸肩，道谢也不看着人说，没礼貌。

教授简单地和乔阮交代了一些事情，然后才让她出去。乔阮刚推开门，就看到沈负了。他的脸上一瞬间堆上笑容：“累不累？”

乔阮看一眼快黑掉的天：“你今天不用上班？”

他摇头：“下午休假。”

乔阮点了点头，重新打开电脑：“你别等了，我今天要加班。”

沈负语气温和：“没关系，我等你。”

乔阮沉默片刻：“我加班到十一点。”

他微微启唇：“这么晚吗？”

乔阮短暂地松了一口气，以为终于吓退他了：“嗯，这些东西急着要。”沈负若有所思地沉默片刻，走了。直到他走没影了，陈绛才坐过来：“我觉得他这人，脾气实在是太臭了。”

人陆陆续续地走光了，乔阮也就没有戴降噪耳机的必要。听到陈绛这么说，她略微抬眸：“你是说沈负脾气差？”

陈绛嘀咕：“他不是叫沈随便吗？”

“他脾气要是差，那这个世界上恐怕没有好脾气的人了。”乔阮也不是为了维护谁，就事论事罢了。

陈绛听她这么说，眼睛都不可思议地瞪大了：“乔阮，你这是被他灌了什么迷魂汤？他刚才看我的那个眼神还有那个笑容，简直就是……”

“行了，别说了。”乔阮打断他，“你在我耳边吵来吵去的，我完全没办法专心工作。”

陈绛说：“我是为你突然丧失判断力感到惋惜。”

“谢谢您，烦请您也替我的工作效率一并感到惋惜，别来打扰我了。”

陈绛似乎还想说些什么。这时，门开了。沈负手里提着一个盒子，上面整齐地码放着好几杯咖啡。

他态度温和且有礼貌地把咖啡分给办公室内还未离开的人，包括陈绛。那种背地里说完人坏话的心虚在陈绛脸上表现得淋漓尽致。他眼神闪躲地说了声“谢谢”。沈负用脚钩了一张椅子拖过来，在乔阮身边坐下。他把咖啡和甜点放在她桌子上：“你今天用脑过度，得多补充点糖分。”乔阮看了一眼甜品，又看了一眼他。外面的雨应该还没停，他肩膀被打湿了。

她随口问了一句：“你不是开车去的吗？”

他点头，笑了笑：“忘记带伞了，下车的时候淋的。”

乔阮“哦”了一声，继续忙自己的事。过了很久，她往身后指了指：“那边是浴室，你进去烘一下吧。”

现在这个季节，容易感冒。沈负看着她，没动。乔阮抬眸。沈负抿唇低笑：“谢谢你。”

乔阮极轻地皱了下眉：“你别多想。”

他温顺地点头：“嗯，我不多想。”

仁者不忧，勇者不惧。沈负既不是仁者，也不是勇者。他只是一个普通人，所以他有忧愁，也有恐惧。但这些好像因为乔阮简简单单的一句话，全都烟消云散了。沈负把衣服烘干以后出来，乔阮正戴着耳机接电话，那边也不知道在说什么，她很久才给回应：“教授，您真的不需要太替我担心的，我还没想过那么久远的事情。”

又是很长一段时间的沉默。她脸上挂上无奈的笑：“我的意思是我短期内没有这个打算，还是想先以工作为重心。”

“我知道您是关心我，但……”她的话应该是被突然打断了，戛然而止。最终她像是妥协了一样，点了点头，“那我去见一面。”

如此，教授才肯挂电话。乔阮摘了耳机，一抬头，就看到从里面出来的沈负。他的衬衣最上面两颗扣子没扣，领口随意地往下折，甚至还能看见小半截的锁骨。线条不像女孩子那样秀气，反而带些力量感。

搭在臂间的外套被他不紧不慢地穿上，他笑着关心她："刚刚是谁的电话？"

乔阮把手机锁屏，重新放回抽屉里，似乎没想回答他的问题。沈负就安静地坐在一旁，看着她，脸上带着笑。乔阮垂眸："教授打来的。"

他点头，笑容温柔，其实他刚才都听到了，她喊对方教授。

他好奇的不是这个。

"教授说我年纪也不小了，给我介绍了一个对象，过几天去见面。"

这个，沈负也猜到了。刚整理好的办公桌，才这么一会儿的时间又乱了。沈负继续替她整理："那你想去吗？"

"没什么想去不想去的，我已经同意了，如果合适的话，我也不会抵触。"乔阮说。

手里的动作稍微停顿，他垂眸浅笑："有说多大吗？"

"三十出头吧，同系的师兄。"

他问："之前见过面？"

乔阮摇头："他刚从国外回来。"

沈负把最后一本书插入间隙中，仿佛在以长辈的口吻劝诫她："阿阮，找同专业的不好。"

由于工作的原因，乔阮吃饭不太规律，为了保持体力，她的包里常备着一些甜点。她咬了一口巧克力："这些我不介意。"

沈负的指尖动了动："那你介意什么？"

她不要偏爱，她要的是独一无二。但是她什么也没说，只是摇头："不介意什么，合眼缘就行。"

"阿阮，你不能这样的。"他站着，她坐着，身高本来就悬殊，更别说是以现在这个姿势。

乔阮不愿意抬头和他讲话，但沈负愿意低头。他蹲下身，看着她的眼睛："结婚是一辈子的事情，你不能因为年纪到了就将就。"

“我没有将就，我只是不想把太多精力放在这上面而已。”她告诉沈负，“爱情、婚姻在我这里都不可能是第一位。”

沈负良久没开口，他感觉自己的喉咙像是黏在一起了一样。他问：“是因为我吗？”乔阮并没有回答他。但沈负已经猜出了答案。是，是因为他。是他亲手摧毁了一个女孩子对于婚姻和爱情本该有的向往。

全身心投入工作的乔阮不知道沈负是什么时候走的，她也并不在意。收拾好了东西，准备离开的时候，乔阮看到桌上放着一张纸条，纸条上压着车钥匙：开我的车回去吧，女孩子晚上打车不安全。

他的字迹好像变了一点，以前是遒劲有力的行楷，现在有点像洒脱随意的狂草了。这是不是当了医生以后的通病？字还是挺好看的，如果裱进他自己的画里，艺术价值应该更高吧。

沈负其实是一个非常有艺术天赋的人。乔阮见过他的画。那个时候他才读高中，国画水平就已经出类拔萃了。但他不是那种在意自己才华的人，并没有在这条路上走下去，甚至于他没有再画画。

乔阮将纸条揉成一团准备扔进垃圾桶里，手刚抬起来，迟疑了很久，最终还是放下。她小心翼翼地把纸条摊开，放在桌上压平。她很讨厌这样的自己，明明做好了决定，却又一再心软。

这几天，沈负没有再来找乔阮。

陈绛每次提起他，语气都不太友善：“真是白瞎了那张脸了，你们这些小妹妹是不是都喜欢这种看着斯文儒雅，其实虚伪得要命的男人？”

乔阮把他指向自己的手指掰向一旁：“别把我算进去。”

陈绛听她这么说，松了一口气：“我看你上次那么维护他，还以为你也喜欢上他了。”

乔阮没接话，咬了口包子，正低头回李月明的消息。陈绛脑袋伸过来：“看什么呢，这么认真。”

他看到备注上的月明两个字：“你朋友？”

乔阮回完消息，抬起头：“嗯。”

她看着陈绛，跳回上上上个话题：“沈负不虚伪的。”

陈绛眉头一皱：“还说不喜欢，又维护上了。”

“我没有维护他，就事论事而已。”

陈绛说：“他在我们面前和在你面前完全就是两个人。”

乔阮摇了摇头。陈绛问她：“你摇头干什么？”

乔阮故作失望：“想不到你竟然是如此善妒的人，‘爸爸’我感到很失望。”陈绛气到去捏她的肩膀。乔阮怕痒，尤其是肩膀，她笑着往旁边躲。

陈绛的眼神和站在门口的沈负对上。男人眉眼阴沉，带着森森寒意，仿佛密林中的野兽，而陈绛，则是即将被他咬断脖子的家禽。陈绛被吓到了，跟罚站一样，站在那儿不动弹了。

桌上的文件因为刚才的打闹掉在地上，乔阮蹲下身去捡。一双不属于这里的手将那摞文件递给她。骨节分明，纤长白皙，手腕处有一粒褐色的小痣。乔阮抬眸，沈负笑容温柔地调侃她：“越大越不沉稳了。”

乔阮下意识看了一眼急忙溜走的陈绛，又将视线移回来，接过他手里的文件：“你什么时候来的？”

他站起身：“刚到。”

乔阮点头，把整理好的文件放进文件袋里。

沈负会定期给那些有心理疾病的人复诊，但一般是需要病人亲自去医院的。他主动来找病患，大概是因为受了领导的拜托吧。乔阮是这么想的。

沈负先去忙了，他进去没多久，乔阮也换上实验服，进了实验室。今天是她和陈绛一起指导初级技术员完成实验。陈绛觉得沈负那个人已经算不上“白切黑”了，他外面就是黑的，不过是在乔阮面前会伪装。

陈绛越想越觉得沈负那个人不行，知道乔阮吃哪套，就故意在她面前装成那个样子。这明摆着就是个渣男啊。因着同事加朋友的仗义之情，陈绛不能眼睁睁看着乔阮进入火坑。但乔阮被那个“狐狸精”蛊惑得实在过于严重，所以陈绛决定自己亲自来，帮她认清这个渣男的真面目。

实验结束的时候，还不是特别晚。和陈绛想的一样，沈负没走。有人过来询问他药品的使用剂量，他用笔在药盒上写下来：“睡前服，一天一粒。”

那个人和他道谢：“谢谢沈医生。”他只微微点头，没说话。那人走了，沈负也将视线移过来。陈绛先从里面出来，沈负脸上没什么表情。

乔阮摘了手套，有点困，走路都感觉头重脚轻。直到看见乔阮，沈负的脸上才有笑意。他走过来，手里提着一个纸袋：“你喜欢吃的豆乳盒子。”

乔阮的瞌睡醒了：“你还没回去？”

他点头：“我那个病人也在做实验，我就多等了一会儿。”

乔阮看了眼逐渐黑掉的天空，冬日的夜总是很长，即使现在还不到六点。“那你先回去吧。”说完，她脱掉最外层的实验服，进了更衣室。

随着她的身影彻底消失在自己视野里，沈负脸上的笑也逐渐消失。

陈绛把手机的录音功能打开，偷偷放在身后。他和沈负打招呼：“沈医生，您吃饭了吗？”

沈负没看他，也没说话。陈绛不受他的冷漠影响：“沈医生，我由衷劝您一句，找女朋友真的没必要在我们实验室找，学物理的都没什么时间谈恋爱，男朋友还没实验结果重要。”

沈负坐下，视线一刻也没有离开过乔阮刚刚进入的那扇门。

陈绛在心里骂了一句，却还是扬着一张笑脸：“而且乔阮明天就要去相亲了，对方是高才生，长得还帅，和乔阮师出同门，我觉得你应该是没机会了。”沈负听到这句话后，稍微有了点反应。纤长的手指无规律地敲打着座椅扶手，而后他缓慢起身。他比陈绛高半个头，看他时，得低头。

陈绛虽然挺怕他的，但现在也挺庆幸自己惹毛了他，让他把真面目露出来。到时候乔阮看见了，自然会相信自己所说的。

沈负只淡漠地看了他一眼，然后推开他。力道不算大，但长期待在实验室，缺乏锻炼的陈绛也架不住他这一推，往旁边踉跄了好几步。

沈负绕过他，把那部放在旁边桌上的手机拿起来。上面显示已经录音十多分钟了。他轻轻笑了笑，手一松，手机掉在地上。

这点高度，只是屏幕破了。陈绛见状，稍微松了口气，还好只是屏幕破了。他那口气还没顺下去，沈负抬脚狠踩了几脚，慢慢地踱，直到手机四分五裂了，他才停止。他微笑着警告陈绛："这张嘴如果不想要了，你可以说出去。"然后他礼貌地询问陈绛的账户，转了两万块钱，是给他买手机的钱。

乔阮换完衣服出来，陈绛已经不在了，只有沈负等在那里。他靠墙坐着，头抵着墙，像是睡着了。脖颈线条因为他抬头的动作而拉伸，牵扯出一条连接锁骨的线。办公室的灯光太亮了，乔阮甚至能够看清他筋脉的走向。青色的血管，藏在冷白的皮肉之下，微微跳动。

"沈负。"她喊他的名字。

男人睁开眼睛，眼底满是红血丝，看到乔阮了，他又去看腕表上的时间。不早了，于是他起身："我送你回去。"

突然起身导致脑供血不足，沈负有短暂的眩晕感。他踉跄了几下，乔阮急忙过去扶他，手抓着他的胳膊。感受到臂间温软的触感，沈负垂眸，眼里逐渐攀上一抹红。他软软地喊了一声："阿阮。"

他开口时，声音低柔。乔阮觉得像有无数只蚂蚁在自己的心口爬，很奇怪的感觉。她把视线移开，没有看他的眼睛。

"你怎么还没走。"她的语气太平淡，分不清是在关心，还是一时好奇。沈负笑了笑："因为你还没走。"

乔阮抬眸。沈负替她把需要带走的东西整理好，看到那些文件的时候，他轻声询问她："这些，也是要拿回去的吗？"

乔阮把东西拿过来："我自己来就行。"

沈负也没有继续纠缠，把手松开，站在一旁安静地看她。

她的确长大了，也成熟了许多，不再是以前那个动不动就害羞脸红的小姑娘了。但沈负还是更喜欢看到她脸红的样子。因为她每次脸红，都是对着他。他起初不太明白是因为什么，以为她是怕他，后来才明白了一些。

他怨自己没有早些发现，可是也发现不了。那个时候的他甚至不清楚喜欢是什么。喜欢上一个人太复杂了，比喜怒哀乐还要复杂，连喜怒哀乐都没弄懂的人，是没办法理解这些的。

乔阮把东西收拾好，看了眼窗外的天色。已经不见一丝亮光了，黑云重重，明天应该有雨。乔阮背着包出去，沈负就跟在她身边。

路边可以停车，就是总遇不到停车位。沈负来得凑巧，正好还剩一个。

他把车开过来，怕乔阮不肯上来，就打开了车门等她进去。乔阮看着他：“沈负，我知道你想要什么，但是我……”

他摇了摇头，不给她把这句话说完的机会，笑容温和：“你不知道。”

乔阮直视他的眼睛：“那你告诉我。”她的眼睛好看，鼻子好看，嘴巴也好看。沈负指尖无意识地颤动了几下，他突然很想抱她。

乔阮最终还是没有坐上沈负的车，而是叫了一辆网约车。沈负开车跟在后面，直到看到她平安到家，他才下车。倚靠着车身，视线落在某个楼层亮起灯的房间。

他不抽烟，但在和乔阮重逢以后，他开始想尝试。但他都忍着，实在忍不了的时候，就含一颗糖，是乔阮最喜欢的草莓味。太甜了，他不是很喜欢这种廉价的糖精味，但因为乔阮喜欢，所以他也开始喜欢。

教授还记得上次和乔阮说的相亲，一大早专门跑来实验室，让她下班以后记得去见见。陈绛在一旁幸灾乐祸，边擦器械边调侃：“教授，你怎么光记得乔阮啊，我可还单着呢。”

教授一脸嫌弃地挥挥手：“你就算了吧，别祸害人家好姑娘，继续单着吧。”

教授走后，陈绛叹了口气：“没人疼没人爱，我是地里的小白菜，乔阮，好福气哦。”

乔阮面带愁色：“这福气给你要不要？”

“要，当然要。”陈绛回答得很快，几乎是没有考虑过便脱口而出。

双方约见的地址就在实验室附近的咖啡厅。对方也是顾虑到乔阮工作繁忙，不想给她添麻烦。

乔阮很少化妆，几乎都是素面朝天，再加上忙了一上午，脸上有了点疲态。照镜子的时候她自己都被吓了一跳。出于礼貌，她简单地把衣服和头发整理了一下，但仍旧是素面朝天的。

咖啡厅人不多，她一眼就看见了自己今天要见的人。教授提前给她看过照片。真人和照片上没什么区别。乔阮走过去，以防认错，还是先询问了一遍："请问是周先生吗？"

男人点头笑笑："乔阮？"

乔阮也点头："你好。"

男人起身，伸出右手："你好。"

两人简单地握了一下手。乔阮点了一杯黑咖啡，不加糖也不加奶。周安微挑了眉，似乎有点惊讶："很少有女生爱喝不加糖不加奶的黑咖啡。"

乔阮笑了笑："我以前也不喜欢。"

"看来人的口味会变。"

"嗯。"相亲都是尴尬的，两个不认识的人坐在一起，聊着一些互相不太感兴趣的话题。尴尬的程度一点一点往上堆积。

周安对乔阮其实挺有好感的，觉得她不施粉黛，素净好看，说话也让人觉得很舒服。到他这个年纪，早就不谈爱或不爱了，合适才是最重要的。

他似乎想聊一些更深入的话题，然而咖啡厅内突然响起的嘈杂声打断了他接下来要说的话。

"沈医生难得和我们一起吃饭啊。"

"就是位置选得有点远。"

"这家味道应该不错。"

听到"沈医生"三个字，乔阮下意识地往后看了一眼。

柜台旁站了好几个人，正热热闹闹地议论着。沈负仿佛是个局外人，远离了这份热闹，冲她笑。

他要了杯黑咖啡，加糖加奶，然后径直朝乔阮走去："真巧。"

他只和乔阮打招呼，好像没看到坐在她对面的男人。

周安看了眼沈负，问乔阮："这位是……"

她简化了他们之间的关系："江北医院的医生，我之前找他做过检查。"

沈负轻抬了眉眼。他就坐在隔壁桌，只隔了一条走道。他们说的话乔阮可以听到，同理，乔阮说的话他应该也能听到。周安给乔阮点了一份姜撞奶：“这个可以暖胃。”

乔阮礼貌地道谢。周安笑道：“干这行的，饮食大多不规律，肠胃很容易出现问题。”

这顿饭吃得还算愉快，虽然氛围有点尴尬，但乔阮对周安这个人并不抵触。周安加了她的微信，扫码的时候乔阮看到他的手机弹出一条微信，备注是“妮妮”。她没有偷窥别人隐私的癖好，但那条信息突然出现，她还是不可避免地看到了。周安尴尬地解释道：“我前女友。”

乔阮点头：“这样啊。”

那天回到家，教授询问了她的想法，乔阮很直接地回绝了。她没有想法。在对待感情这件事情上，她偏执得可怕，她不容许有一丝丝的杂质出现。她不要偏爱、最爱。她要的，是只爱。

小时候得不到的东西，长大后就成了执念。她生病了，很重的病。

那之后的很长一段时间内，乔阮都没有再见到沈负。

就连陈绛都开始疑惑：“他以前不是每天都来骚扰你好几回吗，怎么最近没来了，因为看不到希望，终于肯放弃了？”

乔阮反复验算着实验结果，头也没抬：“放弃了最好。”

陈绛手撑着下巴，看着乔阮摇头，似感慨，又似夸奖：“他狠，你也狠。”

乔阮的手稍顿，她抬眸：“狠？”

陈绛眯眼笑道：“看来你是长期泡实验室把脑子给泡坏了。”

李医生拿着病患资料敲响了沈负的办公室门。后者只是略抬高了眉，眼神在他身上没有停留够一秒。李医生自觉走进来：“看学生论文呢？”

沈负点了点头，没接话。李医生抬眼四处看了一眼：“赵护士说你最近好像心情不太好，担心得要命，特地拜托我来看看你，顺便开导开导你。”

沈负无动于衷。李医生说：“我让她自己来，结果她脸红了，你猜她怎么说？”问出的话并没有等到回答，李医生也早就习惯了沈负的冷漠，“她说怕打扰你。”

赵护士是今年刚来的实习生，年纪小，才二十一岁。人长得可爱，性格也乖。这种乖乖女放在学校都抢手，更别说是出来工作了。但人家就认定了沈负一个，别的谁也看不上。别人说不嫉妒那是假的，但沈负确实有这个魅力。年轻有为，长得还帅，穿白大褂都比那些精心打扮的男明星要帅。

沈负抬眸："说完了？"

李医生迟疑地点了点头："算……算是吧。"

"我还有工作。"这算是比较委婉的逐客令了。

李医生尴尬地笑了两声："那我就不打扰你了。"

他走了，办公室重归安静。沈负沉默许久，打开抽屉，看着自己的手机。伸出去的手又收回。还不到时候，再等等吧。

李医生从沈负的办公室出来，赵护士眼巴巴地站在走廊尽头。李医生刚出来她就凑上前："沈医生怎么样，心情好点了吗？"

李医生叹了口气："你的沈医生自己就是心理医生，我能开导什么。"而且沈负压根就不给他开导的机会。

赵护士低着头，菱唇紧抿："可是……可是……"见她都快哭了，李医生顿时觉得头疼。他最抗拒不了的就是女孩子在他面前哭，尤其是长得好看的女孩子。"你要是担心的话，可以自己去看看他。"

赵护士摇头："我不敢。"

"有什么不敢的，他又不会吃了你。"

她的手指死死掐着自己掌心："我不敢……我不敢和沈医生说话。"

他无奈摇头，现在的小妹妹啊，一个比一个矫情，一个比一个别扭。

那之后的每一天，沈负的办公桌上都会出现一个便当盒。他没打开过，也没多看一眼，全都扔进垃圾桶里了。次数多了，他便没了耐心。某天他特地来得早一点，正好看到办公室的门被人小心翼翼地推开。进来的是一个穿着护士服的女生。沈负没印象。似乎是没想到他会来这么早，赵护士愣在那里，下意识想把便当盒往身后藏："沈……沈医生。"

他言简意赅地问："你送的？"

赵护士下意识往身后看了一眼，然后点头："我……我看您好像没有吃早饭的习惯，所以担心……"

“以后别送了。”他把外套脱了，挂在架子上，换上白大褂，“劣质的塑料味，很难闻。”赵护士忙不迭地点头，然后红着眼眶走了。

沈负没有绅士风度，也不会心疼别人。他以前的好都是装出来的，现在不过是本性暴露罢了。他没什么业余爱好，无论现在的手机有多少供人消遣的新功能，他一样都没尝试过。除了一些工作需要的软件，他什么都没下载。手机在他这儿只是联络工具。可是现在，他一天二十四小时，除了睡觉和工作，其他时间都看着聊天界面——他和乔阮的聊天界面。他总是还存着一丝侥幸，希望乔阮能主动找他一次。但没有。乔阮仿佛早就忘了他这个人一样。沈负故意等了半个月，想等到她耗不住了，妥协一次。但最先耗不住的那个人是他自己。

难道她真的和那个相亲对象在一起了？沈负不知道自己哪里比不上他。

春困秋乏夏打盹，总之不管是哪个季节，都适合犯困。哈欠会传染，一旦有个人起了头，余下的人都会不由自主地张开嘴。林盏前些天犯了点错，被教授凶了，一个人蹲坐在外面难过。他到底还是年纪小，没经过风浪。

乔阮泡了两杯咖啡出去，在他身旁坐下后，递给他一杯。林盏抹了抹眼泪，不敢看她。乔阮无奈地笑道：“这就哭了？”

林盏握着咖啡杯，头埋低。乔阮说：“想当初我跟着教授的时候，那是一天到晚都在挨批。教授现在的脾气比之前可好多了。”

林盏半信半疑地抬头：“师姐也会犯错？”

乔阮笑道：“我又不是神仙，怎么可能不犯错。”

“可师姐很聪明。”

“干我们这行的，聪明没用，得细心。”她喝了口咖啡，苦得让她顿时没了困意，她人精神了。乔阮最大的毛病就是不够细心，高中的时候老师没少因为这个事和她谈心，让她写完试卷后多检查几遍。想到从前的事情，乔阮觉得窘迫又有趣，再也没有之前的避而不谈了。

林盏对于乔阮的过去突然感到好奇：“师姐读高中的时候，应该很受欢迎吧？”乔阮不笑了。

她沉默了好一会儿，而后垂眸挑唇，笑得淡：“不受欢迎。”

林盏一愣：“啊？”他显然不信，师姐长得好看，成绩又好，这要是在他们学校，铁定是万人追求的校花啊。

她像是在告诉他一个秘密：“师姐高中虽然是在沛城毕业的，但师姐是高二才转过去的。很长一段时间，我不怎么快乐。”

林盏的心揪起来了：“师姐……”她的话，一字不落地进了沈负的耳中。他看了看乔阮，又抬头去看天。好像要下雨了。

乔阮写完实验报告后，仔仔细细地检查了好多遍。有同事和她打招呼：“乔阮，那我们先走了。”

她抬头：“路上小心点。”

同事笑了笑：“你也早点回去，待会儿雨下大了就不好打车了。”

乔阮叹了口气：“我估计还要一会儿。”

外面的天色越发阴沉，看上去有几分可怖。乌云积压在一块，仿佛要把这天都给压塌了才罢休。乔阮整理完材料，按了保存，然后靠在椅子上发了会儿呆。这是她的习惯，让自己时刻紧绷的脑子放松一下。

今天晚上吃什么呢？下这么大的雨，菜市场应该去不了。家里的冰箱好像也空了。点外卖的话可能没有骑手接单。算了，不吃了，太麻烦。

她打着哈欠，把拉链拉开，在包里翻翻找找，没看到伞，突然想起自己忘了带。明明出门前她还在嘴里念叨记得拿伞。她看着瓢泼一般的大雨，叹了口气。这雨一时半会儿是停不了。还能怎么办，只能淋雨了。她刚把包顶在头顶，准备冲进这雨幕中时，头顶的伞面在她身下投下一层阴影，男人身上带着医院淡淡的消毒水味。

乔阮抬眸，正好对上他往下看的视线。沈负的瞳色偏浅，皮肤也白，整个人看上去有种缥缈的不真实感。他说：“别淋雨，会感冒的。”

他像是知道她不想和自己打一把伞，也不为难她。把伞柄交到她手里后，他转身离开。他走下台阶，整个人暴露在雨幕中。乔阮迟疑半晌，叫住他：“一起走吧。”

沈负抬眸，雨水顺着睫毛滴下。乔阮想，他的睫毛可真长。

伞是沈负拿着的，因为下雨不好打车，所以乔阮多走了一会儿，到前面坐地铁。等她进了地铁站，发现那么大的雨，自己身上几乎一点雨水都没淋到。而沈负，肩膀全湿了。

他收了伞，去便利店给她买了一碗姜汤，是他拜托店员特地煮的。“预防感冒。”他这么和乔阮说，乔阮觉得应该预防的那个人是他才对。

她摇了摇头：“你喝吧。”沈负没接话，伸出去的手不动。

乔阮说：“我先下去了。”沈负跟过去。乔阮走，他走，乔阮停下，他停下。最后是乔阮先妥协的，她喝了姜汤：“现在可以了吗？”

沈负放心地点了点头：“回到家记得泡个脚再睡。”

“谢谢，我知道了。”乔阮和他道谢，多谢他的提醒，然后头也不回地刷卡进了地铁站。沈负也没急着走，而是目送着她离开。他的阿阮啊，从始至终头一次也没回过。

直到她的身影随着自动扶梯的下滑消失在他的视野里，沈负才垂眸低笑。他的人生好像一直都是这样。被抛弃，又被短暂地捡起，等他好不容易在暗无天日的日子里，窥见一丝光明，然后再次被抛弃。其实他早该习惯了的。他不介意再被抛弃几次，但前提是，乔阮愿意再捡起他。流浪猫都有被收留的时候，他却没有。回到家里，沈负泡了杯咖啡，坐在沙发上看心理访谈的节目。他消磨时间的方式少得可怜。独居的人似乎都爱养只宠物，但他讨厌毛茸茸的动物，也讨厌黏人的动物。

透明的蛇箱里蜷缩着一条黑色的墨西哥黑王蛇。当沈负走近时，它会把头翘起来，直勾勾地盯着他看。蛇这种东西是养不熟的，除非它熟悉了你的气味，认为你无害，才不会主动去攻击你。比起猫狗，沈负更喜欢这种养不熟的冷血动物。

他烦躁的心没办法平静下来。他想去见乔阮，想抱她，想让她和自己在一起。可这些太难了。她一点机会都不肯给他。人与人之间若也存在食物链，那么乔阮，是能够轻易将他绞死的蛇。

乔阮洗完澡后看了会儿电视，小梨花窝在她旁边睡觉。茶几上的手机响了，她坐起身去看谁打来的。手机屏幕上“林盏”两个字很显眼。

她按下接通键，开了免提。林盏说话有些费劲，像是背了个重物：

“师……师姐，您现在有空吗？”

乔阮在睡衣外面随便穿了件外套，打车去到林盏说的那个地址。

陈绛哭得难受：“当初可是她绿了我，现在要和那个小三结婚了，还给我发请帖，你说她是不是故意的？”

他喝得烂醉，话也说不利索，乔阮大致听明白了。他大学时谈过一个女朋友，当时是女方倒追他，觉得他读的是名校，专业也好，以后肯定大有前途。陈绛在她身上没少花钱，她喜欢名牌包包，陈绛就通过各种勤工俭学赚钱给她买。临到毕业了，陈绛开始计划着向她求婚，结果对方找到一个更高的高枝，就毫不犹豫地把陈绛给甩了。新欢是江北本地的富二代，是现在就能看到的富贵，不用等到以后。

林盏看到乔阮，像看到救星一样：“师姐，陈师兄喝醉了。”

乔阮拧开手里的水瓶，递给陈绛。看到林盏脖子上的红色划痕了，她皱眉：“陈绛弄的？”

林盏抿了抿唇，点头：“把我当成那个抢他女朋友的男人了。”

见他这副可怜样，乔阮没忍住，笑出声来。林盏抬眸看她，样子委屈巴巴的。乔阮强行正了神色，努力把嘴角的笑憋了回去：“待会儿记得涂点碘伏，别感染了。”

她安顿好林盏，又开始安顿陈绛。林盏不知道陈绛住在哪儿，他又一直哭，不肯走。实在没办法了，林盏只得给乔阮打电话求助。

乔阮让林盏扶着他，去附近的酒店开了间房。把人扔在床上，乔阮把灯关了，和林盏一起出去：“让他一个人睡一觉，明天酒醒了就好了。”

林盏点了点头，还是有些不放心：“窗户应该……应该上锁了吧？”

乔阮略微挑眉，笑道：“担心他跳楼？”

林盏抿唇不语。乔阮让他放宽心：“你陈师兄可不是这么有‘骨气’的人，不会为了爱情想不开。”听了乔阮的调侃，林盏也就放心了。

陈绛一喝酒就断片儿，第二天上班，早就忘了昨天发生的事情。看到林盏脖子上的红痕时还有心情打趣他：“昨天晚上和女朋友约会了？”

林盏捂着脖子，欲言又止。

他不记得了，乔阮倒是不介意帮助他想起来。于是在乔阮简略的三言两语中，陈绛也逐渐记起自己的那点糗事。

这个时间，来的人不多。乔阮从包里拿出一块巧克力，递给陈绛："吃点甜的心情会好。"

陈绛笑不出来了，看着那块巧克力发呆。过了很久很久，他才开口，问乔阮："你体会过这种感觉吗？"他少有这么正经严肃的时候。

乔阮点头："有吧。"

陈绛抬眸："你也被甩过？"

乔阮摇头："算不上被甩，我们压根就没在一起过。"

陈绛似乎突然想起些什么："难不成是……沈医生？"

今天的天气不错，蓝天如洗。乔阮透过那片方方正正的窗子，看头顶的天空，一大片的湛蓝色。印象里，她最喜欢的就是这种天气，心情都会变好。"以前喜欢过，后来就逼着自己不喜欢了。"她就是自私啊，没有人是十全十美的。哪怕知道沈负那个时候有病，但她还是没办法接受。那始终是她心里的一根刺。

似乎是失恋的人与失恋的人惺惺相惜，陈绛对沈负突然没有那种强烈的敌意了。他在乔阮面前这么装，说不定也只是想让她回心转意罢了。爱得更深的那方，在感情面前总是最卑微的。

沈负仍旧每天都会来。就是时间不定，有时候是早上，有时候是中午，有时候是晚上。"刚给学生上完课，所以来得晚了点。"他把饭菜一一端出来，用保温桶装着，他自己做的，"都是你爱吃的。"

乔阮说过很多次了，让他不用送饭，她饿了会自己点外卖的。沈负每次都是口头上答应，下一次还是会来。乔阮干脆直接把话说开："你这样死缠烂打，对我的生活造成了很大的影响。"

沈负给她递筷子的手因为她这句话停在半空。他轻轻垂眸，唇角攀上一抹笑，眼底却有哀色："我只是给你送饭，送完就走。"

乔阮觉得自己最后一点耐心也被他磨没了。她连名带姓地喊他："沈负，你放过我好吗？"沈负觉得自己的喉咙颤了几下，他尽量让自己表现得不那么异样。可刚一开口，喉咙泄出的颤音还是出卖了他的情绪：“乔阮，我犯的不是死罪啊……你最起码……给我一个刑满释放的机会。”

他一直都知道她介意的是什么，他也在尽力地弥补。他能怎么办呢？那个时候的他，还能怎么办呢？被抛弃的次数多了，他的心理出现了创伤，会下意识在乎别人的看法，时刻想着讨好别人。

他爸当时是希望他未来和苏瑶月结婚的，他也很坦然地接受了。那个时候他还没有遇上乔阮，也确实是想和苏瑶月结婚的。他知道结婚意味着什么，但对他来说不重要。他对她好，只是因为他需要对她好。什么七情六欲，人伦常理，在那个时候的沈负身上，是不生效的。他是一具傀儡，满身疮痍的傀儡。在遇到乔阮之后，他开始试着体会这些正常的情绪。他是因为乔阮，才想要成为一个活生生的人的。他也知道，乔阮对这件事很在意。她觉得他的感情脏了，蒙了灰。可沈负的感情，是因为乔阮才开始萌发的。从始至终，他都只有乔阮，也只要乔阮。

似乎是觉得现在气氛有些凝重，陈绛拿着烟盒，抖了一根出来递给他：“我们出去抽根烟，等情绪平复下来再说。”

沈负拒绝了：“我不抽烟。”

陈绛看了看沈负，又看了看乔阮，觉得这事挺难办的，两个人都倔，都不肯退步，这样下去只会是死局，时间越久越没法解开。帮亲不帮理，陈绛只能先劝沈负：“乔阮的脾气你应该知道，她就是一头倔驴，十头牛都拉不回来的那种，你一直这么纠缠也不是办法，只会惹她厌恶。”

“我要是不纠缠的话，”他笑容苦涩地看着乔阮，“她肯定会立刻忘了我。她没有心的。”他声音很轻，似是低喃。

沈负走了，东西没带走。他还是希望乔阮能好好吃饭，她的肠胃经不住这种饱一餐饥一餐的折腾了。经过这些天，陈绛对沈负的态度也从厌恶转变为了佩服。那么优秀的天之骄子，年纪轻轻就成了主任医师，还是博士生导师。这样一个人，却愿意在乔阮面前一再地卑躬屈膝，低下头颅。

“乔阮，我有时候也觉得你的心太狠了。”

她就是这样的人啊，心狠又自私。她决定的事情，很难有回转的余地。

她讨厌的人，她一辈子都会讨厌。她决定不再喜欢的人，也不可能再喜欢。更何况，她也没了那种非他不可的想法了。感情早就随着时间变淡，一直放不下的，只有沈负罢了。

最近天气回暖，人们脱掉了厚重的外套，穿得稍微轻便了些。

林盏也从平均每天被教授劈头盖脸骂三次变成了一周三次。乔阮都夸他比起之前有进步了。他脸有点红，挠了挠后脑勺：“也还……还好。”

陈绛拿着他那个老干部保温杯过来，调侃道：“怎么还谦虚上了。”林盏的脸更红了。陈绛喝了口枸杞茶，走到乔阮的身旁坐下，盯着她的电脑看：“还在改呢？”

乔阮点头：“多检查几遍，保险点。”

陈绛拿着保温杯，在她周围转悠，没话找话。

“你这椅子好像开裂了，下次我让他们给你换个新的。”

“笔都快没水了还用啊，乔阮，挺节俭。”

“你过年是回沛城还是留在江北？留在江北的话，我请你吃饭。”

他这么叽叽喳喳地在她耳边吵个不停，乔阮没法安心工作，干脆松开握着鼠标的手，靠着椅背，一副“你想说什么就明说吧”的样子，看着他。陈绛心虚地摸了摸鼻头：“我其实也没什么事。”

哦，既然没事，乔阮就把头往外偏了偏，送客呢。

陈绛迟疑了会儿，再次坐下，豁出去般一股脑地全说了：“我之前不是说我前女友给我递了请柬嘛，她这是明摆着羞辱人，还让我记得带对象去，她肯定知道我这么多年一直都单着，所以才故意这么说的。”

乔阮大概明白了：“所以你想找个人假扮你的对象陪你一起去参加婚礼？”陈绛疯狂点头。

林盏正好拿着一摞资料从这儿经过，乔阮叫住他：“后天有时间吗？”

林盏愣了愣，然后点头：“有的。”他把资料往上抬了抬，怕掉下去。

乔阮说：“陪你陈师兄去参加个婚礼。”

林盏看向陈绛，也没问原因，乖巧地答应了：“好的。”

陈绛满脸的问号：“他怎么陪我去参加婚礼啊，他是男的！男的！”

乔阮最后检查了一遍，确认无误后保存发送：“那不正好，让她看看你的魅力，男女通杀。”

林盏不解地问道：“什么‘男女通杀’？”

见他一副人畜无害的样子，陈绛叹了口气，拍了拍他的肩膀，语重心长地解释了一下。林盏不可思议地看向乔阮。

没想到陈绛会这么不要脸，乔阮和他解释：“你别听你师兄乱讲，我不是这个意思。”

陈绛在一旁煽风点火：“她就是这个意思。”

林盏红着脸走开了，背影仿佛都蒙上了几条害羞的红线。陈绛义正词严地批评乔阮：“你是师姐，怎么能欺负小辈呢！”

乔阮抬眸看他一眼，陈绛立马不作声了。

“你自己去。”

陈绛装腔作势地哭起来：“要是连你都不帮我的话，我肯定会被那个女人羞辱死的！”乔阮给出了最简单方便的办法：“那就找个借口不去。”

“不能不去的。”陈绛在这个话题上突然认真了起来，“我还是想去……”他睫毛颤动了几下，“想去看看。”

乔阮问：“然后给自己找不痛快？”

陈绛垂下眼，苦笑着点头：“算是吧。”

他就是不太甘心，这么多年一直不谈恋爱的原因也确实如前女友说的那样，忘不掉她。等亲自见过她的婚礼现场，说不定他就能彻底死了心。

他也要开始新生活，不是吗？没必要在一棵已经要结果的树上吊死。

乔阮最后还是同意了，装成他的女朋友陪他一起去参加前女友的婚礼。她特地换上李月明送给她的裙子，化了个淡妆。

米杏色的贴身裙，有着丝绒质感。和她平时的随意穿着比起来，现在的她看上去仿佛变了一个人，肤白胜雪，秾纤合度。

陈绛说：“我总算明白沈医生为什么死缠着你不肯放了。”

乔阮冷冷地看他一眼：“再多说一句你就自己去。”陈绛立马识趣地不说了。

为了搭这条裙子，她特地穿了双高跟鞋。六公分，其实也算不上多高，但对乔阮这个常年穿平底鞋的人来说，多少有些不适应。

婚礼不是在酒店办的，而是在新郎家的半山别墅。乔阮看着停在门口的清一色的豪车，又去看陈绛。他努力地用手捏自己的唇角，想让自己笑得更自然点。乔阮问他："你还好吧？"他点头："挺好的。"安静持续了一会儿，乔阮听到他用很轻的声音说了一句："其实我不怪她。"

乔阮和他一前一后地进去。人来得不多，这种上流社会的婚礼好像也不需要太多闲杂人等过来祝贺，重要人物请到就行了。女方那边除了几个特别要好的亲戚外，也没邀请别的朋友，除了以前男友身份被请来的陈绛。

女方那边的亲戚太好辨认了，他们面对这种场合显得有些束手无策，看起来格格不入。新郎也并没有太将他们放在心上，简单地招呼了几句就让他们自己找地方坐。穿着名牌高定礼服的男男女女们正说着话，气氛闲适。陈绛突然靠近乔阮："看来她过得也不怎么好。"乔阮微挑了眉："解气了？"

陈绛耸耸肩："算不上吧，我还是希望她能幸福的。"

乔阮笑了："你还挺大度。"

陈绛半点也不谦虚："那可不，也不看我是谁的后人。"

乔阮来了兴趣："谁的？"

陈绛说："陈咬金啊。"

"……人家姓程。"

陈绛笑了笑："我知道。"

他就是想放松下心情，放松下自己紧绷着的心情。

有侍者端着两杯香槟过来，乔阮靠着桌边，有一搭没一搭地和陈绛聊着天。很明显就能看出来，他们两个也与这里格格不入。那些人身上自带矜贵，浑身上下都内敛低调地写着三个字——很有钱。乔阮打了个哈欠，问陈绛："吃完中午饭可以走吗？"

陈绛说："下午那顿饭也得吃。"

乔阮心里感叹，平时看不出来，他居然这么深情，一定要看着自己的初恋完成整场婚礼。陈绛心疼地说：“我随了八千八的份子，不吃回来那多亏。”乔阮：“……”

婚礼完成得挺顺利，几十架无人机盘旋在上空，下了一场花瓣雨。乔阮默默地用手挡住杯子，防止花瓣掉进去。红毯尽头，新郎新娘双双说出那句“我愿意”，然后在众人的祝福之下交换戒指，亲吻。新娘张晓看上去挺幸福的，笑得也挺幸福，尤其是在看到陈绛的那一刻。

炫耀虽然会迟到，但绝不会缺席。她以见老朋友的名号来和他敬酒：“不是说要带女朋友来的吗，女朋友呢？”

她环顾了下四周，看到乔阮了，但不认为她是陪陈绛来的。陈绛轻声咳了咳，指着乔阮：“这位是我女……女朋友。”

乔阮听到这个称呼后，下意识皱了下眉，抬头看他。陈绛在张晓看不到的地方拼命用眼神求她——就这一次，以后他做牛做马来报答她。

张晓显然没想到陈绛居然能找到比她还好看的女朋友，脸色不免变得有些难看。乔阮站起身，礼貌地和她招呼：“你好，乔阮。”

她微抿了唇：“张晓。”没说几句话，她不爽地离开。陈绛松了口气。等人走远了，乔阮方才开口问他：“什么感想？”

今天天气不错，有太阳，也有风，他抬头看天，微眯了眼：“还能有什么感想，给我戴了绿帽的初恋对我不光没有歉疚之心，还想通过这种方式羞辱我，是个男人都会不好受吧。”

确实如此。乔阮知道他这人，情绪来得快去得也快，所以没打算打扰他，准备等他自己恢复。

她看了一眼后面的甜点，用夹子夹了一块放进盘子里。她听到不远处有人用热络的语气喊道：“沈负？看来蒋源腕儿还挺大啊，把你都给请动了。”

第七章

原来也曾很热烈地喜欢过她

男人的声音辨不出喜怒来，太平了，平到有些冷漠："毕竟是结婚，还是要来的。"

"怎么是一个人来的，没带女朋友？"

男人没接话。对方语气有些夸张，不可思议地开口："不是吧，你还没谈恋爱呢？追你的女生可不少啊，那个缠了你半个月的女明星呢？"

乔阮端着盘子离开了。剩下的话，她没有听到。

陈绛见她才夹了一块，说她太败家："我随了那么多份子钱，你怎么着也得给我吃回来啊。"

乔阮有点无奈："我也吃不下这么多。"

陈绛叹了口气，看来只有他自己来了。

婚礼一直进行到晚上，乔阮收紧了肩上的外套。

入夜以后气温就开始降低了，还好陈绛还有那么点绅士风度，把自己的外套脱下来，给乔阮穿上了。

她看着那些名媛千金，只穿着一条单薄的礼服裙子，还能在这寒夜中无所畏惧地谈笑风生，由衷钦佩。

比冷更难以忍受的是她脚上的高跟鞋，她的脚早就酸痛得不行了。她往后退了几步，试图扶墙休息一会儿。

大概是周围过于吵闹，她没有听见椅子拖动的声音。肩膀被人轻轻往下按，她坐在了椅子上。

男人半跪下，替她把鞋子脱了，换上他的皮鞋。三十七码的脚，穿进四十四码的鞋子里。

沈负动作温柔地替她揉着脚踝："你先坐一会儿，我已经让人去买鞋子了。"乔阮神色微变，想把脚从他手中抽出来。他稍微加重了些力道，却也时刻注意着，不会弄痛她。

"我没有死缠烂打。"他轻抬眼睫，看着她，"阿阮，这次只是偶然遇到的。"他并没有用多大的力气，但乔阮还是无法将自己的脚抽出来。

男女的力气到底还是悬殊的。她尽量维持仅有的耐心："你到底想怎么样？"

沈负低着头，专心且细致地替她揉着脚踝："我不想怎么样。"

他不太会扮可怜，若是看着委屈了，那就是真的委屈了。可他很少流露出这样的神情来，至少在乔阮面前不会。他是有自知之明的。只有知道自己是被爱着的人，才会有恃无恐。而他不是，所以他不会。

这么多年了，他还是没怎么变，掌心的温度仍旧是冷的。他问："一个人来的吗？"

乔阮听到他这个明知故问的问题，扯了扯自己身上的男士西装外套："你觉得呢？"

沈负垂下眸子，顿了许久，唇角勉强扯出一道弧线："是男朋友吗？"

乔阮没否认，也没承认。她不说话，沈负也不说话。两个人就以这种尴尬的姿势静止着。她坐着，沈负半跪，手还握着她的足，轻而慢地揉着。

两个人都有着出众的外貌，哪怕是在并不显眼的角落里，仍旧能够让人一眼就注意到。忙着到处敬酒的新郎看到这儿了，诧异地抬高下颌，约莫是觉着新奇。

被那么多妹子疯狂追求过，却仍旧无动于衷的沈负，居然在他的婚礼上邂逅了美女，自己还这么主动。

他拿出手机拍下来，把照片发到了群里。身为当事人的沈负并不知道这一幕，就算知道了也不会在意。

乔阮没耐心了："能松开吗？"

沈负不说话，手却没松开。乔阮将腿往外抽，力气稍微使得大了点。沈负看到她白皙的脚踝出现一圈红色印记，急忙把手松开：“弄疼你了吗？”满眼的心疼与自责。

乔阮穿回自己的高跟鞋：“多谢关心，我没事。”

很生冷的一句道谢，也是很生分的一句话。沈负站起身，看着她头也不回地远离他，睫毛轻颤了几下。

以前，那些人知道他的真面目以后都会怕他，他无所谓。他只怕乔阮怕他。可是她不怕他，她只是单纯地厌恶他而已。这好像比前者更剜人心肺。

陈绛找了乔阮半天，都没见着她人。这会儿人自己出现了，他疑惑地上前：“刚去哪儿了，找你半天。”

乔阮省略掉那段遇见沈负的经过：“高跟鞋穿久了，站得脚疼，所以找地方歇了会儿。”

陈绛也埋怨：“你说这些有钱人，办个婚礼连椅子都不准备一把。”

乔阮发起了呆。陈绛喊了她好几声她都没听见。她的两只眼睛连焦距都没有。陈绛见状，推醒了她：“想什么呢？”

乔阮回过神来，摇了摇头：“什么也没想。”

有侍者拿着一个鞋盒过来，语气恭敬：“乔小姐，这个给您。”

乔阮看着鞋盒上面的品牌标志，是她最常穿的那个牌子，因为这个牌子的鞋穿着舒服。

她下意识往四周看。陈绛先她一步接了过来：“参加婚礼还送鞋子？”

侍者笑了笑：“这个，只有乔小姐才有。”

陈绛说他们不厚道：“怎么还搞特殊待遇。”侍者完成了自己的任务，也没有多和他们交谈，转身离开了。

陈绛一边嘴里嘀咕着：“随份子的可是我，怎么送鞋子这种好事反而没我的份。”一边把鞋盒打开，将里面的鞋子拿出来，放在地上，让乔阮先换上，“你不是高跟鞋穿得脚疼嘛，正好可以换上。”

乔阮没换，她说：“没事，疼一会儿就习惯了。而且这条裙子搭运动鞋不好看。”

陈绛怀疑她是发烧了：“你平时可没有今天这么在意穿着啊。”

“特殊场合嘛。”她挖了一勺黑森林蛋糕，小口小口地吃着。陈绛觉得她说的也对。他耸了耸肩，把鞋子放回原位。

婚礼结束后，陈绛开车送乔阮回去，乔阮让他把自己放在街口：“冰箱空了，我得去买点菜。”

陈绛看了眼时间：“都这个点了，菜市场早关门了吧。”

“楼下有个果蔬超市。”乔阮解开安全带，和他说了句“开车注意安全”，然后就下了车。果蔬超市里的东西肯定没有菜市场的新鲜，但也还凑合。乔阮对食物并不挑。她买了半斤牛肉，又买了点土豆和豆芽，其他蔬菜也买了点。她想做土豆牛肉汤。

回到家，小梨花蹲在门口等她，一看见她就凑上来蹭她的裤腿。她换了鞋子，把手里的东西放下以后才去抱它：“小梨花今天乖不乖？”它叫几声，舔她的脸。它很黏人，再加上乔阮这些天因为工作太忙疏忽了它，所以它连乔阮做饭都黏着。这顿饭吃得很简单，今天不早了，等汤做好也不知道什么时候了。所以她准备明天再做。

饭后，她提着家里的垃圾袋，又多拿了些猫粮。

她之前每天都会定时去喂小区楼下的流浪猫，但是最近因为工作太忙，已经很久没去了，也不知道它们有没有饿着。她先把垃圾扔了，然后去了它们最常待的地方——一个长满草的偏僻角落。

那个地方不知道什么时候搭了一个小木屋，那几只流浪猫缩在里面睡觉。外面则放着几个猫饭盆。有猫粮、猫罐头，甚至连磨牙棒都准备了。

乔阮低头看了眼自己带来的猫粮，想了很久，还是单独放在了一边。

这几天，乔阮每天回家，看到这里的猫粮都没缺过，罐头也是新拆的。

看着那些猫被养得膘肥体壮，乔阮也松了口气。她不用担心因自己工作太忙，顾不到这些流浪猫，它们会饿肚子了。

或许是临近年关的原因，家里的电话最近打来得越发频繁了。奶奶和妈妈都希望她回去过年。乔阮其实对回哪儿过年没有太多的想法。但想到奶奶是一个人，她觉得自己还是得回去看看。夏依然听到后，虽然难免有些失落，但也赞成：“奶奶年纪大了，一个人有诸多不方便的地方，你多帮衬着点。”乔阮点头：“我会的，你多注意身体。”

夏依然自从生下马未希后，就落下了病根，天冷她身上就疼。她笑道：“知道了，乖宝也要注意身体。”

里面的人在催，乔阮应声后和夏依然说：“妈，我要进实验室了，先不说了，下次有空再给你打电话。”

挂电话前夏依然还不忘再次嘱咐她：“注意身体啊。”

这几天的气温降得厉害，虽然屋内有暖气，但总免不了要外出。乔阮觉得自己的脚像踩在满是冰块的水里，冻得生疼。

陈绛一开口，嘴里的白气顺着风往上飘：“这破天气。”

乔阮打开冰柜，挑挑拣拣选了十几根雪糕放进篮子里，走到前台去结账。陈绛拿出手机扫码，还不忘找老板开票：“留着报销。”

老板笑了笑：“外面冷不？”他跺跺脚：“冷死了。”

回到办公室，雪糕分下去，一人一根还多了不少。

难得这么空闲，大家都聚在一起聊八卦。乔阮小口咬着雪糕，安静地听着。“你们知道阿利为啥这么久没来上班吗？”

陈绛咬一口雪糕：“不知道啊。”

那人神神秘秘地压低了声音：“听说他上个月吃了一大把安眠药，被送去医院洗胃了。”

大伙儿顿时倒吸一口凉气：“为什么这么想不开，出了什么事？”

“之前沈医生不是上门给他做过心理疏导嘛，听说是抑郁症。”

“沈医生都没治好他？”

“抑郁症哪那么容易治好，还是得吃药辅助，他压根就不配合，沈医生也没办法。”他们说到一半就散了，都不愿意过多地讨论别人的伤疤。

阿利是在中午来的。除了脸色有点苍白外，也看不出其他异常，他还笑着和他们打招呼。陈绛在桌下扯了扯乔阮的袖子，等阿利进去后，才小声问她：“你觉得他是有事还是没事？”

“应该是有事的吧。”

陈绛叹了口气。

沈负来的时候，时间也不早了。他应该是直接从医院来的，乔阮闻到他身上那股消毒水味了。

他的目光只短暂地在乔阮身上停留片刻便移开了，还算礼貌地询问其他人：“请问赵家利在哪里？”

那人指了指里面，沈负道过谢后进去。陈绛说：“想不到他看上去没什么人情味，对待自己的病人还挺负责。”乔阮没说话。

他们在里面待了很久，沈负出来的时候，乔阮也差不多收拾完东西，准备去吃饭了。沈负关了门出来，看着她。过了很久，他终于还是开口：“一起吧。”乔阮侧眸看向他，没说话，沈负收好病历过来，“你同事的病情，聊一下吧。”

听到这个，乔阮犹豫了会儿，还是点头。吃饭的地方就在附近，一家快餐店。乔阮平时最常来的地方。

饭菜都装在一个餐盘里端上来，沈负显然不是太适应：“你平时都吃这个吗？”

乔阮点头，拿筷子轻轻戳着米饭：“嗯。”

沈负笑了笑：“味道应该不错，但长期吃这些没什么营养。”

乔阮并没有理会他的话，而是问他：“阿利的病……严重吗？”

沈负把自己餐盘里的鸡腿夹给乔阮：“重度抑郁，再加上不配合治疗，确实比较严重。”阿利平时看上去挺乐观开朗的一个人，想不到居然病得这么重了。

乔阮问沈负：“那我们平时应该注意些什么吗？”

“什么也不用管，不要把他当成一个病人对待，也不要说一些劝慰他的话。”沈负边说边把乔阮餐盘里的芹菜挑出来。她爱吃什么，不爱吃什么，他一直都记得的。

乔阮不知道在想什么，想得有些入神，所以没有注意到沈负的举动。手里的筷子随意夹了口饭菜，送进嘴里，她缓慢地咀嚼。

沈负安静地看着她。他享受当下难得的静谧，不用被拒绝，也不用被驱逐。等吃完饭，外面开始下雪。

沈负带了伞。乔阮见他撑开伞，挡在她头顶。她迟疑地后退一步：“下雪还打伞吗？”

沈负微愣：“下雪……不打伞吗？”

乔阮笑了笑，像是在笑他。这是这么久以来，她第一次冲自己笑。握着伞柄的手指开始收紧，他不动声色地按捺住内心的荡漾。声音温柔地提醒她：“雪融了，也会浸湿衣服。”

乔阮摆了摆手：“不用。”然后下了台阶。

沈负看着她的背影，好一会儿。她的确变了，以前那会儿走路喜欢低着头，不爱看人。现在她自信了许多。这是好事，最起码，对她来说是好事。

沈负把伞收了，想跟过去，可又不知道应该以什么理由。她不要他撑伞，他只能停在原地，无奈地轻笑。怎么办啊，他好像已经追不上他的阿阮了。她走在铺满阳光的大道上，而他，依旧是暗夜潜行的伪君子。

这段时间，沈负偶尔会过来。不过不是来找乔阮，而是给他的病人做心理疏导。林盏在乔阮的指导下整理着实验报告，陈绛端着他的老干部保温杯在一旁捣乱：“你这都不对啊，乔阮，你这个师姐是怎么教的？”

乔阮冷眼看他：“还不滚？”

陈绛还偏不滚，非但不走，反而在她的椅子上坐了下来：“今天晚上的聚餐，想好去哪儿吃了没？”

乔阮没想法，也没意见。陈绛问林盏，林盏也说都可以。陈绛告诉他：“我是让你提意见，不是问你想吃什么。”

教授每次都把组织聚餐的事情交给陈绛，他在考虑聚餐应该吃什么上花的时间都快比做实验的时间还要多了。林盏想了想，方才小心翼翼地提出：“烤肉可以吗？”

陈绛眼睛一亮：“这个好！”他拍林盏的肩膀，“可以啊，小子。”

林盏害羞地挠头：“就还……还好。”

“行了。”乔阮指着文档的某处，“这里的结果再算一遍。”

沈负是下午过来的，手上还拿着教案。等他进去以后，陈绛才小声问乔阮：“他还是老师啊？”

乔阮也不清楚："好像是。"

陈绛竖起大拇指："牛！"

乔阮没说话，把林盏检查过好几遍的实验报告又检查了一遍，然后发给林盏。一天的工作结束，几个人七嘴八舌地在那里聊着八卦。

乔阮很少加入。沈负从里面出来，动作很轻地关上门。他并没有发出太大的声音，但大家的目光似乎都在那一瞬间锁定在了他身上。

有女生主动邀约："沈医生今天有时间吗，我们待会要去聚餐，你也一起吧？"他先看了眼乔阮，像是在征求她的意见。但后者并未看他，而是盯着自己面前那堆数据，在她心里，男人没有实验数据重要。

沈负说："会不会打扰到你们？"几个女生纷纷开口："不会不会。"

"陈绛这种才算打扰，沈医生能来，那简直是我们的荣幸。"

陈绛脸一黑："怎么说话呢。"

乔阮看了看窗外的天色，不早了。她其实不太想去聚餐，每次去都免不了要喝酒。她的酒量算不上差，但她讨厌酒的味道，太难喝了。不过她也推托不了，毕竟是公司聚餐，教授也去。她要是不去的话，教授又该找时间给她做思想工作了。

开车来上班的同事不多，平时都得好几个人挤一辆车。今天多了个沈负，座位也更松散些。那些女生都踊跃地要坐沈负的车。

乔阮没去凑这个热闹。陈绛看着自己车内唯一的女生，感动得热泪盈眶："还是乔阮你好。"

乔阮戴上眼罩，没什么情绪地说了一句："穷苦命，坐不惯豪车，还是坐便宜点的车舒服。"

陈绛："……"陈绛开车不算特别稳，再加上这车减震效果一般，乔阮刚睡着，就被颠醒了，也懒得再睡。餐厅位置不远，差不多半个小时就到了。

因为人多，接到陈绛的预订以后，店员把几张桌子拼在了一起。沈负他们到得早，已经坐下了。陈绛没看到沈负，就问她们："沈负呢？"

"去洗手间了。"

桌子中间那块人多，乔阮就坐在了边上，左右对面都没人。因为人没到齐，所以还没点菜。服务员先上了大麦茶和几份赠送的小菜。乔阮最喜欢的就是这里的大麦茶。手机振动了几下，是夏依然给她发的语音。她点开，将手机放到耳边，却是马未希的声音。

“姐姐，你什么时候回来呀？”

“我好想你。”

“妈妈说你不回来过年了，真的吗？”

乔阮笑了笑，按下语音键，说：“等姐姐陪姐姐的奶奶过完年以后，就回去看你，好不好？”她松手，语音发出去。

没多久就有了回复：“是什么时候呢，年一过完就来吗，还是把十五过完了才来？”她甚至能想象到马未希抱着手机坐在沙发上，可怜巴巴的样子。初三要祭祖，初五家里那边有习俗，得在家待一天。她说：“初六吧，初六姐姐就回去看你，小希有什么想要的新年礼物吗？”

“我想要奥特曼的模型！”

乔阮宠溺地一笑：“好，姐姐给你买。”最后夏依然以他还有作业没写为由拿走了手机，终止了这场对话。

乔阮放下手机，抬眸时，正好看到了坐在她对面的沈负。她下意识地看了眼四周，全是空位，他偏偏坐在了这儿。

沈负眉眼温柔地看着她：“你弟弟？”

乔阮迟疑片刻，然后点头：“嗯。”

她面前的茶杯空了，沈负给她满上：“要回沛城？”

“嗯，总要回去看看的，我妈妈和弟弟都在那边，去看看他们。”

她难得和自己说这么多话。刚才烦躁的心情也得到了缓解。沈负垂首，给自己也倒了一杯：“我大概也要回去一趟。”

乔阮看着他。知道她在好奇什么，也知道她不知道该怎么问。沈负非常贴心地主动开口：“那个生我的女人回国了，总要回去看看的。”

他脸上仍旧是那副云淡风轻的样子，看不出异样来。或许他是真的无所谓吧。乔阮以前总会自怨自艾，觉得自己明明什么也没做，人生却烂成这样，老天爷对她不公平。可比起她，沈负好像过得更不如意。

“沈负。”她突然喊他的名字。

沈负抬眸：“嗯？”

想说的话卡在喉咙口，乔阮最终还是摇头：“没什么。”

他不追问，也不勉强，对她，永远都是宠溺温柔的笑。他把自己仅有的那点最真诚的温柔，都给了乔阮。

聚餐到了后半段，一般就是喝酒，各种灌酒。陈绛已经有了醉意，非得和沈负比比谁的酒量更好。

沈负先是看了一眼乔阮，然后才接过他递来的酒杯。韩式料理店的清酒度数一般，味道也一般。陈绛特地在隔壁买了啤酒，还买了挺多。沈负的酒量非常一般，他也几乎不碰酒，喝了没两杯就坐不稳了。

或许是觉得自己终于有一样赢过了他，陈绛高兴得不行，又给他倒了几杯。乔阮看见沈负醉眼蒙眬的样子，提醒陈绛：“他都醉成这样了，你还让他喝？”

“你不懂。”陈绛把酒杯递给沈负，和他碰了碰，“喝酒不喝醉那没意思。”

沈负仿佛已经醉到没有独立思考的能力了。陈绛给他酒，他就立马喝了。乔阮无奈地摇了摇头，把杯子拿过来：“别喝了。”

沈负动作缓慢地点头：“好……”

散场以后，大家都各回各家。在场的也只有林盏和乔阮滴酒未沾。林盏送陈绛回去，便只剩下乔阮和沈负了。乔阮看了眼趴在桌子上睡觉的沈负，叹了口气。“沈负。”她推醒他。

男人不适地呻吟几声，抬起了头。眼尾是红的，脸颊也是红的。

“喝不了就别喝啊。”她一边扶着他起来，一边埋怨。“嗯！”他乖巧地点头。现在的他和平时的沈负太不一样了，乔阮莫名地，恶趣味上来了。

她问沈负：“我可以把你卖掉吗？”

他点头：“可以。”一点犹豫都没有，看来是真醉了。

“你知道我要把你卖到哪里吗，万一我要把你卖给人贩子怎么办？”

“可以的。”他说，“卖给谁都可以。”

她吓唬他：“以后还是少喝点，万一碰到心怀不轨的，真把你给卖了。”

“不一样，不一样的。我只听你的话。”他走路摇摇晃晃，却还是准确无误地抱住了她，“就算你让我去死，我也不会犹豫的。即使我没有喝醉。”乔阮被他抱着，感觉很奇怪。

很久以前她经常幻想沈负这样抱着自己，甚至偶尔还会陷入苦恼，不知自己应该推开他，还是给出回应。后来才发现，是自己想太多了。沈负和她，注定是两个世界的人，他们步调不一致。

可最近她发现，潜移默化中，自己好像已经在一点一点地往他所在的那个世界走。而他，也自愿走下神坛，离她更近。他们会在一起吗？仍不会。乔阮推开他，替他把搭在椅背上的外套拿过来：“我先送你回去。”

他眼睛半睁，眼底还有零星醉意：“不卖我了？”

乔阮顿了顿：“不卖了。”

他压下眉眼，去看她。那双骨节分明的手钩住她的袖子，低喃地轻问：“不会不要我了吗？”

乔阮愣了一下，把手往回缩，针织衫的袖子从他指间脱离。

“走吧，时间不早了。”她回避了他的问题。

沈负盯着自己落空的手看，他是喝醉了，可喝醉了也能感受到难过。他不太懂自己应该怎么做。他的阿阮太绝情了啊。

乔阮把他送进出租车，和司机说了目的地以后，又看向靠着车窗睡着的沈负。那张勾人的侧脸被车窗外的灯光勾勒出线条。他的骨相很美，尤其是眉骨，有一种清冷淡漠的感觉。大概这就是他看上去不太近人情的原因吧。

乔阮最终还是拉开车门坐了上去，她不太放心。

司机应该是个话痨，一路上话不少：“现在的男男女女怎么还反过来了，以前我们那会儿，都是女生喝醉，男的送人。”

他话里带着调侃的笑意，听上去并无恶意。所以乔阮也没有反感，声音有点轻，回应道：“他酒量不太好。”

司机以长辈的身份劝了句：“酒量不好就少喝点，现在没节制，以后老了就知道后悔了。”

乔阮看着沈负：“听到了吗，让你以后少喝点。”

原本以为沈负睡着了，听不见。结果他喉间低吟，往她肩上靠，声音软软的：“嗯，听到了。”

说话就说话，占什么便宜？乔阮伸手想推开他，沈负却握着她抬起来的那只手：“阿阮，阿阮。”

他一声一声地叫她，声音好听到乔阮身子有些发麻。乔阮也不怪自己当初那么喜欢他。他的确样样都优秀——成绩，伪装后的性格，以及样貌。她不否认，当时的自己有一半是被他的外在所吸引的，自己确实是一个很肤浅的人。司机从车内后视镜看到了，笑道：“小情侣就是恩爱。”

乔阮出口反驳：“不是情侣。”

司机点头：“我懂，从朋友到情侣总得有个过渡。”

不，你不懂。乔阮说：“我们算不上朋友。”

司机恍然大悟：“相亲啊。”乔阮放弃了。算了，现在什么解释都显得非常无力，还是老老实实闭嘴吧。

车子到了沈负家楼下，还好他并没有醉到没法走路的程度。但也仅仅可以走路而已。

乔阮不太放心，怕他摔了或是干脆直接睡在电梯里，还是决定好人做到底，把他送上楼。他家是一梯一户的大平层，而且地段又是江北最贵的。想到自己那个只能住人的小窝，乔阮觉得这就是差距啊。

她把灯打开，让沈负进去，自己站在玄关，随时都准备走。沈负不进去，就这么看着她。乔阮知道他是什么意思，但她不想如他的愿。于是随便找了一个理由搪塞：“我鞋子脏，不能进去。”

沈负不说话，打开鞋柜拿出一双男士拖鞋放在她脚边。他家没有女生来过，没有一点女生待过的痕迹，甚至连家具的颜色都是简洁的黑白灰。

在这样的空间里待久了，人应该会变得更压抑。乔阮深呼吸了好几次，在心里劝自己，他喝醉了，没有自主思考的能力，姑且把他当成一个三岁的小朋友吧。

她让沈负先去房间里躺着，她走到厨房想要给他煮点醒酒汤。

时间过得慢，锅里的醒酒汤也煮得慢。外面就是江景，还能看见轮渡。

她以前一直觉得沈负惨，可现在看来，真正惨的那个人是自己。再努力学习，最后仍旧是一个“打工人”。

不过她也能想通，像沈负这样无一不精、无一不通的人，不管换多少种人生，他总会很成功。而乔阮，只是在学习上比别人稍微有点天赋而已。

她把火关了，盛好醒酒汤出去。沈负睡着了，身上的衣服是乔阮脱的。她怕他穿着睡觉会不舒服，所以替他把里面的毛衣脱了。好在他还算配合，喝醉了也不会发酒疯。她让他做什么他都会乖乖听话照做。

她开了灯，走近些。他呼吸平稳，白皙的脖子泛红。他应该是真的喝醉了。她把碗放下，过去推醒他：“沈负。”

他翻了个身：“嗯？”

乔阮说：“喝完了再睡。”

他睁开眼睛，许是在黑暗里待了太久，眼睛突然接触到光亮有些不太适应，他垂下眼睫。

乔阮伸出一只手替他挡住光亮：“先把这个喝了。”另一只手端着碗递到他面前。

沈负看着乔阮，又看了眼她替自己挡着光的手。安静了很长一段时间。他略微往前，扶着乔阮的手，喝得慢。乔阮原本是想让他自己端着碗喝的，结果这人居然直接扶着她端碗的手。

一碗醒酒汤喝完，乔阮也差不多要走了。她把他安顿睡下，关了灯离开。进屋前外套被他随手扔在客厅沙发上了，不知道何时掉在了地上，她弯腰捡起来，准备放好，却看到旁边的架子上放着一个盒子。

盒子上面的木雕很精细，木头的材料应该也是价值不菲的。但吸引乔阮注意的，不是它的价值，而是写在上面的字：和阿阮。

明知道偷窥别人的隐私不太好，可乔阮还是鬼使神差地走了过去。她把盒子拿下来，很沉。打开以后，她看到里面放着的车票。是很厚的一沓，有很多张，日期不定，出发地大多不同，目的地却是一样的——江北。

这些车票好像是在记录着这么多年来，沈负破除万难，一点一点奔向乔阮的过程。她永远站在那儿，沈负永远无条件地向她靠近。

如果他们之间相隔一百步，那么沈负就走完了这一百步。乔阮若说没触动是假的，但那个触动顶多只能算是感动。

原来沈负也曾很热烈地喜欢过她。

车票下面是一张墓地买卖合同——小翘山的墓地。乙方处的签名落款，写着的是沈负的名字。看买卖日期，应该是在他们高三那年。

乔阮突然想起了很久很久以前，李月明半开玩笑地问她，以后死了想埋在哪里。她说会埋在老家。当时的沈负好像什么也没说，乔阮没想到他会全部记住，并且早早地谋划好了这一切。

沈负醉酒后有个不太好的习惯，那就是偶尔会断片儿。他不记得昨天发生了什么，只是听实验室的人讲起，是乔阮把他送回去的。

为了答谢，他特地买了她最爱吃的甜点，也给实验室里的其他人买了。“是为了感谢你买的，不是其他原因。”似乎怕乔阮又拒绝，所以沈负补充了一句。

乔阮忙着进实验室，让他放在桌上就行。说话间还在嘱咐旁边的初级实验员一些应该注意的事项。

沈负看着她的背影，低头轻笑，目光带着欣慰和宠溺。认真工作的阿阮，也有一种独特的魅力。

陈绛这才刚来，就目睹了一个男人犯花痴的模样。他咂着嘴走过来：“你真就这么喜欢乔阮？”

沈负稍稍敛了笑，还算礼貌地和他打过招呼，也只是做到了有礼貌。陈绛耸了下肩，心想，看来他还是虚伪。

或许是临近假期的缘故，最近路上的车辆越来越多了，也越来越堵。奶奶几乎每天都会给乔阮打电话，嘱咐她多穿些衣服，最近天气冷。

乔阮去买了些补品和一些年货寄回家。老家修了路，收快递也更方便了。办公室里几个人在聊天，聊到回家过年，都有种恐惧。

“平时在电话里我妈让我去相亲，我还能找借口搪塞，这回只能面对了。”

陈绛也叹气：“谁不是呢。”

几个人都看着乔阮。

乔阮正收拾东西呢，察觉到目光，她也配合地点头：“一样。”

有女生笑得不怀好意，靠近她：“有沈医生那种追求者在，你还需要相亲啊？”

“对啊，沈医生不比那些七大姑八大姨介绍的相亲对象要好？要我说啊，你就是太不知足了。”

话题突然转到乔阮身上来了。提到“沈负”这个名字，乔阮罕见地沉吟片刻。乔阮说不准自己算不算在动摇，但她突然觉得，自己这一生，除了沈负，可能不会再有人这么偏执地非她不可了吧。

办公室的冰箱又空了，陈绛说再去买点吃的：“这马上就要放假了，到时候可就遇不到这种薅资本羊毛的事了。”

乔阮看着文件报告：“资本都快把你薅秃了，什么时候变成你薅资本羊毛了？”

陈绛立马接话：“所以说啊，这种机会可不多了，还不趁可以薅的时候多薅点。”乔阮报告还没看完，就被陈绛给拽走了。

一起去的还有林盏。陈绛说怕到时候拿不动，多个人也多个帮手。

乔阮问他：“你是打算把别人的冰箱都给搬空？”

陈绛恬不知耻：“有这个打算。”

他们提着冰糕回去，阿利刚好过来，手里拎着两袋水果，说是教授准了他的假，他今天下午就要回老家了。他说这话时，仍旧满脸笑容。

这里的人都大概知道他的病情，看到他的笑不太好受。乔阮时刻记着沈负叮嘱她的话，不要谈论他的病，也不要试图给他安慰。

他把水果放在乔阮的办公桌上，让大家想吃的就过来拿。乔阮从袋子里拿出一个冰糕，递给他：“吃一个？”

阿利笑着接过，问她："沈医生今天没来？"

乔阮愣了愣，也笑："他来不来你应该比我清楚啊。"

阿利把包装袋拆开，咬了一口巧克力脆皮："替我谢谢沈医生，多亏了他，我的病恢复得很好。"

"今天的票？"

"嗯，下午三点。"

乔阮看一眼手机："那个时候我应该在实验室，可能没法送你了，一路顺风，到了报个平安。"

阿利笑道："我怎么觉得我好像从你学长变成你儿子了。"

乔阮颇为勉强："那也不是不行。"

阿利笑着捶了捶她的肩膀："没大没小。"

"对了。"在乔阮准备进去换衣服的时候，阿利叫住她。

乔阮疑惑地停住："怎么了？"

阿利走过来，神神秘秘地在她耳边说了一句："沈医生是个很不错的结婚对象，好好把握啊。"

沈医生平时有意无意地和自己打听关于乔阮的事情，他怎么可能看不出沈医生对乔阮有意。除了倾听病人诉说病情，他大概也只有在听到关于乔阮的事情时，才会这么专心了吧。连她早上吃了什么这种小事，他也很在意。只要是关于她的，沈医生都感兴趣。

说实在的，阿利觉得沈负是个好医生，但算不上一个好人。脱离了医生这个身份，他本身是冷漠的。医者不自医。乔阮就像是一味药，唯一能够医治好沈负的药。阿利的那句话，乔阮没有给予回应。阿利走后，陈绛好奇地过来："和你说什么了，说这么久？"

乔阮把外套脱了："让我劝劝你，趁你头发还没秃完之前抓紧时间找个对象把婚给结了，以后秃了可就真找不到了。"

被戳到伤心事，陈绛装模作样地哭了起来："该死的秃顶，为什么传男不传女。"

沈负就是在这个时候来的，陈绛做作地假哭，乔阮则在一旁看着他笑。

是那种很轻松，毫无防备的笑。沈负忘了有多久没看到她冲自己笑了。

他微垂了眼，握着扶手的手略微收紧，又松开，把门轻轻关上。看到他的人和他打招呼："沈医生来啦？"

沈负姑且算得上礼貌地问好："你好。"

乔阮听到声音，抬眸望过去，正好和他的视线对上。他今天穿了件白色毛衣。头发剪短了，使得他的脸部线条更明显。

他本身就是那种很凌厉冷漠的长相，清清冷冷的，不带一丝温度。不过兴许是因为他今天没有穿正装，看上去多了几分柔和。

陈绛拿出冰糕递到他面前："沈医生，吃一个？"

沈负没看他，只是伸手把挡在自己面前的东西推开："阿阮，你今天下午有空吗？"

乔阮看了陈绛一眼，后者有点尴尬地收回手。

"没有，我今天估计要加班。"她说。

他笑容温柔："那我等你。"

乔阮也不和他拐弯抹角，直接问道："有什么事吗？"

"附近新开了一家川菜馆，我同事说还不错。"

乔阮抬眼："你不是不能吃辣吗？"

"现在慢慢能吃了。"乔阮喜欢的东西，他都在一点一点地接触，接受不了，也强迫自己接受。

陈绛把被沈负拒绝的那个冰糕转递给乔阮："再不吃就化了。"

乔阮伸手接过，拆开了才递给沈负："吃吗？"

他抿唇轻笑："嗯。"

陈绛："……"

雪糕是绿豆味的，不算特别甜。

乔阮转身走了，沈负的邀请没有得到回应，他看着她的背影，缓慢地垂下眼睫。推开门的那一瞬间，乔阮又顿住："会很晚，不能等就先回去。"

她进去了，沈负回过神来。明知道她听不见了，他还是说了一句："能等的。"不管多晚他都能等。

这好像还是这么久以来，他第一次没有被乔阮拒绝。心情好了，就连一直以来都看不顺眼的陈绛，他也能强忍着恶心听他讲完所有的话。

“那个……我上次在张晓的婚礼上看到你了，你是张晓老公的朋友？”

沈负语气淡淡的：“算不上朋友。”

被沈负无视太久，这会儿他突然回应自己的话，陈绛居然有种受宠若惊的感觉：“那你知道张晓老公是个怎样的人吗？”虽然是旧爱，虽然被劈腿，但好歹也是他曾经爱过的人。

沈负在乔阮的椅子上坐下，替她整理杂乱的桌面，没接话。他的全部耐心早就耗尽了。面对他的冷漠，陈绛并不感到意外。真正感到意外的是刚才沈负居然回答了自己。

乔阮从实验室里出来的时候，整个人都快累散架了。她把实验服脱了，打着哈欠走到饮水机旁，接了杯水几口喝完。

陈绛在旁边调侃她：“水牛。”乔阮把纸杯捏瘪了塞进他的卫衣兜帽里。陈绛顿时跳脚骂道：“乔阮，你不是人！”冬天的衣服厚，胳膊不好抬，他好不容易把纸杯从兜帽里拿出来。陈绛追过去就要拉乔阮，刚过去，就看到站起身的沈负。他眼神冷冷的，一动不动地看着陈绛。那眼神仿佛是在说：你敢碰她一下，我把你胳膊卸了。

陈绛不敢。如果是别人，他还信那人能够抑制那些戾气。但沈负不是别人。任何事情放在他身上都是可能发生的，尤其是为了乔阮。

乔阮看到沈负，他的眼神一秒变得温柔，笑着把外套递给她：“累不累？”

乔阮接过外套，没穿，随手放在一旁，答道：“还好。”

她刚才揉肩膀，沈负看见了。他什么也没说，等乔阮坐下后，他站在她身后，轻轻按着她的肩膀，不轻不重地揉捏着：“力道可以吗，会不会痛？”他的力道正好，捏得乔阮很舒服。乔阮甚至怀疑他是不是去专门的培训班培训过。

“不用了。”乔阮肩膀往前缩了缩，试图脱离他的手。

沈负却按住她不肯放。乔阮下意识地想拂开，手抬上去了，摸到他的手。

沈负身子顿了一下，看着那只放在他手背上的手。和他的手比起来，小小的一个，很白，手掌上有薄茧。乔阮把他的手推开：“真的不累。”

沈负若有所思地抚摸着被她碰过的地方，不知道在想什么。

陈绛看到这诡异又暧昧的一幕，轻咳一声，走过来：“乔阮，实验进行得怎么样？”

乔阮头也没抬，看着电脑：“还行。”

“那几个初级实验员没让你伤脑筋吧？”

“有什么好伤脑筋的，谁都是从这个阶段过来的。”

那倒也是。陈绛看了看乔阮，又看了看看着乔阮的沈负，把刚才没有得到回应的问题又问了一遍：“沈负，我看上次张晓的婚礼你也在，你跟她老公是朋友吗？”沈负无声地看向他。陈绛心虚地把眼神移开。

“嗯。”似乎是懒得再重复一遍了，他敷衍地回应。

“那你知道张晓老公是个怎样的人吗？”

沈负没说话。乔阮其实也挺好奇，所以在陈绛问出这个问题的时候，她停下了手里的动作，却迟迟没有听到答复，于是好奇地回头看了一眼。

撞上她的视线后，沈负立马开口：“我和他算不上熟悉，不过他的私生活好像很乱。”这话他是看着乔阮说的。

乔阮和陈绛对视一眼。沉吟了一会儿，乔阮安慰陈绛：“她应该也知道，而且张晓那个人本来就是爱钱多一点，你也不用太替她难过。”

陈绛说：“没有难过，就是觉得可惜，她以前不是这样的。”

“人总会变，谁都不会永远一个性子，也不会一直喜欢同一个人。”听到这句话，沈负的指尖轻轻颤动。

安慰好陈绛后，乔阮继续自己的工作。她投入工作以后就会格外专注，外界的事情很难打扰到她。

等她把报告整理得差不多的时候，天已经黑了，办公室里安安静静的。她早就习惯了这种安静，摘下降噪耳机收拾好东西，关了灯准备出去，却看到坐在一旁已经睡着的男人。

他头靠着椅背，睡颜安静。安静的实验室里，偶尔能听见他的呼吸声，平稳，细微。乔阮迟疑片刻，还是没有叫醒他，而是拿起自己放在一旁的外套过去，想给他盖上。

可在她走近的那一刻，他缓慢睁开了眼。沈负刚睡醒，眼底的惺忪睡意尚未完全退去，还能看见一些不太明显的红血丝。乔阮下意识地往后退了一步。沈负看到她手里的外套，眼中带着期许："你，担心我冷？"

乔阮没说话，自己穿上外套："你别误会。"

失落的神色转瞬即逝，他笑了笑："嗯。"

乔阮没想到他真的会等，可既然他等了，自己也不好再回绝他："去吃什么？"

沈负问她："你想吃什么？"

"都可以。"她不挑。

沈负也没多考虑，想来心里早就有了答案。他开车带乔阮过去。

车内有股大吉岭茶混尤加利的淡香。乔阮系好安全带："你还喷香水啊。"

沈负单手把着方向盘，看着后视镜倒车。听到乔阮的话，他也只是笑笑："熏香。"

乔阮点头，看着前面那个晃来晃去的毛线娃娃。别人都是挂佛或是挂平安符，他却挂了个娃娃。沈负虽然直视着前方路况，但看到了她的目光所在："你不觉得，这个娃娃很眼熟吗？"

眼熟吗？乔阮靠近了点仔细看，小娃娃身上穿着的校服很眼熟，像是沛城一中的。还有那个书包……乔阮不动声色地坐好，没再说话。沈负对她的反应没有感到意外，笑了笑："毕业那年做好了准备送给你的，但因为……"他轻笑着说，"就没能送出去。"那段时间正好是乔阮对他避而不见的时候。

"后来你每年生日，我都会做一个。"

"你大二开始换风格，头发烫卷了，也开始穿裙子。"

"可能是觉得麻烦，大三开始，你剪短了头发，又穿回牛仔裤。"

“你毕业典礼那天的学士服不太合身，但你仍旧笑得很开心，我看着你和你的同学们合影，有人送你花。”

“其实我也买了花，可是我不敢过去。我怕你看到我后会不高兴，那是你人生中的大日子，我不能扫了你的兴。”

他一点一点，诉说着这些年他作为旁观者，亲眼目睹的点点滴滴，关于乔阮的点点滴滴。她难过了，她高兴了，她谈恋爱，再到她分手，还有后来的考研读博……沈负见证了她的所有。

听到他的话，乔阮的手紧紧攥着安全带。她不知道该怎么去形容此刻的心情。大概就是在觉得自己被抛弃的时候，至少还有一个人，不图任何回报地在爱着她。

可还来得及吗？乔阮不知道。她看向车窗外，没再说话。

沈负也只是轻笑。人若能窥到未来，那该多好。

吃饭的地点是一家火锅店。他知道乔阮喜欢吃火锅，所以他一直以来都想陪乔阮吃顿火锅。

乔阮大概没想到沈负居然会选这个地方吃饭，但她也没问。

服务员带他们去了里面的小桌。沈负接过服务员递过来的菜单，给了乔阮：“想吃什么？”乔阮拿着笔在上面勾选了几样自己爱吃的，以及吃火锅必点的。

沈负只要了两杯温水。一杯给乔阮，一杯给他自己。乔阮考虑到沈负吃不了太辣的，锅底点的鸳鸯锅，沈负却不碰番茄锅。乔阮看他吃之前都会在杯子里过一遍水，把上面的辣油涮掉：“你要是吃不了辣的话，就不要勉强自己，番茄锅也挺好吃的。”

沈负摇头笑笑：“没关系，我可以适应的。”

乔阮握着筷子，不说话了。她不可能看不出来沈负是为了迎合她。他做了太多向她靠近的事情。乔阮觉得这些是没必要的。用伤害自己来向她示爱，真的没必要。

乔阮把东西都下在了番茄锅里。沈负抬眸，似乎在疑惑她的举动。她说：“晚上吃辣对肠胃不好，我也不敢吃太多辣的。”

沈负微怔片刻，不动声色地抿唇低笑：“是吗？”

沈负吃火锅的次数不多，屈指可数。乔阮偶尔会提醒他，哪样熟了，可以吃了。大多数的时候她会直接用漏勺把那些煮好的东西放到他碗里。

她大概忘记了沈负会做饭，他当然知道什么东西熟了，什么东西没熟。但他很享受这样的过程——短暂地被自己喜欢的人照顾。

吃完火锅，服务员拿来一个小盒子，说是店庆活动，每对过来吃饭的情侣都有。乔阮说他们不是情侣。

服务员暧昧地笑了笑：“准情侣也可以的。”服务员将东西放在乔阮的怀里，转身走了。乔阮看了看那个盒子，又看了看沈负。好在他并无异样。她暗自松了口气，他没多想就好。

开车送她回家的路上，沈负漫不经心地问了一句：“是什么？”

乔阮知道他问的是刚刚那个服务员给的礼物。她也好奇，于是打开了。里面是一套火锅底料，以及两张拍立得的照片：一张是乔阮把煮好的土豆夹到沈负的碗里，另一张是沈负看着她。

可能是因为拍立得本身的滤镜颜色，这两张照片看上去更增了几分别样的感觉。好像周围的喧闹与他们无关，在这个世界里，他们眼中只有彼此。

难怪刚才那个服务员会笑得那么暧昧。车停在路口等红绿灯，沈负好奇地过来看。乔阮下意识地把照片藏在身后：“没什么。”沈负盯着她看了一会儿，突然出声问道：“阿阮，你的脸怎么这么红？”

车停在小区外面，沈负陪着乔阮进来。他们一前一后地走着，乔阮特地去流浪猫那里看了下。

今天的猫碗是空的，她想着待会儿下来再带一点猫粮。结果那只猫看到沈负，立马从窝里跑出来，蹭他的腿。

他神色变了变，下意识地往后退，想要避开它的触碰，却在察觉到乔阮的注视后，停下了动作。他缓缓蹲下身，动作温柔地摸了几下：“饿了吗？”回应他的，是奶声奶气的猫叫声。

乔阮迟疑了会儿，问他：“之前是你在喂它们？”

沈负点头：“因为它们好像很饿。”

"那这个窝……"

"是我搭的。"他有些不好意思地笑道，"是不是很难看？"

"挺好看的。"乔阮说。听到她夸自己了，沈负很开心。他突然觉得，自己强忍厌恶照顾这些流浪猫，也不是没有作用的。

"你平时经常过来喂它们？"

乔阮点了点头："如果不是家里已经养了一只了，我可能会把它们带回去。"沈负能察觉到，乔阮面对自己筑起的墙，在一点一点地坍塌。这是好事。只要他再多努力点，她总会看见自己，接纳自己的。

他可以等，不管多久他都可以等。晚上，沈负又一次梦到了乔阮。

很奇怪，从前每天见不到面，因为太想了，所以会梦到。可是现在哪怕天天都可以见到，他还是会梦见她。他很想她，想时时刻刻都能见到她。

实验室放了年假，大家都陆陆续续买票回家了。乔阮备了点年货，也坐上了回榕镇的火车。

榕镇直到现在都还没通高铁。不过好在路修了，听说是北城的大老板捐钱修的。

乔阮回到家，家里没人。隔壁的李婶看到她了，盯着看了好久才认出是她："哎哟，小阮长变样了啊，真是女大十八变，越变越好看。"

还女大十八变呢，她都快二十八了。乔阮礼貌地笑了笑："李婶好。"

李婶和她寒暄了一会儿，然后告诉她："你奶奶应该去棋牌室打麻将了，晚些时候应该会回来。"道过谢后，乔阮拿出压在花盆底下的钥匙。这么多年了，奶奶的这个习惯还是没变。

家里始终都是老样子，她寄回来的那些钱奶奶都攒着了。穷怕了的人都害怕用钱，怕突然有一天又会回到以前没钱的时候。

油盐酱醋不剩多少了，乔阮准备下山去买点。这些年，榕镇也有了变化，变得她不再熟悉了。她去丧葬用品店买了些纸钱，走到老小区的楼下，看着上面大大的"拆"字，以及烧得焦黑也没修缮的房子。

这么多年了，大家好像都很避讳这个地方，觉得死了人，不吉利，晦气。乔阮点燃纸钱，在那里坐了一会儿。

早就物是人非了，听说岑鸢也嫁了人，嫁到北城了。人生好像就是这样，不断更迭，不断替换。没有人是永恒的，也没有哪段关系是永恒的。

“下辈子不当英雄了，当个普通人吧。”乔阮看着所有的纸钱全部烧为灰烬，轻声开口。伤感突如其来，或许是故地重游，突然有了太多的感触吧。

等乔阮回到家，奶奶已经回来了，兴许是看到了屋子里的行李箱，知道乔阮到家了，便开始早早地做饭。她让乔阮去菜园里摘点小葱过来。乔阮换上鞋子出门，正好看见沈负。他大概是在问路。顺着妇人手指的方向，他看向这边，于是与乔阮的视线对上。乔阮迟疑，看着他朝自己靠近：“你怎么来了？”

沈负没有多加遮掩，笑道：“就是觉得年假太长了，想到这么多天见不到你，会很想你。”

乔阮停顿了一下：“现在是打算打直球了？”

沈负笑了笑，走过来：“我一直都在打直球，只不过是你忽略了。”

乔阮看了一下，他手里除了提着一些老年人用的补品以外，并没有带行李，也就稍微松了口气。她没有再理会他，而是往前面的菜园走。

刚才给沈负指路的阿姨笑着和她打招呼：“阿阮回来啦？”

乔阮礼貌地问好：“嗯，今天刚回。”

那个阿姨眼神暧昧地看了眼沈负，和乔阮说：“男朋友长得真帅。”

沈负抿唇轻笑，没反驳。乔阮说：“不是男朋友。”

阿姨一副“我懂”的样子：“知道知道，现在暂时还不是。”

乔阮：“……”算了，好像每个人都觉得沈负是她的男朋友，明明他们没做过任何亲密的举动。乔阮也懒得再做多余的解释了。她今天穿的鞋子是羊皮底的，怕打湿，所以走得小心。

沈负看见了，问她：“要哪个？”

乔阮愣了愣：“嗯？”

沈负解开袖扣，将袖子往上卷了一截：“还是我去吧，我的鞋子脏了没事。”

乔阮看了眼他的鞋子，意大利纯手工做的皮鞋，比她的鞋子不知道贵了多少倍。她沉吟一会儿，也没拒绝，手往前指了指："摘点蒜苗就行。"

沈负应该是第一次做这种事，很不熟练，甚至还不小心踩烂了几株种在边上的小白菜。他一边道歉一边手忙脚乱地退出去，也不知道是在和乔阮道歉还是在和那些被他踩烂的小白菜道歉。

乔阮看见他袖口上的泥，嫌弃地皱了皱眉："就这水平，还自告奋勇要帮忙。"

沈负眼神闪躲地避开她的视线："我……对不起。"

乔阮递给他一张纸："应该是我和你说谢谢才对。"

沈负擦掉袖口上的泥，听到她的话，动作稍顿，或许是没想到乔阮会和自己道谢。他努力压下唇角上挑的弧度："不用谢的。"

乔阮大概是觉得他不远万里地找过来，还因为她，衣服鞋子全脏了，心里过意不去，于是暂时把他带回家了，让他吃顿饭再走也行。

沈负跟着她一起回去，看到那个木头和瓦片搭建的房子，大约是从未见过这么简陋的住所，他脚步顿住，神色变得有些凝重。乔阮把门推开："将就点吧，下雨也不会淋到你。"沈负只点头，没说话。

外面破，里面也没好到哪里去。家具一看就是用了很多年的，都有包浆了，泛着亮色，但好歹还算整洁。桌子脚用东西垫着，依稀能看见上面写着"七年纪上册语文"这几个字。

厨房没有门，更别说有抽油烟机了。其实这些年，乔阮每年都会给奶奶寄钱。有生活费，也有重新置办家具的钱。可奶奶觉得这些东西没必要换，她也不许乔阮买。乔阮之前瞒着她买过几次，后来她等乔阮走后，又去退了。所以这么多年来，家里的东西一切照旧。奶奶听到声音了，往外走。在看到沈负的瞬间，她顿了顿。

乔阮做了个介绍："这是我朋友，沈负。"

奶奶上下打量了他一眼，一表人才，风度翩翩，对他第一印象还算可以。她立马笑脸相迎："先坐着等一会儿，饭马上就好。"乔阮把蒜苗拿给她。奶奶脸色一变："我让你摘小葱，你把蒜苗弄来干吗！"

乔阮：“听错了。”

“这都可以听错，你耳朵干脆别要了！”她骂骂咧咧地重新进了厨房。

一部分烟雾顺着烟囱飘出去，更多的那部分则飘了过来。乔阮知道沈负肯定不太适应，于是和他一起出去。

这个点村里的人大多都在做饭，各家各户的烟囱都在往外冒烟。乔阮说：“我小的时候最喜欢的就是这个时候了，很安静。”

沈负没说话。她看着沈负：“是不是第一次觉得，原来还有这种地方。都这个年代了，居然还有这么贫穷落后的地方。”

沈负摇头，他说话的声音不大：“我只是在想，原来你是在这样的地方长大的。”

“这样的地方？”乔阮饶有兴趣地挑了下眉，“怎样的地方？”

他沉默了很久：“看上去，会让人活得很累的地方。”

乔阮觉得，他果然是高才生，就连说话都这么艺术。这里确实会让人活得累，太压抑了。“其实也还好，习惯了就不觉得累了。”乔阮说。

四周偶尔会有人经过，他们都认识乔阮，和她打着招呼，眼神却无一例外地落在沈负身上——有疑惑，有好奇，更多的则是一种探究。

他明显不属于这里，他的气质太出众，像是电视剧里那种端着香槟出入各种高端场合的上流人士。乔阮问他：“还习惯吗？”

他知道她话里指的是什么。还习惯这些人打量的眼神吗？他摇头，又点头：“能习惯，但不是很喜欢。”

“所以啊，”乔阮说，“你跟过来干吗？”是一种埋怨他的语气。

沈负却垂眸轻笑：“刚才不是说过吗，你们放的年假太长了，怕见不到你。”

“你们医生应该也有年假吧？”

“可是没你们的那么长。”

乔阮半开玩笑的语气：“要不你干脆跳槽算了，我们实验室正好缺人。”

他笑着说：“好啊。”温顺乖巧，她说什么就是什么。

乔阮神情变得有些不自在，她移开视线：“我开玩笑的，你还是待在你们的医院好好拯救别人吧。”

沈负朝她靠近了一步：“可是医生也属于被拯救的范畴。”他突然握起乔阮的手，往自己心口上放，“医生偶尔也会变成病人的。”

贴得太紧了，乔阮甚至能感受到他的心跳，在她的手放上去以后，明显增快。心脏和主人一样，一点也不掩饰对她的爱意——近乎疯狂。

乔阮急忙把手抽走：“以后不要动不动就占便宜了。”

沈负一脸无辜地解释：“我没有占便宜，我只是想让你感受一下我的内心而已。”

“内心还能感受？除非你把心脏挖出来。”

听到乔阮的话，沈负微微抬眼，眼里竟然带了几分认真：“掏出来，你就会信了？”

他看上去不太像是在开玩笑。乔阮忙说：“我乱说的，你别当真啊。”

他有些失落地垂首。乔阮有时候还是会疑惑，沈负的病到底有没有好。诊断书上分明写着，他已经痊愈，但他偶尔的举动以及并不像开玩笑的话，还是让乔阮对那份结果产生怀疑。

不是都说反社会型人格障碍患者都是最聪明的那一类人吗？他们的智商处于金字塔顶端。或许，他是伪装出一副自己已经痊愈的假象？乔阮摇了摇头，甩开自己这个荒谬的想法。

这怎么可能？就算他在表现上可以装，但那么多项专业医学检查，他总伪装不了吧。乔阮看着沈负，后者同样也看着她。他仍旧是那副温柔的笑脸，并无任何异样。

吃晚饭的时候，奶奶热情地叫沈负多吃点：“这些都是我的拿手菜，乔阮最爱吃了，小的时候除了过年，其他时候她想吃都吃不到呢。”

奶奶干脆亲自给沈负搛了一些菜，沈负道着谢，将碗伸过去。奶奶说的那句话只是为了表达自己对沈负的重视，在沈负听来，却成了另外一种意思。

乔阮的童年，似乎比他想的还要苦。吃饭的时候，奶奶总会问沈负一些关于他家里的问题：他是做什么工作的，父母是做什么工作的，他是哪里人。

沈负一边给乔阮夹菜，一边礼貌地答："我是孤儿，没有父母，户口在沛城。目前在江北医院任心理科主任医师，也是江北医科大学的博士生导师，偶尔会去上上课。"

得知他是孤儿的时候，奶奶的神色稍微变了变，但听到后面那段话，满意的笑容重新堆积在她脸上："医生好啊，工作稳定，福利也好。户口在沛城的话，那你还会回去吗？"

"近期可能会回去一段时间，还有些事情需要我去处理。"

奶奶点头："那……以后打算留在江北，有买房的打算吗？"

"已经买了。"

"贷款买的还是全款？"

乔阮皱眉打断她："奶奶是在查户口吗？"

奶奶不满地瞪了她一眼："我连这些都不能问了？"

乔阮看着沈负，有些不爽："问什么你就回答什么？"

沈负立马就闭嘴了，低下头，安静吃饭。奶奶冲乔阮吼："他说什么了你就发脾气，我看你最近真是越来越横了！"

吃完饭后，乔阮送沈负出去。一路上乔阮欲言又止，最后道："刚才，我没有凶你的意思。"

沈负点头："我知道。"

乔阮说："我只是想告诉你，不用什么问题都回答，我奶奶那个人就是那样，说得难听点就是有点势利眼。"

沈负笑了笑："那我是不是应该庆幸，还好我不算太穷。"

送他到路口了，乔阮往下指："沿着这条路一直往下走，下山以后左转，会看到一个车站，花五十块买张车票就能去市里了。"

沈负说："我不去市里。"

乔阮抬眸："你不回去那你住哪儿？"

他拿出一张房卡："这里。"

乔阮看到上面的字：爱侣酒店。

怕乔阮误会，他笑着解释："只有这家酒店的环境还行，其他的……楼下的巷子里好像都站了一些穿着不太得体的女生。"

沈负没有让乔阮继续送了，他怕她待会儿回家不安全："你回去吧。"

乔阮说："下山的路不太好走，你多注意点。"

"嗯，我知道了。"他温温柔柔地应道。

晚上，乔阮睡得不怎么好。家里有老鼠，一直在房间里跑来跑去，她有点怕，索性一整夜都开着灯。乡下人大多都醒得早，五六点就去田里干活了。乔阮是被外面讲话的声音吵醒的。

她奶奶嗓门很大，此时正和左邻右舍炫耀："主任医师，好像还是什么博士生老师，我也不懂，应该是老师。在江北买了房，个子也高，比你家大满高多了。"

立马有妇人迎合："那你家小阮魅力可以啊。"

"我们小阮也是高才生啊，博士！配他那是绰绰有余。"

乔阮突然觉得有点头疼。她就知道会变成这样。

奶奶做好了早餐，去喊乔阮起床。天气冷，她慢吞吞地穿好衣服出去洗漱。桌上放着大肉包子和瘦肉粥。肉是托人去山下买来的，包子皮是奶奶自己擀的，皮薄馅多，外面可吃不到这么好吃的包子。

乔阮拿着包子小口小口地咬着。奶奶一直坐在对面那张椅子上盯着她看。知道她有话要问，乔阮把最后一口包子放进嘴里："怎么了？"

奶奶问她："你那个朋友，回去了吗？"

果然是问这个。乔阮喝了一口粥："还在榕镇。"

奶奶放心了，埋怨乔阮不会做人："人家来一趟榕镇你也不尽尽地主之谊，带人家到处玩会儿。"

乔阮答得漫不经心："榕镇有什么地方可以玩？"

"河堤那儿最近经常有人去放孔明灯，你可以带他去啊。"

"孔明灯有什么好放的？还有火灾隐患。"

奶奶脾气上来了，骂骂咧咧地说：“什么火灾隐患，人家都在放，就你放不得了？读了个大学就读出优越感来了。”

奶奶如今是年纪大了，气性倒是一点也没变小。乔阮最后只能点头答应。她吃完早饭，奶奶装了几个包子，让她带下山：“我们这儿的东西人家未必吃得习惯，这些包子你带过去，给他尝尝。”

见她一副完全把沈负当成孙女婿的架势，乔阮无力地解释：“我和他真的没有任何关系，我们就是同学。”

“那你更得好好把握了。”奶奶告诉她，“乔美那丫头你还记得吧，你们小时候经常在一起玩。她前几年结婚了，男方和她是相亲认识的，听说在江北有房子，家里人急急忙忙就把她给嫁过去了。那哪叫房子啊，筒子楼，破得要死，一家六口全挤在一个房间里。”

她见乔阮没什么反应，也不知道她有没有在听，于是伸手在她腰上掐了一把：“你不要觉得你学历高可以找到更好的，昨天那个人多好啊，学历高，长得也俊，虽然无父无母，但看他也是会疼人的那种，你嫁过去最起码有人养了啊。”

乔阮吃痛地往后缩：“我不需要别人养。”

奶奶恨铁不成钢地咬牙：“过来人的话你不听，嫁个有能力的老公比自己有能力要强得多，家里再请个保姆，也不需要你做家务。”

乔阮：“你从哪知道的这些？”

“那电视里不都这么演。”

“……”

第八章

眼中只有她

乔阮最后被她奶奶撵下山，她也没打算真去找沈负。看了眼手里拎着的包子，她拿出一个，边吃边走。

临近过年，外出务工的青年都回来了，各个染着五颜六色的头发，三两成群的。甚至连路边往日萧条的露天台球室都围满了人。

乔阮咬了口包子，馅儿里的汤汁流出来，她拿纸巾去擦。

她和沈负就是在这个时候碰到的。他大概还是不太习惯这边巴掌大的肉包子和大馒头，只要了一碗小米粥和一杯现榨的没放糖的豆浆。

乔阮本来想转身走的，但看着与这里格格不入又独自一人的沈负，莫名觉得他有点可怜。她在他对面坐下，提醒他："在我们这儿，穿西装的一律会被认为是推销保险和卖房的。"

沈负先是惊讶她会突然出现，听到她说的话以后，也只是笑笑："因为是回你老家，所以我觉得应该穿得正式些，没带其他的，都是一些正装。"原来他是有预谋的。

乔阮问他："你是冲着我奶奶来的？"

沈负摇头，笑道："冲你来的，但是总要给长辈留个好印象。"

沈负其实一点也不像推销保险的和卖房的。量身定制的西装很好地展现了他的身材，倒三角的身材太明显了，腿也长。无论站在哪里，他都是最亮眼的存在。

乔阮看了眼自己手里剩下的最后一个包子，有些心虚地拿纸巾擦了擦嘴，把袋子递给他："我奶奶让我拿给你的，她自己包的。"

沈负看到她唇下的油渍了，轻声笑笑，替她擦干净：“奶奶只让你拿了一个吗？”

乔阮下意识地闪躲他的触碰，沈负看上去也并不介意，咬了一口包子。乔阮有点心虚地转移话题：“好吃吗？”

他细嚼慢咽地点头：“还行。”

乔阮说：“你要求还挺高。”

沈负笑了笑，改口说：“很好吃。”

此时正是用餐高峰期，乔阮占了个位子，不好什么也不点，便要了一碗面和一份豆腐花：“多加点糖。”他们这边的人都爱吃咸豆花，但乔阮不太爱吃咸的，所以每次都是加糖。

沈负碗里的粥也没喝几口，他放下勺子，抽了张纸巾擦嘴。

乔阮问他：“没胃口？”

他摇了摇头：“不想吃了。”

沛城和江北的饮食差异很大，再加上沈负本身就是一个挑剔的人，刚去江北的时候，肯定什么都吃不惯，也吃不下去。

乔阮说：“你还不如好好待在沛城。”

沈负却笑：“人总得权衡利弊。”

乔阮疑惑抬眸：“嗯？”

他冲她笑：“比起眼前的利，对这座城市的不适应，好像也无所谓了。”最起码是有效果的，不是吗？至少乔阮已经不像之前那么抵触他了。

热干面端上来了，乔阮搅拌了一下，手刚拿起辣椒罐里的勺子，她却突然想起什么，把手松开，又去旁边拿了个一次性的纸碗。她挑了一半的面过去，放在沈负面前：“不辣。”

沈负看着正往自己碗里放辣椒的乔阮，垂眸轻笑：“你是担心我没吃饱吗？”语气轻，又带着一些期待。不知道为什么，乔阮莫名地不想让他的期待落空，所以她没有回答。不否认，也不承认。但在沈负看来，这已经是最好的答案了。沈负把那半碗面全吃完了。

乔阮想起奶奶的话，问他第一次来榕镇，有没有什么想去的地方。

沈负被问住了：“我都可以。”

乔阮没说话。沈负补充道：“你陪着我的话，我都可以。”

乔阮说：“我们这小地方，也没什么好玩的，路边的台球室人很多，一个人打十个人围着看，估计你也不会想去。”

所以她理所当然地带他去了河堤。这会儿天还是亮的，没法放孔明灯。不过河堤上人还是很多。乔阮随便找了个空位坐下来，前面那两人估计是相亲认识的，虽然坐在同一张椅子上，但离得远。乔阮没偷听的癖好，不过因为位置太近，想听不到也难。

“我听周姨说，你家还有两个弟弟。”

“嗯，一个读大学，一个读高中。”

“每年上学的费用应该不少吧。”

“不算少。”

“彩礼方面你有什么想法？”

“我妈说最少三十万。”

“三十万也太多了，你要是带过来的话，我就先回去和家里人聊聊。”

“彩礼怎么带回？给了肯定就是我家里人的啊。”

大概是因为彩礼这件事没谈拢，两人一拍两散，都不太愉快。这样的场景乔阮也经常见到。小地方，彩礼要价也高。她看了眼沈负，后者脸上没什么异样，仿佛根本就没听见。也有可能听见了，但与他无关的事情，他不会在上面多浪费哪怕一秒的时间。好奇也好，疑惑也好，都不会有。

沈负看着前方，眼神专注。过了一会儿，他突然和乔阮说：“我想坐那个。”乔阮顺着他的目光看过去，看到了停泊在岸边的船只。

“河对岸没什么好玩的，全是沙，还有一些野炊的，烟雾也多。”

“野炊？”他若有所思地收回视线，“我也想野炊。”

乔阮没忍住，吐槽了一句：“你怎么看到什么想要什么，跟小孩一样。”乔阮最终还是点头同意了。来者是客，换作是谁她都会心软的。她是这么说服自己的。

街上有一家卖野炊用品的店，需要用到的东西都可以在那里买到。

乔阮离开榕镇这么多年，往日的朋友早就陆陆续续没了联系。如今想要找人野炊也不知道应该找谁。沈负却说：“只有我们两个，挺好的。”

他说话的时候，正专心地给手里的鸡翅刷着料。料是他自己调的，乔阮看得有些馋，觉得应该挺好吃。她突然又想起阿利的话了——“沈医生是个很不错的结婚对象。”乔阮觉得他看人太表面，沈负这样的人，其实是最不适合结婚的。至少在乔阮看来，是这样。他就像是极寒极热的两个极端，中间没有任何过渡。

乔阮换上了拖鞋，脚踩在细沙上：“听说这条河里以前有人挖出了金子，在最东面，下了河，一直往东走。”

沈负动作细致地把那些刷好酱料的食物用锡纸包好：“应该有很多人去吧。”

乔阮点头：“但没有一个人挖到过。”

“毕竟也只是听说，八成是别人乱编的。”

很多传播广泛的故事，大多都是人编出来的，不是真的。人本身是一种很狡猾、很爱撒谎的生物。乔阮突然直勾勾地盯着沈负看。后者注意到她的视线了，笑着问她：“怎么了？”

乔阮突然开口，问他：“你也是这样的人吗？”

沈负短暂地愣住，很快便恢复了往日的云淡风轻：“这样的人？”

“虚伪，假情假意。”乔阮一字一句地说出来，好像是在问他，却没有半分疑惑的语气。

沈负半晌没有接话，他知道的，这些都是贬义词，是不好的词语。像是将人分成了三六九等，他是最下等的那种。他是个虚伪至极的人，明明讨厌猫，厌恶它用头蹭自己裤腿的触感，厌恶四周嘈杂的环境，厌恶满是油烟的烤炉，厌恶在露天的场所吃饭，可是，当这一切加上一个乔阮，他又是另外一种心情了。他甚至希望时间能慢些，再慢些，最后一直停留在这一刻。

“嗯，我确实是这样的人。”他笑着点头，“虚伪，假情假意。”

听到他这个回答，乔阮反倒松了一口气。至少他没有继续在她面前装出一副伪善的样子来。沈负聪明，她也不蠢。表情可以伪装，但潜意识的动作骗不了人。他偶尔会流露出冷漠，流浪猫靠近他时他会下意识地躲避。乔阮知道，沈负其实还是那个沈负。他一点也没变。

在沈负等待乔阮开口的这段时间里，他觉得时间难熬到仿佛在遭受酷刑一般。他还是会怕的，怕自己承受不了乔阮接下来的那句话。

她总是会让他难过。不是因为她知道他会难过的点在哪里，而是她随便的一句话，都能很轻易地让他难过。可乔阮什么也没说。她只是摸摸肚子，问他："还有多久好，我快饿死了。"

沈负愣了一下，回过神来："刚烤没多久，应该还要等上一会儿。"他拿出一盒麻薯，递给她，"饿的话，可以先吃这个。"

乔阮和他道过谢，拿了个麻薯，慢慢地咬，慢慢地咽。沈负看看她，又看看天。他希望今天是个晴天。

东西都是沈负烤的，他却没怎么吃，烤好一个就放在烤盘上，让乔阮放凉点再吃。乔阮觉得沈负确实挺优秀的，人有能力，做饭也好吃。如果他没有那个病的话，应该早就成家了吧。

那顿饭一直吃到了晚上。沈负送乔阮回去，送到山脚了，还要送上山。乔阮拒绝了，他仍旧坚持。最后还是乔阮的坚持更胜一筹。

小翘山是她从小长大的地方，哪怕再晚，她闭着眼睛也能平安回家。可是沈负不同，他就来过一次。乔阮到了家门口，她才听出了身后的一点动静。回头看的时候，沈负早就消失在了断树之后。他仍旧放心不下，哪怕乔阮不要，他还是偷偷跟着她，直到看见她平安到家。

大年三十前一天，奶奶在锅里炸肉丸，乔阮在一旁包饺子。说起沈负时，奶奶问："他回去了吗？"

乔阮也不太清楚，自从上次烧烤后，她就没有和他联系了："不知道，应该回去了吧。"

奶奶叹了口气，说："要是没回去的话，还可以让人家来家里一起吃团年饭。"

乔阮说："团年饭是家里人一起吃的。"

奶奶看她："那你努努力，他不就成为咱家人了吗？"

奶奶对沈负满意得很，毕竟这种小地方可找不出这样的人来。乔阮看上去似乎在认认真真地听着，实则左耳进右耳出，哪怕是一点残渣都没留下。

年三十那天，按照榕镇的习俗，吃年夜饭时得先在门口放鞭炮。每家每户吃饭的时间是不固定的，鞭炮声从上午一直响到下午，门前都是雾蒙蒙的烟。乔阮端着碗吃饭，眼神落在堂屋里的电视机上。里面正放着奶奶爱看的家庭伦理爱情剧。

鸡飞狗跳的戏剧生活，深究不得，也没法细看，到处都是逻辑漏洞，但打发时间挺够用。奶奶一直说："你看看，这贫贱夫妻百事哀，当初为了那点爱情非得和处处不如自己的男人结婚，到头来受苦的不还是自己。"

乔阮知道她在暗示什么，装没听到。奶奶索性也不暗示了："你听到没啊？"

乔阮点头："听到了。"

"待会儿给小沈打个电话，人家大老远跑来看你，这大年三十的，你也不给人家拜个年。"

乔阮无奈："他对我没有那个意思的。"

"怎么没有，他看你那个眼神都快拉丝了，你真当我这么多年是白活的，这点东西都看不出来？"乔阮也不知道奶奶到底是从哪里学会的这些词语。眼神拉丝，说得还挺暧昧。

大年三十当天还得守岁。乔阮在堂屋看电视，桌上放着一杯提神醒脑的咖啡。奶奶去睡了，她年纪大，没法守岁，所以乔阮就劝她早早地睡下了。她偶尔会将视线从电视上移开，看一眼桌上的手机。不时有消息进来，都是一些祝福短信。不过大部分都是群发的，乔阮保存了个模板，一一复制发过去。但也有不是群发，而是单独给她发的那种。

李月明："祝我的宝贝新年快乐，发大财！"

然后李月明给她转了个八千八百八十八元的红包。

李月明："听阿姨说，你初六会回来？"

乔阮："差不多是那几天。"

李月明："快到了记得第一个和我讲，我亲自去接你。"

乔阮："好。"

她给李月明准备了新年礼物，在回榕镇前就准备好了。她在江北这些年，碍于工作和距离，不能经常回去。家里那边李月明偶尔会去帮忙。马未希对她比对乔阮还亲，甚至还问乔阮，以后她能不能和李姐姐结婚。乔阮被他的言论逗笑："我们都是女孩子，怎么结婚呢？"

当时马未希还失望地靠在她的肩膀上："为什么呢？"

乔阮告诉他："女孩子要和自己喜欢的人结婚。"

结束了和李月明的聊天以后，乔阮犹豫了很久，退出聊天界面。一直往下滑，最后在写着"沈负"的微信名前停了下来。上面的日期是五天前，沈负和她说的"早"，乔阮却没有回复。沉默了很久，她最终还是把手机锁屏，放回原处。

守岁其实不无聊，旁的人也有娱乐消遣的事，大多都在打牌。但乔阮不爱打牌，同龄的人差不多也都结婚生了孩子，大概是觉得乔阮这样的，和她们没有共同话题，也不是一类人，所以她们很少来找乔阮。于是乔阮只能看着电视度过这枯燥的一夜。

大年初一需要去外公家拜年，但夏依然娘家早就没人了，所以乔阮省去了这一步骤。她陪着奶奶去了姑婶家。有的嫁到了镇上，十指不沾阳春水，只需要带带孩子；有的则被孩子接去了城里，孩子都不需要带，有专门的保姆帮忙。所以奶奶才会觉得，女人有本事没用，得找个有本事的男人。

那些姑婶炫耀完自己的儿子、孙子后，才开始问乔阮，最近工作怎么样，有没有结婚的打算。

"这都多大了，成老姑娘了，还不结婚呢。"

"对啊，我像你这么大的时候，壮壮都上小学了。"

"再迟几年，可就错过最佳生育年龄了。"

这些唠叨乔阮早就猜想到了，所以她还能非常镇定地回应。

最小的堂妹已经上高中了，今年十六岁，穿着一件洛丽塔的裙子。她对乔阮的第一印象挺好的，在乔阮过来之前，她没少听她妈妈提起这个未曾见面的堂姐。听说她奔三了，还没结婚，整天在实验室搞科研，所以她觉得乔阮应该和那种IT“民工”一样，发际线高，不爱打扮。但这会儿见了面，她不这么觉得了。

这位表姐确实不爱打扮，随便穿了件米色的呢子大衣，里面是浅杏色的蕾丝长裙。头发应该是洗完后随便吹干，并没有做任何造型。兴许是长期待在实验室不见光，她的皮肤白得仿佛透明一般，妆都没化，就涂了个口红，像她平时爱看的那些言情小说里的女主角。

这么好看的人，居然没有男朋友。她有些意外。

乔阮好不容易从那些姑婶的话题中心里抽出身来，短暂地松了口气。她喝着茶润嗓子。普洱茶应该泡了有一会儿了，味有点重。

小堂妹不知为何，开始黏着她，说要去山上玩。

乔阮想拒绝，奶奶却说：“带她去看看，她难得来榕镇一趟。”

乔阮觉得自己好像成了导游，前几天刚带着沈负到处转悠了一圈，现在又换人了。她最后还是同意了。

小堂妹是个典型的“外貌协会”会员，她喜欢外表好看的人。无论男人女人，只要是好看的，她都喜欢看。

乔阮带她去小翘山，路上的时候，乔阮的手机响了，是陌生号码。她刚接通，“喂”了一声，那边不说话，然后挂断了。听着耳边“嘟嘟嘟”的忙音，她微皱了眉，也没太往心里去。

还是应该往心里去的。后来她想，这样就能避开见面了。

上了小翘山，在回家的必经之路上，她看到抱着一捧花、提着蛋糕、冲她笑的江演。乔阮神色骤变，下意识地往后退了一步。

江演走过来：“这么多年还没看习惯吗，怎么一见到我还是怕。”

乔阮强忍住情绪，问他：“你怎么来了？”

他把拎着蛋糕的那只手往上抬高：“新年和生日一样，都要吃蛋糕的，你不知道吗？”

“我是问，”她稍微加重了语气，“你怎么知道我家在这里？”

江演耸了耸肩：“想知道很简单啊，我去找了你同事，说有东西要寄给你，他们就告诉我你的地址了。”

乔阮不说话。江演注意到她的神色，眼底闪过失落，倒是没有表现得太明显："你的朋友都不怕我，为什么你还是这么怕我？"

乔阮不想和他待在同一个地方，拉着堂妹的手往前走。

江演说："我知道你讨厌我，但我这些年也一直在拼命地弥补，你要是不想看到我这张脸，那我去整容行吗？我换一张脸，一张你不害怕的脸。"

乔阮没有理会他，好在他也并没有跟上来。回到家，小堂妹见乔阮的样子，像是受到不小的惊吓，于是好奇地问她："刚刚那个人是堂姐的男朋友吗？"

乔阮摇头，否认道："不是，我不认识他。"

小堂妹自然是不信的，如果只是不认识的陌生人，那她刚刚看到那个人后怎么会露出那种神情，不像是面对陌生人时该有的情绪。所以小堂妹断定，这里面肯定有猫儿腻。

他长得好帅啊，痞帅痞帅的，如果再年轻几岁的话，就更符合小说里的"校霸"形象了。小堂妹对他很感兴趣，所以趁乔阮收拾屋子的时候悄悄溜了出来。那个人还没走，提着蛋糕站在那里，也不敢靠得太近，估计是知道乔阮不想见到他。小堂妹清了清嗓子，和他打招呼："你好啊。"

江演面无表情地看了她一眼，然后移开视线。不见一丁点儿刚才在乔阮面前的卑微，从头发丝到脚后跟，处处都写着"不耐烦"和"离我远点"。小堂妹有了点挫败感，主动亮出了身份："你不是来找我堂姐的吗？"

听到"堂姐"两个字，江演微抬头，终开金口："乔阮是你堂姐？"

小堂妹觉得他真过分，刚才她可是和堂姐站在一起的，他居然没看到她："对啊，你难道不觉得我们长得很像吗？"

江演粗略地看了一眼："不像。"

小堂妹问："哪不像了？"

江演脸上带着嘲讽的冷笑："哪里像了？"

"鼻子和眼睛都很像啊，我们家祖传的小翘鼻。"

"你连她一半都比不上。"江演一点情面都没留，以前是什么样，现在还是什么样。什么说话婉转，讨好别人，在他这儿从来就没有过。

小堂妹被气坏了，恨恨地跺了跺脚："难怪堂姐说不认识你，你这样的人，活该！"

他脸上嘲弄的笑容没了，略微垂眸，低声问："她说她不认识我？"

小堂妹点头："对啊。"

然后江演就不说话了，也不知道在想些什么。他以前做的那些事的确很过分，现在回想起来，他觉得自己那个时候的举动，恶心又幼稚。

他其实挺想忘了乔阮的。她身上确实没有太多值得他喜欢的点。读书时期的忍气吞声，再到现在的泯然众人，除了那张脸还算出众以外，也没其他特别的优点了。江演想要什么样的美女没有，还不用他这么不远万里地倒追，他勾勾手指就能拥上来一大批。可喜欢哪有那么多道理可讲。细枝末节里，身体无时无刻不在提醒着他这一点。

闭上眼睛的那一刻，他看到的是乔阮，节日的时候，他第一个想到的也是乔阮。所以他就来了。总不能就这么放弃吧，他还是不甘心。

他送给小堂妹一条手链，买通了她，让她把蛋糕送过去。江演买了好几条手链，他也不知道乔阮喜欢什么类型的，就每款都买了。这条是他觉得最丑的一条。

小堂妹就是墙头草，以最快的速度倒戈。蛋糕她拿回去了，乔阮问她："你去找他了？"小堂妹抿了抿唇，觉得现在的堂姐有点可怕。她怕她发脾气，大气都不敢出一下。

乔阮也觉得自己刚才的神情过于较真了些，于是稍微放缓了态度："以后不要再和他见面了，知道吗？"

小堂妹忍了忍，没忍住："堂姐，你为什么这么讨厌他啊，我觉得他还挺帅的。"

乔阮摇头："不是讨厌，是厌恶，是恶心。"

那个蛋糕最后被扔了，就扔在村头的垃圾桶里。小堂妹想，那个人肯定能看见。她用手撑着脸，觉得大人们之间的爱恨情仇好残酷。

时间转眼就到了初六。夏依然给乔阮打电话，问她买了机票没有，什么时间的，好去接她。乔阮买的是明天下午的，晚上到，其他时间段的都卖完了。夏依然说：“那我去隔壁的饭店订位置，到时候把你在沛城的朋友都叫过来。”

乔阮笑了笑：“不用这么麻烦的。”

“不麻烦不麻烦。”

马未希在旁边拼命地喊：“我也要和姐姐讲，我也要和姐姐讲。”

夏依然无奈妥协，和乔阮说：“小希说要和你说几句。”

手机转交到马未希手里，他回到自己的房间，说悄悄话一般地告诉乔阮：“姐姐，我给你准备了一个大惊喜。”

乔阮笑道：“什么大惊喜？”

他神秘兮兮地不肯说：“等你回来就知道了。”

乔阮问他：“我们小希最近有没有乖乖听话？”

“当然有，奶奶都夸我了。”

那通电话并没有讲太久，乔阮还得收拾东西。奶奶在一旁帮她收拾，还不忘嘱咐：“去了那边就别太毛躁，能帮忙就多帮点，别总是闲着偷懒。”奶奶觉得那边到底不是乔阮的家，去了总得做得好一点，这样才不会被人嫌弃。

乔阮说：“我住酒店，不住那边。”

闻言，奶奶皱眉：“住酒店，那开支得多大啊。”

“没事，我朋友家开的，她能给我打折。”是李月明家的酒店，她提前半个月就给乔阮空好了房间。原本她不肯收钱，但乔阮坚持要给，于是李月明就折中，给她打了个折。

奶奶听到后，说：“你那些沛城的朋友倒是都挺有钱的，这些朋友可不能断。”奶奶见她不吭声，数落她，“你就是这个毛病！”

“好了。”乔阮把行李箱的拉链拉上，竖起来放在墙角，“我自己会看着办。”

“昨天听阿囡讲，你把小沈送你的蛋糕给扔了？”阿囡说有个帅哥为了追乔阮姐，从沛城追到榕镇来了，还带了蛋糕。奶奶理所当然地以为是沈负。她斥责乔阮："人家小沈听话懂事，又有能力，条件也好，哪里配不上你了？真不知道你在清高个什么劲。"

乔阮说："这些我自己会看着办的。"

奶奶骂道："自己看着办自己看着办，你哪一样事办好过？"

乔阮很讨厌这种打压式的教育。她从小就是在这样的教育环境下过来的，奶奶从来没有肯定过她。

乔阮借着透气的理由出去了。村头有一家小卖部，她要了一瓶汽水，结账的时候眼神却盯着橱窗上的香烟。老板笑道："妮子还抽烟？"

乔阮摇了摇头，接过他递来的零钱，犹豫了一会儿，她说："拿一包吧。"打火机是送的。

她学着别人的样子，咬着烟。虽然讨厌烟味，但她其实一直很好奇，抽烟是什么感觉。她甚至还上网查过人为什么要抽烟。

上面说，人在压力大，或是处于惧怕情绪中的时候，抽烟可以缓解情绪。还有一种说法是，因为想抽，所以就抽了。她低下头，打着火，烟尾在碰到火光的那一瞬间，她嘴里的烟被抽走。沈负揉碎了烟将它扔进垃圾桶里："乔阮。"他喊她的名字。乔阮一愣，恍惚了一下。沈负看到她手中捏着的那包烟，眼神暗了暗，也一并拿走扔了。

"抽烟不是一个好习惯。"他说。

乔阮看着夜空，天已经很黑了。她没有问沈负这几天去了哪里，也没问他为什么这么晚了还要上山，而是说："今天星星好多。"

沈负在她身旁坐下："嗯，是很多。"

他看出了乔阮今天心情不太好，但他没问。大概是觉得，问出口以后，又会逼她想起让她不愉快的事情。索性就不问了，陪着她吧。

"沈负。"她突然喊他的名字。

沈负轻轻垂眸："嗯？"

乔阮看向他，问出了自己一直以来都很好奇的问题："你为什么会喜欢我？"可能是黑夜作祟，她的胆子大了些。

沈负微愣片刻，这个问题似乎问得有些唐突。不过也只是片刻，他摇了摇头："我也不知道。"

乔阮："嗯？"

"如果喜欢一个人是有原因的话，其他人做出同样的事情来，那么喜欢是不是也会一起跟着转移？"他声音清润地问出这个问题，带点哲学性，乔阮这种实践派答不出来。

沈负轻笑着抬眸："我的阿阮，为什么总是长不大呢。"

他没有告诉她的是，这些天他回了一趟沛城，家里出了点意外。他处理完就赶回来了，原本想着今天太晚，就先不打扰她了。没想到却遇到了江演。他对这个人始终是带着戒备心的。看到江演的那一瞬间，他不动声色地掩饰自己内心的慌张。

所以他来了。哪怕再晚，他都想看她一眼。

乔阮告诉他："我明天的机票，要回沛城了。"

沈负问她："买的哪趟航班？"

乔阮说了班次，然后又说："早没票了，我今天看的时候只剩下最后一张了。"

沈负若有所思地点头："头等舱应该还有票。"最高级的炫富总是低调而不自知的，抢到最后一张经济舱机票的乔阮感叹了一句。

托沈负的福，乔阮也升到了头等舱。她看到他机票上的名字：SHEN SUI BIAN。无论看多少次，她还是会觉得这个名字换得太随便了。乔阮犹豫地问他："你不换回来？"

沈负看了眼手里的机票，笑道："我觉得很好听。"乔阮没说话。大概是以为她觉得自己在说谎，沈负将那三个字又念了一遍。

"随便，沈随便。"他以前很讨厌自己的名字，因为父亲在他很小的时候总给他灌输这种思想：沈负——他不光要承担起他妈妈的罪责，也要一辈子都被人辜负和抛弃。父亲说，这是让他赎罪。

随便点挺好的，万事随便，一切随心。他是真的很喜欢这个名字，就好像是亲手推开了压在他身上莫须有的罪责。他不是谁的附属品，也不应该顺位继承那些不属于他的罪责。

两个小时后，飞机降落沛城，李月明也来了，抱着马未希。

马未希手里举着一个写了字的纸牌子，上面写着："接姐姐。"

乔阮推着行李箱出来，看见了他们。李月明把马未希放下来，揉了揉发酸的手腕和乔阮埋怨："你这个弟弟可真是越长越胖了。"

乔阮笑了笑，和她说"辛苦了"，然后看了眼抱着自己不放的马未希，说他不懂事，这么大了还让人抱。

马未希抬着头："是月明姐姐自己要抱的，她说人太多了，抱着我的话我能看得远一点。"

李月明捏了捏他的脸："现在倒是学会告状了。"

乔阮四下看了眼，没看到沈负。于是拿出手机给沈负发了条消息，他说他从其他通道离开了。

沈负："我就不打扰你和家人重聚了。晚点见。"

李月明问她："和谁聊天呢？"

不等乔阮答话，她踮脚看了一眼，正好看到沈负的名字："沈负？你们是一起回来的吗？"

乔阮把手机锁屏放回包里，点头："嗯，他去榕镇待过几天。"

不用问，李月明都能猜到沈负为什么去榕镇。都是成年人了，如果连这点心思都不明白，那这么多年不就白活了吗。

沈负这些年没有和他们任何一个人联系，像是完全失联了一样。李月明心里还挺不是滋味的，到底也是从小一起长大，以为是很好的朋友，结果人家压根就不把他们当成朋友。

他们先回酒店，把行李放在那儿。李月明说马未希的奶奶生病了，他妈妈在医院陪着，所以才没来机场接她。

乔阮没听说奶奶生病的事，于是问马未希："奶奶怎么了？"

马未希说奶奶出去买菜不小心摔了一跤，医生说没大碍。乔阮松了口气："没事就好。"

马未希从书包里掏出一个奥特曼，嘴里还说着"变身"。

李月明笑他："一个奥特曼玩具还买这种限量版的，看来你妈最近大方了不少。”

马未希跟抱宝贝一样抱着奥特曼：“不是妈妈买的，她小气得要命。”

李月明问：“那是谁买的？”

“一个个子很高的叔叔给我买的。”

乔阮疑惑：“个子很高的叔叔？”

马未希说：“他说是姐姐的朋友，还夸我长得可爱呢。”

个子很高的叔叔，说是她的朋友……乔阮的脸色有点不太好看。但看马未希那么喜欢那个玩具，她也没多说什么，只是叮嘱他：“以后再见到那个叔叔，不要和他说太多话，知道吗？”

马未希不解，歪着头问她：“为什么呀？”

“因为姐姐很讨厌那个叔叔。”

马未希和姐姐特别亲近，听到她这么说，立马同仇敌忾起来，还说要把玩具给扔了。但是他一边说要扔，一边又舍不得扔。

乔阮被他这个矛盾的举动逗笑，捏他的脸：“喜欢就留下吧。”

接着的那顿饭吃了挺长时间，夏依然一直问乔阮各种各样的问题。

“最近好好吃饭了吗？”

“奶奶有没有为难你？”

“江北那边是不是特别冷？”

“年假还剩几天？”

“多玩一段时间再回去，江北那边气候到底不如这边的好。”

“我给你腌了点泡菜，到时候你回江北可以带去，分给你的同事。”

吃完饭了，夏依然开车和马未希去了医院。原本乔阮也是要去的，可夏依然态度坚决，不让她去：“坐了这么久的飞机和车，肯定累了，今天早点休息，等下次有时间了再去。”乔阮答应了。李月明送她回酒店，在李月明的强烈要求下，两人又去吃宵夜。李月明点了一扎啤酒和一些烧烤。

“我总觉得你去江北以后就把我给忘了。”她一边和乔阮碰杯，一边埋怨。虽然出去聚餐或是应酬，偶尔也会喝酒，但乔阮仍旧不太适应酒的味道，又苦又涩。

听到李月明的话，她笑道："怎么会？"

李月明不信："你在那边交到朋友了吗，比和我关系还要好的那种？"

乔阮说没有，确实没有。然后李月明就放心了："老公只能有一个，好朋友也只能有一个。"

乔阮笑了笑，笑她那句带点霸道意味的话，但也听进去了。

酒没喝多少，李月明还是顾虑着乔阮刚下飞机，怕她累着："今天早点休息。"

乔阮点头："你也是。"两个人就这么在酒店分开。

乔阮洗完澡就睡了，并不知道在半夜下起了那么大的雨。

这场雨来得又凶又急，马未希和夏依然被困在医院里。停车场离住院部挺远的，他们又没带伞，于是只能先待在医院等雨停。

夏依然在病房内陪奶奶讲话，马未希一个人坐在走廊的椅子上玩奥特曼。脚步声由远及近地传来，男人微微屈膝，眉眼温柔地和他打招呼："晚上好。"马未希看到那张熟悉的脸，是那个给他买奥特曼的叔叔。他刚想也和他说一句"晚上好"，可是突然想起姐姐说过的话。他跳下凳子，一声不吭地往前走。走了两步他又停下，快步跑过去，把奥特曼还给他："叔叔对不起，我姐姐说很讨厌你，所以我不能和你讲话。"

沈负愣了愣："讨厌……我吗？"

他点头："虽然不知道叔叔做了什么事让我姐姐这么讨厌，但叔叔肯定不是好人。"

沈负良久没有说话，马未希进了病房，这个点走廊上没什么人，地板上有别人鞋底带进来的雨水，混合着一点泥，看上去肮脏。

马未希那天晚上失眠了，他总觉得那个叔叔应该是个好人。但是姐姐讨厌的，他也会讨厌。可叔叔好像还挺可怜。马未希心里怪不是滋味的。他一晚上没睡，第二天夏依然来他房间，见他的黑眼圈那么重，心疼地问他怎么了。马未希说他失眠了，一整个晚上都没睡。夏依然以为他是生病了，让他在家好好休息。乔阮听到这个消息急急忙忙赶回家。

马未希一看到她就往她怀里钻："姐姐。"

乔阮抱着他，轻声哄道："是哪里不舒服吗？"

马未希摇头："姐姐为什么要讨厌那个叔叔？"

"怎么突然问起这个了？"

马未希说："我昨天见到那个叔叔了，在医院。"乔阮猜到，估计是马未希说了点重话，然后他又觉得心里过意不去。

"没事的，你在家好好睡一觉，叔叔那边，姐姐去和他说。"

马未希小声问："可以替我和那个叔叔说一声对不起吗？"

乔阮笑道："好。"

她第一次主动联系江演，可能也是最后一次了。总不能一直逃避，有些话，她还是得当面和他说清楚。

见面的地点在一家西餐厅。江演应该是刻意打扮过，领带也换成了乔阮喜欢的粉色。他对这场见面的重视不需要任何言语，早就体现在细枝末节里。

乔阮第一次心平气和地和江演这么面对面坐着。

"江演。"她喊他的名字。

人真的是一种很奇怪的生物，乔阮用厌恶的眼神看他，用不屑一顾的语气喊他，江演总能淡定面对。可是她稍微放缓语气，他就觉得有什么东西破裂了。哦，原来是他的内心。他紧张得手一直在抖，不敢看她。怕，也害羞，生平第一次感到害羞。

"怎……怎么了？"

乔阮来西餐厅没点红酒，反而点了一扎酸梅汁，她给他倒上一杯："不喝酒可以吗？"

"可……可以的。"

"今天约你出来，是有些话想要和你说清楚。"

江演不抖了。气氛太平静，平静到哪怕是在西餐厅，也没有半分浪漫气息。他在等，等乔阮说出那句话。

"我确实很讨厌你，或许你不太清楚，高中时的那段经历带给我多大的恐惧。我直到现在还会做噩梦，梦见我的课桌被人装满蟑螂，梦见我被锁在厕所里，但是，”她说，“我也想试着和从前和解，所以江演，我决定不讨厌你了，我们当陌生人吧。”

江演抬眸，喉咙仿佛被什么哽住，生涩痛苦：“陌生人？”

“嗯，见面了也不会打招呼的陌生人。”

他知道“陌生人”这三个字意味着什么。意味着，他没有赎罪的机会了，意味着，他这些年的执着、他的改变，都没用。她不是和他和解了，她是和自己和解了。

乔阮走了，走之前还把账给结了。她说以后不要再联系，就这样井水不犯河水地当陌生人，其实也挺好的。她是铁了心地要和江演划清界限，同时也决心走出一直困扰她的噩梦。

年少时的经历是足够给人带来一辈子阴影的。她一直被困在这段阴影里。直到现在，她才试着走出来。

江演看着她的背影，走得挺决绝，她中途哪怕是稍微停顿一会儿都不至于让他这么难过。他讨厌情绪被别人左右。为什么要喜欢她呢，当初连遇见都不应该啊。他眼睛酸涩得要命，胃里也难受。胃酸上涌，他恶心得想吐。他趴在桌上，大口地用嘴呼吸，像一条濒死的鱼。

原来人在极度难受的时候是会缺氧的。服务员发现他的异样，上前询问：“先生，需要帮您叫救护车吗？”他不说话，死死攥着桌布，颈间的青筋都因为用力而凸起。然后他哭了。这应该是他第一次哭吧，至少在他的记忆里。可能也是最后一次了。

既然他这么惹人厌恶，就不去打扰她了。这种撕裂般的痛感，他没勇气再尝试第二次。他希望她幸福，又不希望她幸福，最好幸福地孤独终老。想到她未来会和其他男人在一起，共度余生，他就嫉妒得要命。说到底，他还是性格恶劣，善妒。她厌恶他也正常，连他都开始厌恶自己。

乔阮坐公交回酒店，她靠着车窗，看外面的天空。她突然觉得，沛城的天空原来这么蓝。摆脱了江演，她觉得自己的人生都变得轻松了许多。

车站在酒店前面几百米，下了车后还得走个几分钟。

沈负边接电话边往外走，空出来的那只手正扣着袖扣。银色袖扣，四四方方，在灯下泛着寒光。看到乔阮了，他脚步停下。

“晚上再说。”他和电话那端的人说了这样一句话，然后挂断。

乔阮和他打过招呼，刚要进电梯，谁知道沈负也一起进来了。他看着乔阮按下“8”，没动。

乔阮问他：“你去几楼？”

他笑：“八楼。”

乔阮疑惑：“你也住在八楼？”

他摇了摇头：“去你房间坐坐。”

乔阮最后还是让他进去了。她打开冰箱，问他：“喝点什么？”

“咖啡吧，谢谢。”

乔阮说：“只有酸奶。”

沈负便笑：“那就酸奶。”

酸奶的保质期都很短，再加上这些都是李月明提前给她买好的，都过期了。乔阮看到上面的日期，有些窘迫：“要不我还是下去给你买吧，这些都过期了。”

“没关系。”沈负伸手去接。

乔阮听他这么说，才犹豫地把酸奶递过去：“万一拉肚子怎么办？”

沈负在看到她以后，脸上最多的表情大概就是笑容了。他总是在笑：“我身体挺好的，应该不会这么容易就拉肚子。”

然后乔阮就不说话了，也拿了一瓶酸奶坐下。沈负盯着她手里的酸奶看了一会儿：“要不你还是别喝了。”

她不解地抬眸：“为什么？”

沈负笑了笑，从大衣口袋里拿出一瓶香蕉味的牛奶，瓶子还是小熊形状的：“同事的女儿送给我的。”

乔阮没接：“那你……给我干吗？”

沈负笑道：“这么可爱的牛奶，好像只有可爱的人喝，才不会觉得浪费。”乔阮的耳尖微微泛红，她别开脸，不敢看他。沈负注意到了，但也没说什么，只是眼底的笑意更明显了些。沈负喝了一口酸奶，然后把瓶子放下，估计是不太喜欢酸奶的甜酸味。他问乔阮：“这次打算在沛城待几天？”

乔阮说：“八号开工，七号就得回去了。”

沈负若有所思地点了点头。安静持续了一段时间，他又问：“你奶奶的病，怎么样了？”

乔阮抬眸：“你怎么知道？”

他笑道：“上次在医院看到你弟弟了，他还把我买给他的奥特曼还给了我，说是你跟他说的，你很讨厌我。”

乔阮微微睁大了眼睛，她还以为给马未希买奥特曼的是江演。她忙解释：“我说的不是你，我以为是……”

沈负点头，声音温温柔柔的：“我知道，你要是讨厌我的话，肯定连话都不会和我说了。”他太了解她了，胜过了解自己。

沈负也没有在这里待太久，他还有私事要去处理。他走后，乔阮一个人躺在沙发上发呆。在整个人完全放空的十分钟后，她睡着了。

她睡了一下午，天黑的时候被李月明的电话吵醒：“李慎开了台，来蹦迪啊姐妹。”

她那边音乐声吵得炸耳，乔阮忘记自己是睡在沙发上的，翻了个身险些摔下去。困意顿时消了大半：“你们玩吧，我就不去了。”

李月明自然不依，今天这个台就是为了给她接风洗尘特地开的：“你可是主角，一定要来。”

乔阮被她一阵软磨硬泡，最终还是点头同意了。她也没换衣服，就穿这身过去。卡座里只有李月明和李慎两姐弟。乔阮有阵子没见到李慎了，他长高了不少，肩背更宽了，戴一副银边眼镜，外套脱了放在一旁，内里是一件黑色的羊毛衫。

他和乔阮像是同类人，穿着性感抹胸的李月明反倒成了异类。她说：“没劲，你们两个都没劲，好不容易来蹦一次迪还穿得这么保守。”

乔阮和李慎除了在大学期间有过联系，后面来往就逐渐断了。这么多年过去，两人都有种初次见面的生疏感。打过招呼后，李慎先开口问她：“这次会在沛城待多久？”是和沈负一样的问题。

“还没确定，应该是待到七号。”

李慎点了点头，端起桌上那杯蓝色玛格丽特，抿了一口，左手随意地平放在腿上，手指无规律地轻轻敲打着。片刻，他又问：“这些年和沈负有联系吗？”

“嗯。”她点头，“刚刚还见过。”

李慎抬眸：“沈负也回来了？”

“回来了。”

李慎和李月明一样，都是从小和沈负一起长大的。他们和沈负不同，不像他性子那么决绝，把人际关系当成随时可利用、随时可抛弃的东西。

他们可是真真切切把沈负当成朋友的，但这些年他从不和他们联系，他们也联系不到他。李慎从乔阮这里得知沈负过得还算不错，于是也稍微松了口气。

或许是嫌鸡尾酒喝得不够过瘾，李月明要了两提啤酒。李慎微微皱眉：“少喝点酒。”

李月明递给他们一人一瓶：“出来玩肯定得喝酒啊。”

李慎有些头疼，他告诉乔阮：“她上次还把自己喝进医院过。”

乔阮担忧地睁大眼睛：“怎么没和我说？”

“那个时候你在准备考博，她怕你会分心，就没让我告诉你。”

听到这话，乔阮更加不可能让李月明喝酒了，生生把她手里的酒杯抢过来，给她倒了杯热橙汁：“喝这个。”

李月明苦着一张脸：“这个怎么喝？”

“用嘴巴喝。”

李慎轻声笑笑。

沈负和那人谈拢以后，从包厢离开，他身上有微微的酒气。他把外套脱了，往外走的时候将外套扔进垃圾桶里，脸上重新浮起阴冷之色。

喧闹的音乐声，有意无意往他身上撞的男女，都让他感到厌恶。心底的烦躁如鱼跃一般，瞬间涌出。然后他在这灯光闪烁的地方，一眼就看见了乔阮。她仿佛自带着光芒一样，是沈负一直在追寻，却怎么追也追不到的光。他走过去，烦躁一扫而空。

“你怎么在这里？”如春风一般温柔的声音，熟悉又有些陌生。

李月明和李慎一起抬头。他们看着面前这个人，这张脸。他好像也没怎么变，除了变得更成熟稳重，更有成年男性的魅力以外，其他的和从前没有太大区别。李月明先站起来，她惊喜地喊道：“沈负！”

沈负略微抬眸，短暂地将视线从乔阮身上移开，和他们打招呼：“好久不见。”

“是挺久的。”李慎说，“我们刚刚还和乔阮提起你呢。”

“哦？”他微挑了眉，饶有兴趣地看着乔阮，“说我什么了？”

乔阮吃了口黑森林蛋糕上的巧克力：“说今天还见过你。”

他笑了笑，动作自然地在她身旁坐下：“这有什么好稀奇的。”

李月明说：“还不稀奇呢，我们都多久没有见过你了！”

沈负拿酒的手微顿，最后换了方向，给自己倒了杯橙汁：“都在沛城，总会遇见的。”

李月明埋怨：“说什么总会遇见，如果今天不是和乔阮在一起，恐怕还不知道什么时候才能见到你。”

他一双笑眼微弯：“有缘分的话，会遇见的。”

李月明故意问他：“那你和乔阮呢，你们也是因为有缘才遇见的吗？”

没想到老友重逢的话题居然这么生硬地转到自己身上，乔阮只能尴尬地喝橙汁。沈负看着她笑：“大概吧。”没有缘分，他就强行制造缘分，总不能不见面吧。

李慎本来不喝酒的，但因为高兴，于是破天荒地开了口，说：“喝一杯吧。”

沈负并未直接回答，而是看了眼乔阮，似乎在等待她的点头。一种暧昧的氛围莫名地升起。李慎和李月明对视一眼，都心知肚明地笑了笑。

发蒙的那个人成了乔阮，她还咬着吸管，见所有人的目光都落在她身上，有些迟疑地坐直了身子：“你们都看我干吗？”

李月明调侃一般地问：“沈负应该可以喝酒吧？”

乔阮又想起上次的聚餐了，他喝得路都走不稳。虽然不知道李月明为什么要问她，但她还是象征性地嘱咐了一句：“少喝点。”

沈负抿唇轻笑，很乖地点头：“好。”

“这么听话啊。”李月明倒了杯酒，动作自然地放在沈负面前。沈负只笑，也不接话。

杯盏碰撞，乔阮看着沈负把那杯酒一口给喝完了，出于好心地提醒他：“你还是少喝点吧，忘了上次吗？”

沈负像是真忘了，轻抬眉毛，在回想。当那段记忆被找回后，他轻笑着点头：“知道了，少喝点。”他酒量确实挺差，但也不至于一杯啤酒就倒了。

李月明似乎已经接受了他们这种“老夫老妻”的相处方式，便没继续调侃，而是问沈负：“你不是不太喜欢这种地方的吗，今天怎么来了？”

沈负语气平淡：“见了个客户。”

“客户？”李月明问，“你的病人吗？”她听乔阮说过，沈负成了一名心理医生。

沈负说：“公司那边的客户。”

然后李月明就明白了，沈叔叔年前病了，现在还在医院里躺着，留下公司和家里那堆烂摊子没人处理。她又问：“对了，小望几岁了？”

沈负换掉杯子，倒了杯温水，听到李月明的话，动作稍顿，面上却无异样。他摇头：“不清楚。”

李慎轻咳了一声，冲李月明使了个眼色，后者才知道自己说错话了，顿时老实地闭嘴。只有乔阮全程都像个局外人一样，完全不知道他们在说什么：“小望是谁啊？”良久没人接话。

李慎不知道这个问题该不该回答，毕竟是沈负的家事，他们这些外人也不好多嘴，于是只能借喝酒来敷衍过去。反而是沈负，一改刚才的冷漠，温和且耐心地解答道：“是那个人多年好友的孙子，现在寄养在沈家。”

难怪刚才的气氛一下子变得那么尴尬。这下轮到乔阮尴尬了，她借喝橙汁来掩盖尴尬。沈负却笑了笑："好喝吗？"

她眼神飘忽，四处乱看，生怕和他的眼神对上："挺好喝的。"

他若有所思了一会儿，叫来酒保，也要了一杯热橙汁。乔阮莫名其妙地心跳加快，不过只是那么一瞬间。就连她自己也说不出是因为什么。其实是她忘了，在很多年前，她经常短暂地心跳加速，在每次遇到沈负的时候。可能是太久没有这样的悸动了，便显得陌生。

他们并没有在酒吧待多久，李月明家里人在催，说是他们的舅妈来了。李月明叫了代驾，上车前她笑容怪怪地和乔阮说："沈负就麻烦你送回去了。"

乔阮看懂了她的笑，也只是点头："路上小心点。"

他们走了，沈负却说不想这么早回去，提议道："走走？"

乔阮点头："嗯。"就连她自己都没有发现，潜移默化中，她逐渐又变回从前那个拒绝不了沈负的乔阮。

他们往前走了一会儿，到了一个广场。这里不比酒吧安静多少，旁边放了个音响，空地上是跳广场舞的人，穿着统一的红黑服装。

乔阮在长椅上坐下，看她们跳。沈负陪她一起看，心突然平和下来了。

"你那天为什么要去医院？"

听到乔阮的问题，他轻笑着开口："他生病了，我应该去。"应该去，不是要去。抛不开的责任而已。

"那个小望……"乔阮欲言又止。

沈负说："挺可爱的，眼睛和你一样，都是杏眼。"

大概也是因为这点，才不至于让沈负对他厌恶。"爱屋及乌"用在这里，似乎不太恰当。可确实是爱屋及乌。只是因为眼睛巧合地有几分相似，沈负便不忍心不管他。怕看到他哭，总觉得是乔阮在哭。

"才四岁啊，他家人怎么舍得把他寄养在沈家？"

"谁知道呢，大概那个人的友人和他是一样的人，心里有个爱而不得的人，之所以结婚，不过是为了繁衍后代罢了。"他笑了笑。

好像大部分的男性都对繁衍后代有着极深的执念。乔阮问："那你呢？

你也和大部分的男性一样吗？”

沈负看着她，看了很久。他眼底带笑，却认真地回道：“生孩子太疼了，我不会让我爱的人去冒这个险。”乔阮就算再蠢也不会看不出沈负这话是故意说给她听的，何况她不蠢。

该回应吗？可她不知道应该怎么回应。不可否认的是，她确实还喜欢沈负。她自以为已经忘了他，不过是在心里强行催眠自己，不要继续下去了。这是一种自我保护的方式。她很熟练，因为她一直以来都是处于这样的生存模式中。没人保护她，她就只能自己保护自己。

说的是乔阮开车送沈负回去，从某种意义上来讲，也算是乔阮搭了沈负的顺风车，毕竟两个人住在同一所酒店。不过沈负住的房间比她的要高级一些，他住在最顶层的总统套房。李月明当时还挺遗憾，说原本是想让乔阮去顶层住的：“也不知道是哪个暴发户，一住就是半个多月。”

这种星级酒店的总统套房乔阮可住不起，就算李月明说了不收她的钱，乔阮也不可能去住的。她不是那种会占朋友便宜的人。

“暴发户”本人递给她一盒牛奶：“睡前喝，对睡眠好。”

乔阮却说：“我觉得你挺需要。”

他笑了笑：“吃药对我来说比较有用。”

他失眠的问题常有，和乔阮不同，乔阮只是压力太大造成的短时间失眠，是可以调节过来的，可沈负的失眠是从很早就有的老毛病了。

好在他的睡眠所需时长本来就比别人的短，他也不觉得有什么。时间长了，他就习惯了。那盒牛奶最后还是回到乔阮的手里。难怪中途那几分钟他人不见了，原来是去买这个了。

乔阮洗完澡坐在沙发上，盯着手里的牛奶看。因为是鲜牛奶，所以保质期只有几天。上面的提示是打开后二十四小时内饮用，少许沉淀属于正常反应。她躺在床上，看一盒牛奶的成分表比看实验报告还要认真专注，都快把那盒牛奶看出花来了，也不舍得喝。

如果她喝了它，那它是不是就从这个世界上消失了？可这是沈负送给她的，是不是也代表了沈负？乔阮不知道自己最近怎么了，总想些莫名其妙天马行空的事情。

夜深了，月亮躲进云层里，万物静谧。桌上的牛奶完好无缺地放在那里，没有被喝掉。

夏依然给马未希报了个兴趣班，学珠心算的，说是可以锻炼大脑和记忆力。但他不想学："我想学围棋。"他可怜巴巴地趴在乔阮的膝盖上，试图靠撒娇来让乔阮心软。

乔阮却说："课是你爸爸妈妈决定帮你报的，你乖乖听话。"不是乔阮不帮他，而是马未希的三分钟热度来得快去得也快。

明明昨天还哭着喊着要去学游泳，今天他就变卦了。万一她现在答应了，明天他又哭着喊着想去学其他的呢？

乔阮检查了一遍他的作业，错题挺多的。她做出记号，把那些错题融合成了几道比较经典的题目，仔细地和他讲了好几遍："现在知道自己错在哪儿了吗？"

兴许是因为刚被拒绝过，他有点提不起精神来，没什么力气地点了点头，然后拿着笔在上面涂涂改改。

乔阮捏了捏他的脸："行了，待会儿姐姐带你去买奥特曼。"

这话一出，马未希瞬间恢复过来："真的？"她点头。

眼下好不容易把人给哄好了，乔阮终于空出时间来给李月明发消息。李月明昨天约了乔阮，今天下午三点一起吃饭。她先送马未希去了少年宫，然后才出发去找李月明。

这顿饭只有她们两个人，所以李月明就问出了自己从昨天晚上就开始好奇的问题："你真和沈负在一起了？"

乔阮正看着手里的菜单，听到她的话，短暂地抬眸："什么在一起？"

"他昨天看你的那个眼神，可不就是男朋友看女朋友的眼神吗？"

沛城的东西清淡得要命，光是看食物介绍乔阮就丧失了点菜的心情。她敷衍地应道："有吗？"

李月明激动了，她两只眼睛的焦点努力落在乔阮身上，亲自演示一遍："像这样。"

乔阮看了李月明的眼神，对沈负刮目相看：“他昨天看我的时候还斗鸡眼了？”

李月明不爽地推了她一下：“我这叫深情，什么斗鸡眼。”

乔阮笑道：“你刚刚真的斗鸡眼了。”说着，她还示范了一下。

还真是，李月明说：“但他昨天看你的眼神确实挺那啥的。”

点的甜品先上了，乔阮用勺子戳了戳。她不蠢，也不瞎。如果是以前的话，至少在一个月前，她肯定会一点余地都不留地让他不要继续这样。但是现在她像是默许了。

李月明问她：“你是怎么想的？”

乔阮摇头：“我也不知道。”

李月明说：“你要是喜欢他，那就大大方方地同意，要是不喜欢就直接拒绝。沈负挺可怜的。”她当然知道沈负可怜。她拒绝过，拒绝过很多次，但拒绝没用。而且现在，她好像也不舍得再拒绝了。是因为觉得他可怜，所以同情他吗？她不知道。

结束了和李月明的饭局后，正好到了马未希放学的时间，乔阮去少年宫接他。李老师牵着他的手和乔阮告状：“他今天把楼下围棋班的小朋友打哭了，让他道歉还不肯。”

乔阮神色微凛，问他：“为什么打架？”

马未希还觉得自己委屈呢：“明明是他先动手的，说我抢他的叔叔，读个幼儿园小班还挺横。”

乔阮眉头一皱：“这么小的小朋友你都打。”

马未希低着头不说话了。现在是在外面，乔阮没法教训他，让他先做好心理准备。马未希确实被吓到了，说自己以后再也不敢了，还抱着李老师的大腿忏悔。

乔阮见他认错态度还可以，也就没表现得太严厉，只是让他下次不要打架了，再见到人家的时候记得道个歉。她还不忘心疼地问他：“你有没有伤到哪里？”

马未希摇头：“他都打不到我，小矮子一个，才到我屁股。”

“人家才四岁，你都多大了。”

他得意得很：“我四岁的时候可比他高多了。”

“你还记得你四岁的时候多高？”

“妈妈告诉我的，她说我从小就长得高。”

两人一边说一边进了前面的便利店。马未希喜欢吃这里的关东煮。便利店的双开玻璃门在他们靠近的瞬间自动打开，这下里面的噪音听得更清楚了。一个没多大的小孩子趴在地上哭得伤心，坐在他身旁的男人正专心工作，偶尔嫌他吵了，会用手里的面包堵住他的嘴。然后孩子一边吃一边哭，不过声音确实比之前小了许多。

男人是背对着这边坐的，看不清脸。马未希偷偷摸摸地小声说：“姐，他是被拐来的吗？那人该不会是人贩子吧？我们报警吧。”

“不是人贩子。”乔阮说，“想吃什么自己选，辣的不许点。”马未希的肠胃不好，一吃辣就拉肚子。

“他就是被我打哭的幼儿园小班的小朋友，你说他会不会是因为这个离家出走，所以才被人贩子抓住的。”

因为马未希的话，乔阮多看了一眼。那个孩子虽然哭得一把鼻涕一把泪的，嘴上还沾满了面包屑，但是不难看出，是一个很漂亮的小孩子。皮肤白白的，睫毛长长的，眼睛黑亮亮的。

“你也下得了手。”乔阮说。

“怎么不行？”他说，“他扑上来咬我的时候可没见他下不了嘴。”

“行了，嘴皮子真是越来越厉害了。”

身后的孩子估计是面包吃完了，哭声又在逐渐变大。男人彻底没了耐心：“再哭就把你扔出去。”

马未希凭声音认出了人，拉着乔阮的手就要走：“姐姐，是你讨厌的那个叔叔。”他说得着急，也忘了控制音量。前面那一大一小都看向这边。小的不哭了，大的眼神变温柔了：“阿阮。”

“叔叔，”沈望用刚擦过眼泪脏兮兮的手去扯沈负的外套下摆告状，“就是这个胖胖的哥哥打的我。”

马未希理直气壮地回击："明明是你先动的手。"

沈望从地上爬起来，身子小小的，脸也小小的，就连声音也是小小的："你抢我叔叔。"他宣示主权一般，拉着沈负的袖子，"是我的叔叔！"

"手拿开。"沈负没有一点感情地说道。

"哦。"沈望听话地松开手，同时失落地把头低下。

"沈负，你别这么凶。"乔阮轻声斥责他，走到沈望面前，从刚结完账的零食里拿出一个糯米糕递给他，"吃这个吗？"

沈望没有接，而是看了沈负一眼。沈负的眼神都在乔阮身上，沈望连余光都没分到一点。虽然已经想吃到咽口水了，但没有得到沈负的应允，他还是很有骨气地摇头："谢谢姐姐，我爸爸说过，不能随便吃陌生人的东西。"

乔阮拆开以后递给他："我不是陌生人，我是你叔叔的朋友。"

即使乔阮这么说了，沈望还是听他叔叔的。四岁的小粉团子，脸上还挂着泪水，又乖又认真地盯着沈负看。乔阮莫名有些不忍心，觉得沈负对他太狠心了。

"吃吧，你叔叔不会说你的。"她蹲下身，摸了摸他的脸，笑道。

马未希不乐意了，横插进来："他又不是你的弟弟，你不许摸他！"霸道得挺直白。

似乎只有小孩子的感情才会表现得没一点遮掩。喜欢是这样，吃醋也是这样。

沈望最后还是吃了那个糯米糕。沈负替他接了过来，递给他："还不说谢谢？"

他乖巧地鞠躬："谢谢姐姐。"

乔阮笑道："不客气。"

真可爱。这个年纪的小朋友，只要不淘气，一举一动都是可爱的。

沈负让他自己去玩，看了眼跟门神一样守在乔阮身边的马未希，笑容温柔地问："想吃什么？"

马未希手指着冰柜。他笑道："去挑吧。"然后马未希就去了，自己踮着脚在那儿挑。

“他多大了？”两个多余的小朋友都走了，两人终于得以单独相处，沈负喝了口咖啡，问她。

乔阮说：“都要升初中了。”

“十一岁？”

“嗯，今年生日过完就满十一了。”

他轻轻转动手里的咖啡杯，似感叹一般：“时间过得真快。”

乔阮轻“嗯”了一声，表示赞同。

时间过得确实很快。这家店开了挺多年了，从前她和李月明经常来这里写作业。那个时候的她们正值青春年少，对一切都懵懂，有喜欢别人的勇气，也不缺从头再来的时间。

可是现在，勇气早就随着时间一块消磨干净了。

和她差不多年纪的，好像都过得挺匆忙的，匆匆忙忙地相亲，匆匆忙忙地结婚，很少再有人愿意腾出那个精力来谈感情了。

还是那句话，这个年纪的人，对待感情更多的是一种衡量，不全由心。

沈负见她坐在那里发呆，也不打扰她，而是安安静静地陪着她。他其实不太懂浪漫，也不会说情话。

医院里的同事说，如果他没有这张脸，就他这个拒人千里的性子，这辈子或许都谈不了恋爱。所以，沈负有的时候还挺庆幸，至少他还剩下这张脸。万一乔阮是看重外貌的呢？那么他仍旧有机会。

乔阮从发呆中回过神来，见他一杯咖啡都快喝完了，看了眼时间，居然已经七点了。她喊马未希：“还在吃？”

马未希吃了一嘴椰子灰，死鸭子嘴硬地说：“我没吃多少。”

吃雪糕的钱是沈望给的，因为马未希和他说：“你叔叔要请我吃雪糕。”

乔阮看着沈负：“那我们先走了。”

他站起身，说要送她。

乔阮拒绝了：“我弟闹腾，还是不麻烦你了。”

他也不勉强，只笑了笑，叮嘱她："路上小心。"

"嗯。"乔阮和沈望挥手，"再见啦，下次姐姐请你吃饭。"

沈望礼貌地挥手："姐姐再见。"

一大一小从便利店离开，沈负迟迟没有收回视线。沈望鼓起勇气走过去，轻轻拉住沈负的手。叔叔的手很大，他的手却小小的。

"我刚刚请他吃雪糕了 。"他的声音带了点讨好，"是用的我自己的零花钱。"手里的小钱包都空了，他死死攥着，也不心疼。

沈负看了他一眼。沈望立马低下头，他太小了，年纪小，身体也小，手脚都是小的。他只敢看自己的鞋子，不敢抬头。

叔叔是个很冷漠的人，他不会大声斥责他，也不会严厉地教导他。他说过最多的一句话就是："别烦我。"

所以沈望很努力地在减少自己的存在感。在他快把自己缩成一团的时候，沈负让他把书包收好。沈望立马听话地走到桌子那里，把作业本放进书包。然后他跟着沈负一起去了停车场，回家。

沈负不在家里住，他只是把沈望送回家。

看着那辆黑色的车开走，消失在无尽的夜色里，沈望被保姆阿姨牵着，眼睛红了。

保姆阿姨蹲下身，替他擦眼泪："乖宝怎么哭了，是不舍得叔叔吗？"

沈望脑袋枕在阿姨的肩膀上，委屈地撇嘴："好想叔叔。"

阿姨哄他："没事的，叔叔明天就来了。"

"骗人。"浑身上下都是一股奶味的人类幼崽，连哭的声音都是奶声奶气的，"叔叔肯定不会再回来了。"

第九章

他的阿阮

乔阮今天没回酒店，奶奶回老家去了，夏依然和马越霖说了很久，他终于松口肯去奶奶的房间睡觉。

夏依然说："好久没和我的乖宝一起睡觉了。"

乔阮笑了笑，陪她一起看电视。确实挺久了。虽然夏依然总说，不管她生没生马未希，乔阮都是她最爱的乖宝，但是这个"最爱"到底掺了多大的水分，乔阮也不清楚。

人之常情。她组建了新的家庭，就不可能全心全意地去爱乔阮。

乔阮始终都是一个外人。她有时候会想，她以后结婚一定要慎重一些。她不想仓促结婚，再因为不合适而离婚，离婚对于一个小孩的打击实在太大了。那天晚上，夏依然和她说了很多话。说她的小时候，说她的未来。

"你刚出生的时候特别丑，村里的人都说丑点没事，丑人有福。我每次都和他们争，我说我的阿阮才不丑，她只是没长开。人到八岁就会变好看，你看，你现在多好看。"她说起这话时，带了点得意。

乔阮也笑，却不说话。夏依然大概不知道，她丑了挺久的，小的时候黑黑瘦瘦，并不出众。奶奶爱给她剪很短的头发，说别人留长发的都是有妈妈帮忙梳头，你没妈妈，你就只能剪短。她像个假小子一样，一头短发陪她到了初中。夏依然睡着以后，她睡不着了，动作小心地掀开被子起床。

家里的房子换了个大点的，离学校近，方便马未希读书。贷款贷了很多年，首付也是东挪西凑借来的。沛城的冬天很冷，更别说是晚上了。吹进来的空气仿佛都带着冰霜，路两边的灯是开着的，成为昏暗的一抹黄。她缓慢地往前走，影子在身后被拉得很长。

凌晨两点钟，大家都睡下了，整个城市都处于休眠中。安静，安静得有些诡异。乔阮却很喜欢这个时候。她的大脑足够清醒，她可以在这段时间思考很多事情：下个假期应该去哪里旅游，云南还是贵州？复工以后又该为实验经费头疼了。

希望新的一年，那些助理实验师能少出乱子。还有……沈负他……乔阮知道自己在乱七八糟地想些什么，但她又不敢去细想。她确确实实还喜欢着他。这是她花了很长一段时间才弄清楚的。从沈负再次出现在她面前，并且怎么赶都赶不走的时候，她好像就看清了自己的内心。

她看上去像是变了，但其实也没怎么变。对待感情她仍旧没有安全感。骨子里的自卑是很难被抹去的。她和沈负不同，沈负是不懂爱，但他没有自卑的必要。他从小到大一直都很优秀，不是那种普普通通的优秀，而是样样通，样样精的优秀。

乔阮坐在小区里的石椅上，看着天上的月亮。真好看啊，月亮。可它一直挂在天上，孤零零的，会感到难过吗？应该会吧。乔阮突然心生贪恋，想将月亮占为己有。

夜风急促而锋利，像刀片割划在脸上一样生疼。此刻，她突然觉得很孤独，好想拥有一个家。吃晚饭的时候她就有了非常强烈的感触。她看着夏依然训斥马未希，又在看到他的成绩单后喜笑颜开，说明天给他做最爱吃的排骨，奖励他。

乔阮才恍然大悟，她一直介意的是什么。她不是吃马未希的醋，而是突然觉得，这些不就是她一直想要拥有的吗？那些训斥、那些夸奖，她好像从来没有拥有过。

夏依然没有陪伴她成长，在她被接来沛城以后，夏依然又因为心疼她便处处对她好。但那个好是带着愧疚和隔阂的。乔阮知道，也能理解，但她会难过。她自怨自艾地想，这个世界对她可真不公平。

路灯的光晃了几下，像是电路不稳。被冷风吹了这么久，她消极的情绪差不多也消失殆尽。站起身时，低血糖导致了视线恍惚。等到再次看清时，就见到男人靠墙站着，大衣是深灰色的，高领毛衣挡住小半截下巴。刚吹干的头发此时更加柔软，眉骨被遮住，那双桃花眼微挑。昏暗的路灯在他身上铺开一层暖色的光，仿佛他就是温暖本身。

沈负手腕上挂着一个便利店的塑料袋，看上去沉甸甸的。他轻轻歪头，声音温柔地恐吓她："不好好睡觉的小朋友，是会被圣诞老人抓走的。"

乔阮被他带着几分傻气的话逗笑："哪里来的圣诞老人。"

"虽然算不上特别老，"他向她走来，"但今天我就勉为其难地当一天圣诞老人。"他轻笑着补充，"乔阮一个人的圣诞老人。"

在听到他的话以后，乔阮的睫毛微不可察地颤动了几下。两人的身高悬殊，他微微屈膝，才得以和她视线平齐。"可以许愿了，什么愿望都可以，"他说，"就算是想要月亮，也可以。"

她突然想起了某首歌的歌词：被爱好似有靠山。

乔阮问他："不管多不现实的愿望都可以实现吗？"

沈负笑着点头："不管有多不现实，只要是你许的，我都会实现它。"

她鬼使神差地问："如果我说想要月亮，你也能帮我摘下来？"

他笑着点头："可以，只要你想。"

乔阮看见他眼里宠溺的光，在这月光之下太显眼。月光是温柔的，他也是温柔的。乔阮突然不想要月亮了，月亮就应该好好地在天上挂着。她恍惚地想，地上其实也有一个月亮，并且，比天上的那个还要温柔。

她以前怎么没有发现他笑起来这么好看呢。乔阮说："我现在还没想好，可以等以后再提吗？"

沈负点头："可以，不管是多远的以后，都可以。"

乔阮笑出了声："圣诞老人不是都有胡子的吗，怎么你没有？"

沈负看她笑了，稍微放下心来："总不能一直让老人家这么通宵达旦地忙吧，我今天代班一天。"他语气温和地说出这番不太着调的话。

乔阮重新坐下来，言归正传："你怎么过来了？"

先不说这个时间有多晚，光是从酒店到这边的车程都有四十来分钟。说他是偶然经过，乔阮肯定不会信。

沈负也没打算隐瞒。从他发现乔阮对他再无往日的生疏和抗拒后，他就不会对她隐瞒任何事。“本来准备休息的，突然感觉有些烦闷。”他看着乔阮，眼中有担忧，“总觉得，你在难过。”

乔阮愣了一下，她移开视线，不再看他的眼睛。她用强装镇定的语气，似调侃般地笑道：“难道这就是传说中的心电感应？”沈负只笑不语。

夜晚的风像是有形状，枝干倾倒的样子 就是它们短暂显出的形态。

“为什么不高兴？”大概是问出口以后才觉得唐突，他又不紧不慢地补充一句，“如果你愿意的话，可以和我倾诉。”人在难过的时候，的确会想找一个人吐露心声。不是为了被安慰，只是单纯地想说出来而已。

乔阮沉默了一会儿，然后才望着天空中的那轮圆月，缓声开口：“在我很小的时候，我妈妈就抛下我自己走了，我从来没有怪过她，因为我知道，每个人都有很多种选择，她的未来不应该被困在那个落后又贫穷的地方。”

“可是她一次都没有回来看过我，我不记得她长什么样子，但我相信，只要她出现在人群中，出现在我的视野里，我就能一眼认出她。”乔阮垂下眼，声音也逐渐弱下去，“可是没有，她不光没回来过，甚至连电话都没有打过一次。”

沈负看着她，满眼都是心疼。他将手抬起来，想揽过她的肩膀，想抱她，想让她靠在自己的怀里，但最后又只得放下。他问：“那后来呢？”

“后来我被她接到了沛城，她对我很好，哪怕马叔叔不喜欢我，要赶我走，可她永远都护着我。

“她带着愧疚来爱我，从不大声呵斥我，无论我做错了什么，她都会温柔地和我说话。

“我以为这很正常，这就是爱。

“后来小希出生了，我看到妈妈会在他做错事后凶他，凶完以后又会心疼自责地一个人偷偷躲起来哭。那个时候我才知道，她对我的爱里，愧疚占了很大的比重，其实除去这些愧疚，她到底有多少爱能给我呢，有我爱她的万分之一吗？”冷风吹得急，但沈负的怀抱很温暖。

“阿阮，没关系的。”男人的声音贴着她的头发，从头顶传来，莫名地让人感到安心。乔阮被结实的臂膀抱着，她闻到他身上的沐浴乳香。她没有推开他，而是闭上了眼睛，轻轻低头。

月亮的光芒是暗下去了吗？为什么好像没有刚才那么亮了？她天马行空地想着，却不知道所有的光芒和热量，都是抱着她的人带来的。

沈负不是太阳，他的光不那么强，也不那么刺眼。他把自己仅有的温暖和光，完完整整地给了一个人。太阳的爱过于广泛，它谁都爱。可月亮不同。乔阮知道的，从此刻开始，月亮被她私有了。

她回到家，马未希刚好醒了，起床上厕所。他开了灯，边揉眼睛边往洗手间走。看到乔阮了，他打着哈欠问："姐姐，你怎么还没睡？"

乔阮捏了捏他的脸："刚刚睡不着，下去坐了会儿。"

他突然问她："一个人吗？"

乔阮被他问住："什么？"

马未希一本正经地说："我刚刚看到你和那个叔叔贴在一起了。"

乔阮眉头一皱，忙捂住他的嘴："什么破形容词。"

他听话地改口："我看到那个叔叔把你埋到他身上了。"

"算了。"乔阮让他别说了，"赶紧上完厕所睡觉。"

"哦。"马未希刚走没两步，又退回来，"你们是在谈恋爱吗？"

乔阮想不到现在的小学生居然这么早熟。她刚要回房，马未希捏着她的衣摆，小声请求道："姐姐可不可以迟点再恋爱啊？"

乔阮问他："怎么了？"

马未希头埋得很低，声音更小了："隔壁的周侨，她姐姐嫁人以后，好久都没回来，她说她已经几年没看到她姐姐了。我……我不想和她一样，几年都看不到姐姐。"

乔阮心口一软，抱着他："姐姐没有谈恋爱，就算姐姐未来结婚了，也会经常回来的。"

他满眼期待："真的？"

乔阮点头，承诺他："当然是真的。"

乔阮买了下午返程的机票。马未希去少年宫了，夏依然没有告诉他乔阮今天走。要是说了，他又该在机场哭闹好一阵子，可别耽误了乔阮上飞机。过安检前，夏依然叮嘱了她好一会儿，什么“再忙也要按时吃饭”“少熬夜”之类的。这几点对于乔阮来说好像都不太现实。毕竟工作的性质就是那样，只能说尽量。

她乘坐了两个小时的飞机，出了机场打车到家又用了半小时。她先回到家，把东西整理好，又收拾了一遍房子，然后去宠物店接小梨花回家。

宠物店老板夸小梨花听话：“不吵也不闹，乖得很。”

乔阮把它放进猫包里，和他道谢：“真是麻烦您了。”

“麻烦什么，我巴不得小梨花在我们这儿多寄养几天。”

小半个月没见了，小梨花一见到乔阮就叫个不停。乔阮摸了摸它肚子上的肉：“这才多久没见啊，就长胖了这么多。”它往她怀里蹭，到处都蹭，似乎想在她身上留下自己的气息，不许别的猫碰她。

第二天才开工，大家都在工作群里发返程的消息。

陈绛：“板凳还没坐热呢，这就要回来了。”

周匀匀：“飞机刚落地就想回家了。”

刘常：“不想工作，只想吃席。”

林盏：“大家都到了吗？好久不见呀，想你们。”

林盏是本地人，无论是工作还是过年他都留在江北。他这话一出，所有人都选择了忽视。

陈绛在群里疯狂@乔阮。

一条系统提示弹出来：“陈绛已被管理员禁言十分钟。”

群里只有一个管理员，那就是乔阮。没有陈绛的叽叽喳喳，群里难得安静。十分钟过去后，陈绛不记教训，又开始疯狂@乔阮。

兴许是忍无可忍了，当事人终于现身。

乔阮：“有屁就放。”

陈绛：“这次回家有没有相亲，从实招来。”

乔阮：“没有。”

陈绛：“不信。”

乔阮：“爱信不信。”

周匀匀：“陈绛，你相了几个了？”

刘常：“对啊，相亲大户居然还关心起别人了。你妈那通讯录上又划掉好几个名字了吧？”

一场关于相亲的话题又在群里拉开帷幕。

陈绛：“我今年真没相亲，那几个女生一听说我是搞研究的，躲着我还来不及呢。”

周匀匀不乐意了，这一杆子不能打死一船人：“搞研究怎么了？”

陈绛：“怕我发量少，影响后代呗，现在‘内卷’得厉害，小孩子都开始攀比了，说是不能让自己的孩子输在起跑线上。教育不能，发量也不能。”

一连串幸灾乐祸的“哈哈哈”在群里陆陆续续地被发出来。

乔阮看了眼上方的群名称——论实验人如何挽救自己所剩无几的发量。

那群人又开始齐刷刷地@乔阮了。

陈绛：“请教一下本群发量最多的人，如何挽救坏死的发根？@乔阮。”

周匀匀：“请教一下本群发量最多的人，如何挽救坏死的发根？@乔阮。”

刘常：“请教一下本群发量最多的人，如何挽救坏死的发根？@乔阮。”

……

乔阮：“少发点群消息，头发自然就长出来了。”

她把手机锁屏，调了静音，然后把洗衣机里的衣服拿出去晒了。她打扫了一天房子，晚上的时候终于打扫好了。人累得半死，洗完澡后她就睡下了。睡了没多久，半夜被李月明的消息给吵醒。

李月明：“知道我刚刚看见谁了吗？”

乔阮看了眼时间，才十二点。她开了灯坐起身。

乔阮：“谁？”

聊天栏上方显示对方正在输入中，大概十秒钟后，消息发过来了。

李月明：“苏瑶月。”

乔阮瞬间坐直了身子，困意也被赶走了。

李月明问她："你还记得苏瑶月吗？"

记得，当然记得，她怎么可能不记得。她曾经不止一次羡慕过她，羡慕那个活在云端上的女孩。她好像什么都拥有，乔阮拥有的、没拥有的，她都有，像生活在城堡里的洋娃娃。

乔阮其实应该庆幸，李月明此刻看不到她，如果能看到的话，就知道她此刻的脸色，很难看。

乔阮："记得，怎么了吗？"

李月明："她回国了，现在住在沈家。"

乔阮似乎并不在意："这样啊。"

李月明："我今天看到她了，她还和以前一样傲，爱用下巴看人。"

李月明似乎一直都不怎么喜欢苏瑶月，她看不惯她那种做派，把自己弄得多高贵清冷一样。

李月明似乎是断定乔阮已经和沈负在一起了，所以她才会这么留意苏瑶月的动向，为的就是能在第一时间给她传递信息。聊天中断，乔阮却睡不着了。苏瑶月这个名字在她记忆里蒙了尘，可是现在那些灰尘被吹走。那些记忆又大片地暴露开，连同她过往的那些自卑一起。

满打满算她也只睡了四个小时，于是开工第一天，她便以这样憔悴的状态出现在了办公室。接过领导发的新年红包，陈绛掏出里面那十张红色的纸币往自己钱包里塞，还不忘抽空关心一下乔阮："别人过年是回家吃大餐吃满汉全席，你这是半夜不睡觉，挨家挨户偷吃大餐了？"

乔阮趴在桌上补觉，让他先别吵自己。陈绛耸耸肩，走了。半道上碰到过来找乔阮的林盏，他拦住他："你师姐现在火气上来了，你现在过去，这把火准保烧到你头上，到时候就看你能不能招架住了。"

林盏闻言，担忧道："师姐怎么了？"

"谁知道呢。"陈绛耸了耸肩，"兴许是昨天晚上偷吃的那家饭菜不合她口味。"

林盏面带不解。乔阮带薪睡了一个小时，终于缓过来了。

林盏说附近开了家川菜馆，大众点评上分挺高，今天下班了请大家吃饭。陈绛秉着“有便宜不占王八蛋”的理念第一个表示同意。他夸林盏：“咱们林盏小朋友还挺懂得尽地主之谊的。”

乔阮说：“我就不去了。”

林盏有些失落：“师姐要是不喜欢吃川菜，我可以换成别的。”

乔阮摇头：“你们去吃吧，我没什么胃口。”林盏头低着，不说话了。

乔阮不知道沈负是不是和苏瑶月一直有联系，她现在既然住在沈家，那他们两个肯定碰到了。同一个屋檐下，再加上双方家长的撮合，乔阮不敢往下细想。当她开始正视自己的感情后，她确确实实地察觉到了自己对沈负的在意。可，沈负呢，沈负是怎么想的？他们中间始终隔着一个苏瑶月。

那天的聚餐乔阮没有去，他们最后还是吃了川菜。

兴许是为了让乔阮后悔这次没去，陈绛在群里疯狂地发美食图片。他们都不知道自从上次他们在群里集体@乔阮之后，她就把群消息给屏蔽了。

乔阮之前买给小梨花的那款猫粮因为质量问题在微博上被曝光，都说不合格。乔阮带小梨花去宠物医院从头到脚做了一遍检查，确定没什么问题后她才放心，猫粮也换了一款。小梨花低头吃得开心，乔阮蹲下身抚摸它后背上的毛：“真羡慕我们小梨花啊，什么烦恼都没有，只是一只可爱的小猫咪。”

到了晚上七点楼下就开始有人跳广场舞，这会儿已经开始了，音响震得人耳朵疼，甚至盖过了沙发上手机的振动声。乔阮放好了洗澡水，然后拿着面膜和睡衣进了浴室。泡澡总比冲澡的时间要久一点，香薰蜡烛是玫瑰花香味的。她看电视看得有些入神，连面膜干了都不知道。撕下来的时候，微微有些痛感。等她洗完澡，护完肤，吹干头发，差不多两个小时过去了。小梨花蹲在浴室外睡觉，听到动静，四爪抓地，伸了个懒腰，然后跟在她身后往外走。

手机上显示好几通未接电话，电话和微信通话都有。她将手机解锁，那些未接电话都来自于同一个人：沈负。她回拨过去，提示对方已关机。

小梨花突然跑到门那里，用爪子挠门。乔阮放下手机跟过去，把它抱起来：“怎么了？”它叫了几声，那双水汪汪的大眼睛一直盯着大门。它不可能无缘无故地有这个反应，应该是门外边有人。乔阮迟疑片刻，轻手轻脚地过去，把猫眼打开。

沈负失魂落魄地站在门外，眼神暗淡。乔阮微微皱眉，将门打开。楼道里的声控灯也一起亮了。他抬眸看她，似乎没想到她会开门。有那么几秒，他的眼眶是红的，但很快就恢复原状了，仿佛那些只是乔阮的错觉。

沈负笑道："我记得我好像没按门铃啊，你怎么知道我在外面？"

乔阮看了眼怀里的小梨花："它听到动静了。"

沈负轻笑："这样啊。"

乔阮侧开身子："要进来吗？"

他点头："打扰了。"

好在家里提前备好了男士拖鞋，上次陈绛来穿过的。

沈负看到她从鞋柜里拿出的那双拖鞋，看了她一眼。乔阮解释说："上次陈绛来的时候穿过，只穿过一次，干净的。"沈负点了点头，然后穿着袜子进来了，没要拖鞋。小梨花在沙发上玩，他逗了它一会儿。乔阮给他倒了杯茶："这么晚过来，有什么事吗？"

沈负接过她手里的茶杯，没有喝，只是拿在手里："苏瑶月回国了。"

乔阮的动作一顿，她点头："我知道。"

沈负喝了口茶："我知道你知道。"所以他才会这么着急地过来。

沈负给她打了很多通电话，她都没接。于是沈负干脆买了最近的一班机票，直接过来找她。可是真到了，他连敲门的勇气都没有。乔阮太决绝了，他怕她连解释的机会都不给他。茶杯里的茶凉了，乔阮站起身，说要去给他换一杯。沈负听话地把茶杯递给她。

"苏瑶月这几天都住在沈家。"

听到沈负的话，乔阮有片刻的恍惚，茶杯里的茶水满了也没察觉。热水全洒在她手背上了，她疼得轻"嘶"一声。沈负看到了，急忙将她拉进洗手间里，打开冷水冲了一遍又一遍。

"很疼吗？"他语气心疼，又带了点焦急，从乔阮这个角度正好能看见他的侧脸，眉头轻轻拧着。

乔阮将手往外抽：“没事。”却没能成功抽出来。她越抽，沈负握得便越紧，仿佛怕她会离开。

“但这一切和我没有任何关系。”他看着她的眼睛，“阿阮，我和苏瑶月没有任何关系，从那个家里搬出来，也是因为他们让我娶她。”

他其实很早以前就想和她解释这一切的，一开始是不清楚自己为什么会有这种和她说明一切的心理。再后来，是他觉得自己没有资格。可是现在，他不想再重蹈覆辙了。

“我不奢求你的理解，我只希望，你能明白，我……”最后那几个字他大抵是说不出口。他还是怕啊，怕被拒绝，怕被厌恶，什么都怕。在乔阮面前，他永远是处于下风的弱者。她随便一句话，就可以轻易击溃他建设多年的心理防线。这些天他因为家里的事，分身乏术。他是想过不管的，但又不能不管。谁知道那人竟然自作主张把苏瑶月从国外接了回来，就是为了逼他就范。于是沈负便拉黑了关于家里的所有联系方式。他仅有的善意和耐心，一旦牵扯到乔阮，便荡然无存。他好不容易和乔阮亲近一些，自然不希望他们之间的关系被这些琐碎的小事影响。

“阿阮。”他低低唤她的名字，语气百转千回，带着几分渴求。

乔阮抬眸：“嗯？”

沈负轻笑，眼底却黯淡无光：“我好像也有一点难过。你可以像我那天抱你那样，也抱抱我吗？”不等乔阮回答，他已经先抱住了她。身高悬殊，他低着头，靠在她的肩膀上。

乔阮在他面前小小的一个。她抬头看着月亮，月亮在他身后的那片夜空中。月亮，到底是谁的月亮呢？是她将月亮占为己有，还是月亮将她占为己有？乔阮不知道。她唯一知道的就是，她这次没有推开沈负。

沈负那天是在她家住的，他来的时候喝了点酒，叫的代驾。乔阮见天色晚了，也没忍心赶他回去。他说想留下来，她也就随他了。被子是干净的，昨天刚洗过。乔阮给他收拾出一个房间，床旁边堆放着一些杂物。

“这里平时没人住，你要是介意的话，沙发也挺大的。”

沈负自己把床铺好，笑容温柔：“我不介意的。”

乔阮被他那个笑容晃到了眼，总觉得心跳得有点快，快得莫名其妙：“那行，你睡吧，我不打扰你了。”她把门关上，听到里面没了动静，然后才回到房间。

他之前那段寄人篱下的日子其实也没好到哪里去吧？他长期压抑自己，习惯了虚伪迎合他人。乔阮其实心里清楚，沈负对苏瑶月就像他对其他人一样。他对李慎好，对李月明也好。他们其实没有本质上的区别。在那个时候的沈负看来，类似“你在我心里永远都是第一”这样的话，他可以对任何人说。他本身就没有真心，本身就虚伪。

乔阮睡得沉，半夜被尿憋醒。客厅的地灯开着，不亮。小梨花正吃着猫粮，沈负在一旁看着。听到动静，他抬眸，瞧见乔阮了，急忙起身，要去关灯：“我吵醒你了吗？”

乔阮摇头：“我上厕所。”沈负松了口气。

乔阮问他：“又失眠了？”

他摇了摇头，笑道：“你的猫应该是饿了，一直在叫，我担心它会吵醒你，所以就起床喂它了。”

乔阮和他道谢，手扶着洗手间的门把，却迟迟没有往下按。

“那个……”她支支吾吾。沈负也不插话，安静地等她讲。

她挠了挠脸，神色有点不自在：“那你……你饿吗？”

沈负愣了一下，笑着点头：“饿。”

原本是想给他做宵夜的乔阮不知道事态为什么发展成了这样。作为客人的沈负反而系着围裙在厨房里切菜煮面。而乔阮，反倒像是那个来做客的客人。小梨花乖巧地躺在她怀里，偶尔叫几声。乔阮顺着它后背上的毛，小声嘀咕：“你说我让客人做饭会不会不太好？”

小梨花叫了两声，似乎是在肯定她的问话。犹豫再三，乔阮放下小梨花进了厨房。她左看看右看看，像极了游手好闲没事找事做的人：“有什么需要我帮忙的吗？”

沈负垂眸看到她了，知道她在不自在些什么。该弄的都弄好了，他悄悄地把切好的黄瓜丝放进水槽里：“黄瓜还没切。”

乔阮自告奋勇：“我来，我最会切这个了！”

沈负唇角眉梢都带着温柔的笑意，看着她，就不舍得挪开目光了。乔阮把菜刀用水冲洗了一遍，问他：“切多少？”

“半碗就够了。”

乔阮从小就会做饭，切菜自然也拿手，将黄瓜丝切得很细。

沈负看见了，笑着夸她：“真厉害啊，我们阿阮。”

乔阮还有点小得意：“我从小就切这个。”

沈负逐渐敛了笑，将火调小：“这样啊。”

疑惑于他的情绪转变，乔阮问他：“你怎么了？”

沈负摇头：“没什么。”他既然不愿意说，乔阮也就不继续问了。

水在锅里沸腾。好半晌，沈负才开口：“只是想到你从小就需要做这些，有点心疼。”那个年纪的他其实过得也不好，甚至还不如乔阮。他虽然衣食无忧，却时时处于恐惧中。他自己无所谓的，如果可以的话，他甚至希望乔阮所遭受的那些苦难全都降临在他身上。

面煮好了，他给乔阮煮了两个无菌鸡蛋，应她的要求煮成溏心的。

沈负的厨艺比乔阮好多了，这点让乔阮微微有点小嫉妒，她从小就会做饭，却比不上一个近几年才开始学的人。她把自己碗里的荷包蛋夹给他一个：“怎么不多煮几个，冰箱里还有好多，我前几天刚去买的。”

沈负不太喜欢吃鸡蛋，但他还是听话地点头：“下次多煮点。”

他学着乔阮那样，把荷包蛋戳开，里面的蛋黄流出，面条上裹满了蛋液。因为觉得鸡蛋里有股腥味，所以沈负几乎不吃鸡蛋，这次却觉得还好，是甜的，很甜。

乔阮看着电视，他看着乔阮，心是甜的，嘴里便也是甜的。

碗筷是乔阮收拾的，她说沈负是客人，不是用人，让他先去休息。他嘴上应着，但又哪里肯去休息。他不舍得，这种与乔阮独处一室的机会太少了，他一秒钟都不想浪费。乔阮在厨房洗碗，小梨花咬着毛线球跑来跑去。窗外的天空染上一抹光亮，电视没关，正播着早间新闻。沈负突然有了一种终于有家的错觉。

天都亮了，乔阮也没了困意，收拾收拾就该去上班了。沈负估计也没睡多久，乔阮让他再去睡会儿，反正也不用去医院。沈负其实不困，但既然乔阮觉得他困，那他也可以再睡一会儿。乔阮抱着小梨花亲了好一会儿："在家里要乖乖听话，不许再挠沙发了知道吗，这个可是刚换的。"

小梨花叫了几声，像是答应了，又像是没答应。

乔阮离开后，沈负也没有立刻去睡觉，而是替她收拾了下屋子。她是独居，但因为工作忙，有时候回家晚了，也懒得收拾，所以客厅里总是乱七八糟的。沈负把沙发上的衣服叠好，放进她的衣柜里。阳台上的那些绿植应该是别人送给她的，她不太会打理，有些叶子枯黄了。沈负重新换了遍土，又在网上买了植物生长灯。兴许是刚才喂小梨花吃了猫粮，它黏他黏得紧，每隔一会儿就要到他脚边蹭一蹭。沈负原本不喜欢这种毛茸茸的动物，但因为是乔阮养的，他也开始努力让自己喜欢上它。

乔阮刚到实验室，就听到陈绛鬼哭狼嚎一般的声音，说他的股票又跌了。他问乔阮跌了多少。乔阮把外套脱了，挂在椅背上："我没买。"

陈绛羡慕道："要是我也没买就好了，这一天亏了几万，什么家底经得起这么亏啊！"

乔阮按了开机键，坐在那里等电脑打开。电脑都是前几年买的了，比较老式的一批，开个机都得等半天，也不知道什么时候才能换新的。

陈绛骂道："申请了那么多研究经费，也不说换个电脑。"

乔阮摸了摸肚子，面条不顶饿，这才多久啊，她又饿了。想点外卖吧，拿出手机又不知道该点什么。由俭入奢易，由奢入俭难，吃过珍馐美味以后就很难再吃下这些普通饭菜了。

虽说只是一碗普普通通的面，食材也普普通通，但沈负完全做出了不普通的味道。厉害的人真是让人羡慕，感觉他们不管做什么都很厉害。

乔阮最后还是放弃了点外卖，饿到没什么力气地趴在桌子上。今天不用做实验，她一整天的时间都用来写实验报告了，更费脑。

陈绛他们几个商量着中午去哪里吃饭，询问乔阮的意见。她没什么意见，去哪里吃都一样。

有人提议："要不吃酸菜鱼吧，好久没吃了。"

"我还准备点麻辣香锅的。"

"麻辣香锅也行，但是别点上次那家，那家吃了以后拉肚子。"

"是太辣了吧，你肠胃本来就不行，一吃辣的就拉肚子。"

经过大家的讨论，他们最终决定了吃酸菜鱼。

乔阮把文档保存好，给林盏发了消息，让他下午过来的时候记得把资料带来。陈绛坐过来，告诉她："点的酸菜鱼。"

乔阮点头："行。"

陈绛盯着她看了会儿："我觉得你回去这几天好像变好看了点。"

乔阮敷衍地感谢他，互拍马屁："你也是，帅惨了。"

陈绛被夸得有些飘了，整理了下自己的衬衣领口："你说咱俩要不干脆凑合凑合得了，反正你找不到男朋友，我找不到女朋友，又朝夕相处，感情肯定是有的。"

乔阮被他这话给逗笑了："想和我结婚啊？"

陈绛娇羞地用拳头捶了一下她的肩膀："讨厌，话别说得这么直白，人家也是会害羞的。"

猛男撒起娇来，确实还挺恶心的。乔阮摸了摸自己胳膊上的鸡皮疙瘩，笑着摇头，刚要开口，有人敲门。

沈负敲了敲没关的门："我可以进来吗？"声音温和。

乔阮侧了下椅子，看到他了，疑惑道："你怎么来了？"她还以为他在睡觉呢。他手里提着保温桶："怕你工作太忙，又忘记吃午饭，所以从家里做好了带过来的。"

乔阮咽了咽口水。她从早上就回味着沈负做的那碗面了："你自己做的？"

沈负点头："冰箱里的食材早上给你煮面没有剩下多少，我就出去随便买了点。"顿了顿，他又说，"小梨花很听话，没有挠沙发。"

很稀松平常的话，很稀松平常的语气，但在陈绛听来信息量巨大。小梨花是乔阮的猫，沈负知道小梨花没有挠沙发，那肯定是在她家里。早上给她煮过面，那就说明很有可能他昨天晚上就在她家留宿。这个点做好了饭菜给她送过来，说明他还在她家住着。

陈绛惊讶地捂住了嘴，迫切地想要把这个秘密传达给更多的人。实验站“小广播”上线啦！

沈负做的都是一些家常菜，味道不算重，但也不是特别清淡。他担心乔阮总吃些味重的会对身体不好。汤是他早上就开始熬的，猪肚鸡汤，汤是乳白色的。

闻到香味了，陈绛一脸惊讶：“你还会煲汤啊？”看着不像。长了一张当“海王”的脸，居然意外地贤惠。

乔阮说：“他是沛城人。”

陈绛恍然大悟点了点头：“原来如此。”沛城人都爱喝汤，好像天底下就没有什么汤是他们不会煲的。

外卖到了，他们喊乔阮过去吃酸菜鱼，发现人家这边已经快吃完了。

周匀匀像是一口气生吞了一整个柠檬一样：“可以啊乔阮，还有家属送饭。”

乔阮先是看了一眼沈负，然后才反驳：“什么家属，你别乱讲。”

周匀匀忙说：“你要是不要可以给我。”沈负这张脸她可是眼馋了很久。话说完，她一脸花痴地冲沈负笑，现在这样的好男人可不多见了。

沈负眼里却只有乔阮，他抽了张纸巾给她擦嘴，声音温柔地问：“下午想吃什么，我给你做。”

乔阮摇头婉拒了：“不用这么麻烦的。”

“不麻烦。”他眼波流转，爱意似海浪一般，掩不住，“你想吃什么？”

陈绛早就被沈负那毫不遮掩的爱意给肉麻到起身离开了，钢铁直女乔阮却仿佛在自己的四周筑起了隔绝一切的屏障。听到沈负这么说，她犹豫地说出口：“咖喱饭？”

沈负一愣，然后轻笑：“就只有这个？”

乔阮点头：“我想吃好久了，可是附近的咖喱饭都不怎么好吃。”沈负说好。他原本是想在这里等乔阮一起回去的，但是被乔阮拒绝了。她工作还挺多的，待会儿可能要加班。沈负说没关系，他可以等，不管她加班到多晚他都会等的。乔阮也不知道怎么说，自从沈负来了以后，她感觉四面八方所有的视线都往她这儿看，好像她就是世界中心一样，这种如芒在背的感觉让她没法安心工作。其实她之前也有这种感觉。沈负也常来找她，无论乔阮怎么赶，他都不肯走。那会儿对他确确实实是厌烦，可是现在，好像不一样了。具体是哪里不一样，她不太懂。不过沈负懂。他是心理医生，最会洞察别人的心理。这次乔阮让他先走，他并没有死缠烂打地留下来，因为他知道，乔阮的心里有他了。他不需要再像之前那样，担心自己稍不注意，她就会消失在自己面前。

沈负前脚走，陈绛后脚就过来了："什么情况，你们在一起了？"

乔阮觉得他莫名其妙："你突然问这个干吗？"

陈绛说："都住在一起了，你居然问我为什么问这个？"

"我们当然……"刚要开口否认，却卡了壳。他们的确没在一起，可现在给人的感觉却很微妙。乔阮在自己不知道的情况下，内心先接纳了他。

陈绛也不做横刀夺爱的事，并且觉得输给沈负还挺有面子，说出去也好听，毕竟好歹他也算和这样的帅哥当过几分钟的情敌："那下午的聚餐你是不是不去了？"

乔阮问他："又有聚餐？"

陈绛说："每个月的十五号聚餐是我们的传统啊，过个年就忘了？"

乔阮记起来了，她想起家里还有人做好了饭等她回去，于是就拒绝了："你们吃吧，我就不去了。"

陈绛做了个鄙夷的手势："女人没一个好东西，全都重色轻友。"

下班回去的路上，乔阮在楼下的水果摊买了点水果，西瓜买了一整个，哈密瓜让老板娘切成小块放进了盒子里。她经常在这里买水果，老板娘都认识她了。以前吃不完，她都是买半个，现在居然直接买一整个。老板娘笑着打趣她："谈男朋友了？"

乔阮一愣，然后红着脸反驳："家里来客人了。"

老板娘笑了笑："来客人脸怎么这么红？"

“红……红吗？”乔阮摸了摸自己的脸，好像是有那么点烫，可能是气温太高的原因吧。她忽略了路边还没完全消融的积雪，进了电梯。小梨花早就掐着点蹲在门口等她了。乔阮手里提着水果，空不出手来拿钥匙，于是用脚轻轻踢了下门。

里面很快就传来脚步声，门从里面打开。沈负腰上系着围裙，动作自然地把她手里的东西接过来：“洗个手就可以吃饭了。”他笑容温柔地看着她，然后伸出手，在她下巴处轻轻擦了擦：“什么时候弄上的？”

等他收回手时，乔阮看到他指腹上有一处被擦淡的水性笔痕迹。应该是打草稿的时候不小心弄上了。温热的触感仿佛还留存着，乔阮低着头，假装找拖鞋，实则为了隐藏慌乱的心绪。真奇怪，她的心跳怎么突然这么快？

沈负看到了，却只是不动声色地轻笑，并不戳穿。他不着急，他可以先等乔阮慢慢直面自己的内心。咖喱有点辣，是按照乔阮的口味来做的。

乔阮小口小口喝着水，视线偶尔会往他这边看。沈负吃相优雅，话也不多。有时候察觉到她的视线了，他会抬眸冲她笑笑：“不合胃口吗？”

乔阮急忙摇头，同时将头低下来：“没，挺好吃的。”

沈负给她倒了一杯水，放在她手边：“明天想吃什么？”

乔阮问他：“你明天……不回去吗？”

沈负一顿：“我打扰到你了吗？”

“那倒没有，但毕竟我们也没什么关系，你一直住在这里的话，总感觉不太好。”

“我们可以有的。”他一点一点，慢慢引导着乔阮，引导她看清自己的内心。

乔阮愣住：“有什么？”

沈负握住她的手：“可以有关系的，只要你点头。”他声音温柔，又带了点诱哄。这和刚才那个不着急，愿意慢慢来，等乔阮自己看清自己内心的沈负仿佛不是同一个人。他以为自己可以等，可是现在，他等不了了。他不想浪费一分一秒可以和她在一起的时间，已经浪费得足够多了。

乔阮不说话，她的脑子很乱，各种思绪全部缠绕在一起。她没办法靠自己理清。于是沈负帮她理清。

他好像突然变成了主导者："在接受一段新的感情之前，人的第一反应就是逃避，这是正常的，因为陌生，害怕会被伤害。"

他握着乔阮的手，不轻不重地揉捏着，让乔阮感受到他掌心的温热："但是阿阮，你不用怕。我永远会保护你，生活上，感情上，都不会让你受到一分一毫的伤害。"

那天晚上，乔阮又失眠了。她关了房间的灯，看着天花板，沈负的话言犹在耳。她没有给答复。心里太乱了，她好像完全丧失了独立思考的能力。喜欢他吗？是喜欢的。那想和他在一起吗？乔阮不知道。

她第二天六点半就醒了，脸上是晚睡而导致的憔悴，她抓了抓睡乱的头发，出了房间，将手搭在盥洗室的门把上，却听到厨房有动静。

沈负似乎怕吵到她休息，刻意放轻了动作。乔阮走过去，犹豫了一会儿，还是把厨房门打开。锅里正煮着面，沈负在旁边切菜。切好的蔬菜整整齐齐地码放在碗里。因为他的到来，乔阮的家好像总算没有那么乱了，也开始逐渐有了生活气息。她昨天下班回来，甚至连邻居都在打趣她："昨天居然在家做饭了，我儿子在房间里写作业，闻到香味都快馋死了。"

乔阮客套地应付："改天让他来家里吃饭。"

原本只是一句客套的玩笑话，没想到他真来了。男孩子年纪不大，上小学二年级，谈不上多有礼貌，但至少不淘气。乔阮见他穿戴整齐，还背着书包，问他："怎么没去上课？"

他说："姐姐昨天不是和我妈妈说，改天让我来你家吃饭吗？"

乔阮笑着蹲下："来姐姐家蹭饭了？"

他理直气壮地点头："嗯。"

乔阮故意逗他："做饭的是哥哥，他同意了你才能留下来吃饭。"

"哥哥？"他疑惑，"哪个哥哥？"

她侧开身子让他先进去："你妈妈没给你准备早餐吗？"

小男孩坐在沙发上，乔阮给他拿了杯牛奶。这是沈负专门给她热的。

"妈妈做的饭不好吃。"他眼睛盯着厨房，但是门关着，他什么也看不见，不过能闻到香味，“姐姐刚才说的哥哥，是姐姐的男朋友吗？”

从厨房出来的沈负正好听到这一句。他垂眸看向乔阮，似乎在询问她这个小孩是谁。乔阮给他简单地做了个介绍：“邻居家的孩子，说是闻到香味了，想过来吃饭。”

小男孩看到沈负了，莫名地乖巧起来：“哥哥好。”

沈负轻“嗯”一声：“想吃什么？”语气还算温和。

他伸手往厨房里面指了指：“面条。”

面条刚好熟了，沈负给乔阮和那个小男孩各盛了一碗。乔阮见他没给自己盛，于是问他：“你不饿吗？”

他摇头：“胃有点难受。”

乔阮紧张地放下筷子：“是胃病吗？”

沈负微抿薄唇，轻笑着说：“应该是昨天吃得太辣，肠胃不适，没大碍。”乔阮想起昨天那碗加辣的咖喱饭了，顿时开始自责起来。如果不是为了迎合她的口味，沈负也不会吃辣，也不会胃疼。

小男孩握着筷子，刚咽下嘴里那一大口面，看到乔阮的样子，他非常直接地指出来：“乔阮姐姐还说不是男朋友，都心疼成这样了。”

被戳中心思，乔阮恼羞成怒，把自己碗里的荷包蛋夹到他碗里：“食不言。”

小男孩撇嘴，小声嘟囔：“只许大人放火，不许小孩点灯。”看着面前这一幕，沈负也只是轻声笑笑，并未插话。

小男孩吃完面了，舔了舔嘴唇，像是在回味：“哥哥，我下午放学还可以来你家蹭饭吗？”

大概是不太能忍受别人脸上有口水，沈负递给他一张纸巾，让他擦擦嘴：“哥哥今天下午就不在这里了。”

他“啊”了一声：“为什么啊？”

沈负看向乔阮：“姐姐让我回自己的家。”

“什么自己的家别人的家。”小男孩腰杆硬了，学着他妈妈的语气批评起乔阮，“你可不能学外面那些女人始乱终弃。”

乔阮皱眉戳他的额头："什么始乱终弃，你成天在学校学的都是些什么！"

他理直气壮："这些是我从我妈那里听来的，她说我舅妈在外面养野男人，就对我舅舅始乱终弃了。"

沈负闻言只是轻笑，并未开口。乔阮看了他一眼，不知怎的，突然有了一种自己的确对他始乱终弃的错觉，可她明明什么都没做。

"行了。"乔阮生怕他继续说出什么惊人的话来，开了门催促他赶紧去学校，"再不快点就迟到了，小心老师罚你跑步。"

他一点也不怕："我成绩好，老师不会罚我。"虽然话是这么说，但他还是听话地走了。毕竟是好学生，他不会允许迟到的事情发生在自己身上。

看着他远去的身影，全程安静一言不发的沈负走到她身侧："以前的你，和他很像。"

乔阮抬眸："是吗？"

"我看到过几次。"想起从前，沈负眉梢挂着笑，"你抱着书包往教学楼跑，马尾一晃一晃的。"

乔阮大概不知道，她关注他，同样地，在她不知道的时候，他也会下意识地在人群中寻找她。第一次在李月明家中看到她，那种失而复得的陌生情愫，顷刻间占据了他所有的思绪。他不知道那是什么，那个时候不懂，便选择了忽略。

第一次考差掉到第二，是因为作文没写。试卷上的作文好像总是喜欢与理想还有情感挂钩。这些沈负都没有，他没办法写，也无从写起。可后来的几次，他都是故意考差的，因为他看到那个个子瘦小的女孩子在看到自己第一名的名次时，脸上短暂地有一抹放松的笑容。

沈负的爱，从来不比乔阮的少。他开始在意她，是在她最平庸、最软弱的时候。那个时候她身上没有任何光环，留着遮脸的长发，因为自卑，走路会下意识驼背，连穿着打扮都土里土气。但沈负还是一眼就注意到了她，可能是比她掉进湖里被他救起还要早。他喜欢上的，是那个平庸到不起眼的乔阮。而乔阮喜欢的，却是那个自带光环，万众瞩目的沈负。她的爱也不牢固，好像一点风就能吹散。可沈负不是，他从一开始，就没动摇过。

他的爱没有层次没有递进，从一开始，就是最爱，只爱。

“阿阮，”他抱住她，“我们可以试试的，现在的我和从前不一样了。”乔阮被他抱得紧，甚至能感受到，他因为害怕而逐渐加重的力道。他害怕被拒绝，害怕再次被抛弃。

乔阮手抬起来，又放下。她说不出话，也开不了口，嗓子好像一条干涸的河。等了很久都没等到答复的沈负说：“我数到三，如果你不说话，我就当你默认了。”没有一，也没有二，他直接数到了三，然后笑了：“阿阮，你同意了。”

乔阮回过神来，说他耍赖：“怎么只有三？”

“我只说我数到三，没说数几个数字。”话是这么说，可沈负的心还是悬着的。如果乔阮不愿意，他就算耍赖，也没用。所以他仍旧在等，屏住呼吸在等。

乔阮突然什么也不想说了，没有拒绝或是接受。她只是问：“沈负，你开心吗？”

“只有一点点。”他说，“如果你同意的话，我才会没有顾虑地开心。”

然后乔阮就笑了，她说：“那我同意。”

她不想再看到沈负难过了，正好她也喜欢他，很喜欢的那种喜欢。既然喜欢，就无需那些弯弯绕绕。在一起能开心，那就在一起。

沈负身子一顿，愣在那里。他半天不说话，乔阮问他：“怎么了？”

他低下头，埋在她颈间，声音沙哑：“我只是……太开心了。”

乔阮抬手，动作温柔地轻抚他的后脑勺，像是在哄他：“以后每天都会让你开心的。”

沈负不敢出声，也不敢动。他害怕这一切都只是他做的一场梦，动静稍大点，梦就会醒了，但其实，这些是他连做梦都不敢奢望的场景。过了很久，他才一遍又一遍地确认：“真的吗？不是骗我，也不是开玩笑，而是真的想和我在一起？”

不管他问多少遍，乔阮都耐心地回答：“是真的。不会骗你，也不是在开玩笑，是真的想和你，和沈负在一起。”

沈负不说话了，头深埋在她的颈间。就算只是大梦一场，他也知足了。

安静持续了很长一段时间。沈负终于肯松开手。乔阮要去上班了，沈负坚持要开车送她去。哪怕乔阮一再地拒绝，他也不再像前几次那样妥协点头。大概是热恋期的男人都比较黏人吧，乔阮想。最后她还是同意了。她刚坐上副驾驶位，沈负侧过身来，靠向她。距离太近，他的鼻息几乎从她颈间擦过。他呼出来的气是温热的。他身上总有股极淡的清香，不是香水味，也不是沐浴乳的味道。乔阮每次闻到，都会觉得莫名心安。但是此刻，她的心跳加快了许多。她有点紧张，但又好像在期待些什么。她攥紧了包带。

“咔哒”的轻响，是安全带被扣上的声音。乔阮眨了眨眼，意识到是自己多想了。这种总是出现在偶像剧里的老套剧情居然让她心神荡漾，真是没出息。沈负却没有立刻起身，而是仍旧保持着给她系安全带的姿势，上身靠近她，手撑在一侧，仿佛将她圈在自己怀里。

他是心理医生，擅于观察那些微表情，自然知道乔阮刚才在想什么。他压低的轻笑自喉间溢出：“可以吗？”像是在请求，也像是在询问。

乔阮愣了愣，抬眸：“什么？”

此时恰好四目相对，乔阮这才真真切切地意识到他们之间的距离到底有多近。是沈负稍微低头，便会碰到的距离。

他看她的唇，又看她的眼睛，声音温柔地重复：“可以吗？”

乔阮急忙低下头，整张脸都涨红了。哪怕他没说出口，可那双满是欲望的眼睛早就无声问出来了：可以吗，可以吻你吗？

太……太早了吧。他们才刚在一起。

没等到回答，沈负也不着急。没关系的，反正他们已经在一起了。来日方长，他可以等。而且……他的阿阮，脸红的样子真可爱。

车开到了研究所，沈负把车停好，送她进去。乔阮让他别送了：“我坐个电梯就上去了，走不了几步路。”

沈负笑容温柔：“就送你这几步路。”

乔阮拿他没办法。明明没在一起的时候，沈负提的要求，她要是不想的话，说拒绝就拒绝了，没有一点犹豫的。可真正确认关系以后，她反而容易心软。更多的还是舍不得，舍不得看他被拒绝后的难过。难道这就是恋爱的感觉？可是她之前谈恋爱明明不是这样的。

“沈负。”她突然靠近了，喊他的名字。

沈负轻轻垂眼：“嗯？”

“你这几天给我做的饭菜里是不是下蛊了？”

沈负愣了片刻，然后轻轻地笑开了：“嗯，爱情蛊，你这一辈子只能爱我一个人。”他最后还是送乔阮上了楼。没办法，乔阮发现自己现在完全没办法拒绝他。

气象局昨天发布了橙色预警，下午会有大雨。沈负叮嘱她晚上记得穿外套，别冻着了。陈绛一边喝着咖啡，一边躲在自己的办公桌后，只露出一双眼睛，鬼鬼祟祟地偷看着。乔阮要开始工作了，沈负才依依不舍地离开。陈绛过来，意味深长地看着乔阮：“我怎么觉得……”

乔阮看着他：“觉得什么？”

“觉得刚才那一幕像妈妈不放心远赴外地读书的女儿。”

乔阮听完他这个形容后，翻了个白眼：“别烦我，我这儿还有一大堆工作要做。”

陈绛可不是这么有眼力见儿的人，哪怕乔阮已经开始驱赶他了，他仍旧一屁股坐了下来，大有一副要和她促膝长谈的架势：“你们俩今天的氛围，和平时不太一样。”

听到这句话，乔阮稍微有了点反应，从繁琐的工作中抬起头来：“什么不一样？”

陈绛单手撑着下巴，在知识的海洋里努力搜刮一番：“你们的眼睛里好像迸射出一种……黏黏糊糊、让人不爽的、被称为爱情的东西。”说到“爱情”两个字，陈绛激动地站起身，“你们该不会是……”

想不到在这方面他还挺聪明。

乔阮也没打算隐瞒，她点了点头：“我们确实在一起了。”

“在一起了？”陈绛石化了。这意味着什么？意味着陪他一起单身的又少了一位。他痛苦地回到自己的工位，还没办法接受这一切。

乔阮的手机振动了几下，是沈负给她发的消息。有一张图片。她点开，是她家楼下的生鲜超市。

沈负："想吃什么？"

乔阮抿唇笑了笑："什么都可以？"

沈负："嗯，什么都可以。"

乔阮也没客气，把自己想吃的全说了一遍。原本以为沈负会说这么多她吃不完，结果他什么也没说，简单地发了一个"好"字。

乔阮盯着那几条聊天记录反复地看了好几遍。谈恋爱的感觉好像还不错，再平淡不过的几个字，却莫名其妙地让她心情变好。

林盏提着几杯咖啡进来，是他刚去附近的星巴克买的。

陈绛接过他递过来的拿铁，朝着乔阮那边挑眉："你师姐脑子坏掉了，从刚才就开始对着手机傻笑。"

林盏也发现了，但他只是轻声笑笑："可能是有什么开心的事吧。"

他拿出那盒甜点，是专门买给乔阮的，刚要拿过去，陈绛接过他的话茬点头："能不开心吗，铁树终于开花了。"

林盏愣了愣："什么铁树开花？"

陈绛告诉他："你师姐，恋爱了。"

林盏有好几秒没有反应过来，嗓子干涩地问："和谁？"

"那个心理医生。"

林盏没说话，过了很久才点头："是吗？"

陈绛摆手叹气："中邪了中邪了。"

林盏笑道："这是好事。"

林盏把那杯热美式和甜点一起拿过去："师姐，先吃点东西再工作吧。"

似乎是怕手机里的内容被发现，乔阮下意识地把手机屏幕朝下放回桌上，明明也没什么太过私密的东西。她和林盏道过谢，见他脸色不大好看，以为他病还没好："哪里不舒服吗？"

林盏摇头："可能是刚刚在外面吹了会儿冷风，冻的。"

他前几天确实感冒了，请了病假，今天才回来。乔阮不放心，拉开抽屉把体温计递给他，让他先测测。林盏想说他的病已经好了，烧也退了，但最后还是默默地咽回那句话，拿着体温计往后面走。乔阮忙着工作也没忘记这事儿，到点了喊林盏过来："我看看多少度。"

林盏把体温计从腋窝拿出来，不好意思："师姐，我自己会看的。"

乔阮微抬下颌，说："这有什么好害羞的，给我。"她摊开的手往上抬了抬。

没办法，谁让林盏太懂事了，懂事得有些过分。因为怕耽误了工作进度，感冒了他也不肯说。要不是上次乔阮见他走路都不太稳，恐怕他得高烧晕倒才会去医院了。乔阮接过他递来的体温计，三十七点五摄氏度。

"有点低烧。"乔阮微皱着眉，"你今天还是先回去休息一下。"

林盏忙说："真的不用，今天不是有实验要做吗？"乔阮一抬眼，他顿在那儿，缓慢地垂下脑袋。

"放心，有他们几个在，搞得定。"

林盏还是不说话。

乔阮问他："今天心情不好？"

林盏摇头："没有，挺好的。"

林盏不想说，乔阮也就不问了，继续去看电脑上的那些数据。

过了很久，林盏终于鼓起勇气问了一句："听陈师兄说，师姐谈恋爱了？"

一提到这个，乔阮的脸上就带着笑容："嗯。"

这是林盏没见过的笑，甜蜜，又带着几分宠溺。他羡慕那个男人，但是不嫉妒。虽然有点难过，但是他还是在最短的时间迅速调整过来了："恭喜师姐。"

见小师弟这么乖巧，乔阮从包里拿出一盒巧克力递给他："快回去休息吧，别又拖严重了。"

林盏听话地点头："嗯！"

林盏是挺喜欢乔阮的，但也知道，乔阮对他就是普通的师姐弟情谊。林盏从未想过要越界。虽然得知她和别人在一起的消息时，他还是不可避免地会难过，但他仍旧希望乔阮能够和那人长长久久地走下去。

陈绛工作期间总爱偷懒，他拿着拿铁过来：“林盏怎么回事，这刚来，又走了？”

乔阮头也没抬：“烧还没退，我让他再休息一天。”

他喝了口拿铁，感慨道：“这小年轻的身体怎么也这么差。”

这句话迟迟没有得到回应，他好奇地低头去看，乔阮正穿外套。陈绛见她一副急着出门的样子，疑惑道：“去哪儿？”

她笑容甜蜜：“去吃饭。”

陈绛：“……”

实验室楼下有食堂，但他们平时很少去那里吃。因为实在是不好吃，还不如点外卖。沈负早就等在那里了，桌上摆满了他做的饭菜，还有汤。乔阮过去，动作自然地在他对面坐下：“等很久了吗？”

沈负摇头：“没有等太久。”话说完，他把自己身侧的椅子拖出来，“阿阮。”他笑着看她，哪怕不说话，乔阮也知道他想说什么。太明显了，那双眼睛仿佛无时无刻不在勾引她。

乔阮起身坐过去，因为还有工作没做完，所以她吃得比较快。沈负倒了杯温水递给她：“慢点吃，别噎着了。”

乔阮一边吃一边叹气：“没办法，工作太多了，不快点吃下午又不得不加班了。”

沈负抬手替她把耳边的碎发撩上去，心疼地问：“最近经常加班吗？”

“偶尔。”

沈负说：“那我今天陪你。”

乔阮抬眸：“嗯？”

沈负轻声笑笑：“我陪你一起加班。”

这是一句无论有没有在一起，都会让人心动的话。更何况现在有了爱做基础，就更让人心动了。乔阮觉得自己的耳朵有点烫，脸肯定红透了。她头埋得低，试图靠吃饭来掩盖过去。沈负看到了，却不戳穿，只是无声轻笑。

沈负问乔阮想吃什么的时候，乔阮胡乱报了一通她爱吃的菜。结果报得有点多，只吃了一半她就饱了。

她问沈负吃了没，沈负说他吃过了。乔阮大概能猜到，他的午餐应该又是简易的西餐。

沈负性子冷，对人疏离，加之工作时总是避免不了聚餐，所以他逐渐不吃中餐了，因为他讨厌和别人在一张桌子上吃饭。久而久之，他就变成了如今这样。他自己在家的时候，也不爱吃中餐。

乔阮把筷子递给他，挺霸道的："男朋友不是都会帮女朋友吃剩饭吗？"

沈负笑着接过她递来的筷子："嗯，以后你的剩饭我都会吃完。"

这样的男朋友真是太乖了。乔阮没忍住，伸手捏了捏他的脸。

沈负像是被这突如其来的亲密举动给弄得愣住，保持同一个动作，迟迟没有反应。

大概是觉得手感太好，乔阮有些爱不释手地又摸了摸："我们沈随便同学真可爱啊！"

在她将手收回的时候，沈负握住她的手，重新放回自己脸侧。他将被动变为主动，轻轻抚摸。乔阮也不舍得抽出来，就这么任凭自己的手被沈负主导。

"你想过把名字改回来吗？"乔阮问他。

他不解："为什么要改？"

"这个名字它……"罪魁祸首乔阮有些心虚，"有点奇怪，别人叫你总不能直接叫沈随便吧，听着怪怪的。"

"会怪吗？"

乔阮点头："很怪。"

他却低笑："可我觉得很好听。"

他并不在意别人的看法，他在意的只有乔阮。名字是她取的，所以他从来没想过要换回来。

乔阮说："太随便了。"

“不随便，很好听。”他声音温柔，眼神也温柔，看向乔阮时，眼底带着笑。少年时期，他也爱笑，但那时的笑并不真切，总是带着虚情假意。工作以后，他就不怎么笑了，好像这辈子最真心的笑都给了乔阮。看到她了，想到她了，他都会忍不住地开心，是发自内心地开心。哪怕她说了让自己难过的话，但下一次见面，他还是会控制不住地开心。只要她站在他面前，爱意便汹涌而出。

第十章

他就是她的软肋

“阿阮，”沈负不动声色地绕开了这个话题，“这周末，你回家吗？”

“回家？”乔阮很少在周末回家，因为光是一来一回路程都好几个小时了，她摇头，“周末应该不回去。”

沈负轻轻垂眼，手指一根一根地插入她的指缝，然后与她十指相扣：“你不想带我回去见奶奶吗？”

乔阮小口喝着汤：“之前不是见过吗？”

“不一样的。”沈负说，“上一次是以你朋友的身份见的。”

好一会儿，乔阮才反应过来他话里的意思。他是想让乔阮带他回家见家里人，以男朋友的身份。乔阮笑说：“这才在一起一天，你急什么。”

沈负大约知道她不想带他回去，也就不多说了。他不会做勉强乔阮的事情，虽然他确实不太开心。他吃完了乔阮的剩饭后，便把东西收起来了，还不忘把外套拿给她：“记得穿上，别感冒了。”

他这一提醒，乔阮才记起来沈负上午和她说过的话，今天有雨。她把外套穿上：“你现在就回去吗？”

沈负收拾好东西，点了点头：“嗯，你专心工作，待会儿我来接你。”

“不用这么麻烦的，我打车就行。”

他笑道：“不麻烦。”

乔阮回到办公室，他们几个已经吃完外卖了，看到乔阮，笑得都挺意味深长的。乔阮被他们的笑容吓到：“你们中邪了吗？”

周匀匀见她还在状况外，把手机翻了面，递到她面前：“群里都传疯了，说在食堂看到一个惊为天人的大帅哥。”

这栋楼不知道是谁建了个群，群成员有好几千人。虽然照片是偷拍的，但沈负那张脸被清清楚楚地拍到了。不同的人在不同的时间拍到的，除了坐姿偶尔有变化，眼神完全没变。

他始终眉眼含笑地看着坐在他身旁、专心吃饭的某人。后者因为吃饭太专心了，全程都没有抬起头来过，只拍到了衣服和她的头顶。

路人一号：“简直是路过的蚂蚁都要停下来鼓掌说一句‘好帅’的程度。”

路人二号：“请问是神仙下凡找不到回家的路了吗？我愿意收留他。”

路人三号：“信女愿意用三年吃素换一次和帅哥一起吃饭的机会。”

路人四号：“旁边那女的是谁？难道旁边的帅哥没有她碗里的饭香吗？我要是被这样的大帅哥盯着，我不吃饭了，我换个地方吃他！”

看着那些“虎狼之词”，乔阮沉默了几秒钟，然后问周匀匀：“应该没有拍到我的脸吧？”

周匀匀收起手机，一脸怨念地看着她：“多亏了你吃得这么专心，全程头都没抬起来过。”

乔阮被她这么看着，总觉得后背发凉：“你这么看着我干吗？”

周匀匀伸出两根手指，指了指自己的眼睛：“你没看到我眼里的嫉妒之火都要喷涌而出了吗？”

陈绛看热闹一般地走过来，问她们：“现在斗到第几回合了？”

周匀匀白眼一翻，让他哪儿凉快哪儿待着去。陈绛笑她：“行了啊，万年单身，有这时间还不如多去申请点研究经费。”

周匀匀懒得搭理他，回到自己的工位上。她这刚走，陈绛就在乔阮旁边坐了下来：“咱们这栋楼可都是些如狼似虎的单身女性，下次你那男朋友来的时候，你可得看紧点了。”

乔阮停下了敲键盘的手：“我发现你最近挺关心沈负的。”

“他不是叫沈随便吗？”

乔阮皱了皱眉，不乐意了：“别提这个名字。”她现在头还疼着呢。

沈负在其他事上都很听她的话，唯独改名字，他死活都不愿意改。可总不能一直叫这个名字吧。每次听到有人因为这个名字而低声议论他的时候，乔阮都有种罪恶感。她也不知道智商那么高的沈负居然这么一根筋。她随口敷衍的一句话，他这么认真地听进去了。还是得找个办法先说服他把名字改回来，沈负也比沈随便好听啊。

下午果然下起了雨，还好沈负提前给她拿了外套，所以她也不觉得冷。

下班以后，乔阮和陈绛一起留在了办公室里。陈绛看着手机等雨停，说还好有人陪着他。乔阮也不急，开着电脑追剧，一部没什么逻辑的偶像剧。但是男主角长得帅，人设也好，所以能看下去。

陈绛把脑袋凑过来，跟着看了一会儿，吐槽道："你们这些女生怎么都喜欢这些整了容的韩国男人。"

乔阮没理他，咬了一小口巧克力，看得并不认真，偶尔会看一眼窗外。

雨下得越来越大了，应该很堵车吧。早知道沈负说来接她的时候，她就应该拒绝的。也不知道路面会不会打滑，会不会有危险。

她心里都是沈负，连韩国帅哥都吸引不了她的注意力了。陈绛还在旁边讲："你说这雨到底什么时候才会停啊，要不咱点个火锅慢慢等？"

乔阮没接话。陈绛用笔戳了戳她的肩膀："行啊乔阮，还不理人了。"

乔阮回过神来，看着他："你刚说什么，我没听到。"

陈绛无奈地摇了摇头："你这人怎么回事，从刚才到现在就一直魂不守舍的。我说这雨估计一时半会儿停不了了，咱俩要不先点个火锅吃着，等雨停了再……"

话还没说完，接人的来了。沈负拿着伞，站在外面没进来："阿阮。"

看到雀跃跑过去的乔阮，陈绛耸了耸肩：得，火锅吃不成了。

乔阮心疼地将他全身上下仔细检查了一遍："没淋到吧？"

"没有。"沈负替她把散开的外套拉链拉上，"路上有点堵车，所以来得晚了一点，肚子饿了吗？"声音温柔得都快能挤出水来了。

乔阮牵着他的手往自己肚子上放："都饿瘪了。"

沈负轻声笑笑，顺势摸了摸："一点肉也没有。"

陈绛大概是被这种黏腻的爱情给恶心到了，站在那里足足沉默了几分钟，然后才忍无可忍地出声打断："那个……"

沈负微微抬眸，看向他的眼神有点冷，和刚才完全判若两人。

陈绛被吓得脖子一缩，这双标也太明显了一点。乔阮倒是没有注意到。她让陈绛和他们一起走："这雨还不知道什么时候停呢，我们送你吧。"

陈绛立马点头："好啊。"比起孤独地在这儿坐着等雨停，他宁愿当电灯泡。不过车是沈负的，开车的也是他，所以乔阮觉得应该先得到他的应允，于是她问他："可以吗？"

沈负轻笑着点头："可以。"于是陈绛便坐上了车的后排。

乔阮出来的时候从冰箱里拿了巧克力牛奶，这会儿早被她焐热了。她用吸管扎开，递到沈负嘴边："尝一口，很好喝的。"

沈负目光平视前方路况，轻轻侧头，含住吸管。很甜，太甜了。对于不喜欢的东西，好像怎么努力都不会习惯。但是在乔阮问起时，他又笑着点头："很好喝。"

陈绛脑袋伸过来，故意恶心乔阮，撒娇道："人家也要喝。"

乔阮眉心一跳，确实被恶心到了。她从包里拿出另外一盒，扔给他："你上次不是说不喜欢喝巧克力味的吗？"

外出采购的活计几乎每次都是乔阮和陈绛来做，所以在某些方面，他们对彼此还算了解，譬如吃东西的口味。

陈绛重新坐好，把那盒巧克力牛奶拿在手里晃了晃："还不是因为你之前买的那些都太甜了。"他埋怨乔阮，"你知道你刚来的时候我有多震惊吗？我看你喝牛奶，往里面放了两大勺糖，我一直觉得你肯定会得糖尿病。"

乔阮说："那个糖太劣质了，不甜。"

糖是陈绛去买的，听到乔阮这么说，他立马反驳道："只有劣质的糖才会特别甜，我买的那个可是最贵的。"

"什么最贵的，你该不会是中饱私囊吧？"

"不兴这样啊，说不赢就人身攻击，你这是对我人格的侮辱！"

乔阮故作感叹："还用得着侮辱吗？"

两人就这么互相揭着短，驾驶座上的男人全程不发一言。经过某个亮起红灯的路口时，他猛地踩了刹车。坐在后排的陈绛还好是坐在驾驶座后面，有座椅挡着，不然就往前冲了。他捂着胸口往车外看："这怎么突然急刹车了呢，是外面出车祸了吗？"

男声清冷，不带一丝温度："安全带。"像是提醒，可又完全感觉不到他是出于关心。陈绛对沈负是确确实实存在些许恐惧的，这人挺怪异的。说他冷漠吧，他对待乔阮时又感觉不带一丝虚情假意，那些好都是真诚且掏心掏肺的。说他真诚吧，他也的确真诚——真诚地对除乔阮以外的每一个人都冷漠，而且冷漠到有些冷血。

陈绛甚至有一种感觉，如果乔阮不在这里，自己大概是要被他抛尸荒野了。于是他老实系好安全带，坐姿规范得像个小学生。

乔阮听后排没声了，就往后看了一眼。在她目光落在陈绛身上之前，沈负柔声喊她的名字，将她的视线截获。乔阮又看向他："怎么了？"

他把副驾驶的车窗打开，递给她一块方帕："可以帮我擦一下你那边的后视镜吗，我有点看不清。"

乔阮应声后，把手伸出窗外，将后视镜上的水渍擦干净："现在能看清吗？"

他点头，声音温柔："可以的。"

他们先把陈绛送到家，不过沈负并没有开进去，而是停在了小区外面的路口。步行往里走还得花费个十来分钟的时间。沈负给乔阮的解释是："里面路窄，不好倒车。"乔阮也没多想。倒是陈绛，心里都快憋坏了：里面的路还窄？三辆这个车都可以过了。

不过他也没说什么，主要是不敢。他道过谢后下车，乔阮见天还下着雨，就贴心地把伞给他。陈绛看着手中这把和车配套的雨伞，觉得此行不亏，豪车坐了，豪车里的雨伞也用了。总的来说是他赚了，不花一分一毫就体验了一把有司机的豪车。

陈绛家离乔阮家不远，十来分钟的车程，走路的话差不多三十分钟就到了。安静了许久的沈负在等绿灯的时候，问乔阮："你们住得这么近吗？"

乔阮点头，说：“我现在的房子还是陈绛帮我看的，要不是他的话，我可能还不知道得找到什么时候。”

方向盘上的左手指骨微屈，他漫不经心地问了一句：“你们经常联系？”

乔阮觉得他这个问题问得有些莫名其妙：“我们是同事，肯定会经常联系啊。”

“除了工作以外，私下也会联系？”

乔阮正低头回教授的消息，头也没抬：“嗯，会啊，偶尔放假的时候也会出来一起聚聚。”乔阮也没多想，同事之间私下小聚很正常啊，节假日大家约个剧本杀或是密室逃脱，打发下时间。大学时的朋友都为了前程各奔东西了，只有过年这种大型节日才会聚在一起，平时联系更多的就是同事了。

教授家里有喜事，他孙女满月宴，给她下了请帖，让她到时候一定要去参加。办公室里其他人应该也都收到了，他们正在群里发消息，问随礼随多少。一直等到乔阮回复，他们也没谈论出个结果来。

乔阮和沈负在楼下碰到邻居家的小男孩了，他被他妈妈牵着去逛超市。他乖巧且有礼貌地和沈负问好：“哥哥下午好。”

他妈妈在旁边拍拍他的头，严厉地问他：“看不到姐姐？”他又和乔阮问好。

乔阮笑道：“要出去吗？”

他妈妈笑着说：“他的笔没墨水了，去文具店给他买点，顺便去趟超市。”说这话时，她的眼神偶尔会落在沈负身上，带些打量的意味。

乔阮知道她在好奇些什么，于是动作自然地挽着沈负的手：“和您介绍一下，这位是我男朋友。”

邻居阿姨愣了好久才笑着恭喜：“男朋友长得真帅。”

小男孩在旁边补充：“哥哥做饭也特别好吃。”

阿姨笑道：“阿阮有福了啊，找了个这么好的男朋友。”

邻居间的寒暄结束，乔阮却也没松开手，手往下滑，握住他的手。沈负只有指腹有点温热，掌心却是凉的。乔阮轻轻揉搓了几下：“心情不好？”

沈负是一个很会隐藏自己情绪的人，前提是，他想要隐藏。可现在他就差没在自己脸上写下“我心情不好”五个大字，等着乔阮来哄了。乔阮不瞎，自然是看到了。沈负没说话，电梯门缓缓合上，他按下楼层。乔阮似突然想起了什么一样：“你该不会是在吃陈绛的醋吧？”

她微微皱眉，眼里带着嫌弃，对陈绛的嫌弃。

沈负虽然没开口，但看他情绪的转变，乔阮便知晓自己猜对了。

“你为什么会觉得我和陈绛有什么？”她笑得无奈，“我无论和谁，都不可能和陈绛。”

沈负微抬眉毛：“无论和谁？”说多错多，乔阮不说了，开始哄他，哄了很久才哄好。以前不觉得，真正在一起以后才发现沈负也是需要人哄的小朋友。但也好哄，不需要说太多话，乔阮随便撒一个娇，他就笑了。

沈负回到医院上班后，他干脆直接在乔阮这边住下了，抛弃了他那个寸土寸金的大平层，而是选择和乔阮窝在这个一百平方米的家里。

同居以后乔阮的生活有了质的飞跃，不用再点外卖了。工作忙的时候，家里的衣服也不用堆在洗衣机好几天才能洗。每天下班回家，家里也不是只有小梨花一只猫孤零零地蹲在门口等她。现在等她的，除了一只猫，还多了一个人。在一起以后乔阮才开始后悔，自己为什么不早点和沈负谈恋爱。

每次听到她这句实践之后得出的真知，陈绛都由衷地感到心痛：“老子当然也知道谈恋爱的好处，可问题是没人和我谈！”

大约是见他可怜，周匀匀说自己有个闺蜜也是单身，正好他们年龄相仿，这周末约出来一起吃顿饭。如果合眼缘的话，就先加个联系方式慢慢聊着。陈绛听完后都快给她行三拜九叩的大礼了。

明天就是周五了。乔阮莫名地想起了沈负之前和她说过的话：想和她回去，见她的家人。他就像是被遗弃过的流浪猫，开始一段新的关系时，首先不是感到开心，而是害怕，怕再次被遗弃。他总觉得，自己是路边随处可见的野花，既然不是独一无二，那就随时都会被替代。乔阮想让他知道，他不是流浪猫，也不是野花。他是她的宝贝，是她最最最最喜欢的沈负。所以，她应该给他的，是他在感情上所缺的安全感。

吃完晚饭，乔阮主动起身去把碗洗了。客厅里小梨花一直黏着沈负。这些天来，它和沈负比和乔阮还亲。沈负去阳台接电话，它也跟着去了阳台。

等乔阮从厨房出来的时候，沈负接完电话了。夜晚风大，他却像感受不到一样，站在风口，神色是平静的。但乔阮再了解他不过，越平静，就越代表他现在的心情其实不怎么样。乔阮擦净了手出去："怎么了？"

他回过神来，垂眸冲她笑："那个人打来的电话，不重要。"他不隐瞒她任何事，她问什么，他就答什么。听到他的话，乔阮大概能猜到他不高兴的原因。哪怕那个人抛弃了他再多次，可他毕竟是养大沈负的人。

乔阮过去抱他。抱得紧紧的，她喊他的名字："沈负。"

沈负低头："嗯？"

她的下巴在他肩膀上轻轻蹭了蹭："不要不高兴。"

他笑着点头，答应她："嗯。"她的沈负，在还是小朋友的时候，没有得到小朋友应该得到的宠爱，所以乔阮要一点一点地弥补回来。现在的沈负，是她的小朋友。

"我买了票，明天我们回一趟家吧。"

沈负愣住："嗯？"

"不是说要和我一起回家见奶奶吗？"乔阮故意说，"如果不想去的话，那我把票退了。"

沈负急忙开口："想的。"像是怕她反悔。

他好像还是不太懂乔阮有多喜欢他。他明明是个很聪明的人，智商那么高。在追求乔阮时他也知道应该如何让她心软，知道如何引导她认清自己的内心。可就是这样的一个人，却总是看不清乔阮到底有多喜欢他。

"我给奶奶打过电话了，不过家里没人接。"

乔阮给奶奶买了手机，但奶奶从来都不带出门，每次都放在家里。奶奶接不到电话那是常有的事，不是在外面打麻将，就是在干农活。再晚点，乔阮也不敢再打过去了，怕打扰她睡觉。

因为只待两天，住一个晚上，所以带的东西不多，一个小箱子就足够了。沈负买给奶奶的东西却多到好几个箱子都没装下。

乔阮说："太多了。"

沈负却担心有没有什么遗漏了："以新的身份见面，总要重视一些。"

他好像是紧张的，哪怕并未显露出来，但乔阮还是感觉到了。当两个人在一起时，是真的会存在心电感应这种东西吗？乔阮突然很想试试。

她在心里喊着沈负的名字，下一秒，男人突然垂眸："怎么了？"

乔阮愣住："啊？"

沈负也有片刻的茫然："你没叫我吗？"

乔阮眨了眨眼，似乎没想到这么灵验。

沈负轻声笑笑："我好像听到你在叫我，看来是幻觉。"

乔阮抱着他，脑袋在他怀里拱了拱："不是错觉，我在心里叫你了。"

沈负把手里的东西放在一旁，并不想因为这些东西影响到乔阮抱他。他笑容温柔，问她："在心里还说什么了？"

"骂你了。"

"哦？"他仍旧在笑，笑里满是宠溺，"为什么骂我？"

"就突然想骂了，不可以吗？"

沈负说："可以，但只许在心里骂我一个人。"

乔阮不解："为什么？"

"这样你的心里就只有我一个人了。"

"肉麻。"

"好像是挺肉麻的。"

乔阮以前曾经不止一次地幻想过，和沈负谈恋爱会是一种什么样的感觉。会像电视里演的那样吗，轰轰烈烈，百般曲折？

他是住在城堡里的王子，而她只是贫民窟里的灰姑娘。如果他们在一起了，中间是不是要经历沈负家人的阻拦，以及各种门不当户不对的困难？她那个时候还太幼稚，总爱跟着电视剧里的剧情胡乱想象，但也是靠着那段想象熬过了那段让人慌乱和难过的时光。电视剧终究只是电视剧，他们需要克服的只有自己。如果能重来一次，她还要那么早喜欢他吗？这个问题无论问多少遍，答案都是一样的。不是要不要，而是想不想。感情这种东西，本身就是万般皆是命，半点不由人。幸好，故事的结尾是好的。

他们买了周五下午的票。沈负今天上午坐诊，下午去见了提前预约的病人，三点就结束了。他去研究所接乔阮下班，得知她还在实验室里，他就耐心地慢慢等，坐在她的工位上看起了书。书就被这么放在桌面，也没来得及收，想来在进实验室之前她就在看这本，是东野圭吾的《解忧杂货店》。

陈绛原本看工位上有人，还以为是乔阮，端着咖啡杯准备过来和她聊天，结果才靠近了几步，就看见沈负了。他个子高，陈绛目测得有一米八八了吧。那身量身剪裁的西装更是将那挺拔的身材衬出几分气度。陈绛低头看了眼自己，觉得人与人之间果然是存在差距的。

沈负并不是那种会很快融入另外一个环境的人，相反，他不好相处，因为他从未想过要和别人相处。他傲慢且无礼，是一个带着劣根性的人，但这些劣根性都只在面对别人的事情时出现。在乔阮面前，他把自己身上所有的冷漠都收了起来，毫无保留地将温柔交付给她。

办公室里吵闹，大家都热络地聊着天。沈负没有半点多余的反应，也不受丝毫影响，而是安静地看书。一本书看到一半的时候，乔阮从里面出来了。她把手套摘了，和林盏说着那些实验数据。林盏全程点头，认真地听着。

每次从实验室出来，乔阮都觉得自己快累瘫了。她进了更衣室，把衣服换了。出来的时候，沈负已经放下手里的书，在更衣室门口等着她了。乔阮抱着他，半天没动静。在沈负以为她睡着了的时候，她从他怀里离开。

“好了，充满电了。”她一副重新恢复活力的样子。

沈负轻笑着垂眸：“饿了吧，先带你去吃饭。”他把乔阮的办公桌收拾整洁，然后替她拎着包。

“吃鸭血粉丝吧，这个吃完容易饿，我怕待会儿回去后吃不下别的，奶奶肯定又会发脾气。”

沈负推开玻璃门，让她先出去，然后自己再出去：“好。”

他们一前一后地离开，声音被玻璃门给隔在外面，最后彻底听不见了。

办公室里鸦雀无声。不知过了多久，周匀匀第一个打破沉默：“恋爱中的人都这么腻歪吗？居然钢铁直女乔阮都没能逃过这个魔咒。我要是有沈医生这么帅的男朋友，我比她还腻歪，别说自己下地走了，我一天二十四小时都要挂在沈医生身上。”

陈绛听到她这话，眉头皱起来了：“别说这种恶心的话。”

腻歪确实挺腻歪的。鸡皮疙瘩都给腻出来了，陈绛搓了搓胳膊。

榕镇是个比较落后的小镇，没有高铁直达，只能坐别的车过去。还好距离不算远，两个小时左右的车程。因为不是节假日，所以火车上人不多。乔阮靠在沈负的身上看书，是刚才看了一半没看完的。

沈负上车前买了点水果，他剥好了荔枝喂到乔阮嘴边：“甜吗？”

乔阮点了点头：“甜。”

她问沈负之前坐过这种绿皮火车没有，他摇头：“这是第一次坐。”

“感觉怎么样？”

火车速度不快，他看着车窗外的风景，路边草木都长出嫩芽了：“感觉还不错。”不是坐火车的感觉不错，而是和乔阮一起坐火车的感觉不错。

这个点还早，天色只是擦黑，奶奶刚看完新闻节目，听到敲门声出来，瞧见乔阮了，骂道：“这才放假几天啊，就回来，路费不要钱啊。”好像人越老，就越容易口是心非。明明她心里特别希望乔阮回家。

她开了堂屋的灯，然后瞧见站在乔阮身旁的沈负，脸上闪过一丝诧异，然后笑得满脸皱纹都堆起来了：“哎哟，你说你来就来嘛，还带这么多东西干吗？”

奶奶让他们先进去坐着，她去做饭。

乔阮刚要拒绝，被奶奶一个眼神给挡了回来，然后她就什么也不敢说了。菜都是家常菜，但因为考虑到沈负是沛城人，所以奶奶特地没有放辣椒，做得特别清淡。乔阮吃不下去，就给沈负搛。奶奶看得很满意，觉得乔阮可算懂事了一回。吃完饭，乔阮忙着收拾碗筷，沈负要帮忙，被奶奶叫住，说要和他聊会儿天。

乔阮洗完碗筷后，天色已经不早了。奶奶专门给沈负收拾了一个房间出来。到底是乡下，思想还是比较保守的，没结婚的男女没法住在一个房间。

夜晚开始打雷，乔阮躺在床上和李月明打电话，说起了她今天带沈负回老家的事情。

在和沈负确定关系以后，乔阮第一个告诉了李月明，所以她也是沛城那边的朋友里唯一一个知道的。对于乔阮和沈负交往这件事，李月明也不觉得奇怪，她很久之前就有这种感觉了，他们两个肯定会在一起。

女人的第六感可是很准的。

“沈负不光没情趣，连撒娇都不会，和他谈恋爱除了可以每天看到那张帅脸以外，其他的也没什么了吧？”

听到李月明的话，乔阮笑了笑：“其实他也没你想的那么没情趣。”

李月明只当她是在维护男朋友，就没继续说了。

两人东拉西扯地又聊了一会儿，随着一道雷声，房间黑了。乔阮把手电打开，起身去拉窗帘，发现整个村子都黑了。

李月明问她：“怎么了？”

乔阮说：“应该是停电了，先不聊了，我去看看。”

“行。”

电话挂断后，乔阮用手机照亮房间，刚把外套穿上，房门开了。沈负抱了个枕头过来，站在门口。乔阮刚准备过去找他，见他自己过来了，于是告诉他：“停电了，乡下很容易停电，尤其是打雷的时候。”

他不说话，走过来抱她：“怕。”

乔阮一愣，然后笑了：“怕打雷还是怕停电？”

他说：“都怕。”

乔阮突然很想再给李月明打个电话告诉她：沈负超会撒娇的！

那个晚上，沈负是在乔阮的房间里睡的。夜晚一直在打雷，乔阮身子微颤，往沈负的怀里躲。他伸手捂住她的耳朵，虽然她听不见，但可以感受到他胸腔轻微的颤动。她大概也能猜想到，他在笑。

乔阮不爽地在他怀里抬头：“你笑什么？”

乡下的夜晚不见半点光亮，乔阮只能借着偶尔闪过的雷电，短暂地看清他。他唇角带着温柔的轻笑，把乔阮重新抱进怀里：“笑你像只兔子。”乔阮不说话。她开始沉思，刚才那个可怜兮兮抱着枕头出现在她房间，说害怕打雷的到底是不是沈负。

思考中，有一道雷声响起。这次是乔阮主动抱的他。沈负替她把被子盖好，一只手替她捂住耳朵，另一只手圈住她："睡吧，我等你睡着了我再睡。"乔阮不想睡，她还不困。这是她第一次和沈负睡在同一张床上，也是第一次和他这么亲密。

李月明和她说过，一个男人如果特别喜欢一个女人的话，哪怕只是共处一室，都会有种热烈的感觉。沈负没有吗？又或者，她没有这么大的诱惑力？乔阮的思绪并没有在这件事上逗留太久，而是问起沈负刚才奶奶和他说了些什么。

沈负把她抱得更紧了一点："问了一些关于我家里的事。"

"家里？"乔阮疑惑，之前不是都告诉过她了吗，沈负是孤儿，无父无母。

沈负轻"嗯"一声："问我愿意给多少彩礼。"

乔阮眉头皱紧："你别听奶奶乱讲，乡下的风气不好，嫁女孩就跟卖女孩一样，彩礼漫天要价。"

沈负却笑："没关系的，我愿意给，多少都愿意。"

乔阮讨厌彩礼这种不好的习俗，所以并没有在这个问题上和沈负更加深入地交流。她抱着他，就只是抱着，贪婪地闻着他身上的肥皂香。

忘了是从什么时候开始的，只要闻到沈负身上的一丁点儿气息，她就莫名觉得心安。沈负就是安全感的来源。是不是一旦开始喜欢上一个人，就会慢慢地依赖他？乔阮不知道，可能只有她是这样的。

明明曾经是个习惯了独来独往的人，就算遇上再大的风浪，她咬咬牙，自己就能挺过去。可现在不同了，现在她开个瓶盖都会第一时间想到沈负，想要他帮自己拧开。

"沈负。"她喊他的名字。

沈负垂眸，轻声应道："嗯？"

她把他抱得更紧了一点："你会一直陪着我吗？"

他大概是在笑，在她耳边，挠得她心痒："我以为只有我才会问出这种话来。"

乔阮其实并不担心沈负会离开她，她是在用自己的方式告诉沈负，她很需要他，所以她不会离开他。她的沈负才不是流浪猫，以后也不会再被遗弃了。所以听到他说出"会"时，她在他怀里轻轻闭眼："我也是。"然后乔阮就睡着了。那个夜晚，雷声再大都没有把她惊醒。因为沈负捂着她的耳朵，小心翼翼地把她护在自己怀里。

第二天一早，是乔阮先出去的，她跟做贼一样将门开了道缝，四处看了个遍，确定奶奶不在堂屋以后，才让沈负出去。

相比她的紧张，沈负显得很淡定。他淡定地穿上外套，还不忘关心一下乔阮："你饿不饿？"

乔阮急忙伸手做了个噤声的手势："你声音小点。"

沈负听话地压低声音，又问了一遍："你饿不饿？"

正好这个时候奶奶进来了，手上还拿着刚去地里挖的两颗白菜。

乔阮一下弹开两米远，演技做作地打着哈欠和沈负打招呼："早啊，昨天晚上睡得好吗？"

沈负并没有很快接收到她的信号："昨天晚上我们不是……"

乔阮突然剧烈地咳嗽起来，在奶奶看不到的地方冲他使眼色。

奶奶也没等她继续说："真以为我年纪大了，眼睛就瞎了？昨天晚上小沈房间半个人影都没有。"

乔阮低着头，不说话了。她原本以为奶奶会好好地说教一通，结果奶奶啥也没说，而是满脸笑意地问沈负爱不爱吃饺子。

"给你做我最拿手的白菜猪肉馅饺子，乔阮小时候最爱吃这个，她一个人能吃二十个！"

一个人吃二十个饺子，那确实还挺厉害的。沈负轻笑着看向乔阮，后者顿时有种黑历史被挖的羞愧感，头埋得更低了。然后她听到沈负说："喜欢的，谢谢奶奶。"

奶奶笑得合不拢嘴："和奶奶这么客气干吗？"

沈负好像非常擅于让别人对他心生好感。这才多久的时间，奶奶就快拿他当亲孙子看待了。

厨房里，沈负帮忙和面。奶奶在一旁看着，夸他："你比乔阮那丫头可厉害多了，你从小就会做饭吗？"

沈负说："上大学以后自己搬出来住，才开始慢慢学会的。"

"那乔丫头还不如你，她从小就做饭，都比不上半路出家的你。"

沈负手上的动作稍顿："从小就做吗？"

奶奶叹了口气，往灶肚里添了根柴火："我们这种家庭和你们城里人没得比，每家每户的小孩谁不是从小跟着下地做农活，到点了还要帮忙做饭的。"奶奶又说，"我们阿阮有福气啊，跟了一个会心疼她的人。"

沈负一直都知道乔阮的童年过得不幸福，可每次听到，他还是会难过。如果能早点认识她，如果自己从一开始就是一个正常人，是不是就能比现在更早对她好？

饺子馅是奶奶剁的，但和面和包饺子都是沈负，甚至连蘸料都是沈负调的。没有奶奶做的口味那么重，但是味道更鲜了。

乔阮咬了一口，夸奶奶厨艺见长。沈负轻笑，却不说话。乔阮往他碗里夹了一个："厨房里面很热吧？"

"不热，就是有点呛。"

家里后来安了煤气灶和抽油烟机，可奶奶还是更习惯用柴火做饭，她说这样做出来的饭菜更香。

乔阮现在的饭量不比以前了，吃了几个就饱了。

奶奶让她带沈负到处转转："上次来得匆忙，就在镇上逛了逛，山上的风景也挺好，你带他去看看。"

乔阮收拾好碗筷，问他："去吗？"

他点头："去。"

乔阮又说："风景其实一般，而且蚊虫还多。"

沈负笑："还是想去。"然后乔阮就带他去了。这里是她从小长大的地方，她闭着眼睛都能走完这一条路。

风景其实挺好的。至少对于沈负这种看惯了高楼大厦的人来说，这种泥土和青草的自然美，让他心情舒畅。

“前面是桃林，不过那边蚊虫和蛇比较多，所以我很少去那边。”

沈负若有所思地点了点头，然后问她：“那你最常去的地方是哪里？”

乔阮不假思索：“朋友家。”

在这种落后的山村里，那个时候家里有电视机的都是少数，小孩子们打发时间的方法似乎就是聚在一起。只不过当初玩得好的朋友早就从这个山村离开，成家了。沈负轻轻握住乔阮的手。他对她感到抱歉，觉得不能给她足够的仪式感。她带自己回到她家，带他去看自己幼时成长的轨迹，可是他没有家可以带她回去。

乔阮却抱住他，双手环住他的腰，轻轻踮脚，说：“不用道歉的。”她声音温柔，“以后，有我在的地方都是你的家。”这个季节的风有点冷，吹在身上还是带着凉意的。比起热，沈负更怕冷。在他还很小的时候，第一次被遗弃，就是在一个寒风呼啸的冬天里。他大概是从那个时候开始怕冷的。

可是现在他感觉不到冷了，反而觉得挺暖和。他抱紧了怀里只属于他的“太阳”，听见她说，以后有她在的地方都是他的家。沈负突然觉得，其实这个世界很公平。虽然他人生的前二十几年过得很压抑，可是用那二十多年的压抑换来一个乔阮，他觉得，是他赚了。人不能太贪心，所以他不奢求很多东西。他只希望，乔阮爱他，永远爱他，永远只爱他。

两天的时间过得很快，到了返程那天，奶奶给他们装了好几罐泡萝卜和腌菜。她告诉沈负：“这个腌菜很下饭的。”

东西多得都拿不下了，乔阮刚准备拒绝，沈负却笑着道过谢，把东西接过来。好几个大罐子，看着就沉。奶奶心花怒放，直夸沈负懂事。

去机场的路上，乔阮问他：“你喜欢吃腌菜？”

沈负答：“还好。”

“那就是不喜欢了。我看你都接过来了，还以为你很喜欢。”

沈负笑了笑：“毕竟是奶奶的一番心意，如果不要的话，她会难过。”

乔阮在心里叹息，难怪奶奶这么喜欢他。

返程的车上，乔阮戴上眼罩打算睡一会儿，让沈负到目的地了再叫她。结果不等沈负叫，她就自己醒了。姿势也从靠窗变成了枕在沈负的腿上。她把眼罩摘了，眼睛还不能这么快适应光亮。沈负伸手替她挡住眼睛：“还没到，可以再睡一会儿。”

“睡不着了。”等眼睛适应了，她从沈负的腿上坐起身，面带愁容地看着窗外。

正当沈负准备问她在想什么的时候，她叹了口气：“待会儿晚上吃什么呢。”原来是在苦恼这个。

沈负替她做好了决定：“吃饺子吧，我刚学会的。”

这段日子仿佛被按了加速键一样，时间过得飞快。

沈负搬过来了，和她住在一起。乔阮说他蠢，放着自己那么大的房子不住，非得和她挤在这个小窝里。沈负笑容温柔地抱住她：“蠢的是你。”大房子再大，都不如有乔阮的地方。她大概是不知道，在之前那段不敢去见她的日子里，他的人生有多无助和彷徨。

喜欢不会让人变得自卑，但自卑会导致这段感情无法宣之于口。沈负其实并不自卑，他是天之骄子，是人人称赞的天才。唯独在乔阮面前，他是不敢看她眼睛的胆小鬼。可是现在，胆小鬼终于和自己心爱的姑娘在一起了。

话题有点偏，从说对方蠢，又聊到未来的规划。乔阮先起的头，她说她明年想辞职：“我大学的时候就想自驾游了，可是一直没时间，再过几年我就三十了，恐怕那个时候更加没这个时间和精力。”

沈负抱着她：“我陪你。”

乔阮问他：“你也去？”

沈负垂眸：“怎么，你不想带着我？”带了点质问的口吻。

乔阮发现他最近胆子大了不少，以往生怕说错哪句话惹她不开心，每次说完见她脸色变了都会急忙道歉。可现在不同了，他都学会顶嘴了。

乔阮说：“我发现你胆子越来越大了。”沈负低下头，埋在她颈窝处，轻轻蹭了蹭，和小梨花撒娇时没什么区别。

“有恃无恐。”她故意逗他，“那万一哪天我对你腻了，又不喜欢你了怎么办呢？”

他身子一顿，动作也缓慢了许多。“你别说这种话，”他说，“我真的会哭的。”

乔阮取笑他：“你最近是和小梨花待在一起的时间太长了吗，怎么越来越像它了？”

沈负轻声说：“我不如小梨花。”

乔阮疑惑：“哦？”

他语调轻柔，眼神却炙热地看着她：“小梨花可以拱来拱去，可是我不行。”

乔阮愣在那里，一张脸涨得通红，话也说得结结巴巴：“你……你胡说什么呢。”

沈负似乎对她这个反应很满意，单手撑着侧额，眉目含笑地看着她。

晚上的时候，乔阮和夏依然通电话，又听马未希念叨了半个小时。正好沈负洗完澡出来，他知道乔阮在和家里打电话，所以并没有出声，而是安静地坐在一旁。

他的头发洗过，已经吹干了，额前碎发柔顺地垂落，快要遮住眼睛。电话挂断前，乔阮没忘记嘱咐马未希记得听话。马未希一边答应，一边问乔阮什么时候回来看他。乔阮看了眼坐在一旁安静看书的沈负，说：“快了，下次放假吧。”

等乔阮挂了电话，沈负合上手里的书，起身过来。乔阮问他：“看的什么？”

他摇摇头：“看不进去。”

“为什么看不进去？”

“想着你怎么还不挂电话。”她打电话的时候，眼里都没有他。

乔阮说他头发长了点，让他去把剪刀拿来，她亲自给他修剪一下。沈负起身从抽屉里拿了剪刀，递给乔阮。乔阮左右看了眼，让他把那本书拿过来接着，免得碎发掉在地上。沈负乖巧地坐在椅子上，丝毫不怀疑她剪头发的水平。乔阮自信满满，一剪刀下去，她沉默了……

“要不我们明天还是去理发店看看能不能补救吧。”

沈负看了眼镜子，那块被剪得很短很短。他轻声笑道：“我觉得挺好看的。”乔阮有点挫败感。好在沈负这张脸经受得住任何发型的蹂躏。

乔阮叹了口气，在心里安慰自己，每个人都有自己的短板，如果连她这种外行人随手就能剪出一个酷炫的发型来，那理发店的理发师们不都得失业了吗？想通这点后，她心里就好受了点。可在看到沈负那个狗啃似的发型后，愧疚感又升上来了。

她把灯关了，眼不见为净，但总觉得对不起他。既然对不起，那就得弥补吧。于是乔阮红着一张脸，借着夜色去握他的手：“那个……”

乔阮两只眼睛都有点散光，所以在晚上她看得不太清楚。但沈负视力很好，哪怕只是凭借窗外透进来的那点微弱灯光，他仍旧能将乔阮此刻的模样看清。她脸涨得通红，薄唇紧抿。

沈负不说话，安静地等着她说完。沉默持续了两三分钟，她才一点一点地蹭到他身旁：“你刚刚不是说你不如小梨花吗？”

沈负听到她这句话，身子微动。乔阮脸更红了：“那……今天就让你做一回小梨花吧。”

其中意思明显。

沈负先是微挑了眉，愣了片刻，然后扬唇靠近：“真的？”

乔阮羞得坐不稳了，靠在他肩上：“过时不候。”

后来，乔阮意识模糊地想，人果然和猫不一样。

第二天一大早，乔阮匆匆洗漱完就带着沈负去了附近的理发店。

理发师看到他的刘海了，心情五味杂陈。

乔阮问他：“这还能救吗？”

理发师努力忍了忍，实在没忍住：“这是你剪的吗？”

乔阮有些羞愧地点了点头。理发师又笑：“看来你对象脾气挺好。”

乔阮抿唇不语，脸因为极度羞愧而变红。脾气很好的男朋友站起身：“我们换一家吧。”

乔阮说：“这家是最近的了，也是附近评分最高的，换别家我怕……回天乏术。”他轻轻皱眉，虽然最后还是听话地坐下了，但脸色不大好看。他不想看到乔阮对着其他男人脸红。

那个发型确实没得救，剪得太短了，最后理发师干脆给他推了个板寸。这个发型让他的五官线条更加英挺坚毅了，加之眼尾狭长，给人一种不好接近的距离感。

店里的女顾客小声议论：“好帅。”

“别想了，人家有女朋友了。”

“果然帅的都被抢走了。”

“他女朋友也不差啊，大美人。”

从理发店出来后，乔阮盯着沈负看了会儿：“实在不行咱们买顶帽子戴着吧。”

沈负问她：“很难看吗？”

“也不是。”乔阮不知道该怎么说，突然词穷，在大脑里努力搜刮一番后，她说，“这样的你看上去感觉凶巴巴的。”

沈负本身就不属于那种儒雅温和的长相，他的五官太英挺了，尤其是眉骨和下颌，线条感很强，可过于冷硬了些。往日还有碎发挡着，削弱了些许。再加上他自身矜贵出尘的气质，也没人过多地去注意这些。但现在，一切都彻彻底底地展露出来。

“你的那些病人该怕你了。”乔阮皱眉。

沈负轻声笑笑：“怕我做什么，我又不会动手。”

算了。好在他长得足够好看，好看到可以忽略这些外在带来的疏离与淡漠。乔阮牵着他的手，感叹了句：“本来打算下次放假带你去见我妈妈的，目前看来得推迟了。”

沈负顿住，然后缓声问她：“为什么推迟？”

他应该是等乔阮这句话等了很久，带他回去见她母亲。这会儿她主动说出口了，却又加了一句要推迟。

乔阮说：“你头发太短了，我妈妈不喜欢头发太短的……还是等头发稍微长点。”

“多长？”

“就你平时那个长度。”

沈负说：“那也不算长。”

乔阮点头：“正常长度，但你现在这个太短了。”

“离你下次放假还有四天。”沈负握住乔阮的手，睁眼说瞎话，“我头发长得快，四天足够了。”

他怎么像个无理取闹的小朋友，还不如马未希呢。乔阮尽可能地减小自己唇角上扬的弧度，可忍了几次，还是没忍住：“那我再考虑考虑。”

她以前是个挺有原则的人，甚至连陈绛都说她有原则到甚至有些冷血了。可是现在，在沈负面前的她，所有的原则都变成了以沈负为先，想让他高兴。沈负高兴，就是乔阮的第一原则，所以她最后还是妥协同意了。

“要不我们还是去买顶帽子？”她依旧对这件事耿耿于怀。

得逞的沈负很听话地点了点头：“好。”

乔阮给他选了一顶黑色的鸭舌帽，他戴上以后反而多了几分少年感。乔阮甚至有片刻的晃神，仿佛看到了十八岁的沈负。现在的他其实和当初没有太大的区别，除了被岁月打磨出的沉稳的气质，他的眉眼没有太大的变化。连乔阮都没能避开二十五岁皮肤开始衰老的关卡，脸上的胶原蛋白逐渐在流失，沈负在外形上却没什么变化。乔阮甚至有点嫉妒，还是当男人好。

“我挺怕生孩子的。”沈负开车送乔阮去上班的路上，乔阮突然有感而发。

沈负说：“那就不生。”

乔阮抬眸，眼中似乎有质疑：“真的不生？”

沈负轻声笑笑：“怕我骗你？”

“那倒也不是。”乔阮重新坐正了身子，“就是觉得男人好像都对传宗接代有着很深的执念。”

“我不需要传宗接代，我这样的人……”

听到沈负的话，乔阮急忙打断：“什么叫你这样的人，你这样的人怎么了，在我心里你就是最好的，比这个世界上的任何人都要好！”她听不得沈负说出诋毁自己的话。以前他没有得到很多爱，乔阮想把那些都给他弥补回来。因为沈负值得，他值得被爱。

沈负身子微僵，似乎因为乔阮的那番话而有了很长一段时间的僵硬。然后他笑着把刚才那句说了一半就被打断的话补充完：“我这样的人占有欲很强，不想被别人分走你的爱。”意识到是自己误会了，乔阮愣在那里，挺尴尬的。她摸了摸自己的鼻子，不说话了。

沈负把着方向盘，问道：“你刚才说的话是真心的吗？”

乔阮还沉浸在刚才的丢脸之中，没吭声。

沈负不依不饶：“难道是骗我的？”

乔阮急忙辩解：“没骗你。”

红灯亮了，车停下来。沈负看了她一会儿，然后轻扯唇角：“原来我在你心里这么好啊。”他故意拉长了语调。

乔阮觉得他最近真的是恃宠而骄了。男人果然不能宠，一宠就变坏。这句常被李月明挂在嘴边的话，乔阮现在终于理解了其中道理。确实是这样。

沈负把车停在楼下，说要送乔阮上去。乔阮没让：“你别迟到了。”

他看了眼时间：“还早。”

“那也不行。”乔阮态度坚决，沈负也只能乖乖听她的话了。不过最后还是乔阮先妥协，答应中午和他一起吃饭，他才肯离开。

陈绛今天没来，请了一天假约会去了。乔阮打开抽屉，拿出里面的发绳随意地扎了个马尾。听到周匀匀的话，她问道：“陈绛有女朋友了？”

周匀匀颇为自豪地挺了挺胸：“还是我给介绍的。”

乔阮笑道：“厉害啊，红娘。”

周匀匀在她旁边坐下，笑着说：“虽然陈绛不肯说，但我觉得十有八九是成了，你是没看到陈绛昨天那副红光满面的样子哦，不知道的还以为他昨天结婚。”

乔阮被她的话逗笑：“那我暂时可以松一口气了。”

周匀匀看着她：“松什么气？”

“你是不知道，自从我脱单以后，陈绛看我那眼神就跟看叛徒一样，看得我后背发毛。”

不提这个还好，一提到这个反而提醒了她，周匀匀就用一种看叛徒的眼神看着她：“叛徒！”

乔阮：“……”

陈绛的相亲确实成了，成得还挺顺利。那个女孩子平时只要不忙，都会亲自做好了便当给他送过来，还要亲眼看着他吃完。

办公室内的“糖分”明显超标。周匀匀看着这一幕，说：“前段时间刚吃完你和沈负的‘狗粮’，想不到现在居然还得吃陈绛的。”

她问起乔阮：“对哦，沈负最近怎么没给你送饭了？”

“他工作也挺忙的，我就不让他送了。”

因为这个，乔阮哄了他好久。她没有吃腻他做的饭菜，也没有嫌弃他做饭不好吃。

最近天气开始回暖了，周匀匀感叹时间过得可真快。她问乔阮：“你和沈负的好事，快了吗？”

提到这个，乔阮说：“下周先带他回去见我妈妈。”

“那他家里人呢，你见过吗？”

乔阮沉默了挺长时间，然后说：“他没有家人。”

但是以后，乔阮就是他的家人了。所以他不孤单。

她也没有提前和夏依然讲，而是先把人给带了回去。

家里早就做好了饭菜，甚至连马未希都在厨房里帮忙。虽然帮的都是些倒忙。夏依然把他往厨房外赶，刚赶出去，过了会儿他又溜进来，说要亲手给姐姐包汤圆吃。结果他没站稳，一屁股坐在旁边已经包好的汤圆上。夏依然气得撸着袖子就要揍他，他满屋子跑。

恰好门铃响了，奶奶在这种混乱中过去开门。

最先看到的是乔阮，奶奶笑着侧身让她进来：“饭菜马上就熟了，你先坐一……”后面的话还没说出口，奶奶忽然瞥见了站在乔阮身旁的沈负。

于是那顿饭，变得比想象之中的还要安静。

“妈，”马未希终于忍不住，问道，“他为什么会和姐姐一起回来？”

沈负笑容温柔，却并未接话，而是在等，等乔阮向她的家人介绍自己。

于是乔阮就在这一大家子的注视下，默默地咽下嘴里的米饭："妈妈，沈负是……"

夏依然大概也能猜出一些，但还是握紧了筷子，紧张地等她开口。

"我男朋友。"

莫名地，夏依然心里有一丝庆幸。庆幸乔阮终于有了归宿，也庆幸她的归宿确实是一个值得托付的人。

大概是关系明朗了，夏依然对这个准女婿的态度比刚才还要好，礼貌中带了几分真切的关心。她埋怨乔阮："你这孩子，也不提前说要带男朋友回来，我这什么都没准备呢。"

她笑着和沈负表达歉意："也不知道你喜欢吃什么，不过这些都是阿姨的拿手菜，也是阿阮最爱吃的，这顿先将就着吃，明天想吃什么和阿姨说，阿姨专门给你做。"

沈负笑道："不必这么麻烦。"他用筷子把鱼肉和鱼刺分离，动作自然地将鱼肉夹到乔阮碗中，"我不挑食的。"

乔阮也没多说什么，也没对他此刻的行为表现出惊讶，看上去早就习惯了被他这么照顾，那应该就不是在自己面前装装样子了。

夏依然看着这一幕，莫名地感到欣慰。她的阿阮，终于遇到能替她遮风挡雨的男人了。

饭桌上，马越霖偶尔会问沈负几个问题，沈负会礼貌地回答，但也不和他说多余的话。相比夏依然，沈负对他，明显是带着生分的，甚至还有几分漠然。说漠然有些不太礼貌，但的确是这样。若不是因为他尚顶着一个乔阮继父的身份，沈负不会和他在一张桌子上吃饭。乔阮性格好，不计较前嫌，但沈负记仇。她在这个家里吃过的苦，他记得一清二楚。

马未希完全在状况之外。不过他知道，女孩子一旦带男朋友回家见父母，那就说明他们离结婚不远了。周侨的姐姐就是这样。这顿饭他吃得很不快乐，一句话也不肯和沈负说。下午的时候，乔阮陪夏依然说了会儿话，回到房间时，沈负正坐在椅子上看书。这好像是他唯一打发时间的方式了。

乔阮坐过去："在看什么？"他把书合上，让她看封面上的书名——余华的《活着》。这是她高中的时候在书店买的。虽然她之前把家里的书整理捐出去了，但还是留了一部分。沈负把书放回原位，搂着她的腰，把她抱起来放在自己的腿上："阿姨和你说什么了？"

乔阮叹了口气，没说话。沈负的身子稍稍僵住，过了很久，他才低声问："是不喜欢我吗？"

看出了他眼底慌乱失落的情绪，乔阮一副得逞的狡黠笑容。

她揉他的脸，说："没有，我妈很喜欢你，还让我把你看好了，可别让外面的女人给抢跑了。"

沈负悬着的心落了下来。那顿饭吃完以后，乔阮就被她妈妈叫走了，两人说了很久的话，久到沈负连一本书都看完了。书的内容他其实也没太认真看，心里装着事，自然没法看进去。他还是会担心，担心她家里人不喜欢他。

"我妈妈说，是我捡了大便宜，让我好好珍惜你。"她坐在沈负的腿上，后背紧贴他的胸口。

他微微弯下腰，将她抱得更紧了点："那你呢，你会好好珍惜我吗？"

"当然会。"他的手此时正搂着乔阮的腰，乔阮抬手覆住，"你可是我的小王子，我以后努力工作，等攒够了钱就去建个城堡，把你藏起来。"

沈负低头，枕在她的肩上："那你抓紧点，快点攒够钱。"

乔阮点头，说："好。"

她以前从来没想过自己未来结婚会是什么样，甚至没考虑过结婚。如果实在不行，真的非得结婚的话，婚前财产得分清楚，日后离婚的话也不至于牵扯太多。还没结婚呢，就想着离婚后的事情了，足以可见那个时候的乔阮是对婚姻不抱任何期待的。可是现在，她觉得挺好的。能给自己爱的人一个家，真的太好了。沈负一抱着她就不肯松开了，他喜欢闻她身上的味道。沈负和乔阮不同，他身上总有股独特的，只属于他的木质清香。不是香水也不是其他，就是他自身的清香。而乔阮，身上除了沐浴乳和洗发水的味，就是香水了。不过她喷的香水都是些味淡的，不仔细闻很难闻出来。但无论她喷什么味的香水，沈负都喜欢。只要那是她身上的，他都喜欢。

“怎么办？”他低喃一声，轻声叹息。

乔阮问他：“什么怎么办？”

他把她抱得更紧：“太喜欢你了，怎么办？”太喜欢，太喜欢了。每一天都要比之前还要喜欢。乔阮侧了身子，手抚摸着他的脸，然后飞快地在他的嘴唇上碰了一下。转瞬即逝的一个吻，还没察觉就结束了。沈负抬眼，手揽着她的腰，把她往自己怀里带，刚要加深刚才那个吻，房门被人敲响了。

“姐姐在里面吗？”是马未希。乔阮一愣，起身去开门。沈负不动声色地掩去被打断的烦躁，神色平静地将刚才那本书重新拿过来。

马未希进来后，看到沈负了，有点不高兴，下意识地去牵乔阮的手，宣示主权一般：“姐姐，你今天可以和我睡吗？我一个人睡觉害怕。”

乔阮眉头一皱：“你都多大了，还要姐姐陪你睡？你怎么不说吃饭也让我喂你？”

马未希低着头，不敢吱声，眼眶红了。他原本是想让这个男人看看自己在姐姐心目中的地位有多高，没想到反而被臭骂一顿。

沈负合上书，走到他面前，温声哄道：“你姐姐只是声音大，并没有凶你的意思。”

马未希用袖子胡乱地擦了把眼泪，哽咽着抽泣。乔阮看到他这样，顿时也过意不去，过去和他道歉：“刚刚是姐姐不好，姐姐听到你那么说确实有点生气，但姐姐不应该凶你，对不起，姐姐和你道歉。”

马未希抿紧了唇，眼泪吧嗒吧嗒往下掉。乔阮看到他这副样子，心疼了。把他抱在怀里轻声哄道：“姐姐是觉得你这么大了，不能再像个小孩子一样，你今年就升初中了。”

马未希拼命忍住眼泪，哽咽道：“我知道，我一个人睡不怕的，我也没有真的想让姐姐陪我睡，我就是不想姐姐和哥哥在一起。”他改叫沈负“哥哥”了。

乔阮愣住，下意识地看了眼身旁的沈负。后者也只是笑，并没有说话。乔阮知道马未希在担心什么，担心她嫁人了，就不爱他了。她笑着和他保证：“姐姐就算嫁人了，也会爱我们小希的。”

他半信半疑：“真的吗？”

“当然是真的。”

乔阮告诉他：“以后哥哥也会和姐姐一起喜欢小希。”

马未希用一种不太确定的眼神看向沈负。沈负笑着摸了摸他的头：“会的。”他会爱屋及乌，和乔阮一起爱小希的。

有了那天的话，马未希对沈负的态度明显改变了许多，甚至提前就改了口，叫他“姐夫”了。小孩子的爱恨本来就来去匆匆。

夏依然打趣地笑他：“你姐结婚的时候收了改口费才能改叫姐夫的，现在叫这么早，以后可就没红包了。”

马未希很有骨气地说：“我才不在乎那点红包。”

乔阮在回江北之前，和李月明见了一面。单独见的，没带沈负。

李月明好奇地问了她很多问题，譬如和沈负在一起是种什么感觉，他会生气吗？或者也会像其他男人一样吃起醋来没完没了吗？乔阮其实没感觉多特别，就是每天早上醒来，看到躺在自己身边、抱着自己的男人，都会感叹上一句，世界上居然会有这么好看的人。

李月明说她在炫耀。不过沈负确实好看，李月明见过不少帅哥，但像沈负那样惊艳的，确实这辈子就只见过他这么一个。

她笑称：“如果我们不是从小一起长大，我说不准也追他了。”

人到了一定的年纪，再回想起以前那些耿耿于怀的事情，都会觉得带着几分稚嫩，恨也没那么恨了。甚至当李月明再提起“江演”这个名字的时候，乔阮都能做到心平气和地听她讲完。听说他不靠家里，自己创业做起来的公司前段时间上市了，他现在可是富豪榜上最年轻的总裁了，身价也高得吓人。“不过他好像一直没谈女朋友，这事儿听上去似乎挺不可思议的。”李月明小声说，“我以前就觉得他可能不喜欢女生。”

乔阮笑了笑：“你还挺关心别人的事。”

“也不算别人，好歹也是高中同学，虽然他这人挺让人讨厌的。”

她们又东拉西扯地聊了很久。聊乔阮当初那点小心思，聊沈负每次考试都故意输给乔阮，聊沈负到底是从什么时候开始喜欢乔阮的。总之句句不离沈负。李月明好奇得要命，明明她是乔阮整场感情的见证者，可到头来她发现自己居然完全在剧情之外。

在李月明那里住了一晚上后，乔阮和沈负回了江北。马未希每天都会给她打电话，每次打电话都会问起沈负："姐，我姐夫呢？"

乔阮无奈："你到底是我的弟弟还是他的弟弟？"

"不都一样吗！"

乔阮拿着手机站在浴室门口："你姐夫在里面洗澡，怎么，要不要我进去拿着手机给你直播？"

原本只是一句调侃的话，被里面正在洗澡的沈负听见了。他听得不太仔细，水声太大了。只依稀听到乔阮在讲话，他以为是在和他讲话，于是开了门缝，探出头来，笑容温柔地问她："是要和我一起吗？"

乔阮急忙把他的脑袋推进去，同时也庆幸，马未希刚好去喝牛奶了，什么也没听见。那通电话打了半个小时，直到马未希得去洗澡睡觉了。

乔阮窝在沙发上看书，沈负洗完澡出来，顺势在她身后坐下，把她搂在怀里："刚才在和谁打电话？"

乔阮把手里的杏仁递到他嘴边，想要喂他，想起他刷了牙，又把手往回收。谁料沈负握住她的手腕，微微低头，吃掉了她手里的杏仁。

乔阮将书翻页："刚才小希给我打电话，你刚好说话，我都快吓死了。"

沈负道："哦？"

乔阮的睡衣薄，沈负的睡衣也不厚。

这么亲密无间地贴靠在一块，乔阮甚至能很清楚地感受到他腹部和胸口那几块硬邦邦、线条分明的肌肉。她呼了一口气，把手里的书往方几上一扔，从沈负的怀里起来，换了个方向，笑容狡黠地逗着他。

沈负安安静静地让她逗，偶尔也会给回应。她最近总爱开他的玩笑，有时甚至还会问他是不是涂了睫毛增长液，不然为什么睫毛这么长。她的唇贴着他的耳朵，声音带笑："今天怎么这么乖呀？"

沈负唇角微挑：“我这么乖，你是不是更爱我了？”

他很容易满足，只要乔阮给他全部的爱。每一天，她都比前一天更爱他。

平静无风的夜晚，连树枝都停止了晃动。

软肋骨位于肋骨前端的软骨部分。

乔阮握着沈负的手，找到那块地方。

她没开口，但沈负却听见了。她在告诉他，他就是她的软肋，最软的那一根。一直都是，永远都是。

番外一

乔阮出差了，不在沛城。

幼儿园今天消毒，放假一天。沈负特地空出一天的时间陪沈乔。为了更好地照看她，沈负把电脑拿到了客厅，在客厅办公。沈乔自己一个人玩得挺起劲，又是给娃娃洗澡，又是给娃娃看病，比沈负还忙。

她用自己的玩具听诊器给她怀里的娃娃听了会儿心跳，然后一脸惊恐地坐起身："呀，发烧了。"

她急急忙忙抱着"发烧"的娃娃来找沈负，语气慌张："爸爸，我女儿发烧了，你快点帮它看病。"

沈负敲击键盘的手停下，微微抬眸："女儿？"

沈乔点头，把"女儿"塞到它姥爷怀里，认认真真地做了个介绍："它叫沈冰泪梦。"

沈负轻笑："还生了个外国女儿？"

"它跟我姓。"沈乔催促沈负，"爸爸你是医生，你快点把它治好，不然它会死掉的。"

估计她刚吃过西瓜，嘴边黏糊糊的，沈负先抱着她进了盥洗室，替她擦洗了一遍。他说："可爸爸是心理医生。"

沈乔不知道心理医生是什么，在她看来，医生都是一样的。她抱着沈负的胳膊晃来晃去："爸爸，你去给它打针，打完针就好了。"沈乔的嘴巴、眼睛长得像他，撒娇的样子也像他，但面部轮廓像乔阮。

沈负蹲下，动作温柔地替她把手上的水擦干，说："好，爸爸去给它打针。”然后沈乔在一边故作老成地感谢医生。她留着齐刘海，梳着双马尾，穿了一条牛仔背带裙。头发是沈负给她扎的。平时也都是沈负给她梳头，因为乔阮扎的头发挺难看的，沈乔自己都不乐意，还经常和沈负偷偷告状：“妈妈扎的马尾每次都一边高一边低。”

沈负在她的玩具堆里随手翻了翻，拿出一个玩具针筒。沈乔就站在一旁，紧张得要命，小手紧紧攥着沈负的裤腿：“爸爸，你轻点，别弄疼它了。”

沈负答应她：“好。”

娃娃头发长，有点碍事，他原是想着把它的头发往后面理一理，结果力气使得稍微大了点……头掉了。沈乔愣在那里。沈负一边和她道歉，一边把娃娃的头安上去。他大概是怕沈乔难过，着急了些，把头安反了。

沈乔幼小的心灵受到了极大的创伤，她哭得很凶，一边哭一边攥紧小拳头捶沈负：“呜呜，你再也不是我最喜欢的爸爸了！”

她生气了，晚饭也不肯吃，沈负哄了好久她才吃了两口，一边吃一边哭。沈负给她擦眼泪：“是爸爸不好，爸爸下次会注意的。”

沈乔哭得小身板颤抖：“它都死掉了，哪里还有下次啊。”

“爸爸下次再给你买一个新的。”他哄了好久才把小家伙给哄好。

沈乔说要给它举行葬礼，她不识字，也不会写字，就让爸爸帮忙写了块墓碑——沈冰泪梦之墓。她甚至还专门给它摆了个果盘，不过草莓和葡萄最后被哭累的她给吃完了，只剩下两个她不爱吃的苹果。

晚上洗完澡，沈负给乔阮打了个视频电话。看到妈妈，沈乔又开始哭了，和妈妈告状：“妈妈，爸爸把我女儿的头给拧掉了！”

沈乔那张脸都快贴到手机屏幕上了。

沈负说：“嘴巴别碰上去，有细菌。”

沈乔不理他，哭得撕心裂肺。乔阮让她不要着急，慢慢讲。她抽抽搭搭地讲了一遍。乔阮问：“是妈妈上个月给你买的那个吗？”

她点头，扯过爸爸的胳膊，用他的袖子擦眼泪：“对，蓝头发的那个。”

“妈妈记得你好像不喜欢蓝色啊。”

她忙点头：“喜欢的，我衣柜里有好多条蓝色的裙子，上次月明阿姨带我去买的。”

乔阮就像是骗小孩的狼外婆，三言两语就把沈乔的注意力给转移走了，到后面她竟彻底忘了自己还有一个刚被拧掉头的“女儿”。

说了会儿话，也差不多到了她平时要睡觉的时间。保姆阿姨把她抱回房间，剩下的时间就属于沈负了。不过三天没见，就好像隔了小半辈子。沈负说要好好看看乔阮，让她把手机拿近点。

乔阮把手机放在旁边支好，一边工作一边和他视频。沈负也不打扰她，就这么安安静静地看着。实在忍不住了，才会轻声说一句：“好想你。”

这也不是沈负今天打给乔阮的第一通视频电话了，她不过出差几天，他便感觉好像两个人分开了大半年一样。

乔阮说她明天就回来了，又说：“我给你买了件衬衣，也不知道尺寸合不合适。”

沈负说：“我们都结婚这么久了，我是什么尺码你不知道？”

乔阮有点心虚：“我这不是怕……怕出错吗。”

沈负也不说话，只盯着她看。安静了几秒钟，乔阮就缴械投降了：“我错了。”

沈负也不怪她：“不管合不合适，我都喜欢。”

他们两个之间其实没有太多话要聊，本身乔阮就不是那种话多的，沈负话就更少了。沈负可以一句话不说，就这么安安静静地看着乔阮，一看就是一个多小时。看不腻，这辈子他都看不腻了。

乔阮忙完工作了，睡不着，起身从旁边的行李箱里抽了本书出来，一本散文集，是用来打发时间的。手机里半天没声音，乔阮以为他把视频挂了，抬眼去看手机，却撞上一双温柔的笑眼。

“宠幸完书终于肯来宠幸我了？”

乔阮被他的话逗笑：“你还不去睡觉吗？”

他摇摇头：“睡不着。”

闻言，乔阮的眉头微皱：“又失眠了？”

失眠好像是一种容易反复的病症，乔阮一直都挺怕沈负再次被这种病症折磨。因为她知道失眠不好受。

瞧见她担忧的眼神，沈负轻声笑笑："没有失眠，就是太想你了。"

乔阮松了口气，又说："我明天就回去。"

他点头，又看了她好久才肯挂断视频，怕打扰到她休息。

沈乔睡得早醒得也早，沈负从楼上下来，看到沈乔正在客厅里狂奔，两条小短腿迈得起劲，保姆阿姨在后面追。沈乔跑到沈负跟前时被地毯绊了一下，好在被沈负接住，才没摔倒。

他蹲下身，替她把跑散的扣子扣上："爸爸之前怎么说的？"

她知道错了，低下头，声音挺小的："不能到处乱跑，不能不听话。"

阿姨过来，问沈负："这地毯要撤了吗？"大约是觉得它险些害得沈乔摔倒，怕再有下次，想拿去扔掉。

沈负站起身，将领带重新系好："不用。"

片刻后，他声音还算温和："您该严厉的时候还是严厉些，别过分溺爱她了。"

阿姨点头："好。"

沈乔站在那儿，知道自己错了，所以没说话。沈负穿好外套往外走，临到门口处又停下："要和爸爸一起去接妈妈吗？"

沈乔点头，小声说："要。"

他又折返回来，声音温柔地哄了她一遍："爸爸刚才不是在凶你，爸爸只是希望你能懂事一些。"

沈乔知道的，她趴在爸爸的肩上："我下次不这样了。"

沈负顺势把她抱起来："乖。"

机场来接机的人很多，沈负抱着沈乔，视线全程落在出站口。

乔阮不是一个人出来的，她身侧还多出了一个男人。男人三十出头的样子，穿一身黑白色休闲服，正和乔阮说着话，后者偶尔点头给出回应。

沈负脸色尚无变化，只是眸色稍深。

隔得老远，沈乔便看见乔阮了，小手挥得高高的，一直在喊"妈妈"。

乔阮脸上挂着笑，出来抱她：“想不想妈妈？”

她点头：“好想的，我昨天做梦还梦到妈妈了。”

“妈妈也很想你，每天都想。”

沈乔把脑袋枕在乔阮肩上，沈负笑着接过她手里的行李箱：“累不累？”

“还行，就是坐太久了，腰有点痛。”刚才那个和乔阮说话的男人走过来，乔阮简单做了个介绍，“他叫周寻，我同事。”她又看着周寻，“这位是我老公，沈负。”

男人笑着伸出手：“您好。”

沈负笑容足够温和，简单地和他碰了下指腹，不想和他有过多的接触：“您好。”

他们在机场分别，乔阮把沈乔放到儿童座椅上。乔阮系好安全带，见沈负始终一言不发，大概知道他又吃醋了。她也不打算哄他，而是笑看着他：“吃醋的样子还挺可爱。”

沈负动作稍顿，别开脸，看向车窗外，但逐渐泛红的耳根还是出卖了他此刻的情绪。这让他更可爱了。

李月明最近迷上了韩剧，整天抱着平板冲那些穿着西装，拥有超能力的韩国帅哥喊“老公”，甚至还拼命给乔阮推荐了几部。她说得倒是挺一本正经的：“虽然沈负的颜值在他们之上，但每天看着同一张脸，肯定会腻，多看些帅哥换换口味。”

乔阮对李月明口中的帅哥兴致缺缺：“所以你这一大早，喊我出来就是为了说这个？”

“还早呢，都下午了。”李月明说，“而且什么叫‘就是为了说这个’？这几部可是我精心挑选出来的，不是好姐妹我还不舍得分享呢。”

乔阮喝了口咖啡，觉得还是有点苦，就又往杯里放了块方糖，轻轻搅拌：“我老公那张脸我看多久都不会腻。”

李月明像是被恶心到了，抱着胳膊搓了搓：“你就宠他吧，他迟早会被你宠坏的。”

乔阮前段时间挺忙的，忙过了就又闲下来了，她已经休息了好几天。说到沈负，话题自然而然就继续延展下去，乔阮问：“阿姨最近没催你？”

想到这茬李月明就头疼：“李慎前天带了个女孩回家，人长得挺漂亮的，还乖，我妈特满意，都开始商量着见双方父母了。李慎的终身大事解决了，现在所有人的目光都落在我身上。”

李月明是不婚主义者，她压根就没想过结婚。她妈说她就是没碰到喜欢的，碰到了自然就会想结婚了。为了让她尽早碰到喜欢的，现在是拼了命地给她介绍相亲对象。但李月明这个“不婚”是真的不结婚，哪怕再喜欢，她也不会往这方面去考虑：“不自由，毋宁死。”

两人在咖啡厅从七点半坐到八点，杯子里的咖啡都凉了。李月明带着乔阮这个已婚妇女去了趟酒吧，说要带她重新找回青春，哪怕酒吧和乔阮的青春压根就挨不上边。她们也没叫别人，就她们两个坐着喝了点。李月明往瓶口塞了片柠檬，递给乔阮：“虽然度数不高，也少喝点。”

乔阮抬眉：“心情不好？”

李月明叹气，喝一口酒：“人类的悲欢并不相通。”

“没事，你跟我说说，兴许我能懂呢。”

李月明没开口，又叹了口气。

乔阮悟了：“还是因为你妈让你相亲那事？”

被戳中伤口，李月明又自罚三杯：“我就是不理解我爸妈那个思想，我小的时候觉得他们还挺开明的。”

“可能每个年龄段的心境不同。”

李月明突然看向乔阮：“你以后该不会也这么逼阿乔吧？”

乔阮笑道：“是她的人生，她的自由，我不会强迫她去做任何事。”

酒没喝多少，这儿的饭菜倒是吃了几大碗。这家酒吧有宵夜，和酒搭着卖。乔阮喜欢这里的宫保鸡丁，虽然很少有人在这儿点这道菜，大约是觉得不符合这里的风格。时间也不早了，李月明喝了点酒，没法开车，就叫了代驾，她说先送乔阮回去。乔阮拒绝了，她们住的地方完全在相反的方向，这一个来回，就得折腾好几个小时了。

李月明不放心："这么晚了不好打车。"

乔阮拿出手机晃了晃："给我的司机打过电话了。"

"司机？"

乔阮笑道："沈负。"

后知后觉反应过来这是人家小夫妻在秀恩爱，李月明翻了个白眼："行，我就不打扰你们小夫妻了，先走了。"

李月明走后，乔阮就站在罗马柱旁等沈负。偶尔也会有人过来和她搭讪，说自己就喜欢她这种知性温柔类型的，问能不能加个微信。

乔阮强忍着不适，抬手将自己的婚戒露给他们看。那些人倒也识趣地离开。下次还是别来酒吧了，乔阮心想。

这个点路上不堵车，平时四十多分钟的车程，这儿会半个小时不到，沈负就来了。车停在路边，他开了车门下来，手上还拿了件外套，应该是怕她冷。乔阮走过去，踮脚搂住他的脖子，下巴就这么枕在他肩上，能闻到他身上好闻的尤加利香。很淡，应该是在室内不小心沾上的。

乔阮突然想起李月明时常说的那套"家花没有野花香"的理论，不赞同地想，明明她家里的这朵才是最香的。

沈负怕她踮脚太累，膝盖微弯，整个人的高度稍微降低了些。他空出手，替乔阮把外套穿上，声音温柔："喝酒了？"

"嗯，喝了点，不过没喝多少，而且度数也低。"

"和李月明一起？"

"她心情不大好，就陪她喝了一杯。"

沈负点头，问她还饿不饿。

乔阮想起自己刚才在里面吃的那一大碗饭，最后还是开口："饿。"

她知道，沈负想和她一起吃完饭再回去。她觉得偶尔满足一下他的小需求，让他开心一下，也挺不错的。

吃饭的位置是乔阮选的，一家烤肉店。沈负全程都在烤，也没吃多少，那些烤好的肉全被他夹进了乔阮的碗里。乔阮把肉包进生菜里，递到沈负嘴边："张嘴。"他听话地张嘴，乔阮喂他吃完后，又去夹第二块肉，"沈医生今天辛苦啦，得多吃一点。”

在乔阮的印象中，沈负眼中常带着笑，但眼下不太一样。他笑得有几分局促，又好像是在紧张。但面上没显出异样来，那点薄薄的情绪只是浮于眼底，风一吹就散了。

乔阮手撑着脸，笑弯了眼：“呀，沈医生害羞了。”

那点极力隐藏的情绪被乔阮这么直白地戳穿，他也就不掩饰了。他是冷白皮，脸红起来就更明显了。不过好在沈负脸红也只在耳朵那一小块范围红，耳尖透着点粉。要是平时，乔阮肯定笑起来了。但今天她没笑，她怕自己如果笑了，下次就看不到这一幕了。沈负是个很擅于掩藏自己情绪的人，他不掩藏，说明他是想被乔阮发现。

乔阮夸他可爱，想捏他的脸，可是手上戴着手套，刚拿过生菜，还沾着水，她就强行忍下了，说：“这几天我休假，想吃什么，我明天给你做。”

沈负很快就把情绪收了回来，笑容温和：“什么都可以？”

乔阮包好了肉喂给他：“都可以。”说完以后，她又补充了一句，“只要别太得寸进尺，报一些过于复杂的菜。”

沈负笑说：“这还叫什么都可以。”

“万一你让我做佛跳墙怎么办。”在乔阮看来，做一份佛跳墙比她在实验室里待上十个小时还要折磨人。

沈负给她倒了杯热茶：“我怎么舍得？”

听到沈负的话，乔阮莫名开始心虚，她端着杯子小口小口喝着沈负刚给她倒的热茶。他不舍得，她倒是挺舍得的。平时她可没少让他做这个。沈负没有一次是没同意的，甚至连考虑一下都没有。只要是她提出口的要求，他都会满足她。人是没办法做到一碗水端平的，总会有些偏爱。哪怕都是至亲至爱，可沈乔在他心里的位置，还是没办法比上乔阮。他甚至一开始就不想生这个孩子。当初乔阮和他提过这个，在结婚之前，她说以后不想生孩子，因为害怕。他当时没有任何犹豫地就同意了。别人都说孩子是两个人爱情的证明，沈负不觉得他们之间的爱情需要第三个人来证明。

就算再小心翼翼地避孕也会有意外，沈负是个足够克制的人，可他不想在这种事情上也去克制欲望。他甚至做好了结扎的打算。但乔阮说，她想要个孩子了。她想要，那就生一个吧。

怀胎十月，那段时间乔阮胖了四十斤，身材走样，整个人都浮肿了好几圈。以前的鞋子她也穿不进去，怀孕早期吃什么吐什么。为此沈负经常自责。他每天晚上都会给乔阮按摩脚踝，请假在家陪她。

乔阮生产时胎位不正，医生建议剖腹产，于是她小腹那里留下了一道很长的疤。怕她难过，沈负也在同样的位置纹了一条一模一样的伤疤。他在用自己的方式陪她。

“沈负，”乔阮手里捏着筷子，像是在征求他的意见，“你说我们要不再要一个？”

沈负抬眸，只轻声笑笑：“有一个足够了。”

那种痛苦，他不希望乔阮再经历一遍了。

沈乔去幼儿园了，沈负去了医院，家里便只剩下阿姨和乔阮。见乔阮正看着食谱，阿姨笑道：“这么多年没做饭，是不是感觉厨艺都退化了？”

乔阮研究着上面的调料用量，提起这事，笑得有些无奈：“和沈负在一起后，他就不让我进厨房了。”

阿姨笑说：“到底还是你有福气。”她觉得女人与其生得好，不如嫁得好。乔阮只是笑笑，却并不认可她的话。她不觉得女人是附属品，婚姻本就是两个人的事情，组建一个家庭也是两个人的事情。她和沈负本身就是两个个体，哪怕结婚了，也没有谁依附着谁。

她煮了点粥，简单炒了几个自己还算拿手的菜，再装好放进保温饭盒里。阿姨在厨房收拾，乔阮上楼换衣服。下楼时，阿姨问她要不要再多盛点，怕沈负吃不饱。

乔阮笑了笑：“他吃得不多。”尤其是工作的时候，他吃得就更少了。

乔阮就是因为担心他又不吃饭，所以才做好了亲自送过去。她要是不在旁边盯着，他肯定又吃两口就会放下筷子。

乔阮觉得自己就像个老妈子一样，担心儿子吃不下饭。明明在别的方面他稳重得能够替她挡下所有风浪，却在这种事情上任性得像个小朋友。

乔阮来到医院，路上偶尔会碰到心理科其他医生，他们认识她，笑着和她打招呼："来给沈医生送饭？"

乔阮笑了笑："嗯。"

"沈医生好福气啊，娶了个这么好的老婆。"

旁边的医生调侃他："你要是长得和沈医生一样帅，也能娶到这么好看的媳妇。"

"那我这辈子算是娶不到了。"

乔阮进了电梯，按下楼层，站在角落里等着。陆陆续续有人进来，大多都很安静，不说话。乔阮盯着上头变化的数字，电梯门打开，她侧着身子出去。这个点是中午休息时间，等候厅里依旧坐着好几个病人。服务台的护士已经去吃饭了。乔阮推开门进去，沈负靠着椅背，大约是睡着了。乔阮就知道，她今天如果不来的话，他这顿饭又该这么凑合过去。

"沈负。"她声音轻柔地喊他的名字。

男人喉间发出一阵极轻的梦呓，而后缓睁开眼。看见了乔阮，他倦怠的眼才带上一抹笑："你怎么来了？"

乔阮坐下，把饭菜端出来："昨天说过的，今天做饭给你吃 。"

沈负确实是一个很双标的人，倦怠和疲乏在乔阮面前很少显露，他对她总是很有耐心。当然，也可以说是，乔阮能够驱散他任何的负面情绪。

"做的什么？"

"粥。"乔阮把筷子递给他，"不过水放少了，看着不像粥。"

乔阮心疼地替他按着肩膀："今天很累吗？"

沈负抬手搭上她的手背："不累。"

"那怎么这么没精神？"

沈负卸下伪装，沉重地叹息一声："今天来了个病人，年纪很小，重度抑郁。"

乔阮的手稍微顿住："能治好吗？"

沈负没说话，长久的沉默后，他又说："校园暴力导致的抑郁。"他看着那个女孩的眼睛，仿佛看到了很多年前的乔阮。大概是依旧没法原谅那个时候的自己吧，他有时候做梦都会梦到，乔阮被人欺负时，他却在另一个女生身旁。他心中总有执念，对他自己怨恨的执念。好在乔阮足够坚强，可万一她不够坚强呢，后果会是怎样？直到今天他看到了那个病人，那个一直存在，他却始终不敢去往那方面考虑的后果在他脑海里成了形。她可能也会变成这个样子。沈负抱着乔阮，半晌不说话。乔阮轻轻抚摸着他的脊背，像是在安抚他此刻焦躁不安的情绪一样："都过去了，就算没过去，我也不会放弃自己。"沈负仍旧不说话。

乔阮微俯下身，头枕在他肩上："沈负，你大概不知道。那个时候，你就是我的救世主。是我眼中，拉我出地狱的救世主。是重来一次，再遇见，还是会一眼就喜欢上的人。"可是这些，沈负总是不相信，不管乔阮和他说多少遍，他都会认为，是乔阮在哄他。像他这样的天之骄子，这么优秀的人，本该充满蓬勃向上的自信。如果没有幼年时期那些虐待，他的人生不会是这样。乔阮总会遗憾，她的沈负，不该患上那样的病。他应该是烈日底下，最张扬肆意的少年。或者，是教室里，温和儒雅，带着书香气的好学生。不管是前者还是后者，他都待人真诚，喜怒不必掩饰。

午饭吃完了，乔阮给他洗了点水果，并问他今天晚上想吃什么。

沈负笑说："我说了你又嫌麻烦，不肯做。"

"什么嘛，弄得我好像多不讲信用一样。你说，说了我肯定做。"她说得信誓旦旦。

沈负就随口报了几道菜名。乔阮沉默了会儿："我就是不讲信用。"

沈负垂眸，压低了声音轻笑，肩膀笑得微颤。乔阮脸燥热，捶了他一下："你还笑！"他顺从着点头，说不笑了，可唇角的笑还是没有敛去分毫。乔阮气得不行，过去就要咬他，脑袋都趴上肩膀了，她扒下他的毛衣，露出那一片雪白的脖颈。

他很白，冷白皮。好看的人甚至连脖颈都是好看的，皮肤之下的筋脉都泛着好看的青色。乔阮还是一口咬下去。沈负身子微微后仰，头靠向一侧，让她能咬得更方便一些。他的手此时放在她腰上，怕她掉下去，因为乔阮整个人都坐在他腿上。

刘医生风风火火地跑进来："之前那个病人，精神分裂送到……"他话说了一半就停住了，手还握着门把手。看着面前这一幕，他突然忘了该说些什么，有些尴尬地摸了摸鼻子，"不……不好意思，太着急了，忘了敲门，你们继续啊。"然后他非常识趣地退了出去，并且还不忘替他们把门关上。

乔阮从沈负身上下来，沉默几秒："他是不是误会了？"

沈负只是轻笑，并不说话。他把毛衣领口整理好，身上的白大褂早就因为乔阮刚才的动作而起了些褶皱。扣子还散了两颗，看上去确实像发生了什么一样。乔阮又磨磨蹭蹭地坐过去："我看看咬伤了没。"

沈负动作微顿，听话地把才整理好的毛衣往下扯，露出那一处被咬出牙印的脖颈。上面甚至还泛着一层薄薄的水光。

乔阮拿纸巾替他擦拭干净："疼吗？"

他笑着摇头："不疼。"

乔阮在心里埋怨自己不知轻重，沈负却将她揽在怀里，手搭在她肩上，另一只手则圈住她的腰。太细了，他一臂圈着还有富余。他的头枕在她肩上："让我靠一会儿。"

乔阮听话地不动了，摸他的头像摸小狗一样。他的发质很软，蹭在掌心有点痒。沈负抱了她很久，然后才肯松开："好了，有力气了。"

乔阮又去摸他的脸，知道他要去工作了。片刻后，她又在被她摸过的地方留下一个吻："太累的话，可以给我打电话。"

他点头，抱着她的手却迟迟不松。大约在他看来，乔阮是松手就会消失不见的风筝。可早在很久之前，乔阮就把那根看不见的风筝线绑在了他手腕上。"不会走的。"她轻轻抵住他的额头，"会永远陪着你。"

她懂他的不安，懂他没法割舍的自卑。那种面对感情的小心翼翼，哪怕是他们已经有了自己的家，仍旧没办法轻易地从他身体里抽出来。

乔阮便不厌其烦，一遍又一遍地告诉他，给他安全感。她不会离开，怎么舍得离开呢。乔阮走的时候刘医生正好看见了，和她打过招呼后他就来了沈负的诊室。他接着刚才的话继续讲："之前那个精神分裂的病人送走了，那边需要你开个证明。”

沈负点头，开了电脑。刘医生在椅子上坐下，隔着一张办公桌，暗自打量着沈负。他没什么异样，仍旧和平时一样，他所有的耐心估计都给病人了。他平时没太大的情绪起伏，更多的时候是像现在这样，沉稳平静。和他夫人在一起的时候他倒像是完全变了个人一样。他简直就是家养的大金毛，还是被驯养得非常听话的那种。医院里每年都有来实习的护士，她们年纪小，又刚出学校，正好是对爱情憧憬的时候。看到沈负了，她们那双眼睛就跟灯泡一样亮，在得知沈负已婚的消息后又是一副失恋的神情。

刘医生感慨一句：“我觉得你老婆上辈子应该是拯救了银河系。”

能让沈负这棵铁树开花，还开得满树都是，可不是拯救了银河系吗？

沈负头也没抬，把单子打印出来，在上面签下自己的名字，说：“是我。”拯救了银河系的人，是他才对。

乔阮最近每天都会做好了饭菜给沈负送去。她的厨艺早就因为太久不做饭而生疏了，只能说勉强可以吃，味道没法深究。乔阮有点心虚：“明天开始我跟着阿姨多学学。”

沈负笑道：“不用，我觉得已经够好吃了。”

也就沈负能捧她这个场了。她倒了杯水递给沈负：“沈乔吃了一口就不肯再吃了，说有毒。”她还学着沈乔的表情和语气重新讲了一遍。

沈负笑容灿烂了些，夸她：“学得还挺像。”

“那是因为她像我。”

沈负点头：“像你好。”

“为什么像我好？”

他看着她：“像你好看。”

乔阮抱着他：“可是我觉得你更好看。”她在他怀里蹭了蹭，“我的小宝贝得像你多一点才行。”

沈负提醒她：“你以前明明说过，你的小宝贝只有我一个。”

乔阮抬眸，捏他的鼻子：“自己女儿的醋都吃？”

他握住她的手，放在唇边吻了吻：“没吃醋。”

“还没吃醋呢，酸味都浓到呛人了。”

沈负只笑，没再开口，抱着她的那只手却一再地收紧，仿佛要将她完全拢进自己怀里一样。乔阮掰着手指头数日子：“后天我就得开始工作了，到时候没法盯着你吃饭，你可不许图方便就随便对付两口。”

他听话地点头：“我一定好好吃饭。”

乔阮摸摸他的脸：“这才乖嘛。”

“我这么乖，没有奖励吗？”

乔阮一愣，然后问他：“想要什么奖励？”

他微俯了身，在她唇上印下一个吻：“这样的奖励。”

“刚才不是吻过了吗？”

沈负摇头：“不算，那个是我示范给你看的。”

乔阮说他比沈乔还会耍赖。沈负也不否认：“不给吗？”

“给。”不给又该有小情绪了。乔阮凑过去，碰上他的唇，沈负单手扣住她的后脑勺，轻轻往自己这边压，加深了这个吻。在乔阮开始缺氧时，他松开了手：“吃过糖？”

乔阮笑他老土：“想说我很甜？”

她的唇上还泛着薄薄的一层水光，沈负拿了纸巾替她擦干净：“有橘子的香味。”

乔阮点头：“你女儿给我的，橘子味的软糖，我包里还有，你要吗？”

她起身要去拿，却被沈负按住手。他将她重新揽在自己怀中：“你吃吧，再陪我坐一会儿。”

乔阮看出了他脸上的倦色，心疼地抱住他：“很累吗？”

“还好，不累。”沈负手臂环着她的腰，头枕在她肩上，睡着了。

两个小时的休息时间，他也没睡多久。醒后他穿上白大褂，出了休息室。乔阮给他泡了杯咖啡送过去。诊室里有病人，是由父母陪同一起过来的小女孩。来心理科的大部分患者都是这个年纪。

乔阮没有打扰，只用嘴型说了一句：“那我先走了。”沈负点了点头。

乔阮回到家时，阿姨正在晒茶叶。

看到乔阮了，阿姨站起身，问乔阮：“饿了吗，我去给你煮碗面。”

乔阮摇摇头，笑道：“不用这么麻烦，我不饿。”她瞧见竹架上的茶叶了，看向阿姨。

阿姨笑道：“上次泡的茶是我自己炒的茶叶，我看先生喜欢喝，就想着趁最近天气好，多晒一点。”

乔阮走近，看着那些被晒干的茶叶，有些惊讶：“您还会做茶叶？”

阿姨说：“我家就是卖茶叶的。”

乔阮夸她厉害，阿姨的脸便微微泛红。乔阮不太懂这些，帮不上忙，而且今天有学生发了论文过来，她今天估计有得忙了，和阿姨说了一声后她便上楼去了书房。

下午的时候她头疼得厉害，她量了下体温，低烧。于是她喝了点热水，又吃了一片药，然后便洗澡睡下了。

晚饭她没吃。大约是因为药物的作用，她一整天都睡得昏昏沉沉的，完全处于半梦半醒的状态。中途好像有人进了房间。虽然声音刻意放得很轻，似乎是怕吵醒她，但乔阮还是听见了。她动了动身子，想要起来，可是感冒带来的全身酸痛让她没有太大的力气。

正当她打算就此作罢的时候，有双手轻轻揽住她的腰，将她从床上扶起。她的背靠在那人的胸口。她不用看也知道是谁，那股熟悉的消毒水味很淡。

往日他回到家的第一件事就是洗澡，今天却没有。

乔阮咳嗽几声，喉咙干得厉害。

仿佛有感应一般，男人将早就放在床头柜上的水杯拿过来，放在她嘴边，喂她喝。乔阮喝了一口就不想喝了，她摇了摇头，问他：“现在几点了？”声音很沙哑。

沈负把她抱得更紧了点：“八点半了。”

乔阮挣扎着要从床上起来：“沈乔睡了没？”

沈负重新把她拉回自己的怀里：“她有阿姨照顾，你别担心，好好躺着休息。”

“可是……”

沈负打断她的话：“别可是了，你现在过去，是想把感冒传染给她吗？”

听到沈负这么说，乔阮这才打消了哄她睡觉的念头。她重新靠回沈负的胸口：“可能是昨天吹了会儿冷风。”

沈负把毛毯拉过来，仔仔细细地盖在她身上，不留一丝缝隙，生怕再有风灌进来。尽管窗户都关得严实，不可能有一点风透进来。他抱紧她，心疼地问：“还是很难受吗？”

乔阮嗓音沙哑，为了让他安心，她说不难受了。

沈负将手放在她额头上探了探体温：“怎么还是这么烫。”

乔阮说：“我再睡会儿就好了。”

沈负不放心：“还是去医院看看吧。”

“真不用这么麻烦，就是一个普通的小感冒，而且我刚刚吃过药了。”

“可是吃过药都没好。”

乔阮被他的话哽住。最后她还是没有拗过沈负，被强行带去了医院。她躺在病房输液，沈负就坐在一旁陪着。

这会儿时间很晚了，再加上身体不适，乔阮很快就睡着了。她睡得不怎么好，一来是认床，二来身上烫得厉害。第二天早上七点她就醒了。

病房没人。乔阮盯着雪白的天花板发了会儿呆，然后才慢吞吞地坐起来。过了这么一晚上，她烧退了，感冒也差不多完全好了，就是累，那种感觉比在实验室待上一天一夜还要累。

病房门开了，是过来查房的护士。她询问乔阮现在的感觉，确认她没有哪里不舒服后，笑了笑：“你先生真的很担心你，昨天晚上寸步不离在边上守着。”

乔阮看了眼床边的椅子，这是单人病房，旁边也没放折叠床。也就是说，他昨天晚上都是在这张椅子上对付过去的？

小护士说她已经没事了，可以出院了。走之前小护士不厌其烦地又夸了一遍：“您先生是我来医院这么久，遇见过最温柔的人了。”

乔阮笑了笑，道过谢后又说：“我也觉得他很温柔。”

小护士转身离开，正好碰上靠墙站着的沈负，他也不知道来多久了，手上提着还冒热气的早餐。他脸上的笑容确实如小护士说的那样，温柔得很，视线一刻也不曾从乔阮身上挪开。

夸人却被当事人撞了个正着，小护士有些尴尬，急忙走了。沈负走过来，把小桌板抽出，将早餐放上去。他买了豆腐脑和烧麦，因为知道乔阮不怎么喜欢吃粥。她挺倔，所以他也不勉强她去吃一些她不爱吃的东西。

“吃完了再回去。”

乔阮咬了口烧麦，问他：“听到护士刚才说的话了吗？”

他点头：“听到了。”

“当事人有什么感想？”

当事人非常配合地想了想：“没什么感想。”

“被人夸还没感想？”

他轻笑：“被别人夸没感想，但是被你夸的时候，心里是很高兴的。”

乔阮笑他：“你要是想听，我每天都说。”

“你总诓我。”

“这次不诓你。”

“我不信。”

她问道：“我怎么做你才会相信我没诓你？”

他把脸凑过来：“除非你亲我一下。”

乔阮笑着把他推开：“不要脸。”

“死缠烂打追你那会儿就没要了。”

乔阮说：“如果我现在说离婚，你也会像之前那样对我死缠烂打吗？”

沈负抱着她，不让她继续说：“我听不了这种话，以后别说了。”

乔阮就笑：“我又不会真的和你离婚，就打个比方。”

“打比方也不行。”

“好，以后不说这个了。”

沈负像一只受了惊吓的兔子，在她怀里迟迟不肯离开。哪怕护士进来收拾东西，频频看向这边，他也无动于衷。

乔阮笑得有几分尴尬，试图将沈负推开，但两人的力量压根就不是一个量级的，推了几下都没用。她只能靠近他耳边，小声说：“别人在看。”

他不在意：“看就看吧，我平时也没少被别人看。”

乔阮一脸无奈，他明明是个很讨厌被人以目光追随的人，这会儿倒一点也不在意了。推了几次都不起作用，乔阮就放弃了，任由他抱着：“再过几年，沈乔都比你成熟了。”

沈负抬眸，笑意温柔：“那以后你也像哄她那样哄我睡觉。”

乔阮笑他：“再过几年，沈乔都不需要我哄她睡了。”

沈负说：“那正好可以哄我了。”

“我发现你最近脸皮真是越来越厚了。”

“刚才不是还说我不要脸吗？”

“又厚又不要脸。”

沈负也不否认，只抱着她，闻她身上的气味：“别动，我睡会儿。”昨天陪了她一晚上，他也没怎么睡，眼下见她病好了，心才放下去，困意便涌上来了。

乔阮看出了他眼底的困倦，也不吵他：“睡吧。”

沈负就保持着刚才的动作睡着了，在乔阮的肩膀上靠着。乔阮不敢动，怕吵醒他。沈负觉浅易醒，是从小就有的毛病了，现在也一直没能改过来。听到耳旁传来的逐渐平稳的呼吸声，乔阮动作温柔地摸着他的头。他小时候吃过很多苦，但没关系，往后的岁月里，她会补齐他缺失的所有爱。像他爱自己那样，去爱他。乔阮觉得自己是幸运的，沈负其实算不上很温柔的人，也算不上是很好的人，但他把自己所有的爱全部无保留地都给了乔阮，是不求回报的那种。他像是一个一意孤行的赌徒，没有考虑过任何后果，也没有过任何犹豫，一条路走到黑。

幸好，乔阮在心里庆幸，好在自己回了头。不然他真的太可怜了。

医院温度低，乔阮怕他冻着，就把被子扯过来给他盖上。大约是见他们这么久还没有去办理出院手续，小护士就过来看了一眼，结果正好看到这一幕。昨天晚上还是沉稳可靠的丈夫，这会儿就变成了乖巧的怀中猫一般。

果然还是帅哥美女的恩爱看起来更赏心悦目。她不敢打扰，小心翼翼地关上门出去，和自己那群正在值班的小姐妹讲起这段甜掉牙的恋爱。彼此说着“又相信爱情了”。

沈负也没有睡太久，两个小时就醒了。他动了动身子，却也没离开，而是顺势将乔阮往自己怀里拉：“我睡了多久？”声音还带着刚醒时的沙哑。

他的手在被子里放了这么久都没焐热，掌心到指腹那块还是冷的。

她干脆把他的手放在自己掌心轻轻搓热：“没睡多久，才两个小时，你要不再睡会儿？”

“不了。”他又将下巴枕在乔阮肩上，“在这儿睡也睡不踏实。”

乔阮问他：“今天几点去医院？”

他抬起左手，看了眼腕表：“还早。”

“我和阿姨说好了，晚上在家做油焖大虾，沈乔念了好久，到时候月明和李慎也会来。对了，李慎的女朋友你见过没？”

“没见过。”他和李慎早没了联系，不光李慎，别人也一样。他本就不是那种擅于处理人际关系的人。他将所有的感情和那点人情味儿都毫无遗留地给了乔阮，便再也空不出富余的了。

乔阮让他别整天只围着她一个人转，说：“你也该有自己的生活和社交圈子。”

沈负说他不需要。他不想浪费和乔阮在一起的任何时间，哪怕是一分一秒。

实在说不通，乔阮也就不说了。随他吧。她不勉强他，只是嘱咐他别忘了这件事：“今天早点回来。”

沈负点头：“好。”

办理好出院手续后，沈负先送乔阮回了家，然后才开车去医院。

阿姨见她回来了，担忧地问：“怎么样，身体好点了没？”

乔阮无奈轻笑：“就是小感冒，沈负大惊小怪，怎么您也这样。”

阿姨见她这么说，加上她的脸色看上去也确实恢复了红润，便也松了口气：“没事就好，没事就好，昨天看先生那副紧张的神情，再加上又一晚未归的，可没把我给吓死。”

阿姨在厨房收拾，应该是在准备晚上要做的食材。乔阮也没什么事，系上围裙进去帮忙：“他就是那样，我有点小磕碰在他那里都跟天塌了一样严重。”话是用调侃的语气笑着说出的。

阿姨却笑：“先生那是心疼你，多好。”

“好是好，就是夸张了些。”

阿姨边将刚去市场买的虾泡在水里，让它们先把腮里的脏东西排出去，边说：“先生也只对您夸张。”连亲女儿都没这个待遇。

忙完后，已经中午了。乔阮坐得腰痛，从椅子上起来，洗净了手出去。大约是最近闲太久了，她有些坐不住，就去院里把那些花花草草又修剪了一遍。算算日子，马未希也差不多要放假了。他升上了市重点高中沛城一中，也就是乔阮当初的学校。看到分数的时候，夏依然高兴得喝了点酒，她脸上带着醉后的一点淡红：“我有福气啊，女儿聪明，儿子也聪明。”

她这一生得过且过，原本以为就这样了。但上天好歹垂怜她，让她阴暗的生活得以窥见一点光。前半生有乔阮，后半生有马未希。

今天天气不错，阴天，有风，挺凉快的。下午五点半，沈负的车从院前开过，进了地下车库。大概十分钟后，他抱着沈乔出来，另一只手拎着她的粉色小书包。乔阮不大满意，说她都这么大了，还让爸爸抱。沈乔这才乖乖地下来，她一脸认真地保证：“下次我自己走路！”

乔阮觉得她很乖，蹲下身，抱着她：“我们乔乔今天在幼儿园有没有乖乖听话？”

“有的！”她还拿出一个大红花，给乔阮看，“老师今天就发了三张红花，一张大红花，两张小红花，说给最听话的小朋友，然后把最大的红花给了我。”

“这么厉害呀。”

沈乔被夸得都快上天了，下巴翘得老高，背也挺得笔直：“那当然了。”现在的沈乔仿佛缩小版的沈负。乔阮甚至能从她身上想象到沈负得意时的样子。明明在他脸上没有半点女气的五官，缩小后放在沈乔脸上，却也显出几分可爱和漂亮。果然，好看的人是不分男女的。进了客厅，阿姨端出刚切好的水果，让沈乔先吃点，饭菜马上就好了。沈乔道过谢后，从爸爸手里把书包拿过来，拉开拉链，拿出里面的作业本。

“老师今天给我们布置了家庭作业，让我和爸爸妈妈一起做橘子灯。”

乔阮愣住：“啊？”

沈乔眨了眨那双亮晶晶的眼睛，以为妈妈是没听清，于是不厌其烦地将刚才的话重复了一遍：“老师今天给我们布置了家庭作业，让我和爸爸妈妈一起做橘子灯。”

“上周不是刚做过南瓜灯吗？”

沈乔非常严谨：“南瓜灯是南瓜灯，橘子灯是橘子灯，不一样的。”

乔阮无力地垂下头，不知道这些作业到底是给孩子布置的，还是来折磨他们这些家长的。瞧见她这个反应，沈负垂眸轻笑：“没事，我来做。”

上次那个南瓜灯也是他一个人做好的。乔阮给南瓜掏瓤，掏到一半就喊手疼，跑出去了。等她回来的时候，沈负早就做好了一整个南瓜灯。沈乔还靠着那个灯得了个一等奖，奖状现在还在沈负的书房贴着。

那一整面墙上贴的都是沈乔的奖状，以前那些昂贵的字画全都被取下了，变成了沈乔一个人的荣誉墙。乔阮说不太好：“上次我就没参与，沈乔对我一肚子意见，说妈妈偷懒。”

沈负也只是笑：“那就不告诉她。”

“她鬼精鬼精的，瞒不住。”这点倒是和乔阮很像。

沈负唇角上扬的弧度更明显了一些：“那你待会儿在旁边给我打下手，也算是参与了。”这话说得也不是没有道理。乔阮点头，这事就这么敲定了。

李月明他们是八点到的，一起来的还有沈望。他手上提着一个大盒子，里面是粉色的芭比娃娃套装。

他上小学了，读三年级，个头比上次见长高了不少。就是脸上的婴儿肥还没退，看上去仍旧可爱得让人忍不住想捏捏他的脸。

李月明说："家里的阿姨请假回去服丧了，我怕他一个人在家待着怕，就把他接去我那儿住了几天。"

他比从前更加沉默寡言，长期待在那种压抑的环境里，似乎很难长成开朗积极的性格。但好在，他仍旧保留着那点幼童的纯真。他起初还有些害羞，躲在李月明身后不出去，只敢露出一双眼睛，偷偷看那个比他小不了几岁的妹妹。李月明摸摸他的头，说："不是给妹妹准备了礼物吗？"

沈望不敢出去，脑袋低垂。乔阮用手拍了拍沈乔的肩，动作温柔："去和哥哥玩。"上次见沈望，是在一年多之前，那个时候沈乔还不记事，而且小孩的记性本来就差，早就把沈望忘得一干二净了，但再次见到时，还是很喜欢他。

沈乔跑过去，身上带着幼崽的元气："哥哥好。"

沈望这才轻轻垂眸，逐渐松开抓着李月明衣摆的手。纤长浓密的睫毛随着他此刻的动作抬高，唇角缓慢地攀上一点温柔笑意。

他把手里的芭比娃娃套装递出去："送给……送给你的。"

沈乔抱着那个快有她人高的盒子，连站都站不稳了。沈负一只手轻轻护着她的背，防止她摔倒。她笑着和沈望道谢，嘴甜得不行："谢谢哥哥的礼物，我好喜欢哦，喜欢死了。"

沈望低垂下眼，不大敢看她，手指轻轻扯着衣角，又不说话了。

李月明摸了摸他的头，笑着和沈乔说："你哥哥特地给你挑的。"

沈乔把盒子递给爸爸，让他拿着，说要带哥哥去看她的秘密基地。沈望脸还红红的，沈乔牵他的手，他几次松开，眼里有卑怯。李月明蹲下身，替他理正衣领："不会有人嫌弃你的，别怕。"沈望仍旧低着头，不说话。

乔阮看着这一幕，心疼沈望长期生活在那种压抑的环境里。

他仿佛就是缩小版的沈负，成绩优异，智商也高，明明应该是万众瞩目、充满自信的存在，却在那种压抑的家庭中长大。

沈望，他带着希望出生，却没有被寄托希望。

乔阮让沈乔带哥哥去玩，还不忘小声叮嘱她："别使小脾气，也别惹哥哥难过。"

沈乔说才不会，然后不顾沈望的一再抵触，强行牵着他的手：“我是好孩子，不会欺负你的，你别怕。”

她拉着他往楼上走：“二楼就是我的秘密基地，我让爸爸在那里给我建了个城堡，你知道什么是城堡吗？就是公主住的地方。我家里有城堡，我也是公主。”

乔阮听到这话，笑她也不嫌臊得慌。沈乔回过头冲她扮了个鬼脸，然后又去和沈望说：“我可以让你当王子，因为你给我生了一个小公主。”

沈望顿在那里，不走了。

李月明提醒她：“宝贝乔乔，你小哥哥是生不了孩子的。”

她一脸不解，轻轻歪头：“为什么？小哥哥身体有缺陷吗？”

满屋子寂静。乔阮无奈扶额，让她别说话了，看城堡还是炫耀娃娃都抓紧去，别在这里继续丢人。沈乔又冲她做了个鬼脸，然后才转过身去，小声和沈望嘀咕：“我们以后不和妈妈玩。”

她小小年纪就开始搞孤立那一套了，以前是拉着沈负孤立乔阮，结果爸爸没有哪次是站在她这边的。小家伙委屈得很，又开始拉着妈妈孤立爸爸。因为怕她哭，所以乔阮就装模作样地配合一下。虽然这些到了晚上都会被沈负讨回来。

阿姨担心沈乔不吃饭，待会儿会饿，想着去哄她下来随便吃点。乔阮让阿姨不用管她：“她要是饿了，我让沈负再给她做。”

阿姨迟疑：“那多麻烦。”

“不麻烦的，您吃您的，别管她，管了她反而闹腾。”

阿姨见她这么说，心里头虽然还是有些顾虑，但也只能先坐下。

沈负给乔阮盛了碗汤，让她放凉点了再喝。他倒也没怎么吃，净顾着替乔阮剥虾了。

乔阮和李月明讲着话，一低头，面前放着一碗剥好的虾肉。她抱着沈负，撒着娇：“谢谢老公。”

沈负手上还戴着一次性手套，刚剥完虾，上面还沾染油污，怕弄脏她的衣服，便稍抬高了手，眼尾上扬的弧度都带着宠溺：“这个有点辣，也不能吃太多，不然又该胃疼了。”

她乖巧地点头：“嗯。”

一旁的李月明早就见怪不怪了，沈负这种冷淡性子也只有和乔阮在一起的时候才会产生这种奇怪的化学反应。她将这称为“无用的爱情”，爱情在单身狗面前都是无用的。倒是坐在李慎旁边的女人轻声笑笑，操着一口吴侬软语问他：“他们结婚多久了？”

李慎见她杯子空了，拿起旁边的橙汁给她重新倒上：“有几年了吧。”

他不太确定地看向乔阮，后者说出了明确时间。

女人笑着往李慎身上靠：“你们真恩爱，我也好希望我和阿慎婚后也能每天都像这样。”

李慎不太习惯在外面和她有亲密的举动，不动声色地将她推开：“吃鱼吗？”

话题转移得快，那女人显然有些不悦，但也没说什么，点了点头：“帮我把刺剔掉。”

乔阮问李月明：“沈望这些天都是一个人？”

李月明点头，提到他，她眼底有些许担忧：“沈叔叔的脾气近年越发古怪，甚至到了偏执的地步。前几年得的病才刚好，休养了一阵后，两个月前去了国外，便再没回来过了，只是偶尔会想起友人的托付给我打通电话询问下沈望的近况。”

说到去国外时，李月明下意识看了眼沈负。毕竟沈叔叔几次往返英国，目的也就一个——去见沈负的生母。说来也奇怪，沈叔叔那样高贵的出身，若当真要找，名媛千金也足够他挑选，可他一门心思就在沈负的生母身上，偏执到病态。这点倒和沈负极为相似。

如今都是年过半百的人了，他却不惜远赴国外当个第三者。

沈负面上并无任何异样，只专心地替乔阮剥着虾。李月明有时候甚至会想，若乔阮也如同沈负的生母那般改嫁别人，那沈负是不是也会变得和沈叔叔一样？李月明不太敢往这边去深想，因为沈负骨子里的劣根性，不比沈叔叔弱。他像是未被清扫排除的地雷，本身就自带危险性，随时都有可能爆炸。只不过他足够幸运，他爱的人又回到他身边。

那顿饭吃完，李月明单独和乔阮聊了会儿天。聊到沈望的时候，李月明话里满是担忧："我总怕，怕他以后会和沈负一样。"

露台离沈乔的玩具房很近，乔阮甚至能听见沈乔的笑声，半点没有女孩子的矜持。

乔阮迟疑了会儿，问李月明："要不我把他接过来我们这边住？"

李月明有顾虑："万一被沈叔叔知道……"

"和家里阿姨通个气，到时候问起了就说他在家，要是沈叔叔回来我再送他回去。"

李月明听完后，觉得她说的这个办法也挺可行："那沈负那边？"

"沈负那边我去说，你放心，他会同意的。"

李月明松一口气："同意就行。"

两人又东拉西扯地聊了会儿，话题转到李慎的女朋友身上。明明前些日子还对她挺有好感的李月明，眼下也极其受不了她的小嗲音："是不是南方的妹妹都那么爱撒娇？"

乔阮笑着提醒她："你也是南方的。"

李月明说那她可学不来："我身边就没她这样说话的，有时候我还挺怕她舌头绕到打结。"

"李慎喜欢就行。"

"我看李慎估计也腻得够呛。"

乔阮单手撑着脸，想起刚才瞧见的那幕。李慎为了躲她，人都快仰过去了。李月明感慨一句："我妈前些天还念叨呢，说可算完成了自己一桩心事，要是李慎这个散了，她估计得气晕。"

后面的房门被打开了，沈乔抱着一个娃娃从里面走出来，可可爱爱的小圆脸上带着些许不满。她走过来抱怨："妈妈和干妈说话好大声，我好不容易把晶梦雪珀给哄睡着，现在又被你们给吵醒了。"

晶梦雪珀，名字还挺复杂。

李月明看了眼她怀里那个芭比娃娃，伸手碰了碰它的眼睛："我寻思它这眼睛也闭不上啊，你是怎么判断它睡着还是醒着的？”

“我和它有心电感应！”

乔阮笑问：“知道心电感应是什么意思吗？”

沈乔一本正经：“我和它的心脏都通了电，是有感应的。”

乔阮继续问：“那感应是什么意思？”

她不知道，站在那里发蒙。

过了好久，沈望从里面出来，看了沈乔一眼，犹豫地走到李月明跟前，轻声问：“要走了吗？”

李月明一见着他，刚才那点打趣调侃的笑收了起来，蹲下身，心疼地摸了摸他的头，问他：“喜欢这里吗？”

他愣了一下，沉默地低下头，没说话。

李月明耐心地又问了一遍：“我们小望喜欢这里吗，要不要留下来？”他的睫毛微微颤动，仍旧一言不发。

沈乔听到李月明这么说，激动得忘了自己怀里的娃娃还在睡觉，抱着乔阮的大腿，仰着一张小脸问她：“妈妈，小哥哥真的可以住在我们家吗？”

乔阮轻笑：“只要你小哥哥愿意。”

沈乔立马开始游说，用各种洋娃娃和漂亮小裙子来诱惑他。乔阮无奈扶额，刚想告诉她，哥哥是男孩子，不玩洋娃娃，也不穿小裙子。结果沈望小心翼翼地点了点头，声音很轻：“好。”

终于有伴了，沈乔高兴得不行，说从今天开始和他就是好姐妹了，以后要一起去上幼儿园。

当乔阮告诉她，哥哥已经上小学的时候，她还难过了好一会儿。原来只有她一个人是小朋友。

深夜，李月明和李慎他们离开后，乔阮收拾了一间儿童房出来：“明天我让你沈叔叔回家替你把衣服拿过来，你还有什么要带的可以和我说。”

沈望在被子里，只露出一双眼睛，是开扇形的桃花眼，瞳仁亮而黑，很纯真的一双眼睛。乔阮想起几年前初次见到他，他那时还不是这样，会哭会闹，生机勃勃。他最后还是什么都没说。

那天晚上乔阮一直到三点还没睡着。沈负抱着她："失眠了？"

乔阮点头，往他怀里钻："我觉得沈望很可怜。"

他喉间轻"嗯"，没有太大的反应。乔阮把他抱得更紧了一点："看到他，我就想到了小时候的你。"那个时候的沈负，是不是也从一株对世界充满期待的新芽，变成枯萎的花？

乔阮问他："你的小时候，是怎样的？"

沈负听到她的话，很认真地想了想："可能不太好。"

乔阮在他怀里躺着，声音沉闷："是哪种不好呢？"

"精神折磨吧。"

太久远了，沈负其实早就开始慢慢遗忘那些过往。他并不是一个大度的人，而且童年所受的阴影大概是整段人生中最难让人忘却的事情了。不过沈负不太记得了。和乔阮在一起后，他就释怀了从前的种种。不算是原谅，而是想要变成一个干干净净的自己，这样他才能给乔阮干干净净的爱。

乔阮将他抱得更紧了一点："如果我能早点认识你的话就好了。"

虽然她的童年也不怎么幸福，但至少她是快乐的。如果他们能早点遇见的话，她是不是能把自己的快乐分一点给沈负？那么就不会有后来那么多的事情，他不会变成心理扭曲的沈负，也不会深受疾病的折磨，更加不会因为那可怕的反社会型人格障碍被打入怪物的行列。

"沈负，你知道我为什么爱你吗？"

沈负知道，但还是又问了一遍："为什么？"

乔阮在他怀里调整了下姿势，头枕在他肩膀上："因为你值得，值得被爱。"她的声音温柔，落在他耳边，像羽毛一样。

沈负笑了笑，低头在她额上落下一个吻："谢谢你爱我。"

乔阮问："就口头感谢？"

沈负笑说："行动感谢也行。"

乔阮正准备狮子大开口提要求的时候，沈负关了灯，俯身过来。

第二天早上，乔阮全身酸痛躺在床上，盯着天花板。昨天晚上也不知道折腾了多久，乔阮感觉自己跑个八千米都没今天这么累，胳膊和腿轻轻动一下都酸得厉害。沈负从外面进来，已经洗漱完，穿戴整齐了。

见乔阮正费劲地开着衣柜，他非常贴心地过去，询问她今天要穿哪件。

乔阮见到他就气不打一处来，完全忘了昨天晚上口口声声说要爱他的那个自己。她伸手推他："滚远点，看到你就烦。"

沈负靠着衣柜，轻声笑笑："别生气了，大不了今天晚上我赔偿你。"

乔阮更恼火了："你还有脸提！"

她抬手对着他的肩膀捶了几下，沈负怕她捶不到，还贴心地微微屈膝："下次我轻点。"

他每次都这么说，每次都没做到。乔阮也懒得继续和他计较了，她今天还要去工作。手往衣柜里指了指，挑了件浅蓝色的裙子："就这件吧。"

沈负看了眼那条裙子，迟疑道："会不会太短了点？"

乔阮皱眉："沈负，你今天是不是故意想惹我生气？"

沈负立马摇头，安静片刻，他犹豫地指了指她的腿，提醒她："可能盖不住。"

乔阮低头去看，这才看到上面错落遍布着的红色吻痕。她走到落地镜前照了照，不光腿上，脖子和胳膊上全都是。

沈负一副"我知道错了，但我下次还敢"的温柔笑脸。他拿出长袖长裤递给她："过几天就消了，到时候再穿裙子也行。"

乔阮没理他，接过衣服换好。

那几天她都没和沈负说话，有什么事情也是让沈乔在中间充当传声筒。但小孩的记忆是很短暂的，也只比鱼的七秒记忆多出几秒而已。

乔阮让她去和爸爸讲："舅舅今天放月假，待会儿去外婆家吃饭。"

沈乔抱着自己的娃娃屁股转了个方向，和坐在她右手边的爸爸传话："外婆家里要请吃饭，舅舅放月假。"

沈负表现得非常殷勤："几点去？"

沈乔和乔阮说："爸爸问几点去。"

"四点半吧。"

沈乔："四点半吧。"

“好啊。”

“爸爸说好。”

乔阮起身走了。沈负也起身，跟了过去。沈乔想了想，觉得自己好像也应该跟过去。虽然不知道为什么要跟过去，但她还是跟过去了，抱着自己的沈冰泪梦二代。

沈乔走过去拉爸爸的袖口：“妈妈是生气了吗？”

沈负点头：“好像是。”

沈乔学着妈妈平时教训她的语气，教训他：“你怎么总惹人生气？”

沈负轻声笑笑，缓缓蹲下身，替她把衣领扣子重新扣好：“可能是因为爸爸不太乖。”

“那你为什么不乖呢？”

她问得一脸认真，所以沈负也答得一脸认真：“因为妈妈平时对爸爸太溺爱了。”

沈乔单手撑着下巴：“所以还是妈妈的错，老师说过了，溺爱会毁掉孩子的一生。”

沈负笑笑，把她抱在怀里，笑着说：“待会儿帮爸爸去哄哄妈妈好不好，她更疼你。”

“不行的。”沈乔摇头，“老师说过，自己犯的错要自己承担，你是大人，你应该勇敢一点。”

或许是怕爸爸难过，她还是很讲义气地保证了一句：“放心吧爸爸，我会帮你的。”

乔阮从洗手间出来，沈负还等在外面。她没看他，转身就走。沈乔磨磨蹭蹭地过来，手背在身后：“妈妈，爸爸要是不听话，你就好好管教他，不要不理他，他很可怜的。”

乔阮也不怎么生气了，就是觉得沈负这副委屈巴巴的样子挺可爱，想多看一会儿。听到沈乔的话，她轻声笑笑：“怕爸爸难过？”

她点头，然后从身后拿出一根擀面杖：“妈妈，你用这个打他吧，打完就不生气了好不好？”

沈负垂眸，低笑出声："是亲生的。"

沈望的学校四点放学，有校车接送，直接送到家门口。原本乔阮是想让沈负每天去接他的，但沈望不愿意。他大约是怕这样会麻烦到别人，非常坚持。心里自卑的人总是下意识地会怕麻烦到周围的人，因为害怕被嫌弃。这种感觉乔阮很明白，所以她没有坚持。

听到校车上的音乐，沈乔激动地往外跑，手上还拿着那根擀面杖，激动得小奶音都在破音边缘："小哥哥！"

沈望怕她跑太快摔倒，伸手扶着她。见到她手里那根擀面杖了，疑惑了几秒，最后还是将东西收走："慢点跑。"

沈乔激动得不行："今天要去外婆家，我外婆做的红烧肉好好吃，还有卤猪蹄！"

沈望点了点头："嗯。"

沈乔太开心了，围着他转圈，腿虽然短，但是扑腾得很快："我今天要吃两大碗米饭！"

沈望不语，犹豫了很久，还是去牵她的手，因为怕她摔倒。院子里的路是石子铺成的，旁边是花圃，不是平地，很容易绊倒。

沈望回到房间后，把书包放下，换了身衣服，出来的时候乔阮正看着沈乔穿外套。

她穿得慢，手总从错误的袖子里伸出来，然后再重来一次。乔阮不算严厉，却也不纵容孩子。这么大了，总该慢慢学会自己穿衣服。

好不容易穿好了，沈乔累得叹了口气："妈妈，人类为什么要穿衣服，小动物都没穿。"

乔阮见她扣子扣得歪歪扭扭的，蹲下身解开，替她重新扣好："因为御寒，而且光着身子多不雅观。"

沈乔看了眼院子里正晒太阳的葵花子，它是小梨花的孙女，说："可是葵花子也没穿衣服，它还露着肚皮晒太阳呢。"

"葵花子是猫，不一样。"

沈乔眼神向往地看着葵花子："我也好想当一只不用穿衣服的猫。"

她好不容易整理完了，沈负的车从地库开出来，就停在门口。

刚下过雨，地上都是积水，沈乔穿着雨鞋，专找有水坑的地方踩，甚至还怂恿沈望和她一起踩。

乔阮听到动静往这边看了眼，眉头紧皱：“沈乔！”

沈乔抿了抿唇，委屈巴巴地躲在沈望身后。乔阮摇头叹气，和沈望说：“小望，你别搭理她。”

沈乔小声和沈望说：“我们才是好朋友，你别听我妈妈的。”

沈望沉默良久，然后轻轻点头：“嗯。”

来到外婆家，夏依然看到沈乔了，高兴地抱着她就不肯放。

沈乔的表现欲很强，别家的孩子都得家长再三要求才会不情不愿地表演才艺。她不等别人开口，直接把自己最近学会的英文歌唱了一遍。

外婆乐道：“我的乖乖这么聪明啊，都会唱英文歌了。”

她抬头挺胸，把字母歌唱完了。

乔阮笑容无奈：“唱个字母歌都能跑调。”

夏依然维护外孙女：“我们乔乔唱的这个版本才是最好听的。”

沈乔那张小脸抬高，得意得不行，重复外婆的话：“我们乔乔唱的这个版本才是最好听的。”

沈乔每次来外婆家都是一堆人维护着，乔阮无奈地摇了摇头。

夏依然进厨房去看鸡汤的火候了，乔阮也跟进去帮忙。她靠着橱柜站着，手上拿着马未希给她的面包，正小口小口地吃。

夏依然用勺子搅了一下鸡汤，把砂锅盖子重新盖上，将火调小。

她问乔阮：“那小孩是……”

乔阮说：“寄养在沈家的。”

夏依然声音小，似乎怕被外面的人听到一般：“这才多大啊，怎么就寄养了呢，亲生父母不要他了？”

乔阮不太想去议论别人的私事。说他被遗弃也算不上，沈望只是暂时寄养在沈家，本身就是没有任何关系的。哪怕他喊沈负一声叔叔也是因为年龄辈分。至于他的父母，乔阮觉得不提也罢。

她含着那口面包迟迟没有吞下，然后才说：“不是您想的那样。”

见她不想说，夏依然也没继续追问。

客厅里，表演欲望强烈的沈乔一刻也没闲着，此刻正穿着艾莎的裙子，站在椅子上“施魔法”。马未希非常配合地站在那里不动，假装被冻住了。

乔阮神色微敛，喊她的名字：“沈乔！”

后者立马乖乖地从椅子上下来，心虚地喊了声：“妈妈。”

乔阮问她：“我怎么和你说的？”

她低着头，重复妈妈之前说过的话：“不许站在椅子上。”她怕妈妈生气，抱着妈妈的腿乖巧认错，“我以后不这样了。”

马未希心疼小外甥女，想过来帮她讲话，乔阮“嗯”了一声，他也低下头，不说话。沈望抬眸往这边看了眼，复又敛眸，继续去写未完成的作业。他话本来就不多，从刚才到现在一句话都没讲过。

乔阮让沈乔多和沈望学学，别整天和舅舅在一起玩。沈乔点了点头：“知道了。”

乔阮四下看了眼，没看到沈负，于是问沈乔：“爸爸呢？”

沈乔告诉她：“浴室灯泡坏了，爸爸帮忙在换。”

乔阮让她老实待着，不许再像刚才那样站在凳子上，然后才拐进了浴室。沈负刚换好灯泡，见乔阮进来，他松开手，让她把开关打开。乔阮伸手按下开关，灯亮了。

沈负从梯子上下来。手上脏，他用干净的手背把水龙头打开，将手仔细冲刷了好几遍，又用酒精消毒，这才扯了张纸巾擦手。

乔阮斜靠着门框，就这么看着他。虽然嘴上无话，但朝夕相处这么多年，沈负大抵也能从她的眼里看出她想表达的意思来。

他轻声笑笑，自谦道：“也没有那么厉害。”

乔阮笑他不要脸：“我还没夸你呢。”

他走过来抱她：“但你的眼睛在夸我，我看到了。”

乔阮没躲，站在那里让他抱。

如果有一种病叫“肌肤之亲综合征”的话，那她觉得自己最近好像得了这种病，每时每刻都想被沈负抱着，离不开他了。

明明自己以前是个挺独立的人。乔阮想，这些都怪沈负，把她给惯坏了。“先松开，客厅里孩子多，别被看到了。”她开始伸手推他。

沈负不在意：“看到就看到了。”

“影响不好。”

沈负问：“有什么不好？”

“万一他们看到了以后早恋怎么办？”

大抵是觉得她说的话好笑，沈负便笑了。因为拥抱，两人贴得密不可分，她甚至能感受到他笑时胸腔的微颤。

“沈望和沈乔还小，不懂早恋。至于小希，他已经读高中了，以学习为重，他不会的。”乔阮听到他的话反倒沉默了。好像是这样，但她又总觉得哪里不对劲。过后她才反应过来，沈负在偷换概念。不是有没有资格去管，而是不可以在这里抱。但那个时候沈负早就得偿所愿了。每次都会被他三言两语给绕进去，乔阮苦恼得不行。明明她的脑子也挺好使的，可在沈负面前她又仿佛瞬间变成一个智力为零的小白。他总压她一头，不论是身高还是智商，轻而易举就碾压她了。

读书那会儿就是这样，如果不是他故意让她，她也不可能常年考第一。

吃饭的时候，沈负的视线一直落在沈乔身上，她前段时间用的矫正筷，这会儿用筷子还不是很熟练，夹个东西偶尔还会掉。

沈负不厌其烦地纠正她，声音温柔。沈乔多试了几次就不掉了，她举着筷子和马未希炫耀：“舅舅，你看我，我学会用筷子了。”

马未希夸她厉害，她也觉得自己很厉害，还夹给沈望看。

沈望安安静静的，虽然没说话，但还是冲她笑了一下。沈乔更得意了，觉得自己简直是全天下最厉害的人。

夏依然盛好了汤端到沈乔面前，笑容慈爱宠溺：“外婆特地给我们乔乔煮的鸡汤，上次不是最爱喝这个吗？”

沈乔看了眼沈望面前只剩米饭的碗，小心翼翼地把那碗鸡汤端到他面前。她虽然只是个小朋友，但也不是什么都不知道。妈妈和她说过，让她对小哥哥好一点。她听干妈和妈妈聊起过小哥哥，他的爸爸妈妈好像不要他了，不然也不会把他寄养在别人家。沈乔不知道这是什么感觉。但她希望小哥哥能开心一点，不要再有被忽视的感觉了。

沈望握着筷子的手微顿，抬眸看她。

沈乔笑了笑，那双眼微微往下弯，眼尾压出月牙的弧形：“我外婆炖的鸡汤特别好喝，我一个人就能喝三碗。”

沈望迟疑片刻，把碗推回来：“那你喝吧。”

沈乔摇摇头，又推回去：“我以后可以只喝两碗的。”

沈望看着她，不说话了。沈乔歪着头，笑得比刚才更灿烂，用一张人畜无害的笑脸说出市侩的话：“外婆说，小哥哥家里很有钱，等小哥哥继承遗产后，再请我喝更多的鸡汤吧。”

乔阮急忙放下筷子去捂她的嘴：“你乱讲什么！”

嘴被捂住了，说不了话，沈乔眨了眨她那双无辜的大眼睛。她不知道自己说错了什么，外婆就是这么说的啊，小哥哥家里很有钱，以后那些遗产都是他的。她不知道遗产是什么意思，只以为是和生日礼物一样的东西。

乔阮松开手，让她和沈望道歉。她低着头，乖乖认错：“小哥哥对不起，我不要你请我喝鸡汤了。”乔阮皱眉，道个歉还能找错重点。

沈望犹豫地伸出手：“谢谢。”

他拿起白瓷的勺子，手扶上盛了鸡汤的碗。

在沈乔看来，他的这声“谢谢”是同意了以后给她喝更多的鸡汤。她把屁股往他那边的椅子挪，小声告诉他：“我除了喜欢喝鸡汤还爱吃鸡腿，油炸的那种。”仿佛是在提醒他，以后请她喝鸡汤的时候顺便也请她吃鸡腿。

夏依然被她刚才的那句话吓得心都跳到嗓子眼里了。沈乔童言无忌，听到什么就往外说什么，还好沈望年纪也不大，不会深想。不过看他这副样子，应该也是个心思重的。

到底还是可怜，寻常孩子这个年纪都是最天真单纯的。她家小希像他这么大的时候整天只知道傻乐，哪像他，年纪轻轻就学会看人眼色，生怕打扰到别人。

沈望吃饭时只敢搛自己面前的菜，乔阮注意到了，怕伤到沈望的自尊，也就没有给他搛菜，而是让沈乔代劳。酬劳是上次她在商场看到的那套白雪公主的裙子，沈乔兢兢业业地充当起了搛菜工。

没一会儿沈望碗里的菜就堆成了一座山，沈乔催促他快点吃。她脸色担忧地看着沈望面前的碗："再不吃就塌了。"

乔阮在一旁无奈轻笑，沈负将鱼刺剔去，将鱼肉夹到乔阮的碗中。

乔阮问他："你觉得她现在的样子像谁？"

剔完鱼刺了，沈负又开始给鸡腿去骨，闻言，他漫不经心地问了一句："像谁？"

乔阮支肘撑脸，看着他："像她爹。"

沈负轻声笑笑："像她爹也挺好的。"

"好什么好，"乔阮说，"以后不就成夫管严了吗？"

沈负把去骨的鸡腿肉放到她碗中："到时候给她找个温柔点的老公，严不起来的。"

乔阮支肘撑脸，叹了口气。沈乔这才多大啊，乔阮居然就开始操心起她的婚姻大事了。

夏依然见沈乔待沈望这么好，便提了一嘴："乔乔怕是平日里太孤独了，所以才与他关系好。你们趁还年轻，抓紧点，再给她生个弟弟妹妹。"

生孩子这事也不能靠乔阮一个人决定，她是无所谓，生不生都行。不过她现在工作比较忙，到时候时间调整不下来，可能也会麻烦。

那一大碗饭沈乔吃不完，沈负便将剩余的倒进自己的碗里。听到夏依然的话，他轻声婉拒了："怀孕太辛苦，而且我们有乔乔一个也足够了。"

夏依然担忧道："你们平时工作忙，也没什么时间陪她，有个做伴的也好。"沈乔握着筷子，眼神天真："有小哥哥陪我就够了。"

夏依然摸了摸她的脑袋，笑容宠溺："可是你小哥哥总不能一直陪着你啊。"

沈乔不解："为什么不能一直陪着呢？"

她问沈望："小哥哥，你要走吗？"

沈望点头，又摇头。他不知道要怎么回答这个问题，他总会离开的，离开这个地方，回到那个让他害怕的家里。

沈乔不说话了，坐在那里生闷气。

意识到自己说错话的夏依然和她道歉，夹了个鸡腿到她碗里："是外婆不好，外婆不该提这个，我们乔乔别生气。"

沈乔说："我没有怪外婆。"

那就是在怪沈望了。

沈望松开握着筷子的手，从椅子上下来，礼貌地和他们打过招呼："我去一下洗手间。"

明明年纪不大，却总给人一种小大人的感觉，沉稳内敛。

乔阮不放心地看了沈负一眼，后者会意，跟在他身后。

沈望也没做别的，一直在那里洗手，手都搓红了。

沈负倚门站着，语气算不上多关心，顶多可以称为平和："再洗就脱皮了。"

沈望这才缓缓停下动作。他抬眸看向这边，犹豫地喊出那个称呼："叔……叔。"

沈负点了下头。

沈望又不说话了，继续使劲地搓洗自己的手，仿佛真要将那一块皮肉给洗脱皮一般。

沈负看了一会儿，眉头微皱，把他的手拉开："行了。"

他停下，怯生生地抬眸。沈负到底是不忍。有了沈乔后，他便不再像之前那样冷血了，又多了根软肋，以前是乔阮，现在加了个沈乔。两个人足够让他多出些温情。

"再忍一忍。"

沈望不解："忍一忍？"

他还太小，沈负不确定有些事情讲了以后沈望能不能听懂，所以他没有继续往下说的打算，而是关了洗手间的灯："最后一分钟，赶紧出来。"语气是强硬的，不容置疑。

沈望低着头，乖乖地从里面出来，那只白嫩嫩的小手下意识地去拉自己的衣摆，因拉得紧，衣摆都起褶了。沈负只看了一眼，便没再管，随他了。

待沈望落座后，沈乔看见他手上那一大片红印，一惊一乍地捂着嘴："小哥哥，你手怎么了？"

沈望不语，握着筷子猛扒饭，也不搛菜，仿佛想赶紧把碗里的饭吃完，然后离开这个地方。沈乔去看沈负，凶巴巴地质问道："爸爸，你为什么打小哥哥？"

沈负："……"

沈望被送回去了，他走的那天沈乔哭了挺久，一直让他记得回来看她。

刚开始那段时间沈乔还每天都念叨着要妈妈带她去看小哥哥，时间长了，她对沈望的那点残存记忆好像就没剩多少了。小孩子都这样，忘性大，再加上认识了新朋友，渐渐地她就把沈望给忘了。

乔阮忙碌了一段时间后，工作进入收尾阶段。她现在带了好几个研究生，每天光是指导他们完成实验就够让她头疼的了。

沈负每天都会利用中午休息的那两个小时回家做好了饭菜给她送来。有时候正好碰到她在实验室，他便坐在那里等上一会儿，临到他上班时间，若她还没出来，他就不等了。

他会在食盒上贴上一张便利贴：记得放微波炉里加热一下再吃。

她为了省事总是省略掉这一步，长期这样会对肠胃造成很大的损伤。沈负免不了每天都叮嘱，但时间长了乔阮就嫌他唠叨。还说他年轻就这样，以后老了可怎么办。

沈负也只是笑笑："难不成你要和我离婚？"

乔阮当时确实挺认真地考虑过这个问题。不过那是她装出来的认真，但沈负还是被吓到了，在她开口前他就抱住了她。

"不唠叨了。"像是怕她真的嫌弃自己，他有些惶恐地做着保证。

乔阮能感受到他的不安，她拍拍他的背，又摸摸他的头。

"不会不要你。"她说，"怎么舍得不要你？"

对啊，怎么舍得？爱本身是不分高低的，沈负很爱她，她也很爱沈负。

乔阮自以为她的爱不比沈负的少，可沈负仍旧一副受到惊吓的样子，抱着她的手迟迟不松。

乔阮一边安慰他，一边想：算了，以后还是不吓他了，万一真哭了怎么办，那可不好哄。

时间过得很快，一眨眼沈乔就到了上小学的年纪，她都六岁了。家里专门给她弄了个开学庆祝宴。这还是夏依然的决定，她说为了庆祝乔乔宝贝成为小学一年级的学生，怎么也得大肆庆祝一番。她口中的大肆庆祝其实也就是家里人在一起吃顿饭而已。

马越霖还给她准备了礼物。沈乔抱着那个洋娃娃说："谢谢外公。"

马越霖笑得合不拢嘴，直夸她可爱。大概是年纪大了，他身上就没有年轻时的那种戾气了，整个人棱角都被磨平了许多。

马未希如愿考上了沛大，九月就要去学校报到，前阵子刚办完升学宴。夏依然说借着这点喜气也得抓紧给沈乔办一个。

"我们家都没出过蠢人。"夏依然笑道。沈乔的爸妈是高材生，她舅舅也是高材生，总不可能她是个笨蛋吧。

沈乔上小学以后的最大感触就是作业好多。同样的，这也是乔阮的感触。以前乔阮最多陪着她做做手工作业，现在还得监督她写作业。而且她也不知道像谁，脑子愚钝得很，最简单的算术题还得教上好几遍。

乔阮觉得自己的血压直线升高，后来监督她写作业的事情就由沈负代劳了。他和乔阮不同，他有耐心，也细心，每次都是温温柔柔地鼓励她。

沈乔有时候也觉得自己很蠢，她问沈负："爸爸，我是不是真的很蠢啊？"

沈负摇头笑笑，摸她的头："不蠢，我们乔乔是最聪明的。"

爸爸从来都不骗她，他说的那肯定都是真的。沈乔高兴地起身去抱他："每次在学校都只有我一个人算不出来题，我还以为我很蠢。"

"怎么会。"沈负怕她摔着，伸出一只手虚扶着她的腰，将她护好，"这些我们可以慢慢来，有不懂的就问爸爸。"

沈乔犹豫："可是爸爸工作很忙，我不想打扰爸爸休息。"

他轻声笑笑："不打扰。"

沈乔这下放心了，她重新拿着笔，进度缓慢地掰着手指算数，旁边是直接被她抛弃的草稿纸。

沈负把桌边的发绳拿来，替她扎了个马尾："头发太长的话就扎起来，不要遮住眼睛，会影响视力的。"

面对爸爸的提醒，她乖巧点头："我知道了。"

沈负笑了笑。他要去厨房给她热杯牛奶，让她今天就写到这里："写不完就留着明天再写，早点休息。"

乔阮刚洗完澡，见他从沈乔的房里出来，立马过去："她睡下了吗？"

沈负笑笑："还没有，刚写完作业。"

乔阮低着头，不说话。沉默良久，她才内疚地问道："我刚刚会不会太凶了点？"

一道题乔阮和她讲了好几遍，沈乔都没听懂，乔阮便皱着眉问她到底有没有认真听。她总觉得自己刚才的语气有些重了。

沈乔还那么小，刚上一年级。她是不希望给她这么大的压力的，但是刚才没忍住，一时就……沈负笑了笑，伸手去抱她："她不会怪你的。"

乔阮头抵靠在他肩上，声音沉闷："可是我会怪我自己。"

沈负的笑意便更盛了些。他的阿阮可真可爱啊，哪怕当了妈妈以后仍旧这么可爱。他将她抱得更紧一些，手臂搂着她的腰，往自己怀里压："既然这样，就和她说会儿话吧。"

乔阮在他怀里点头："嗯。"她松开手，刚准备从他怀里离开，意识到她此刻的举动，沈负便将她搂抱得更紧。

"再等一会儿。"他将下巴压下，枕在她肩上，温柔道，"现在先属于我几分钟。"

乔阮笑他幼稚。他不反驳。或许连乔阮自己都不知道，自从有了沈乔以后，她的注意力便更多地都放在女儿身上了。

沈负讨厌别人用爱情的结晶来形容沈乔。每个人都是一个独立的个体，沈乔来到这个世界上是作为沈乔这个人而存在的，而不是为了见证他们的爱情而存在。

他爱沈乔，但他更爱乔阮。所以他希望，乔阮也能更爱他。或许在别人看来这是一种很自私的想法，但沈负本来就是自私的。

当初如果不是因为乔阮想要个孩子，他完全没有考虑过要让第三个人进入他们的生活当中。

他要抱，乔阮便让他抱。时间缓慢地流逝着，乔阮看一眼墙上的挂钟，伸手去推他："好了，再晚点沈乔都该睡了。"

沈负这才依依不舍地松开手："我去给她热牛奶，也给你热一杯？"

乔阮说："牛奶就算了，给我泡杯咖啡吧。"

沈负拒绝了她这个要求："晚上喝咖啡容易失眠，还是牛奶吧。"

乔阮就知道会是这个结果："那你还不如不问。"

沈负笑着捏她的鼻子："想看看你有没有变得懂事一些，结果还是老样子。"

乔阮"哼"了一声："这一套你要用到我八十岁。"

"希望你八十岁的时候能懂事一些。"

"如果我八十岁的时候还活着的话，不管你愿不愿意，我都要在睡前喝一杯咖啡，反正那个年纪了，也没几天能活……"

她话没说完，就被沈负急急忙忙捂住了嘴："以后别说这种话，我听不了。"

乔阮愣了一下，然后笑得直不起腰。

他去热牛奶了，乔阮敲了门，等沈乔开口以后才进去。

沈乔还拿着笔在那里写作业，看到乔阮，她眨了眨那双水灵的大眼睛，喊："妈妈。"

乔阮神色不太自然地站在书柜旁，随手取下一本书翻了翻："还没休息呢？"

她点头："爸爸给我热牛奶去了，我喝了再睡。"

乔阮把书插放回原位，在她身侧的方凳上坐下，酝酿了好一会儿才开口："妈妈今天不是故意凶你的，妈妈和你道歉，对不起。"

沈乔不解：“妈妈为什么要和我道歉？”

“妈妈凶了你。”

“没有呀。”沈乔过去抱她，“妈妈明明很温柔，一点也不凶。”

感受到围在腰上的那双手，乔阮怔了会儿，然后低下头：“在你这儿妈妈怎么反而成温柔的了？”

沈乔在她怀里抬高下巴，那双眼睛亮晶晶的，似乎漫天繁星再亮也不过如此：“妈妈就是很温柔啊，全世界最好的妈妈，我最爱妈妈了。”

乔阮的心瞬间软得一塌糊涂，抱着她，把她放在自己腿上。她六岁了，体重个子一天一个样，虽然有点重，但乔阮还是不舍得把她放下：“今天和妈妈睡好不好？”

她乖巧地点头，又像在告状：“好，我早就想和妈妈一起睡了，爸爸总一个人独占着妈妈。”

独占着妈妈的爸爸此时拿着两杯热好的牛奶，倚着门，眉眼含笑地看着房内的二人。

番外二

乔阮做了一个梦，梦回很多很多年前，梦到她和沈负。

梦中，那个时候的她，内向却不怯弱。那个时候的沈负，也没有被原生家庭带来的苦楚影响。他们只是普通又忙碌的学生。他们没有太多遗憾，也没有在对方人生中缺席那么多年。

新生报到第一天，乔阮是一个人去的。她背着书包，有些紧张。那种紧张大抵是来自于一种未知，对新的事物和新的环境的未知。班主任在电脑上简单做了下登记，转校生的手续繁琐麻烦了些，花费的时间也更多。

乔阮全程安静，站在一旁等着。然后她看到办公桌上，压着一张花名册，上面写着沛城一中高二全年级总排名。她看到，排在第一名的是高二二班的沈负。沈负，她在心里默读了一遍这个名字，心想，负，真是一个奇怪的名字。

登记结束，班主任站起身，让她跟过来。乔阮跟在他身后，不知道上了几层楼，最后终于停下。他敲了敲靠近楼道的那个教室的门。这节课是物理课，物理老师听到声音了，往门边看，班主任冲他招了招手。物理老师放下课本过来，拍干净手上的粉笔灰。班主任拍了拍乔阮的肩膀："来了个新同学，你给她安排个位置。"

"哪个学校的转学生？"

班主任说："外省的，中考全市第一，学校破格收的。"若是平常，学校不可能中途收转学生。

物理老师眼睛一亮："这种香饽饽怎么转到我们班了，老吴没抢？"老吴是二班的班主任。

班主任笑道："他今儿个没来，要是来了，准不放过。再说了，他班上已经有一个沈负了，总得给我们点机会。"

"一个沈负就把他们班的平均分不知道拉高了多少。"

走之前，班主任还不忘叮嘱物理老师："新同学比较内向，你排座位的时候多考虑一下，给她安排个话多的同桌。"

班主任走了，物理老师走进教室，乔阮也犹豫地跟了进去。里面讲话声音最大的就是李月明，前后左右地讲。

物理老师眉头皱着："李月明，你是陀螺吗？到处乱转。给我去后面站着！"乔阮看到，那个女孩子听话地站起身，走到靠墙处站着。她脸上仍旧带着笑，哪怕是被所有人注视着。

两个人的视线就这么对上了。她极轻地歪了下头，脸上的笑容就更灿烂了，仿佛在和乔阮打招呼。乔阮却急忙低下了头，手紧紧攥着书包背带。

她长得真好看，笑容明艳，自信阳光。乔阮很羡慕她，也很想成为她。大约是想到了刚才班主任的话，物理老师简单地利用接下来的课间时间，把位置重新调换了一下，让乔阮和李月明成了同桌。

别说全班，就算将范围扩大到了全校，李月明也是话最多的那个。于是带新同学熟悉新环境的事，就落在了她身上。"你好，我叫李月明。"

听到身侧带着笑意的自我介绍，刚把课本拿出来的乔阮动作微顿。她点了点头，不太敢抬头去看她："你好，我叫……我叫乔阮。"

声音也讷讷的。

"你不能这样。"李月明手捧着她的脸，强行将她的头抬起来，与自己对视，"做自我介绍的时候，应该看着对方才行。"

乔阮长了一双很好看的眼睛，纯净透彻，如明珠一般。李月明看清她这张脸后的第一反应就是想起那句古诗："千秋无绝色，悦目是佳人。"

可是她好像总是很自卑，不敢抬头看别人，说话的声音也细如蚊蝇。

"你没听过一句话吗，女孩子都是宝藏，爱你的人会把你藏起来，不让别人看到。但你自己不能，不能把自己藏起来。"

乔阮眨了眨眼，短暂的好奇取代了她的内向：“谁说的？”

李月明笑道：“著名诗人李月明说的。”或许是她笑得太有感染力，乔阮也笑了。

也多亏了李月明，乔阮才可以在那么短的时间内认清班上的同学叫什么。李月明告诉她，千万别和后排那群男生有牵连：“他们都是坏学生，你可不能被他们给带坏了。”

听到李月明的话，乔阮下意识地往后看了一眼。一个少年校服也不好好穿，拉链没拉，外套就这么敞着。少年百无聊赖地看着黑板，似是察觉到有一道视线看了过来，他顺势抬眸，正好对上视线。

乔阮下意识地收回视线，重新坐好。一旁的李月明问她：“怎么样，是不是很可怕？”她握着笔，半晌没说话，像是被吓到了。

看见她这副样子，李月明被逗笑，她安慰她：“你放心好了，他虽然是坏学生，但也没你想的那么坏。他不欺负女生的。”

乔阮点了点头。不知道为什么，看到那张脸，她莫名地感到害怕。明明他生了一张很好看的脸。

回到家后，马越霖做好了饭菜，等夏依然回家。她和邻居阿姨一起去山里祭拜去了，说是今天去可以祈祷来年顺顺利利。看到乔阮了，他让她洗手来吃饭。

乔阮礼貌地道了声谢，但是也没有提前动筷子，而是和他一起等夏依然回来。中途马越霖问她新学校怎么样。她说：“挺好的，同学也很好。”

马越霖笑道：“我和你妈还担心你不适应。”

把她从老家接过来，是马叔叔和妈妈两个人的意思。在老家到底辛苦，而且那边的教育环境肯定不如沛城。他们虽然不是什么大富大贵的人家，但培养一个大学生，还是有能力的。

夏依然是六点到的家。她提着一个小盒子进来：“本来可以早点回的，不过复兴路那边有点堵。”

马越霖进去盛好了饭出来，问她：“复兴路那边一直都堵，而且还远，你怎么非要从那里走？”

夏依然看着乔阮，笑容温柔："乖宝今天第一天去新学校报到，我特意买了个蛋糕庆祝。"

乔阮眨了眨眼，看着她把盒子放在桌上，又打开。她微抿了唇，放在腿上的手轻轻用力，将裤子捏出一圈一圈的褶。

那天夜晚，乔阮睡得很熟。她没有认床，也没有做噩梦。这是很平静、很温馨的一个晚上。

老家和沛城的课本不太一样，教学进度也不一样。乔阮得花很多时间才能追上，所以每天课余时间她都会利用起来，多写几道大题，或是多背几个单词。后排传来笑声，然后一团揉皱的纸条不知道被谁扔在了她的课桌上。乔阮的手握着笔，不知道为什么，她总觉得，自己的手在抖，是那种由内心深处传来的恐惧。可是她在恐惧什么？她为什么恐惧呢？这种莫名其妙的感觉，让她觉得奇怪。

有人走过来，在她桌边停下，她的课桌上多出了一片阴影，应该是灯光被来人给挡住了。乔阮死死地握着笔，指节开始泛白。她总觉得，下一秒会发生什么。

少年低声致歉的声音和这晨间的风一起吹进她耳中："不好意思，可以麻烦你，递一下吗？我拿不到。"

乔阮下意识抬眸，看了他一眼。他仍旧是那副不好好穿校服的懒散模样，额发微翘，脸上还有红色的睡痕，想来是刚睡醒。

乔阮犹豫地看了眼自己的手，确定它是干干净净的，才把桌上的纸条拿起来递给他。她也不知道自己在担心什么，就是莫名地怕被嫌弃。

她总有一种感觉，一种不太好的感觉。就好像，他在接下那个纸条后，会嫌弃地说一声"真脏"。可是她的担忧没有成真，他接过纸条后随手把它放进自己的外套口袋里，然后回到自己的座位上，重新趴下睡觉。

李月明告诉乔阮，他叫江演，还让乔阮最好少和他来往，别被带坏了。乔阮问她："他很坏吗？"

李月明想了想："也不是，但他不好好学习。我们现在高二了，好好学习就是主要目标，可不能被带坏。"

“尤其是你。”她捏了捏乔阮的脸，“你现在可是我们班的王牌，是要去冲状元的。”李月明还告诉乔阮，他们一班被二班压了整整两年，就是因为隔壁有个沈负。班主任之所以这么看重乔阮，就是希望她能带着一班打个漂亮的翻身仗。

说完这个，李月明从袋子里抓了一把薯片往嘴里塞，摇头叹道：“大人们之间的攀比心啊……”

乔阮在意的却是她这句话只出现过一次的名字——沈负，是她那天在花名册上看到的名字吗？很奇怪的名字。

她有点好奇，叫这种名字的人长什么样子。

这些天的时间，乔阮早就把落下的功课补了回来。第一次摸底考，乔阮和第一名差了十几分，但也算是把全班的平均分给拉了回来。

班会的时候，班主任的嘴角就没下来过：“我们班的乔阮这次可是立了大功啊。就差十几分就超过沈负了。要知道，往年的全校第二和沈同学的差距可是足足有六十分之多。”

乔阮低着头，脸有点红。李月明在旁边非常激动地鼓掌，就好像被夸的人是她自己一样。她自己这次考得不怎么样，名次比上次下滑了二十多名。

放学的时候，她一边收拾东西一边和乔阮抱怨：“这次回家还不知道我爸妈会怎么批评我呢。”而且她还有个成绩好的弟弟，有了对比后，下场就更加惨烈。

乔阮安慰她没事，下次考试再努力把那些丢的分拿回来。她把李月明的试卷要去了，回到家后，她仔细看了一遍，发现她错误的点非常一致。

第二天去了学校，她简单和李月明讲解了一遍，等她觉得自己弄明白后，又给她出了同类型的题目，让她再做一遍。

如此几次下来，李月明觉得这种教学方法对自己非常有效。

她问乔阮可不可以帮她补课：“我妈说要给我找个家教，就周末教两天，一天一百，我觉得这个钱还不如给你赚。”

乔阮忙说：“我肯定不如别人教得好。”

李月明觉得她还是对自己太没信心了，总是妄自菲薄。于是她告诉乔阮："在我心中，你永远都是最好的。"

乔阮看着她，看了很久，突然笑了，然后她点头："那我试试。"

在来沛城之前，乔阮连续失眠了好几天。她对那个陌生的城市充满了恐惧。她是自卑的，也是怯弱的。她总是安于现状，想要留在自己从小长大的那一亩三分地，不敢踏出向前的第一步。

她的内心一直充斥着一种恐惧，是对未知的恐惧。可是乔阮现在觉得，未知的不一定是可怕的。

李月明住的地方和乔阮家不太一样，那里干干净净的，没有永远都阴冷潮湿的小巷，也没有缠绕在一起的电线，更没有只能看见一线的天空。

李月明打开冰箱，拿了两瓶冰水出来。两个人坐在椅子上，空调在安静地运转，送来凉爽微风。乔阮拿着笔在草稿纸上演算，正好在最关键的时候，身后传来了开门声。李月明扭头往后看了一眼："沈负？你怎么在我家？"

乔阮手里的笔芯断掉。沈负？

清冽干净的少年音，一字不落地进了乔阮的耳中："借你家浴室洗了个澡。"

乔阮一直都很好奇这个人。于是她扭头，手上还保持着演算题目的动作，握着的笔没有放下。于是，四目相对。

少年脸上有片刻的好奇，笑容温柔地问李月明："你朋友？"

李月明点头："嗯，她叫乔阮。"说着，她还不忘向乔阮介绍沈负，"这位就是隔壁班的沈负，全校第一。班主任常挂在嘴上的那个。"

原来他就是沈负。乔阮看着这张脸，微抿了唇，有过几分怯意，却还是轻声打了招呼："你好。"

沈负眨了眨眼，那张漂亮的脸上带着探寻，而后他轻声笑道："乔阮？名字和人一样可爱。"

乔阮突然很庆幸，自己今天穿着合身干净的牛仔裤，哪怕它已经被洗得有点发白了，身上的校服外套也被熨烫得平整，没有起褶皱。

沈负，全校第一。那天晚上，乔阮躺在床上，窗帘不是遮光的，隔壁亮着的灯透过窗帘映照进来。她把手压在被子上，看着天花板。在十七八岁的年纪里，乔阮拥有了人生中的第一个目标。

那就是追上沈负，成为全校第一。

考试过后，通常都会换位置。乔阮和李月明分开了。

分好座位以后，她旁边的课桌一整天都是空的，大约也能猜到新同桌是谁。

课余时间，乔阮闭上眼睛默读单词，偶尔睁眼看一眼正确答案。不知道第多少次闭眼，再次睁开的时候，她看到了坐在她旁边的江演。

他打着哈欠，把书包放在地上，从里面随意拿出一本书，放在课桌上，然后趴在上面开始睡觉。

这几乎是他一整天的所有日常活动。不过好在他是那种自己睡自己的，绝不影响别人的学生，所以哪怕和乔阮当了同桌，他也只是自己睡自己的，甚至连所谓的“三八线”都没越过。

李月明开始缠着沈负给自己补课了。因为她觉得，既然乔阮有冲全校第一的打算，那么自己就不能影响到她，所以她就去影响沈负了。

沈负早就看穿了她的那点心思，却也只是笑笑，并未戳破。每次李月明去他家找他，都会带上乔阮。李慎也在。

于是他们四个，就在那栋别墅里，度过了漫长的高二。

沈负家有做饭的阿姨，但绝大多数的时候，都是他亲自下厨。乔阮也会做饭，所以她自告奋勇地说要帮忙。

沈负看着她，唇角笑容温柔，说：“谢谢乔大善人。”每每这种时候，乔阮的脸都会红。

李月明护犊子，让沈负注意点言辞：“我们家阮妹脸皮薄，你少欺负她。”

沈负只是轻笑，并不反驳，就好像是默认了她刚才的话，是在故意逗乔阮。他虽然同意了乔阮帮他，但每次都只让她做一些最简单的事，譬如洗青菜。

他不让她碰青椒：“青椒对皮肤有刺激性，你细皮嫩肉的，还是我来吧。”他好像永远都在笑，可他的笑让人觉得是发自内心的，和他的温柔一样真诚，半点虚伪都不带。

乔阮卷着袖子："我很小就开始做饭了，说不定我比你还厉害。"

他微微抬眸："哦？"似是对她的话感到好奇。

乔阮说："我爸爸很久以前就不在了，我妈妈改嫁，家里只有我和奶奶。奶奶平时要下地干活，家里没人，所以我很小就开始学做饭了。"她很自然地说出这句话，就好像这段往事对她来说不算什么，是很正常的一段经历。

沈负听着，眼里的笑却一点点散去。他大概是觉得她可怜吧，乔阮心想。下一秒，他却夸她："你很厉害。"

乔阮抬眸，有几分愣怔。他把青椒拿到水池边洗干净："不过没关系，女孩子不需要太厉害。至少，在这种事情上面，不需要太厉害。"

乔阮觉得没什么："我奶奶说，这些事情等我长大后也会做的。"

"可是谁规定家务活只能女孩子做？"沈负轻轻歪了下头，看着她，眼中带着不理解。对啊，谁规定的？

乔阮也不知道。只不过是因为从小奶奶就给她灌输这种思想，所以她的潜意识里便也开始这么觉得。

沈负笑说："如果我以后结婚，我一定不会让我喜欢的人去做这些。"他笑起来，眼尾轻轻下垂，裹挟一抹温柔的光。乔阮的呼吸短暂停滞。她想，这么温柔的沈负，做他未来的老婆一定会很幸福吧。

乔阮生日那天，她谁都没告诉。但她还是在楼下看到了沈负，他拿着提前一天从蛋糕店订的蛋糕来找她，脸上仍旧带着她所熟悉的笑容。他说："生日快乐，恭喜又长大一岁。"

那时头顶阳光正好，却又不如他的笑容温暖。他沐浴在阳光里，在乔阮眼中，他比阳光还要耀眼。"生日礼物下个月送给你。"他笑道。

那个时候乔阮还不懂他话里的意思是什么。

直到月末的月考，她终于超过他成了全校第一，才后知后觉地反应过来，他口中的生日礼物是什么意思。她没有被羞辱的感觉，因为她知道，如果他不故意让，她大抵永远也超越不了他。

时间漫长，却又过得匆忙。高三与高二最直观的区别便是连喘息的时间都没有，每天都过着“做试卷，讲试卷，改试卷”的生活。

填志愿前一天，沈负去找了乔阮，问她想考哪所大学。乔阮坐在台阶上，抬头去看天空。她家搬家了，半年前搬的。在这里她抬头可以看见一整片天空，深蓝色的天。

“我可能会回江北。”

她知道，沈负大概率会留在沛城，她听李月明提起过，他爸爸希望他考沛大。可他只是沉默几秒，便轻笑着开口：“真巧，我正好也想去江北。”

乔阮抬眸。他安安静静地抬头，和她看着同一片天空。乔阮突然觉得，嗓子干涩得一句话也说不出来。

“江北好吃的应该很多吧？”他笑着看向她，似乎在等待她的回答。

乔阮迟疑地摇头：“没有沛城多。”

“那正好，我最近想减肥，江北应该是个不错的去处。”

乔阮心想，沈负的确是一个不会撒谎的人。他不需要减肥，而且他吃得也不多。但她什么也没说，因为什么也不需要说。

他们的十八岁，没有心理上的痛楚，也没有自卑怯弱。

和别人的十八岁一样，有写不完的试卷，考不完的试。

枯燥，却又充实。

有着孤注一掷的勇敢，和对内心情感的顺从。

—全文完—

沈负的秘密

Shen Fu's Secrets

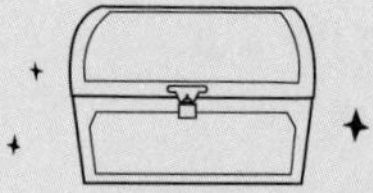

2008年09月13日

乔阮，原来她叫乔阮，很可爱的名字，和她一样可爱。

2008年09月20日

　　她真像一只流浪的小狗，每次见她，她好像都很可怜。

2008年10月23日

她哭了。于是我和她讲了我的过去，应该还算悲惨吧。我不知道怎么安慰人，但大家好像都这样，看到别人比自己过得惨就会高兴。

可她为什么用那种眼神看着我呢？那种……心疼的眼神。

突然有点想抱她。

2008年11月05日

她又不理我了。

2008年11月13日

我好像，变得有点奇怪。

最近我的心脏总是会有刺痛的感觉。

2008年11月14日

今天去医院检查过了，医生说我的心脏很健康，没有任何问题。可为什么……为什么每次看到乔既，都会疼？很疼很疼……

2008年11月16日

我捡到了她的学生证，后来去查监控才知道她被别人欺负了。

我没办法去形容那一刻的感觉，大脑一片空白，理智好像全部没有了。回过神来的时候，那些人在向我求饶。

幸好，她的学生证和钱包都在。

2008年11月20日

我给她做了蛋糕，想亲口祝她生日快乐。不过她应该不会希望在这个日子见到我。

我拜托蛋糕店的人帮我送了过去。

那就，生日快乐，乔阮。

今天星星很漂亮，希望你能看到。

2008年12月15日

半个月没见她了，我很想她，于是去找了她。

她却让我以后不要和她说话。

真绝情啊，乔既同学。

2009年01月26日

和她一起看了烟花，很美。

烟花很美，她也是。

2009年02月07日

和她分到了同一个班，她成了我前桌。我明明提前知晓了这一切，但还是很高兴。

可是我为什么会高兴？我不懂。

我最近越来越奇怪了，医生说我的病情在好转。

2009年02月08日

因为不放心她，所以我每天放学都会跟在她后面。

她或许会嫌烦，但也没关系，她的平安最重要。

我有点想换个名字，让她帮我重新取一个，她说：随便。

沈随便，很好听，我很喜欢。

2009年02月11日

她好像不是很想见到我。

她最近也不躲我了，而是直接视而不见。我不知道原因，想问她，但是又怕她说出那句话——那句我听过太多次的话。

那个男人不要我的时候，说我脏，说我恶心。

她也嫌我脏，嫌我恶心吗？

2009年02月13日

哦。

原来她喜欢江演。

2009年02月14日

她喜欢江演。

2009年02月15日

她喜欢江滨。

2009年02月16日

江演。

2009年02月19日

为什么？

2009年02月20日

这个冬天有点冷。院子里的花能挨过去吗?

我呢?我能挨过去吗?

2009年03月05日

我问了她的志愿，她说想考沛大。

2009年03月07日

她说，她死了以后会埋在老家。

从听到她说出这句话开始，我就决定要买下她老家的一块墓地。

我不想和她分开，哪怕是死亡。

2009年03月07日

她今天说了很奇怪的话，我不懂，但我能看出她眼里的厌恶。

她让我以后不要对谁都那么好，还说我是“中央空调”。

我不懂，但是我的眼睛开始流泪。

我和她一样，也很厌恶自己。

我没办法直观地说出自己此刻的感受。但是，我突然想一直沉睡下去。从她用这种厌恶的眼神看我时起，我想一直沉睡下去。

那个男人希望我考羊城大学，我第一次反抗了他。他像往常一样，动手打我，但我感觉不到痛。

我很高兴，只是挨一顿打，就能换来大学四年和她一直不分开。

很划算。

2009年07月15日

她骗了我，她的志愿里根本没有沛大。

她去了别的城市。

听说江北的昼夜温差大。

希望她别感冒，好好照顾自己，按时吃饭。

2009年09月03日

沛大开学，我没有去报到。

我去了江北，我发现我没办法离她太远。

我仿佛突然成了一株扎根在土壤里的植物，而她是我的太阳。

可是，我的太阳好像不想看到我。她是嫌我脏吗？

从小那个人就骂我脏，我这样的人，只会让人恶心。

她也这样觉得吗？

2009年09月15日

我答应了她，以后不会再出现在她面前，但我没有做到。我像个偷窥狂，躲在暗处偷窥她的生活。

她好像和那个叫江演的人在一起了。

他们之间的距离。

他们说话的次数。

他看着她，她也看着他。

她喜欢他吗？

2009年11月20日

我买了个蛋糕，一个人吹灭蜡烛，替她许了愿。

她这个时候应该和朋友一起在宿舍庆生吧？

乔阮，生日快乐。

2010年05月11日

她谈恋爱了，我又去了医院。

医生说我现在受不得刺激，让我最好远离现在的环境。

怎么远离呢？离了她，我就活不下去了。

2011年11月20日

乔阮，生日快乐。

吃蛋糕了吗？

2012年11月20日

又大了一岁，我的小朋友。

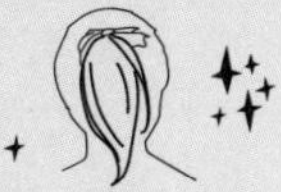

2013年11月20日

她的头发好像长了点儿。

2020年07月11日

我见到她了。

她说：有点印象。

她对我只是“有点印象”。

她身边好像又有了其他人，不过没关系。

阿阮，我会让你的眼里有我的。

只有我。